AF410784

Serie Alocadas 1:

UNA DE LAS NUESTRAS

EVA M. SOLER   IDOIA AMO

CONTENIDO

CAPITULO 1

MIÉRCOLES, TARDE

—¡Paso! ¡Por favor, paso!

Danni zigzagueaba en la escalera mecánica, saltando de un lado a otro en un intento por esquivar a la gente sin perder su maleta por el camino. No se le daba bien esperar, menos cuando quedaban solo quince minutos para que el autobús saliera del andén. No tenía la culpa, al menos no en todo: sí, la siesta improvisada era parte del retraso, aunque también el atasco en la carretera al coincidir con la hora de salida del trabajo de mucha gente.

Además, por lo que leía en el móvil, sus amigas tampoco iban mucho mejor: ninguna había llegado. Justo en ese instante sonó el teléfono, de modo que descolgó sin dejar de bajar por la escalera a trompicones.

—¡Ya llego, ya llego! —exclamó—. ¿Dónde estás?

—¡En el aparcamiento subterráneo! —escuchó la voz angustiada de Kat—. ¡No te lo vas a creer, no encuentro la salida!

—¿Qué?

—Eso, que no sé por dónde se sale, ¡esto parece un laberinto!

—Joder, es el aparcamiento de la estación, ¿cómo puedes…?

—¡Es la primera vez que traigo el coche aquí, no veo carteles! —continuó Kat, alterada—. ¡Si sigo dando vueltas me quedaré atrapada y perderé el autobús estando justo debajo!

—¡Calma! Llama al número de la estación, Kat, ellos te dirán por dónde salir.

—Oh. —Kat quedó en silencio—. ¡Vale!

Danni cortó la llamada y saltó al llegar a suelo firme. Apoyó la maleta con energía y reanudó la carrera hacia la dársena correspondiente, pese a que sabía que después tardaría una hora en recuperar la respiración normal. Ahora comprendía por qué la gente ensalzaba los beneficios del deporte. A veces, tener un par de pulmones a pleno rendimiento podía ser útil.

—¡Perdón! ¡Perdón! ¡Lo siento, paso!

Desde luego, ¿por qué la gente se ponía en medio? ¿No podían hacer cola en su sitio correspondiente? No, tenían que permanecer desperdigados por ahí, sin orden ni control, y con la única intención de dificultar las carreras de la gente que llegaba tarde.

Aliviada al ver que su autobús continuaba parado en el andén, apretó el paso para llegar hasta allí. Cuando se detuvo jadeando, se dio cuenta de que seguían faltando amigas, ¿dónde demonios estaba el personal?

Abrió el móvil a toda prisa para dejar un audio en el grupo de WhatsApp común.

—¡Chicas! ¿Dónde estáis? ¡El bus sale en diez minutos y soy la única que está aquí!

Miró al conductor, que aguardaba fuera del vehículo con cara de paciencia, y se encogió de hombros.

—Hola —saludó, sacando su billete del bolsillo—. No saldrá todavía, ¿verdad? Mis amigas aún no han llegado.

—A las cuatro en punto —respondió él.

—Hay un atasco.

—Hay un horario. —El hombre permaneció impasible.

—Venga, hombre, no sea así —insistió Danni—. Vamos de despedida de soltera, ¿cómo puede salir bien si mis amigas se quedan en tierra?

—Ah. Vaya, no lo sabía. —Él alzó la ceja—. Sí, es un motivo justificado para retrasar a todo el autobús: una despedida de soltera.

Ella retrocedió ante su tono sarcástico e hizo una mueca. Fue hasta el compartimento de equipajes a depositar su maleta y regresó despacio para recuperar el billete, dedicándole un mal gesto y dejar claro que desaprobaba su actitud.

Sacó el teléfono para comprobar si habían escrito algo, y encontró audios variados:

Romy: «¡Estoy a siete minutos!»

Sun Hee: «Entrando por la puerta central»

Kat: «¡Por fin veo luz! ¡Ya llego, ya llego!»

Danni alzó la cabeza al ver llegar a Kat al trote. Vaya, los gritos del audio rivalizaban con los reales, y no era que la chica necesitara chillar para llamar la atención: ya se encargaba su cabellera rosa unicornio de captar todas las miradas.

A veces le daba envidia lo atrevida que era, ella jamás tendría agallas para teñir su melena pelirroja de un color no normativo, aunque le gustaba verlos en su amiga. Es más, dudaba que le quedaran bien: con su cara llena de pecas y los ojos color miel, el rosa o el azul en el pelo no tenían pinta de conjuntar demasiado. Justo al revés que Kat, que podía ponerse hasta una peluca tipo juez británico sin temor a que le sentara mal. Era perfecta, toda ella, una belleza de piel blanca y ojos verdes de sorprendente claridad, ni muy alta ni muy baja, cuerpo proporcionado y dientes dignos de un anuncio de dentífrico. Hasta las uñas tenía perfectas, la maldita.

Por eso no le faltaba trabajo, siempre tenía una cita para el sábado y mil cosas más. No como ella, que estaba a cero, tanto de curro como de novio.

En fin, esperaba que cuatro días de *spa* y juerga nocturna cambiaran el curso de las últimas cuatro semanas, falta le hacía.

—¡Estoy, estoy! —gritó Kat al llegar, para girarse al conductor—. Siento el retraso, pero, ¿qué demonios de aparcamiento tienen ustedes aquí? ¿Alguna vez le han dicho que parece un laberinto de película de terror? ¿Qué pasa con la señalización, ya no está de moda? Porque ahora vamos justas, que si no pondría una queja en…

—¿Tiene billete?

—Pues claro que tengo billete. —Kat lo sacó y lo miró—. Autobús número dos, ¿verdad?

—Este es el número uno —corrigió él.

—Sí, es el número uno, Kat —intervino Danni.

—Pues juraría que era el dos.

Kat inició una breve danza en la que comprobaba varias veces su billete con el frontal de autobús, una manía que tenía desde siempre. Danni se lo había visto hacer en las salas de cine, en los turnos de la pizzería y en cualquier cosa que llevara un número asignado. Fuera como fuera, Kat era de las que se aseguraba de las cosas veinte veces.

—Es el uno. —Danni le arrebató el billete para que dejara de mirarlo y se lo entregó al conductor, quien esperaba con los ojos puestos en el techo.

Kat metió la maleta en el compartimento y se quedó con una mochila, que se colocó mientras regresaba junto a Danni.

—Vayan subiendo, estamos a punto de salir.

—¡Espere! —suplicó Danni, sacando el móvil—. ¡Solo faltan dos!

—O suben ahora o se quedan en tierra.

El tono inflexible hizo que las dos amigas lanzaran un suspiro antes de subir. Mientras buscaban sus asientos, tropezando con los codos del resto de pasajeros al pasar por su lado, volvieron a entrar al grupo por si había actualizaciones.

Romy: «¡Chicas, estoy en el semáforo!»

—Estos son —señaló Kat, al encontrarlos—. Oye, justo en mitad del bus, ¡qué buen sitio! Al menos vamos juntas, piensa en la pobre Sun Hee, que tiene que ir en otro asiento.

—Es culpa suya, por dejarlo todo para el último día. Si hubiera cogido el billete a la vez que nosotras, al menos iría al lado. O delante, yo qué sé.

—Da igual. —Dio un par de saltos para meter la mochila en el compartimento superior antes de sentarse—. De todos modos, se pasará el viaje dormida o escuchando a ese dichoso grupo que la tiene loca…

Las dos señoras que iban sentadas delante lanzaron una mirada avinagrada al escuchar el tono de su voz, sin duda con el presentimiento de que no sería precisamente un viaje tranquilo. Kat alzó una ceja, devolviéndole la mirada hasta que ellas se giraron. Luego lanzó un resoplido dirigido a Danni, consciente de que empezaban con mal pie y que un viaje de doce horas podía ser eterno con dos señoras susceptibles justo ante ellas.

Danni agarró el móvil.

—Voy a llamar a Sun Hee —dijo.

—Espera, no hace falta, ¡viene por ahí! —Kat se irguió para gritar a pleno pulmón—. ¡No arranque, nuestra amiga ya llega!

A su alrededor, todos los pasajeros la miraron, molestos, de modo que la joven se dejó caer en su asiento, abochornada.

—Perdón —murmuró.

—Bueno, pues voy a llamar a Romy —repuso Danni, moviendo el dedo arriba y abajo en su pantalla hasta encontrar el teléfono de esta y marcar.

—¡Sigo en el semáforo! —contestó Romy, con la respiración agitada.

—¡Date fuego, mueve el culo que esto arranca!

Nueva mirada de las señoras, aunque Danni las ignoró, preocupada mientras cortaba la llamada porque temía que Romy no iba a llegar.

A través del cristal, Kat observo cómo Sun Hee lanzaba la maleta al compartimento del autobús, para después correr hacia la subida con el billete en la mano. Pronto la vio aparecer y le hizo un gesto con la mano, al que la chica respondió con una sonrisa.

Sun Hee, americana de origen coreano, tan atractiva como exótica, siempre recibía una atención constante. Sus pómulos eran la envidia de todas sus amigas, al igual que su piel bronceada y su lisa y perfecta melena. Sin embargo, Sun Hee rara vez utilizaba su aspecto para destacar; de hecho, se pasaba la vida vestida con vaqueros tres tallas más grandes de lo que necesitaba, cazadoras de cuero y gorros imposibles.

«La completa ausencia de estilo es mi estilo», solía replicar cuando todas le hacían alguna observación sobre lo estrambótico de mezclar deportivas de leopardo con un gorrito rosa. No servía de nada, a Sun Hee la ropa le traía sin cuidado: ella vivía para la música en primer lugar, para su trabajo como esteticista en segundo y, finalmente, para suspirar por el guitarrista del grupo Strigoi, su eterno amor platónico desde la adolescencia.

Era una chica tan dulce que ninguna se atrevía a decirle que dejara esas cosas de cría y, aunque no hacía daño a nadie al soñar despierta, todas observaban con tristeza cómo dejaba pasar a cualquier chico que se interesara por ella.

Sun Hee llegó hasta su altura, con una gorra de beisbol en la cabeza, una especie de conjunto deportivo y un paquete de chicle de fresa en las manos, golosina a la que era adicta.

—¿Llevas algo presentable en la maleta? —inquirió Kat, cuando la tuvo a su lado en el pasillo.

—Sí, sí, tranquilas. Este modelito es para viajar cómoda —explicó Sun Hee.

—¿Llevas corrector de ojeras? —bromeó Danni, al ver su cara somnolienta.

—Uff, ayer no paré en todo el día y aún no me he recuperado —murmuró la chica—. Se nota que estamos en primavera, la gente quiere las uñas y el cutis perfecto. Casi me alegro de que el viaje sea largo, podré dormir un poco.

Danni le dio una palmadita con una sonrisa mientras Sun Hee estudiaba el billete.

—Voy sentada al fondo. —Se encogió de hombros—. Hablaremos por WhatsApp... antes dejadme dormir un rato, ¿vale? Si veis que no respondo no me despertéis.

Las dos asintieron a la vez, así que Sun Hee se despidió con un gesto de cabeza para encaminarse al fondo del autobús. La suerte estaba de su lado, puesto que los asientos próximos estaban vacíos, de ese modo hasta podría estirarse un poco. La idea de tener catorce horas por delante para dormir, escuchar música en su iPod y atiborrarse del chicle que llevaba en el bolso le sonaba a paraíso en ese momento.

Kat y Danni se miraron horrorizadas al escuchar al conductor encender el motor del autobús.

—No puede irse —siseó la segunda—. Romy no ha subido.

—Espera, yo lo arreglaré.

Decidida, Kat abandonó su sitio junto al pasillo para ir a toda prisa hacia la parte delantera, donde el conductor acababa de cerrar las puertas y tenía la mano en la palanca de cambios.

—Hola —saludó ella, toda sonrisas—. Siento mis palabras de antes, ¿no podría esperar cinco minutos? Una de nuestras amigas está parada en un semáforo.

—Son las cuatro. Tengo que salir ya, no puedo esperar más.

—¡Pero es la novia! ¿Cómo vamos a hacer una despedida de soltera sin la novia?

—Tienen un serio problema.

—¡Cinco minutos, hombre! —suplicó Kat.

—Lo siento, tengo un horario que cumplir. Le sugiero que modere su tono, hay más pasajeros en el autobús y no todos tienen por qué sufrir esa voz tan chillona.

Kat abrió la boca, asombrada e irritada al mismo tiempo, ¿voz chillona? ¿Qué modales eran aquellos? ¿Seguro que un simple conductor podía hablarle de esa forma?

Exasperada, regresó a su sitio con los labios apretados y negó cuando Danni la observó, expectante. Se dejó caer, apenada al ver que el autobús salía finalmente de la dársena sin que Romy hubiera llegado a acceder.

—Mierda —refunfuñó la chica—. No ha querido esperar ni cinco minutos y encima me dice que tengo voz chillona. Creo que en lugar de una queja pondré dos.

Danni ya tenía el móvil en la mano de nuevo y aguardaba a que Romy atendiera la llamada.

—¡Chicas, ya estoy en la entrada de la estación!

—Ya, pues llegas tarde. —Danni frunció los labios—. Hemos intentado que esperara cinco minutos más, pero nos ha tocado el conductor con espíritu de maquinista suizo.

—¿Lo he perdido? ¿Y ahora qué hago?

—¿No puedes coger el próximo? —sugirió Danni—. Acércate a la ventanilla y pregunta a ver a qué hora sale, con suerte no será mucho y solo llegarás un poco después que nosotras.

—Voy a ver, luego os cuento.

Danni cortó y se recostó en el respaldo con un suspiro. Pues sí que empezaban bien el viaje, ¡con la novia en tierra!

Planear la despedida había resultado bastante complicado. El grupo se componía de seis amigas, cada una con sus trabajos y compromisos, así que coordinar a todas había sido una pesadilla. Y cuando al fin lo lograban, Romy se quedaba en tierra, ¡encima era la agasajada! La novia, la primera de todas ellas en casarse, cuya despedida tenía que ser muy especial.

Para evitar recorrer los mismos sitios o quizá encontrarse con el novio y sus amigas, habían escogido un destino bien alejado: las cataratas del Niágara. La parte canadiense, claro.

Así también aprovechaban a conocer un sitio nuevo, al que de normal no irían por la distancia, y se aseguraban de estar en un entorno donde nadie las pudiera reconocer. Al fin y al cabo, las despedidas de soltera eran para desmelenarse, ¿no?

Además, en el plan de los cuatro días había momentos para todos los gustos: aparte de la *suite* grupal, el hotel tenía un *spa* con sus correspondientes circuitos, masajes, tratamientos de belleza, restaurante, servicio de habitaciones y cualquier capricho que quisieran. Y, por la noche, no podía faltar la juerga y el baile, algo que a Danni le hacía mucha falta. Llevaba una racha de lo más penosa; necesitaba distraerse, pasar tiempo con sus amigas, bailar, reírse, cualquier cosa que alejara lo malo de su cabeza.

—¿Habrá champán en la *suite*? —preguntó Kat.

—El hotel lo ha elegido Skylar —aclaró Danni—. Eso quiere decir que lo estaremos pagando de por vida.

Lo cual le venía regular, ahora que oficialmente era una desempleada. De algún modo, no le sorprendía. Al igual que había estudiado informática sin demasiada convicción, trabajar de ello no había hecho otra cosa que añadir una rutina grisácea a su vida.

Ella era una chica sociable a la que le gustaba el contacto con la gente, por lo que trabajar a diario encerrada en un cubículo frente a un ordenador era lo más parecido a su idea del infierno. Ese aburrimiento se había hecho crónico con los años, así que el hecho de ser despedida no fue en realidad algo inesperado. Mientras sus compañeros se desvivían por hacer méritos, añadían horas y horas a sus ya abultados horarios y buscaban formas de reinventarse para avanzar, Danni se limitaba a matar el tiempo hasta la hora de salir.

Cuando su jefe tuvo que ascender a alguien, se quedó fuera. Después vino un recorte, y ahí fue directa a la oficina de desempleo. Tampoco podía culparlo, su desgana era tan obvia que a menudo la llamaban *Tormenta*, y no porque se pareciera en nada a Halle Berry en la famosa película de los mutantes, sino porque llevaba a todas partes una enorme nube gris.

Cualquiera de los empleos de sus amigas le parecía mejor. Sun Hee trabajaba en un salón de belleza haciendo manicuras, depilando cejas y piernas, extendiendo mascarillas y maquillando a novias. Vale que hacer pedicuras no le daba envidia, pero al menos charlaba con sus clientas y las hacía felices porque al salir se veían más atractivas.

Kat formaba parte de la plantilla en una tienda de ropa muy moderna donde siempre tenían un hilo musical con los éxitos del momento, el uniforme oficial era precioso, las compañeras se apoyaban en todo momento y la jefa les regalaba bombones cuando cumplían años.

El trabajo de Romy no estaba en su top de favoritos, ya que las secretarias compartían aura aburrida con los informáticos, pero al menos su amiga salía de viaje con la jefa. Una vez al mes, la acompañaba a congresos donde ella realmente no hacía nada, excepto programar su agenda y después disfrutar de los hoteles donde se alojaban. Cada vez que enviaba una foto de turismo por la ciudad de turno o del bufé donde le tocaba comer, Danni se moría de envidia porque alguien hacía trampas allí: se suponía que una secretaria debía aburrirse tanto como ella.

Luego estaba River, que era veterinaria. Allí no había glamur, aunque tampoco hacía falta, ya que su amiga se dedicaba a lo que siempre había soñado. Ese trabajo le permitía pasar tiempo con animales, su gran pasión, y encima le pagaban por ello. Una podía pensar que cuando la llamaban de noche para ir a toda prisa a la clínica a tratar una obstrucción intestinal el asunto perdía encanto… sin embargo, no para River. Ella siempre salía de su turno con el rostro resplandeciente, la sonrisa alegre y ese brillo especial de quien es feliz con su vida. Lo que tanto echaba de menos Danni, para quien la suya hacía tiempo que había dejado de brillar.

Luego estaba Skylar, que era tema aparte. Ella sí que tenía un trabajo de ensueño, muy acorde a su estatus: relaciones públicas en uno de los mejores hoteles de Atlanta, el Ritz-Carlton. Era el típico hotel de revista, con sus cinco estrellas bien merecidas. Rezumaba lujo, clase, dinero y clientela selecta, y una vez cruzada la entrada, hasta el aire costaba caro. Skylar se movía como pez en el agua en ese ambiente, ya que venía de buena familia. Cuando la veían por allí, con uno de sus vestidos de diseño, era como si hubiera nacido para aquello. Y por supuesto, que abriera el chat soltando algo como:

«Tenemos a Liam Hemsworth en la *suite* de lujo», no ayudaba a aplacar el resentimiento de Danni respecto a su triste vida laboral.

Un mes atrás, al ser despedida, su primera reacción había sido positiva. Era una buena oportunidad para plantearse un cambio, así que se dedicó a investigar sobre posibles caminos a seguir. Sin embargo, casi cualquier cosa mínimamente interesante requería una formación, y eso ya le daba más pereza. Día tras día, dejó de mirar e imaginar, pensando si de verdad merecía la pena retroceder para partir de cero. Con casi treinta años no era fácil replantearse toda su vida; además, no tenía tantos ahorros como para volver a estudiar. Una parte de sí misma le decía que aceptara la realidad: era informática y lo lógico era buscar trabajo de lo suyo, quizá encararlo con otra actitud… y otra parte se resistía.

Así que ahí estaba, sin saber qué hacer, y solo podía pensar en lo que iba a costar esa despedida. Se habían dejado llevar por el entusiasmo al ver el majestuoso hotel con vistas panorámicas a las cataratas del Niágara. El restaurante era espectacular, el *spa* tenía todo lo que se podía pedir, las *suites* eran un sueño con camas gigantes, el casino, los *tours* organizados…

La euforia al ser la primera despedida oficial, sumada a la ilusión de estar las seis juntas y coronada por una ronda de tequilas, había dado como resultado un viaje que sería inolvidable en muchos aspectos, entre ellos su cuenta corriente, que quedaría malherida.

Eso ya no tenía remedio, y al menos se consolaba pensando que no tenía que pagar alquiler, pues Skylar la acogía en su piso hasta que las cosas mejoraran. De no ser así, pronto se hubiera visto en serios aprietos.

River: «¿Ya estáis todas, chicas? Buen viaje.»

Skylar: «Romy, si esperas a mañana puedes venir con nosotras en el coche.»

Romy: «Hay un autobús que sale dentro de dos horas y me sirve el billete, cogeré ese. Dos horas no es nada, podéis esperarme en el hotel.»

Danni iba a teclear algo cuando se encendió el micrófono y escucharon la voz del conductor.

—Buenas tardes, me llamo Bernard y seré el chófer de este viaje. Les explicaré el recorrido y las paradas que vamos a hacer, pero antes les recuerdo que deben abrocharse el cinturón de seguridad.

Kat empezó a negar con la cabeza.

—¿Catorce horas con el cinturón? —protestó.

—Venga, que no aprieta tanto —le dijo Danni, mientras se abrochaba el suyo.

—Ahora, verás dentro de un rato cuando hayamos comido unas cuantas mierdas.

—¿Tantas provisiones has traído?

—Claro. Voy a coger la mochila.

Se sujetó al asiento de delante para poder coger impulso y recuperar la mochila, ganándose una mirada de la señora que ocupaba el mismo.

—Perdón —se disculpó, soltando el respaldo al segundo.

Se volvió a sentar y abrió la mochila para mostrar el interior a Danni.

—Donuts grandes y pequeños, patatas fritas, galletas, caramelos…

—Espera, que Skylar ha abierto una llamada a seis.

Le dio al altavoz para que las dos escucharan.

—¡Chicas! ¿Cómo vais?

En la pantalla aparecían los nombres de todas menos de Sun Hee, y Kat se arrodilló en el asiento para mirar hacia los asientos traseros. Distinguió sus zapatillas asomando por debajo de una chaqueta, y volvió a sentarse moviendo la cabeza.

—Sun Hee ya está grogui —dijo.

—Yo estoy con un café esperando al siguiente autobús —comentó Romy, con un suspiro—. Ya me han confirmado la plaza.

—Yo preparando la maleta para mañana —dijo River.

—Pasaré a buscarte en cuanto termine mi reunión, calcula sobre las nueve o nueve y media —confirmó Skylar.

—Perfecto, yo habré acabado la intervención para esa hora.

Si hubiera sido por ella, habría ido en el autobús con la mayoría, pero tenía una operación a un gato de uno de sus clientes habituales y no podía posponerla. Así que, cuando Skylar había avisado que iría más tarde en coche por culpa de una reunión importante, se había unido a ella para compartir el viaje y los gastos.

—Nos comeremos vuestra parte del bufé —bromeó Kat.

Una de las señoras que iba delante giró la cabeza con cara de pocos amigos y les chistó.

—Chicas, mejor hablamos luego en la parada o por el WhatsApp —dijo Danni, bajando la voz.

—Vale, chicas, ¡buen viaje! —contestó Skylar.

Las demás fueron contestando y Danni colgó.

—Pobre Romy, dos horas ahí sola en la estación… —comentó.

—Ya, menuda forma de comenzar su despedida. Habrá que compensar cuando llegue, no sé, doble de champán y bombones o algo.

—Espero que no sea una mala señal.

A ver si su mala racha se iba a volver contagiosa… solo faltaba eso.

—Que no, mujer, ha sido culpa del semáforo, no sé quién los programa para que duren tanto, la verdad.

Notó un golpe en el respaldo de su asiento y se giró, pensando que sería algún niño, pero no: un señor mayor la miraba con el ceño fruncido y, antes de que pudiera decirle nada, lo vio levantarse y pasar a su lado hacia el frente del autobús.

—¿Qué pasa? —preguntó Danni.

—Nada, me ha dado sin querer al levantarse.

Volvió a coger la mochila y rebuscó entre los paquetes.

—Hija, normal que no encuentres nada —le dijo Danni, elevando la ceja ante el ruido continuo de plástico—. ¿Hay algo sano ahí? ¿Como fruta?

—Sí, esto. —Sacó un donut de colores—. Morado es fruta, ¿no?

Danni se echó a reír y lo cogió, mientras que Kat consiguió encontrar un paquete de los pequeñitos y lo abrió, relamiéndose por adelantado.

—Estos días no cuentan —dijo, con medio ya en la boca—. ¿Cómo vamos a ir de fiesta y bufé y comer fruta? ¡Eso no es serio!

—Ya, eso sí.

—Así que nada, el viaje vale para ir entrenando.

El señor volvió a su asiento y la que iba delante, tras lanzarle otra mirada fulminante, se levantó también para ir hacia el conductor.

—Pobre hombre —comentó Kat, agitando la cabeza.

—¿Quién?

—El conductor, no hacen más que molestarlo.

La señora regresó y, antes de sentarse, volvió a mirarlas.

—Es que ni comiendo calláis.

Se sentó de forma brusca y ellas se miraron, atónitas.

—¿Es un autobús de esos de ir en silencio o qué? —preguntó Kat, bajando un poco la voz.

—No, no, es uno normal. Esos eran más caros.

—Pues no entiendo por qué nos dice esto.

—Tampoco molestamos, solo estamos hablando.

—Y comiendo. ¿Quieres otro morado? También hay rosas con malvaviscos y…

—Atención, por favor —dijo el conductor, a través de los altavoces—. Las señoritas de la fila central, mantengan el tono de voz un poco más bajo. Están molestando a otros viajeros y a mí, que me llega el ruido hasta aquí.

—¿Qué? —Indignada, Kat se incorporó y miró atrás y delante—. ¿Ahora está prohibido hablar?

—Kat, déjalo, vamos a bajar el tono y ya está.

Danni la cogió del brazo para tirar hacia ella, hasta conseguir que se sentara. La chica estaba algo sonrojada, tras comprobar que todo el autobús las miraba y no con amabilidad precisamente. No pretendían molestar a nadie, ¡si no estaban gritando ni nada! Tampoco era para quejarse así, podían haberles dicho algo y listo, no ir a hablar con el conductor como si fueran unas delincuentes. Ahora se daba cuenta de que el golpe del tipo de detrás no había sido casual.

—Nos ha tocado el *aburribus* —refunfuñó.

—La señorita del pelo rosa, que pase a la fila veinte —dijo el conductor.

Kat volvió a levantarse, más molesta aún.

—¡Pero si no he dicho nada!

—No me obliguen a parar en la siguiente estación de servicio y echarlas del autobús.

Danni se cruzó de brazos, tan molesta como Kat o más. Menudo plan. Sin novia, separadas… el viaje mejoraba por momentos.

Kat sacó un par de paquetes de patatas, otro donut y se lo entregó todo a Danni.

—Por lo menos, que no pases hambre.

—Tranquila, con esto de sobra.

—¡Señorita del pelo rosa! —avisó el conductor.

—¡Que ya voy!

Decidido: odiaba a los conductores de autobús en general y a ese en particular. Ni disfrutar del viaje se podía, pondría una queja en cuanto pudiera. Seguro que sus amigas la apoyaban, más después de haber dejado tirada a la novia. ¿A quién se le ocurría? ¡Ese hombre no tenía corazón! ¿Qué sería lo próximo? ¿Dejarlas tiradas en la parada de descanso?

Se aposentó en el asiento asignado y dejó los mini donuts a un lado, tan mosqueada que hasta se le había quitado el hambre… al menos durante media hora, lo que duró hasta que le picó el gusanillo de nuevo y sacó otro paquete.

Al menos tenían los móviles con ellas, así que de vez en cuando se enviaban mensajes. Le consoló ver que todo el grupo estaba a su favor, igual de indignadas que ellas dos. Menos Sun Hee, claro, que seguía en plan marmota. Iba a flipar cuando despertara y tuviera más de cien mensajes para leer.

Un par de horas después, tuvieron la primera buena noticia:

«¡Ya estoy en el autobús!», confirmó Romy.

Bien, al menos iba en la misma dirección y no habían perdido a la novia de forma definitiva. Un par de horas no era nada, la esperarían mientras deshacían las maletas e investigaban la *suite*, que tenía pinta de llevar un buen rato por el tamaño que tenía. Podían adornarla en plan festivo, seguro que haría alguna tienda de cosas chulas cerca o podrían ayudarlas en el hotel. Ya se lo imaginaba todo lleno de globos de colores, guirnaldas, purpurina... ¿Les dejarían utilizar esos botes que los abrías y salían las cosas disparadas? O mejor no preguntar, por si acaso. Con lo que costaba la *suite*, seguro que sí.

Miró hacia atrás, a ver si Sun Hee estaba despierta para compartir comentarios, pero ya ni le veía los pies: se había hecho una bola y estaba camuflada entre las chaquetas y asientos.

Asomó la cabeza por el pasillo. Danni estaba varias filas por delante y no podía hacer nada para llamar su atención. Tampoco usar el grupo común, así que sacó unas galletas para consolarse y pasar el tiempo mientras llegaba la hora de la parada de descanso. Ahí aprovecharía para hablar todo lo que estaba reteniendo, casi le parecía que iba a explotar de aguantar en silencio.

En cada respaldo había una pequeña pantalla de entretenimiento, así que enchufó los cascos y pasó por los canales de música, empezó varias series y probó algunos juegos, todo ello con la sensación de estar mordiéndose la lengua. A ese paso, acabaría con las existencias antes siquiera del primer descanso, y había calculado para todo el viaje. Bueno, no pasaba nada, repondría en la tienda de la estación de servicio, esos sitios siempre tenían de todo y nada sano, como debía ser.

Pronto se empezó a hacer de noche, aún era primavera y las noches más bien largas, por lo que cuando por fin el conductor anunció que iban a hacer la parada de descanso, ya no se veía el sol.

Rápidamente recogió todo para tirar la basura acumulada y se colocó la mochila para reponer. En cuanto el autobús se detuvo, se levantó para echar un ojo a Sun Hee. Nada, la chica seguía en aparente coma profundo, así que decidió no molestarla y acercarse a Danni. Se encontraron en la puerta trasera para bajar y, en cuanto pisaron la calle, notaron el fresco.

—Voy a sacar una chaqueta de la maleta —dijo Danni.

El conductor justo estaba bajando y Kat se acercó con su sonrisa más amable, aunque en realidad quería darle con la mochila en la cabeza.

—Hola, ¿podría abrir el maletero? Necesitamos sacar unas chaquetas.

—La parada es de quince minutos.

«¿Dónde vas? Manzanas traigo», pensó ella.

—Serán treinta segundos —aseguró Danni.

El hombre frunció el ceño, pero abrió el compartimento y miró el reloj. Temiendo que lo cerrara aunque tuvieran medio cuerpo dentro, ambas se dieron toda la prisa que pudieron en sacar una chaqueta cada una.

El conductor cerró en cuanto las vio apartarse y se metió en la zona de servicio sin decir nada.

—Voy al baño y a reponer existencias —dijo Kat.

—Yo voy a coger un café, te espero dentro.

—¿No vas al baño?

—Ahora habrá cola, prefiero ir después y no tener que esperar. ¿Te pido algo?

—Sí, otro café, ¡gracias!

Entraron en la cafetería y se separaron: Danni a la barra y Kat al lavabo, donde, efectivamente, había algo de cola, y encima justo delante tenía a las señoras del autobús. Les sonrió, pero ellas solo la miraron de arriba abajo antes de ponerse a cuchichear entre ellas. Distinguió alguna palabra como «rosa», «pintas», «desteñir»… casi le daban ganas de mojárselo y sacudirse un poco, a ver si les salpicaba algo de color, que falta les hacía en sus vidas.

Por fin, le tocó su turno cuando ya estaba pensando en empezar a dar saltitos para aguantar mejor. Al salir, aprovechó para tirar la basura en unas papeleras separadas para reciclar y fue a la barra a reunirse con Danni, que ya se había tomado su café y tenía el suyo esperando.

—Ya casi hay que volver —indicó la primera.

—Voy, voy. —Probó y, al ver que estaba templado, se lo tomó prácticamente de un trago—. Tengo que ir a la tienda.

—Pues yo voy al baño ahora, ¿quedaba alguien?

—Un par de personas.

—Vale, no tardaré.

—Nos vemos en el bus. Aunque sea de lejos.

Le dio un abrazo con un mohín, como si las hubieran separado kilómetros en lugar de unos metros, y se fue corriendo a la tienda.

Hizo un barrido visual para localizar todo lo que llevaba chocolate y las bolsas de *snacks* y así no daba vueltas, sino que directamente iba a coger lo que quería.

En la caja había también gente esperando, y miró varias veces por la ventana para asegurarse de que el autobús no se iba. Ya había algún vehículo más en la parada y se veía gente moviéndose, aunque no estaba segura si eran del suyo que volvían o los otros, que bajaban.

En fin, daba igual, lo único que tenía que hacer era pagar y volver a su solitario asiento lejos de Danni. Que vale, estaba más de cerca de Sun Hee, pero igual le daba que fuera una patata, tenía la misma conversación en el estado en que se encontraba.

La cola avanzó y llegó a la caja, depositó su arsenal para pagar y lo guardó todo en la mochila para no perder nada por el camino.

Al salir de la zona de la tienda miró hacia los baños, pero no vio a Danni, por lo que dedujo que ya habría salido y estaría subida en el autobús.

Los andenes se encontraban llenos de vehículos y permaneció parada unos segundos, sin recordar dónde estaba el suyo exactamente.

Se fue corriendo hasta el más cercano para comprobar los números.

—Uno —leyó, y corrió al siguiente—. Dos.

Se palpó los bolsillos buscando su billete, cuando escuchó el motor de uno de ellos arrancando. Volvió a mirar ambos y corrió hacia la puerta trasera para subirse, no fuera a perderlo por hacer el tonto. Ocupó su asiento y miró hacia atrás, aunque no vio a Sun Hee. Cuando dormía, la tía dormía de verdad, ya le gustaría a ella tener ese sueño tan profundo. Echó un ojo hacia delante y, como las luces del interior estaban apagadas, no veía bien, aunque distinguió lo que parecía la melena pelirroja de Danni y suspiró aliviada. Menos mal, solo faltaba que su amiga perdiera el autobús y se quedara tirada en medio de la nada.

Se acomodó en el asiento y se colocó los cascos para buscar alguna película, a ver si así se entretenía un poco o se quedaba dormida, cualquiera de las dos opciones le venía bien, puesto que aún quedaban muchas horas de viaje por delante.

Por su parte, Danni había tenido que esperar para poder entrar al baño. Su estrategia no había funcionado por una vez, así que cuando consiguió entrar hizo uso del mismo lo más rápido que pudo.

El problema fue al salir. O más bien, al no hacerlo, porque cuando fue a quitar el cierre, se quedó con parte de la pieza en la mano.

—Oh, no —murmuró—. OH, NO.

Empujó la puerta con todas sus fuerzas, sin ningún éxito: era inamovible. Dio un par de golpes y nadie contestó. Joder, tanta gente para entrar, ¿y ya no quedaba nadie?

Mierda.

¡El móvil! Lo sacó y pulsó sobre el nombre de Kat para llamarla, y en ese momento la pantalla se volvió negra.

—No, no, ¡no!

Intentó encenderlo y casi lo consiguió, porque en cuanto se reinició, volvió a apagarse. Mierda, se había pasado el viaje enviando mensajes, también jugando, y no lo había enchufado. Había visto que le quedaba poca batería, pero pensaba que era más y que ya lo cargaría al volver al autobús.

Bueno, Kat se daría cuenta de que no estaba y daría aviso.

—Eso es, solo tengo que esperar un poco —dijo en voz alta.

Aunque nadie la oía, claro. Aquello estaba vacío y más bien había eco. Sin embargo, los minutos pasaron y ahí no entraba nadie. Miró su reloj varias veces y, diez minutos después, ya estaba pensando en escalar por la pared del baño cuando por fin escuchó que se abría la puerta.

—¡Socorro! —gritó, dando golpes.

—¿Hola? —preguntó una voz femenina.

—¡Me he quedado atascada!

—Ay, pobre, ¡voy a buscar a alguien!

—¡Gracias!

Menos mal, pronto estaría fuera y en el *aburribus*. Escuchó cómo entraba más gente y el ruido de las herramientas.

—Soy el encargado —dijo una voz masculina—. Enseguida la saco.

—Gracias, no quiero perder mi autobús.

Hubo varios golpes, martillazos y ruidos metálicos, hasta que todo el cierre cayó por un lado y la puerta se abrió.

Sin mirar, Danni salió corriendo con su chaqueta y su bolso.

—¡Gracias! —gritó.

Atravesó el restaurante corriendo y salió al aparcamiento… para encontrarlo vacío. No estaba su *aburribus*, ni ningún otro.

—No, no.

—Señorita… —le dijo la misma voz que la había ayudado.

Danni se giró para ver al hombre, vestido con el uniforme del área de servicio.

—Se han ido todos, no me ha dejado avisarla —le dijo.

—Pero… pero… no puede ser. Mis amigas…

—Los autobuses tienen sus horarios. Avise por el móvil a sus amigas y busque un taxi.

¿Un taxi? ¿Al Niágara? ¿Ese hombre estaba loco o qué?

—Necesito un cargador de móvil —dijo, en cambio.

—Claro, le prestaré uno.

Danni lanzó una última mirada al aparcamiento, como si el autobús pudiera estar camuflado y aparecer de pronto, y siguió al hombre al interior pensando en que, si alguien le hubiera preguntado, habría apostado a que Kat perdería el autobús, con lo despistada que ella.

Y no, le había tocado a ella. ¿Karma? Hasta las narices estaba del karma.

CAPÍTULO 2
MIÉRCOLES, NOCHE

Danni: «Chicas, ¿alguna está despierta? De verdad, tengo un problema enorme. Mucho más grande que la cabeza de Selena Gómez.»

La pelirroja consultó el reloj, agobiada e intranquila. Colin, el encargado, estaba sentado frente a ella con un par de tazas de café cortesía del área de servicio. De vez en cuando también miraba la hora, sin duda pensando cuánto iba a alargarse aquella extraña situación.

—Nada, seguro que están dormidas. —Danni dejó el móvil sobre la mesa y se pasó las manos por la cara—. ¿Qué puedo hacer?

—¿Y si llama al autobús para que den la vuelta?

—Lo haría si tuviera el teléfono. O si alguna de mis amigas escuchara mis llamadas y fuera a hablar con el conductor.

—No dará la vuelta —informó la camarera, dejando un sándwich junto al café—. No eres la primera viajera que se queda tirada en un área de servicio y nunca vuelven. Quizás puedan encajarte en el próximo que se detenga.

Danni alzó la ceja.

—¡Bingo! —exclamó—. Sí, mi amiga Romy viene en uno que salió dos horas después. Tiene el mismo destino, es que ella perdió el nuestro.

—Vaya, qué grupo tan despistado —comentó Colin, y dio un golpecito en la mesa—. Bien, entonces todo arreglado, ¿no? Llame a su amiga y que hable con el conductor de su autobús, seguro que queda algún asiento libre y le permiten ocuparlo.

—Muchas gracias. —Danni sonrió aliviada—. Oiga, ¿me deja el cargador hasta que eso suceda? Solo por si acaso.

—Desde luego. Devuélvalo en la caja de los *snacks* cuando haya acabado.

El encargado la saludó con la cabeza antes de regresar a su trabajo. Animada por la solución, Danni le dio un mordisco al sándwich mientras buscaba el teléfono de Romy en la agenda. Vale, era tarde y prefería que sus amigas leyeran los mensajes antes que llamarlas, pero la situación requería medidas drásticas. De cualquier forma, Romy bajaría en esa misma área de servicio y sería casi imposible que no la viera; aun así, necesitaba confirmar lo antes posible que podía montar en su autobús.

Escuchó el tono y, un par de segundos después, le contestó la voz somnolienta de la joven.

—¿Danni? ¿Pasa algo? Estaba adormilada.

—He escrito en el grupo y nadie me contesta, tengo un problema. Un súper problema.

—Es que son más de las once, estarán todas secas. Es lo único bueno que tiene viajar de noche, ya sabes, que se puede dormir. —Romy bostezó—. ¿Qué te pasa?

—Me he quedado tirada en el área de servicio donde se detuvo el autobús.

—¿Qué? —Romy revivió al instante—. ¿Qué dices?

—Entré al baño y el pestillo se atascó. Mientras venía el encargado… eso, perdí el autobús.

—¿Y cómo ha podido pasar? ¿Kat y Sun Hee no se dieron cuenta y salieron a buscarte antes de que eso pasara?

—Sun Hee ha estado en coma desde el principio del viaje. Y a Kat y a mí nos separó el conductor porque, según él, íbamos armando escándalo… así que seguro que Kat ni se ha dado cuenta. Se habrá puesto tres películas distintas hasta quedarse dormida, porque ninguna ha leído mis mensajes.

—Skylar dijo que se acostaría a las diez para poder salir temprano, así que ya estará en la cama con su antifaz de raso. —Romy soltó una risita.

Danni no disimuló la sonrisa, porque podía imaginarse perfectamente a su amiga cual princesa, tumbada en su cama enorme y con el antifaz que utilizaba cuando necesitaba recuperar sueño para tener buen aspecto al día siguiente. Skylar pensaba mucho en los detalles. Si ella intentara ponerse una cosa de esas, seguro que rompería la goma y esta le daría en el ojo.

—River tenía una operación, así que estará de guardia en la clínica.

—Romy, lo único que se me ocurre es que pueda subir en tu autobús. ¿Podrías hablar con el conductor y explicarle mi problema, a ver si se puede hacer?

—Ahora mismo voy. Te digo algo en cuanto hable con él.

—Gracias, cariño. Y no te preocupes, tu despedida va a ser genial, maravillosa.

—Lo sé.

Romy cortó la llamada y salió de su asiento para cruzar el pasillo. Madre mía, menuda faena lo que le había sucedido a Danni, era la típica pesadilla que todos temían cuando entraban en un baño durante un viaje: quedarse atascado y que te dejaran en tierra.

Lo lógico era que el conductor se preocupara de que todos los viajeros se encontraran en sus asientos, pero a veces la lógica fallaba. O veían las mochilas y daban por sentado que estaban dentro; en otras ocasiones, los pasajeros hacían grupos para charlar y nadie se percataba si una sola persona no aparecía.

En fin, bastante nerviosa se encontraba para además tener que preocuparse de que sus amigas —y damas de honor— no llegaran a su despedida. Necesitaba mucho esa celebración, desde luego, porque toda ella era un manojo de nervios andante. Cuatro días por delante en los que recibir masajes, comer en buenos restaurantes, tener charlas interminables con sus chicas y beber alguna que otra botella de champán era la medicina que le hacía falta para acallar esa vocecilla interna que trabajaba a pleno rendimiento.

¿Era buen momento para casarse? ¿De verdad la quería Randy o la dejaría plantada en el altar? ¿Por qué la había escogido a ella, con tantas mujeres despampanantes por el mundo?

Bien sabía que no era el prototipo de chica en la que los hombres se fijaban. Es más, tenía plena consciencia de que, de su grupo de amigas, era la menos agraciada, pero como siempre le había pasado lo mismo, estaba más que acostumbrada.

Kat y Skylar eran las bellezas por excelencia. La primera parecía una muñeca de proporciones perfectas, la segunda poseía el *pack* infalible de cabello rubio, ojos azules, cara bonita y cuerpo de modelo. Sun Hee era el exotismo personificado, River la mezcla llamativa de piel oscura y ojos verdes, además de su espléndido pelo afro. Y Danni tenía mala suerte en general, la pobre... pero la mala suerte con melena pelirroja, pecas y buen tipo se llevaba de otra manera.

Luego estaba ella, Romy. Gorda desde bien pequeña, «de huesos grandes», como decía su madre para consolarla. Aunque esos «huesos grandes» solo parecían afectarla a ella, nadie más de su familia tenía problemas de peso. Si se observaba en un espejo con objetividad, no podía decir que fuera fea porque no lo era, cierto. Le gustaban su boca y su rostro en general, pero había muchas más cosas que no la convencían. Ese cabello castaño y liso, sin brillo ni volumen, no tenía nada de especial, al igual que tampoco lo tenían los ojos, de idéntico tono. Los de color azul le habían tocado a su hermano Corey, algo que era de lo más injusto, ya que él no los necesitaba en absoluto. Romy estaba segura de que les hubiera dado un mucho mejor uso que su hermano, que ni se fijaba en la suerte que tenía de ser el más guapo de los dos.

Si analizaba su cuerpo, la cosa se ponía todavía peor. Esas caderas la tenían amargada desde los doce años, ¡no existía manera de reducirlas!

Al igual que los brazos, las piernas y la fina capa de grasa que la rodeaba por completo. No entendía por qué Randy se había fijado en ella; es más, le chocaba que fuera la primera en casarse. De hecho, le alucinaba que fuera la única a la que iba más o menos bien en el amor.

Sacudió la cabeza al darse cuenta de que había llegado al asiento del conductor y carraspeó.

—Hola, ¿puedo hablar con usted un momento?

—La parada para comer algo y estirar las piernas es dentro de una hora y media —informó él, sin apartar la mirada de la carretera.

—Sí, lo sé, es otra cosa. Verá, una de mis amigas hacía el mismo recorrido en el autobús de esta línea que salió dos horas antes.

—Ajá.

—Y se quedó encerrada en los lavabos del área de servicio, así que lo perdió. Ahora se encuentra allí y no sabe qué hacer, es tarde para que alguien le coja el teléfono en la compañía de autobuses.

—Mierda —gruñó el hombre—. Es la ruta de Bernard. Espera un minuto.

Pulsó un botón y carraspeó.

—Hola, aquí Emmet. ¿Bernard, me oyes? —Ruido de estática— Bernard, soy Emmet.

—Aquí estoy —respondió una voz de hombre que sonaba lejana.

—¿Tienes a todos tus pasajeros? Me dicen que una chica de tu ruta se ha quedado tirada en el área de servicio donde paramos.

—¿Qué? ¡Joder! Espera, voy a pasar lista por el micrófono a ver. Te contacto ahora.

Emmet cortó la comunicación y, sin dejar de mirar al frente, lanzó un suspiro.

—Es más común de lo que parece —comentó, a modo de explicación.

—¿Podríamos recogerla nosotros? —preguntó Romy.

—Sin problema, vamos ocupados en un setenta por ciento. Si no, tu amiga se quedaría tirada, pondría una queja, la compañía tendría que devolverle el dinero, y todo eso se traduciría en una bronca para Bernard por negligencia. Así que sí, claro que la recogeremos.

Romy suspiró, aliviada, justo cuando el transmisor zumbaba.

—¿Emmet? No me falta una, sino dos.

—¿Qué? —exclamó el hombre, alucinado.

—Lo que acabo de decir, que no solo me falta una, sino dos. ¿Cómo se llama la pasajera de la que me hablas?

Emmet se giró hacia Romy, que escuchaba con los ojos abiertos como platos.

—Danni. Danielle King es la que yo digo, es pelirroja.

—Sí, en efecto, es una de las que me faltan, iba sentada con otra chica de pelo rosa. Ninguna de las dos está en sus asientos.

—Madre mía, ¡es Kat!

—¿Cómo?

—La chica del pelo rosa es Kat, mi otra amiga. Las dos viajaban juntas, y parece ser que las cambiaron de sitio… solo sé que Danni está sola.

Miró al conductor con aprensión y él le devolvió la mirada, preocupado.

—Bernard, solo tenemos constancia de una de las dos chicas, la que está en el área de servicio. De la otra no sabemos nada.

—¡Mierda!

El juramento de Bernard resonó en la cabina, haciendo que los pasajeros de los asientos más próximos se miraran entre ellos.

—A ver, calma, no puede estar muy lejos —Emmet moduló su tono de voz para no seguir llamando la atención—. Vamos a abrir la frecuencia en línea con todas las rutas, a ver si se ha confundido de autobús.

—Como no la encuentre, Emmet… ¿Te ocupas tú de recoger a la pelirroja?

—Desde luego, no te preocupes que eso está hecho.

—Muchas gracias. Voy a abrir para hablar con los demás.

El chasquido indicó que la charla había terminado. Emmet cogió la radio para poder seguir la conversación sin que el resto del autobús escuchara, no sin antes girarse hacia Romy.

—Dile a tu amiga que se compre una revista y la cena, aún tardaremos en llegar.

—¿Y qué pasa con mi otra amiga? ¿También la han perdido?

—Voy a averiguarlo ahora mismo. Siéntate aquí al lado, ese asiento se baja para que el conductor pueda tener copiloto. —Le señaló una butaca plegada—. La vamos a encontrar, prometido.

Romy fue hasta su asiento a toda prisa para coger su chaqueta y el bolso. Después bajó el asiento indicado por Emmet y lo miró, ansiosa, en espera de tener noticias del paradero de Kat. No era descabellado que hubiera subido a otro transporte por error, pasaba tanto tiempo sacando billetes para comprobar asientos que a menudo liaba los números.

Aun así, estaba preocupada. ¿Y si le había pasado algo? Le mandó un par de mensajes que no leyó y probó a llamar, sin éxito tampoco.

¿Dónde demonios estaba?

Kat se había quedado adormilada viendo una película y, como al abrir los ojos se dio cuenta de que se había perdido la mitad, la apagó. Sacó su móvil con un bostezo y despertó del todo al ver que tenía un montón de mensajes en el grupo, además de una llamada de Romy.

¿Qué habría pasado? ¡Si ya estaba en el siguiente autobús! Miró los mensajes a toda prisa y sus ojos se clavaron en el texto que había escrito Danni. No podía ser, ¿tenía un problema enorme y no iba a hablar con ella? Aquello era rarísimo.

Se asomó al pasillo y no consiguió verla en la oscuridad. No quería molestar al resto del pasaje, así que le envió un mensaje.

«¿Qué te pasa?»

Unos minutos después, Danni contestó:

«Tirada en la estación de servicio.»

Kat ahogó una exclamación. Vio que su amiga seguía escribiendo, pero no siguió leyendo y se levantó al instante. La mayoría del pasaje estaba dormido y el vehículo a oscuras, así que puso la linterna en el móvil y avanzó por el pasillo hasta llegar al conductor, intentando recordar cómo se llamaba. ¿Fernand? No, acaba en «ard», era algo parecido…

—¡Gerard, tiene que dar la vuelta! —pidió, en cuanto estuvo a su lado.

Y entonces se quedó pasmada. Porque ese hombre no era el conductor borde que había dejado tiradas a sus amigas, primero a Romy y después a Danni. ¡Menudo récord!

No, aquel tipo no tenía nada que ver. Tenía por lo menos veinte años menos, eso para empezar. Para continuar, allí había pelo.

Mucho, castaño claro y abundante. Un perfil que madre mía, ya quisiera Picard parecerse un poco. Y aquel brazo llevaba la camisa de uniforme mucho mejor que el otro, sí, señor. Qué bien se le marcaba el bíceps... Se movió para poder verlo de frente y parpadeó, preguntándose si no se habría quedado dormida y estaría en medio de algún sueño o fantasía. ¿Se podía ser más guapo? Lo dudaba, ¡si hasta tenía los ojos azules! Un tono precioso, por lo que podía ver con la poca luz que había. Al menos sobre él había un foco que iluminaba su puesto, supuso que para ayudar a que no se quedara dormido.

—Señorita, vuelva a su asiento.

Kat se recompuso, recordando el motivo de acercarse. Quizá habían cambiado de conductor en la parada y ella sin enterarse. De eso no iba a poner queja en la empresa, no, que habían ganado con el cambio.

—Perdón, buscaba al otro conductor.

—No hay otro conductor, solo estoy yo.

—Sí, me refería al anterior. Es igual, tiene que dar la vuelta.

Aquello hizo que el joven desviara la mirada, se quedara observándola unos segundos y volviera su atención a la carretera.

—Estamos en la autopista y seguimos un itinerario, no puedo dar la vuelta.

—Es que mi amiga se ha quedado tirada en la estación de servicio.

Él volvió a echarle un vistazo, mosqueado. No recordaba haberla visto subir en Atlanta al autobús, y seguro que se habría acordado de ella: aquel pelo rosa se veía hasta con la poca luz que había. Y era guapa, de las que llamaban la atención, así que volvió a mirarla y elevó una ceja.

—¿Está en el autobús correcto, señorita?

—Pues claro.

—¿Tiene su billete?

Kat resopló y volvió a su asiento a coger la mochila. Rebuscó hasta encontrar el billete y volvió con él en la mano.

—Aquí tiene.

El conductor echó un ojo y movió la cabeza.

—Este no es su autobús.

—Que sí.

—¿Me va a decir a mí, que soy el que conduce, que estoy en el autobús que no es?

—Lo he comprobado, mire. —Señaló el número, por si no había visto bien—. El uno.

—Este es el dos.

—¿Cómo va a ser el dos? ¡Lo he mirado antes de subir, ponía…!

Se quedó callada. Había mirado dos autobuses, el uno y el dos, igual que en Atlanta. Uno, dos.

—Un segundo —dijo, mordiéndose el labio.

Mosqueada, avanzó por el pasillo hasta llegar al que creía que era su asiento original, donde había visto la melena pelirroja. Una chica desconocida la miró levantando la mano para protegerse de la luz.

—Oye, cuidado con eso —protestó—. Algunos intentamos dormir.

—Ay, Dios, ay, Dios.

Continuó hasta los asientos traseros… donde solo encontró abrigos amontonados, ni rastro de Sun Hee bajo ellos.

Regresó a la parte delantera, de nuevo junto al conductor.

—Su billete es para el uno —repitió él—. Este es el dos. Estábamos aparcados al lado en la estación de servicio.

—Entonces, ¿Placard no se ha bajado y lo ha sustituido usted?

Era su última esperanza, aunque ya imaginaba la respuesta.

—No. No sé ni quién es ese Placard.

—O Gerard. O Picard…

—Nada. No conozco.

—¿Y esto dónde va?

—A Fort Wayne.

—¿Dónde está? ¿Cerca de Niágara?

Él agitó la cabeza.

—No, más bien bastante lejos. Es Fort Wayne, Indiana.

Kat sintió que le fallaban las piernas. Se apoyó en el panel delantero y el conductor la miró, preocupado porque parecía que iba a desmayarse.

—¿Está bien?

—No, yo… necesito sentarme.

—Sí, será mejor que vuelva a su sitio.

—¡No tengo asiento!

Notó algo en su espalda y vio que había un asiento recogido, de los que solían utilizar los guías en los autobuses turísticos. Tiró de él para sacarlo y se sentó, quedando de frente al conductor y a todo el pasaje.

—¿Hay más paradas? —preguntó.

—No, ya no paro más.

—¿Y qué hago?

—Pues tendrá que seguir hasta Fort Wayne y buscar allí un transporte. Yo no puedo cambiar mi ruta.

La radio crepitó y escuchó la voz de uno de sus compañeros, Bernard, lanzando un aviso:

—Atención a todos los autobuses con parada en el área de servicio tras Lexington —dijo—. Necesito que comprobéis si tenéis alguna pasajera nueva. Kat Rivera.

El conductor miró a Kat, que levantó la mano con entusiasmo señalándose a sí misma.

—¡Soy yo, soy yo!

El chico cogió la radio y pulsó el botón para hablar.

—Aquí Lawson, autobús de Atlanta a Fort Wayne. ¿La chica tiene el pelo rosa?

—¡Que soy yo! —susurró ella.

—Sí, sí, ¿está contigo?

—Está en mi autobús, sí. Puedes darla por localizada, seguirá hasta Fort Wayne y allí veremos dónde recolocarla.

—Perfecto. Así no hay que abrir incidencia. Gracias, Lawson.

—De nada, Bernard.

Cortó la comunicación y Kat se dio un golpe en la frente.

—Eso era, Bernard. —Sacó su móvil—. Voy a avisar a mis amigas.

Al abrir el grupo y leyó en los mensajes que Danni iba a ser recogida por el autobús de Romy, así que suspiró aliviada. Al menos no se quedaría en el área de servicio a pasar la noche. Ahora quien tenía el mayor problema era ella, que iba en dirección contraria. Para asegurarse, abrió la aplicación de mapas y buscó Fort Wayne en ella.

No, no se había equivocado: aquel sitio estaba tan lejos de Niágara como Atlanta, solo que más al oeste. Bueno, seguro que podría conseguir algún autobús hacia allí en la estación, porque entró en la aplicación de la línea y no conseguía ver nada: le salía un mensaje de que estaban actualizando la página y se compraran los billetes directamente en las taquillas o por teléfono, claro que esto último solo podía hacerse en horario de oficina.

En fin, tendría que esperar a llegar a Fort Wayne, entonces. Escribió a sus amigas para tranquilizarlas y miró al conductor, que seguía concentrado en la carretera. Seguro que agradecía un poco de conversación, tenía que ser muy aburrido conducir por la noche durante tantas horas sin hablar con nadie.

—¿Puedo tutearte? —le preguntó.

—¿Cómo?

—Digo que si puedo tutearte. Te llamas Lawson, ¿no? Y tú sabes que soy Kat, así que ya nos conocemos.

—Vale, como quieras.

—¿Quién escoge el catálogo de películas?

—¿Perdona?

—No veas lo que me ha costado encontrar una decente, y total, para quedarme dormida viéndola. ¿Se pueden enviar sugerencias?

Él parpadeó, puesto que no se lo había planteado nunca. Como los conductores no utilizaban el entretenimiento a bordo, no era algo a lo que prestara atención. Ni recordaba que nadie se hubiera quejado al respecto.

—Imagino que podrás enviar un correo electrónico a la central —contestó.

—Quizá lo haga. ¿Sabes? Iba a quejarme de Petard por dejar tirada a mi amiga Romy, que podía haber esperado cinco minutos a que llegara… y mira, ahora me pierde a mí y deja a Danni en la estación. ¿Tú qué opinas?

—Que Petard no es ningún nombre. Y Bernard no tiene la culpa de que te hayas equivocado de autobús o de que tu amiga llegara tarde.

—Pues ha dejado a Danni en la parada.

—De eso no tengo todos los datos, no sé qué habrá pasado, pero sois todas adultas, ¿no?

La miró, pensó que su pelo muy adulto no era, y volvió la vista a la carretera.

Ella se retorció un mechón, pensativa. Obviamente, él no iba a aconsejarle poner una denuncia, entre compañeros se protegerían. Por otro lado, tenía algo de razón, ella se había subido donde no era y Romy tendría que haber llegado con tiempo… Y tampoco quería mosquearle, bastante que la había dejado sentarse ahí y la llevaba hasta otra parada.

Aunque fuera a cientos de kilómetros.

—Puedes dormir un rato, si quieres —le propuso Lawson.

—Tranquilo, estoy bien, no me importa darte conversación. Así me entretengo yo también, aquí no hay mucha distracción. Aunque eso, tampoco el catálogo es la bomba. No me imagino lo que sería esto hace años, cuando solo había la televisión delante y la gente tenía que conformarse con la película que veía el conductor. Lo sé por el cine y las series, no he llegado a subir a ninguno así. ¿Y tú? —Él abrió la boca—. No, eres demasiado joven también. ¿Qué años tienes?

—Treinta…

—Anda, yo casi.

Él elevó una ceja, pensando que no lo parecía con aquel pelo ni el rostro aniñado, le había echado muchos menos. Escuchó el ruido de un plástico y vio que había abierto su mochila para buscar algo dentro.

—¿Qué te gusta? —preguntó Kat.

Lawson la miró, sus ojos se detuvieron en sus labios gruesos y sensuales y carraspeó antes de mirar a la carretera de nuevo.

—¿De qué? —preguntó.

—¿Dulce o salado? —Sacó un donut y un paquete de patatas fritas—. Tengo de todo.

—Ah, bueno, gracias, ahora no quiero nada.

—Vale, pues para dentro de un rato.

Guardó todo y miró su móvil, suspirando al pensar que llegarían todas antes que ella y se perdería parte de la diversión. Ojalá ese fuera el último contratiempo, solo quería que Romy tuviera la despedida que merecía.

—Así que… vais a Niágara —comentó Lawson.

No había tenido ninguna intención de darle pie a más conversación, pero comprobó cómo se oscurecía su expresión y no le gustó verla desaminada. Claro que no había calculado las consecuencias… Cierto, su bonito rostro se animó, solo que al cabo de cinco minutos ya tenía la cabeza loca con tanto nombre y se había perdido con quién estaba dónde.

La noche iba a ser entretenida.

Romy miró el último *selfie* enviado por Danni, una prueba de lo deprimentes que eran las áreas de servicio a esas horas de la madrugada. Se frotó los brazos, deseando llegar de una vez y que su amiga pudiera subir sana y salva con ella. Siempre había sido un poco miedosa… además, en esa foto se veía con total claridad que solo quedaba un puñado de personas, la mayor parte hombres que hacían rutas con sus camiones. No era el mejor sitio del mundo para que la chica estuviera sola, no.

Subió con el dedo por la pantalla del móvil, plateándose escribir un mensaje a Skylar sobre esos nervios instalados en el estómago, aunque finalmente desistió. Sabía que si la despertaba no se enfadaría, estaba más que acostumbrada a sus crisis, pero era muy tarde y decidió dejarla dormir. Ya hablarían al llegar, largo y tendido.

—¿Estamos lejos? —preguntó a Emmet, guardando el teléfono.

—Una media hora —informó él.

La morena se recostó, sin dejar de pensar en la última llamada de Randy. Él también celebraba su despedida ese fin de semana y habían hablado nada más subir ella al autobús. Desde entonces, ni un solo mensaje para ver qué tal estaba.

Vale, seguro que tenía lío, que sus amigos se lo habían llevado por ahí de juerga con secuestro de móvil incluido. Aun así, ¿ni un triste mensajito? ¡Que se casaban en una semana y pico, por Dios!

Notó cómo el autobús perdía velocidad de manera brusca y giró la cara hacia Emmet.

—¿Por qué frenamos? —preguntó.

—No lo sé —contestó el, con tono tranquilo—. Voy a ver.

Ella permaneció confundida, ¿no lo sabía? ¿Acaso no era él quién frenaba?

Emmet encendió todas las luces, sacando a la mayor parte de los pasajeros del sueño en el que se encontraban. Encarriló el autobús hacia el arcén y lo mantuvo recto hasta que este se detuvo por completo. Entonces, encendió el micrófono.

—Es posible que haya alguna avería —informó—. No salgan del autobús, por favor, hasta que yo se lo diga.

Romy miró por la ventana, a ver qué había alrededor. No mucho, al parecer, solo la autopista. El autobús parecía un árbol de Navidad ahí en medio con tanta luz, pero por lo menos se veía desde lejos. Observó a Emmet descender y cerrar tras de sí, con el móvil entre las manos.

Esperaba que solo fuera la batería o algo por el estilo, sufrir una avería sería de lo más irónico. ¿Es que la ley de Murphy siempre tenía que cumplirse de cabo a rabo en su vida?

Siguió al hombre con la vista mientras este sacaba la señalización legal. Al mismo tiempo, tenía el móvil pegado en la oreja.

Tras unas cuantas vueltas alrededor del vehículo, Emmet regresó al interior para dar noticias a los atónitos y medio dormidos pasajeros.

—Bueno, pues en efecto, tenemos una avería. Los frenos no funcionan —informó.

Hubo una exclamación general que Romy compartió. ¿Los frenos? ¡Joder, que podían haberse matado! El estupor pronto dio paso a un montón de protestas a coro del resto de los viajeros, ¿y qué iban a hacer en medio de la nada y de noche? ¿Irían a recogerlos?

—Calma —Emmet volvió a tomar el mando—. No es seguro estar dentro, podrían darnos un golpe a pesar de tener la señalización, así que vayan bajando en orden. Vendrán a recogernos en un rato y seguiremos el camino.

La siguiente media hora fue un caos, con todos los pasajeros sacando sus maletas a toda prisa. Emmet los retiró hasta la zona más segura, un pequeño camino un kilómetro más adelante; no era lo ideal, pero sí lo mejor que tenían. Romy cargó con su equipaje, trastornada, y se reunió con el resto del grupo después de ponerse la chaqueta.

Vacilante, se aproximó al conductor, que esperaba cruzado de brazos en espera de noticias.

—¿Cuánto nos va a retrasar esto? —preguntó.

—No sabría decir, depende de lo que tarde en llegar el autobús de sustitución. Supongo que una hora más o menos.

—Es por avisar a mi amiga.

—Ah, bueno, respecto a eso… creo que al final no podremos recogerla.

—¿Qué?

—Para cuando llegue el otro vehículo llevaremos una hora o más de retraso. No puedo garantizarlo al cien por cien porque no lo sabré hasta que lleguen, pero en otras ocasiones que hemos tenido averías, la orden es hacer el resto del trayecto directo. Sin paradas.

—¿No tendremos descanso?

—Este es el descanso. —Emmet señaló a su alrededor—. La compañía penaliza los retrasos, así que cuando sucede algo por el estilo, se intenta llegar lo más pronto posible.

—Pero… ¡está solo a media hora!

—Media hora más la hora que arrastraremos. No gustaría a los jefes ni a los pasajeros… para hacer los descansos nos desviamos a las áreas de servicio, por eso si hay prisa esa parte se obvia, porque en el autobús hay baño y bebidas.

Romy se cruzó de brazos, petrificada. No se lo podía creer, ¡y se quedaba tan tranquilo!

—Entonces, ¿van a dejar a mi amiga tirada en un área de servicio de madrugada?

Emmet se encogió de hombros.

—Yo no hago las normas —contestó—. Solo las obedezco.

—¿Y qué va a hacer allí la pobre? ¡Está sola en medio de ninguna parte!

—Tiene suerte de que esos sitios no cierren.

—¿Habla en serio?

—A ver, lo siento mucho, de verdad. Intentamos ayudar si podemos, de verdad que sí, solo que a veces las cosas se complican.

—¿Y qué puede hacer?

—Puede llamar a primera hora a la compañía por si le dan alguna solución, aunque… en fin, la culpa no la tienen ellos. Dudo que asuman pagarle ningún otro billete o medio de transporte.

—Eso es… es…

—No es culpa de nadie que se quedara encerrada en un lavabo. Puede sugerirle que ponga una reclamación al establecimiento, ¿no? A lo mejor el encargado del mantenimiento no había revisado los pestillos como debería.

Romy abrió la boca, atónita. No sabía si el conductor se burlaba de ella, por las frases que salían de su boca le parecía que sí, aunque permanecía serio.

Soltó un bufido, exasperada, y se alejó para sacar de nuevo el teléfono. Ya se veía pegada a él las siguientes veinticuatro horas, porque no estaría tranquila hasta que sus dos amigas se encontraran a su lado en la lujosa *suite* del hotel reservado.

Romy: «Danni, tengo muy malas noticias.»

Danni: «¿Peores que el hecho de estar de madrugada tirada en un sitio donde solo hay cuatro camioneros?»

Romy: «Nuestro autobús acaba de sufrir una avería en los frenos. Nos han hecho bajar y estamos en plena autopista.»

Danni: «¡No jodas!»

Romy: «Lo que oyes, y hasta dentro de una hora no llega otro para recogernos. Y lo peor es que con este retraso, iremos directos a Niágara.»

Danni: «¡No, no, no!»

Romy: «He intentado razonar con el conductor, pero dice que son las normas. Que tienen el compromiso de intentar llegar lo antes posible.»

Danni: «Mierda, mierda y mierda. ¿Y qué hago yo ahora?»

Romy: «Dice que llames a la compañía por la mañana, a ver si te ofrecen alguna solución, aunque en realidad básicamente es culpa tuya, no suya.»

Danni: «¡Estoy en un sitio alejado de la mano de Dios, ni siquiera hay un autobús de línea que pueda coger para llegar al pueblo más cercano! ¡No sé ni dónde estoy!»

Romy no sabía ni qué decirle. La comprendía a la perfección y, además, conocía su situación económica. No estaba para excesos desde que había perdido su trabajo meses atrás, iba tirando con el dinero ahorrado y la ayuda ocasional de sus padres, además de vivir en el piso de Skylar sin pagar nada.

Romy: «¿Y si llamas a un taxi y que te lleve al pueblo más cercano?»

Danni: «No llevo mucho dinero encima… bueno, ya pensaré algo, no te preocupes.»

Romy: «¿Qué vas a hacer?»

Danni: «Tendré que esperar aquí hasta que se haga de día y luego veré la forma de llegar a una estación de lo que sea, tren, bus… os mantengo al día en el grupo.»

Romy: «Danni, lo siento mucho, ¡lo he intentado!»

Danni: «Lo sé, lo sé, tranquila. Voy a pensar en opciones, que tengo tiempo. Avisa cuando llegues para saber que estás bien.»

Danni dejó el móvil sobre la mesa y se quedó con cara fúnebre, ¿y ahora qué?

Se preguntaba cómo iba a salir de aquella situación… y lo primero era averiguar dónde demonios se encontraba. Buscó la localización exacta y descubrió que, en efecto, se encontraba en medio de la nada. Lo más cercano a esa área de servicio era Georgetown, una ciudad de menos de treinta y mil habitantes. Eso ya le daba una idea de los servicios que podía tener, por ejemplo, un servicio de taxis que seguro no respondería a su llamada. De todos modos, aunque contestaran al teléfono y accedieran a ir hasta allí a recogerla, a esas horas de la noche no podía ir a ninguna parte. Las ciudades pequeñas tampoco tenían tantos hoteles, corría el riesgo además de que estos estuvieran ocupados. No le seducía la idea de pasarse horas buscando un alojamiento cutre, que era lo único que podría pagarse en caso de necesidad suprema. Y encima en un sitio que no conocía, todo costaba el doble de tiempo cuando no habías estado nunca.

A eso había que sumar el hecho de que era muy probable que no encontrara ninguna opción viable en la estación de autobús de esa ciudad. Se veía cogiendo un par de transportes hasta llegar a Cincinatti, por ejemplo, y rezar por que allí encontrara una combinación hasta Niágara.

Apartó el móvil de un golpe, malhumorada, justo en el instante en que la camarera se acercaba.

—¿Te apetece otro café? —ofreció—. La casa invita.

—Gracias. Más me vale estar despierta —refunfuñó Danni—. ¿O puedo dormir un rato sobre la mesa?

—¿No debería haber llegado el autobús?

—Avería. Ah, y ahora viene lo mejor: van directos y no pasan por aquí. —Danni se tapó la cara con las manos—. No sé qué voy a hacer.

La chica le rellenó la taza de café y la observó, apenada.

—Puedes quedarte aquí, tranquila, y llamar a un taxi por la mañana.

—¿Un taxi hasta Niágara?

—Caramba, sí que vas lejos, sí... puede que alguien vaya en esa dirección.

Danni alzó la mirada al escucharla y después hizo un barrido por la amplia cafetería. ¿Estaba de broma o qué? ¿Cómo iba a irse con cualquier desconocido? ¿Acaso no veía el telediario?

Tampoco había muchas opciones, tres o cuatro hombres desperdigados.

—A un par de esos no los había visto nunca —añadió la camarera, al ver su mirada—. Pero los otros dos vienen varias veces al mes, son caras familiares. Ese, en concreto, es un chico muy amable.

«Siempre saludaba», terminó Danni en su cabeza.

Era una locura, una absoluta locura. Sin embargo, si fuera alguien de fiar... en fin, la sacaría de un apuro muy gordo. Si tan solo aceptaba dejarla en algún punto donde fuera más sencillo localizar un método de transporte, eso le iría de maravilla. Dar vueltas y vueltas en ciudades o pueblos pequeños con pocas posibilidades solo le haría perder tiempo y dinero, y no podía permitirse ninguna de esas dos cosas.

Pero, ¿qué demonios estaba pensando? ¿Cómo iba a abordar a un desconocido así como así?

Danni sacudió la cabeza y se levantó, decidida. Tampoco era la primera vez que hacía autostop. Cuando era adolescente, se había montado en muchos coches sin apenas conocer al conductor, la mayor parte de las veces con una buena dosis de alcohol en la sangre. Aquello no era diferente, excepto que ahora era mayor y estaba con los sentidos alerta.

Si le daba mala espina, se daría media vuelta y listo.

Con esa idea en mente, fue hasta la barra donde se encontraba el chico que la camarera había señalado. Menos mal que no era muy tímida, si ese trago lo hubiera tenido que pasar Romy, fijo que se quedaba en el área de servicio hasta la boda.

—Hola —saludó, una vez estuvo a su altura.

El chico apartó la mirada del libro que estaba leyendo y giró la cara en su dirección, lo que Danni aprovechó para echar un vistazo rápido.

Libro, bien. Café, bien. Sándwich y patatas, bien. Todo parecía en orden, de modo que miró al chico con más detalle.

No sería mucho mayor que era, aunque quizá fuera de esos que disimulaban los años gracias a una cara juvenil. Ojos azules, pelo castaño, expresión agradable... y buena forma, que se le notaba perfectamente debajo de la ropa. El tipo de tío con el que hubiera intentado ligar de habérselo encontrado en algún local de copas, seguro, era guapo.

—Hola —contestó él—. ¿Querías algo?

—¿Psicópata?

—¿Cómo dices?

—Que si eres un psicópata —repitió Danni, sentándose en el taburete contiguo.

—Si lo fuera, no te lo diría —contestó él.

—Soy Danni. —La pelirroja extendió la mano en su dirección.

El joven lanzó una mirada a su alrededor, como si esperara ver alguna cámara. O quizá solo se aseguraba de tener testigos por si a ella le daba por hacer alguna locura.

El simple pensamiento la hizo sonreír. Ella preocupada por si aquel desconocido era un potencial asesino, y él fijo que pensaba que se le había acercado una chalada.

Oh, Dios, ¿y si la tomaba por una prostituta o algo similar?

—Jamie —respondió, con cierto recelo.

—Tranquilo, Jamie, no vendo nada —se apresuró a aclarar Danni—. Estoy metida en un lío y la chica de la barra me ha dicho que pareces un buen tipo.

—No todo el tiempo —comentó él—. Solo a ratos.

—Pero, ¿eres un psicópata?

—Rara vez —bromeó, con una sonrisa.

Aquello relajó a la chica. Vale, su intuición no siempre funcionaba, no tenía mejor ejemplo que el imbécil de su ex, pero el chico le daba buena espina. Con esa cara y la sonrisa no tenía pinta de guardar un arsenal de cuchillos en su guantera.

Aunque un rostro atractivo y simpático no era garantía de nada.

—Necesito que alguien me lleve —dijo, a pesar de sus pensamientos.

—Ah, ¿eres autoestopista? ¿No te dijo tu madre que es peligroso?

—No hago autostop, ¿crees que estoy loca? —Danni se indignó.

—Bueno, pedir a un desconocido que te lleve es, básicamente, hacer autostop. —Jamie le dio un sorbo a su café.

—He tenido un problema —explicó Danni—. ¿Te lo cuento?

El chico consultó el reloj.

—Salgo en diez minutos, ¿es muy largo?

Ella lo miró, ruborizada.

—Si no quieres llevarme, es tan fácil como decir que no. Ya buscaré la forma, hay otros tipos aquí que podrían hacerlo.

Jamie recorrió el local con la mirada.

—Tienes razón —asintió—. Uno está dormido encima de su plato, eso siempre da confianza.

—¡Oye! —protestó Danni—. No estoy en esta situación por gusto, ¿vale? Iba en mi autobús camino a Niágara y me quedé encerrada en el baño, ¡el bus se largó sin mí! Estoy tirada aquí y no sé qué hacer, ni dónde ir, ¡ni cómo!

Apoyó los codos en la barra y se pasó las manos por la cara, desesperada.

—¿Niágara? —preguntó él, sin apartar la vista de su café.

—Exacto, Niágara. Voy... vamos a celebrar la despedida de soltera de nuestra amiga Romy. Se suponía que llegaríamos por la mañana, temprano.

—Ah, una despedida de soltera.

—Por favor, estoy desesperada. No puedo permitirme coger un taxi hasta allí. —La joven puso expresión de súplica.

—Normal, eso te costaría el sueldo de un mes. ¿Y dónde quieres bajar?

—He estado consultando la ciudad más próxima y es Georgetown, solo que no es muy grande y dudo que pueda encontrar alojamiento a estas horas.

—Y mucho menos la forma de llegar a Niágara —añadió Jamie, con convicción—. He parado allí varias veces durante mi ruta. Es un sitio bonito, pero con transporte limitado. Hay autobuses a Cincinatti, cada dos horas, creo recordar.

Justo lo que Danni pensaba, en Georgetown no encontraría la manera más rápida de solucionar su problema.

—¿Cincinatti te pilla de camino? —preguntó.

—Sí, me pilla. Y allí tendrás más opciones, aunque te diré que la compañía no se hará cargo de pagarte el viaje —comentó Jamie—. El error fue tuyo.

—¡No fue mío, me quedé encerrada! ¡Fue ese maldito baño!

Jamie parecía divertido. Bebió el último sorbo de café, cerró su libro y le hizo un gesto a la camarera para que le trajera la cuenta.

—Soy camionero —explicó, sin dar rodeos—. Y tengo una ruta que cumplir. No acostumbro a recoger autoestopistas...

—¡Que no soy una autoestopista!

—¿Me dejas acabar?

La pelirroja se cruzó de brazos, apretando los labios.

—Puedo acercarte hasta Cincinatti, si tan desesperada estás, con ciertas condiciones.

—¿Cuáles? —se apresuró a preguntar Danni, desconcertada.

Como le pidiera algo raro…

—Si llevas armas encima, o las dejas fuera o no subes. Ya me han robado un par de veces por tratar de ayudar.

—¿Tengo pinta de llevar armas?

Jamie se encogió de hombros.

—Dentro de mi camión no se toca la música ni la guantera. ¿Está claro?

—¿Qué repartes?

—Eso tampoco es asunto tuyo. —Jamie sacó la cartera y dejó un par de billetes sobre el mostrador mientras cogía su libro—. No me gusta demasiado hablar, así que un poco de silencio tampoco estaría mal.

—¿Y cómo sé yo que no eres un chiflado o un secuestrador?

—Te recuerdo que eres tú la que se ha acercado a pedirme un favor, no al revés.

Jamie se incorporó, sacudiéndose la ropa de posibles migas. Vaya, pues era alto… y cachas, ahora que podía fijarse mejor. ¿Cómo era que no lo había mirado con más detalle mientras tomaba café tras café?

—¿Vienes o no? —preguntó él.

CAPÍTULO 3

JUEVES, MADRUGADA

«Estad tranquilas», escribió Danni. «Un camionero me va a llevar a Cincinnati y allí buscaré otro autobús, así que llegaré. No sé cuándo, pero llegaré.»

Danni iba a guardar el móvil en el bolso cuando este empezó a vibrar y pitar con varios mensajes y miró la pantalla.

Romy: «¿Un camionero? ¿Estás loca?»

Kat: «¿Cómo sabes que no es un psicópata?»

Romy: «¿Tienes el GPS del móvil activado para poder localizarte?»

—¿Algún problema? —preguntó Jamie, mirándola de reojo.

Acababan de entrar en la autopista y ella se había tranquilizado aún más al ver el estado de la cabina. Había algún que otro papel desordenado, pero no restos de comida o bebida, tampoco los asientos estaban manchados o rotos. En general, el camión parecía bastante nuevo y cuidado. El asiento del copiloto era muy cómodo y tenía mucho sitio para estirar las piernas; si no fuera por el cambio de trayecto, el retraso y estar separada de sus amigas, podría decir que había ganado con el cambio. La comodidad no era un consuelo, aunque sí mejor que nada.

Detrás de los asientos había un espacio cubierto por una cortina y no se veía lo que había. Aunque Jamie solo le había advertido acerca de la guantera y la música, suponía que si se ponía a cotillear compartimentos sin preguntar se mosquearía. Y necesitaba que no la dejara tirada, así que se quedaría quietecita y procuraría no molestar.

—Mis amigas —contestó.

—¿Iban todas en el mismo autobús?

—En teoría sí.

—¿Y eso qué significa?

—Pues que en el área de servicio Kat se subió a otro autobús, está camino de Fort Wayne. —Jamie emitió un silbido—. ¿Qué?

—No, nada, nada, sigue.

Y él pensando que Danni iba con retraso… la otra pobre a saber cuándo llegaría, aquel sitio estaba bastante más alejado de cualquier ruta posible hacia Niágara, aunque no dijo nada. Bastante preocupada parecía la chica como para deprimirla aún más.

—Al menos estará la novia, ¿no?

—No. —Suspiró—. Romy perdió el autobús y consiguió el siguiente, que iba a recogerme a mí en el área de servicio, pero han sufrido una avería y ya no paran. Por eso mi emergencia.

«Menudo éxito», pensó él.

—En el autobús solo queda Sun Hee, que aún está dormida, por lo que parece. Y por la mañana salen Skylar y River en coche.

Su móvil volvió a pitar.

—Será mejor que les contestes —comentó él.

Danni miró la pantalla y se encontró otro mensaje.

Romy: «¿Estás bien? ¿Por qué no contestas?»

Ella comprobó que, efectivamente, tenía el GPS encendido.

Danni: «Todo en orden, estaba hablando con él. Podéis localizarme con el GPS, está encendido.»

Kat: «¿Qué pinta tiene? Porque mi autobusero nada que ver con el borde de Pachard.»

Danni: «Bernard, no Pachard. Está bien, parece majo.»

Pensó si intentar hacerle una foto sin que se diera cuenta, aunque con la suerte que llevaba aquel día, seguro que saltaba el *flash* y lo deslumbraba. No, ya vería más adelante si se animaba o, cuando fueran a despedirse, le podía pedir que se hicieran un *selfie* juntos.

Romy: «¿Cómo sabes que no es un psicópata?»

Pues vaya ánimos…

Danni: «Estaba leyendo un libro y tomando un sándwich y un café.»

Kat: «Sándwiches, la comida prohibida para los asesinos en serie.»

Romy: «¿Qué pinta tiene el camión? Mira en la guantera, si lleva un arma la tendrá ahí escondida.»

Danni miró el compartimento, a Jamie y luego al móvil. Si les contaba a sus amigas que justo eso era una de las cosas que le había prohibido tocar, seguro que le decían que se tirara en marcha, como mínimo. Así que, en lugar de eso, escribió:

«Que estoy bien, no seáis exageradas. Voy a darle un poco de conversación y luego os cuento más cosas»

Al final acabarían poniéndola de los nervios, así que quitó el sonido al móvil y lo guardó en el bolso.

—¿Tu ruta se acaba en Cincinnati? —le preguntó.

—No, en realidad voy hasta Toronto.

Ella abrió mucho los ojos, emocionada.

—¿Por qué no me lo has dicho antes? ¡Si está al lado de Niágara!

—Porque no voy directo, tengo que hacer otra entrega antes en Bowling Green.

—¿Y eso dónde está?

—Al norte. Así que entre la parada de mañana y esa, no te merece la pena porque perderías mucho tiempo. No creo que llegue a Toronto hasta el viernes por la tarde o el sábado por la mañana, depende del tráfico.

—¿Tanto se tarda?

—Es por esto. —Dio unos golpecitos a un aparato situado en su panel de mandos—. El tacógrafo me controla las horas que conduzco, las de pausa… Tengo que cumplir con lo que especifica la empresa o me arriesgo a que me pongan multas.

—¿Por ejemplo?

—Nada de desvíos, para empezar. Ahora los tacógrafos también tienen el GPS metido, así que… Luego están las horas. No puedo conducir más de cuatro sin hacer una parada para comer o tomar una pausa, ni más de ocho sin un descanso largo para dormir. No quieren accidentes.

—Ya.

—Por eso no paro hasta Hamilton.

—Dijiste Cincinnati.

—Sí, está justo en las afueras. Es casi como un barrio de la ciudad.

Además, pensó Danni, si iba a descargar ahí, seguro que había algo. No tenía ni idea de qué transportaba, pero fuera lo que fuera, iría a una tienda o almacén o algo así. Eso significaba edificios, gente… Y no se habría ofrecido a llevarla si donde iban no tenía comunicaciones, ¿no?

Volvió a recorrer la cabina con la mirada, sin obtener mucha más información. No había fotos a la vista y se había fijado que no llevaba anillo, lo cual le hacía deducir que estaba soltero. Lo normal, de lo contrario, sería llevar la foto de la mujer y niños por alguna parte a la vista, suponía. No llevaba tampoco ningún adorno en el espejo retrovisor, y lo señaló.

—¿No deberías llevar unos dados? —bromeó.

Él sonrió a medias e hizo un gesto hacia la guantera.

—Mi madre me regaló unos, pero son metálicos y no hacen más que hacer ruido al chocar entre ellos, así que los quité. Los tengo guardados para cuando voy a verlos, entonces los pongo y así no se molesta.

Vaya, eso era otra buena señal: un buen hijo que se preocupaba por los sentimientos de su madre. Bien, iba ganando puntos en la escala de persona normal.

Lo vio alargar la mano hacia la radio y poner música, lo que interpretó como que no quería conversación en aquel momento. Tampoco le extrañaba, si estaba acostumbrado a ir solo en el camión, quizá tener una persona hablando a su lado lo distraía. Bueno, esperaría un rato y mientras a ver qué tal iban las demás.

Volvió a sacar el móvil y les escribió lo poco que había averiguado, para ver si así ellas también se tranquilizaban.

Romy: «Norman Bates también quería a su madre.»

Danni: «Si vas a seguir así de positiva te bloqueo.»

Acompañó la frase con un emoticono de guiño, por si acaso, aunque la amenaza no iba en serio y su amiga lo sabría. Al menos en circunstancias normales, que aquellas no lo eran.

Kat: «¿Seguís esperando al autobús, Romy?»

Romy: «Nos han dicho que llega en diez minutos».

Puso unos dedos cruzados. Danni iba a contestar, cuando vio que Sun Hee estaba escribiendo. ¡Vaya, por fin había despertado!

La susodicha estaba en su asiento sin dar crédito a todo lo que se había perdido. No hacía ni cinco minutos que se había despertado y, directamente, había ido al baño del autobús. Cuando volvía a su asiento, la mujer que estaba sentada delante de ella le tocó un brazo.

—Siento lo de tus amigas —le dijo.

—¿Perdón?

—Como no decías nada cuando el conductor ha pasado lista, he contestado por ti. Tienes un sueño muy profundo, ¿sabes?

—¿Pasar lista?

—Todo el autobús nos hemos enterado de vuestros nombres cuando habéis subido, así que… En fin, espero que las encuentres.

—Ajá. Vale… gracias, supongo.

¿Le había tocado la loca delante o qué? Ni que fuera un autobús infinito, ¿cómo iba a no encontrar a sus amigas?

Regresó a su asiento y cogió su móvil, echando un vistazo al pasillo, aunque estaba oscuro y no distinguía bien a los pasajeros.

Y entonces, vio los mensajes. No diez, ni veinte… madre mía, ¿qué había pasado? Abrió con rapidez el grupo y empezó a leer, pensando que estaba en medio de una serie y leía los capítulos según avanzaba. De haber sido solo Kat equivocándose de autobús, hubiera pensado que era una broma, vista su capacidad para liarse con los números. Hasta le habría hecho gracia. Claro que la realidad no se lo parecía, ¿en serio estaba ella sola en aquel autobús? ¿Y Romy todavía iba a tardar más?

De pronto, le llegó un mensaje de Kat:

«Pon globos.»

Ella miró a su alrededor, confusa. ¿De qué estaba hablando?

«Tienes tiempo hasta que llegue Romy, así que pon la *suite* chula. Globos, adornos, lo que se te ocurra.»

Y acto seguido, le envió fotos de fiestas llenas de globos y confeti por todas partes, para que se inspirara.

«Haré lo que pueda», le contestó.

Pasó de nuevo al grupo y puso un montón de caritas llorando.

«No te preocupes, Romy, yo llego y te espero en la *suite*», escribió. «Comeremos chocolate juntas hasta que lleguen todas.»

La aludida mezcló emoticonos de lágrimas, pulgares hacia arriba y dedos cruzados, formando un jeroglífico que le dio a entender cómo se sentía la pobre. Era de imaginar, ¡menudo comienzo de despedida!

En fin, lo importante era que ella sí que llegaría, además la primera, y que Skylar y River salían en unas horas, así que no Romy iba a estar sola. Kat seguía enviándole fotos con ideas, todas con globos —que no faltaran los globos, ¡qué obsesión!— y le mandó varios pulgares hacia arriba.

«Tranquila», tecleó. «Lo tengo claro, no hace falta que me llenes el móvil de fotos, lo pondré todo chulísimo para cuando llegue».

No tenía nada claro que hubiera algún lugar donde comprar nada de lo que su amiga le decía para adornar la *suite*, aunque seguro que en el hotel podrían ayudarla. Además, le parecía recordar que la encargada de transportar los globos era Skylar, que al ir en coche evitaba a las demás que cargaran con ellos. ¿Querría Kat curarse en salud, que no faltaran globos durante los cuatro días de despedida?

Kat: «Vale, si tienes dudas me vas mandando fotos según decores.»

Sun Hee puso los ojos en blanco y le mandó unos cuantos pulgares más. Vale que su amor por los globos y los colorines no era tan acusado como el de su amiga, no había más que ver cómo llevaba pelo, pero solo tenía que pensar cómo lo haría ella y quedaría bien, seguro.

Al ver los pulgares, Kat suspiró y bajó el móvil.

—Espero que consiga suficientes globos —comentó. Miró a Lawson—. Para adornar la *suite*.

Él la miró, elevando una ceja. Llevaba tanto tiempo callada que ya pensaba que se había dormido o cansado de hablar, pero no, la chica parecía tener batería infinita.

—¿Es a mí? —preguntó.

—Claro, ¿ves a alguien más cerca?

—Pensaba que estarías hablando con tus amigas.

—Ya nos hemos wasapeado. Danni se ha subido a un camión, ¿puedes creerlo? ¡Está viajando con un desconocido!

—¿Y tú no?

Ella frunció el ceño, aunque pronto sacudió la cabeza.

—No, no es lo mismo, nos hemos presentado y tú eres un conductor de autobús, siempre llevas desconocidos.

—Si tú lo dices…

—Total, que Sun Hee llegará la primera y tiene que adornar todo para Romy, así que espero que lo haga bien, porque es lo menos que se merece.

—Seguro que sí. Escucha, en una hora voy a hacer una parada porque vamos bien de tiempo y así la gente puede estirar las piernas. Si quieres bajarte y…

—¿Bajarme?

—Sí, a buscar otro transporte.

«Y dejarme un poco tranquilo», pensó. Que ya tenía la cabeza loca.

—Pero… las paradas son en áreas de servicio, ¿no? —Él afirmó—. ¿Y qué hago yo? ¿Coger un camión como Danni?

—Bueno, no sé, un taxi hasta el sitio más próximo o…

—No, no, me veo perdida en medio de la nada o en algún sitio sin conexiones. —Se enredó un mechón rosa y empezó a darle vueltas, nerviosa—. ¿Es porque no tengo billete? Pensaba que como ya habías avisado que estaba aquí, no había problema. ¿Te van a poner alguna falta o algo? Puedo pagar la diferencia… Bueno, si no es mucha, claro, tampoco estoy muy boyante. No creas que gano un sueldazo en la tienda de ropa, y bastante nos vamos a gastar en la despedida, así que no tengo muchas opciones para llegar a Niágara. Un taxi sería algo imposible, también. Lo tengo difícil, como puedes ver.

Hizo un puchero y él suspiró, si es que su hermana tenía razón: estaba siempre gruñendo y luego era un blando, ahí tenía la prueba, que por mucho que lo hubiera sugerido, no era capaz de dejarla en un área de servicio a su suerte.

—Tranquila —contestó—. No hay ningún problema, era solo un comentario.

—Ah, vale, uf, qué susto. —Cogió su mochila y le sonrió—. ¿Te apetece algo ahora?

Sacó un donut y unas galletas y él señaló lo primero. Kat buscó entre el contenido para sacar una servilleta de papel, quitó el envoltorio y le dio el donut con la servilleta.

—Tienes de todo en esa mochila —dijo Lawson.

—Me gusta ir preparada.

Se metió una galleta en la boca y masticó pensativa. Ya quedaba menos para que River y Skylar se levantaran y se pusieran en marcha; estaba deseando que despertaran y leer que estaban en el coche, seguro que Romy estaba nerviosa y así se quedaría más tranquila.

—¿Siempre haces este recorrido? —preguntó.

—Más o menos, sí.

—¿Y dónde vas después? ¿Vuelves?

—No, tengo otro itinerario más. Hago varios viajes antes de regresar.

—Pues vaya palizas, ¿no?

—Luego tengo tres días libres, no me quejo. Una cosa compensa a la otra.

—Por el lado bueno ves paisajes… —Ladeó la cabeza—. Vale, ahora no, que es de noche. Yo viajo poco, la verdad.

—Oye, si quieres puedes dormir un rato, ¿no estás cansada?

—No, estoy bien. Además, has dicho que pararemos enseguida, ¿no? Y charlamos un rato, seguro que echas de menos hablar con alguien, tienes que aburrirte muchísimo conduciendo tú solo.

—En realidad…

—¿No te vas a comer el donut?

Él casi se había olvidado de que lo tenía en la mano, con tanta cháchara, y le dio un mordisco mientras Kat continuaba hablando sobre lo poco que viajaba y lo mucho que le gustaría ver mundo. En una cosa tenía razón: con ella no se iba a aburrir.

La chica hizo un breve inciso en su ingesta de galletas para mandar un mensaje de ánimo a Romy.

Kat: «Tranquila, todo irá bien. Pronto estaremos juntas, estoy segura de que este conductor buenorro encontrará la manera».

Romy leyó el mensaje sin salir de su asombro, ¡Kat era increíble! Solo ella era capaz de sacar provecho de semejante situación, no le sorprendería en absoluto que terminara por ligarse al conductor del autobús.

Estaba a punto de dejar el móvil cuando vio que le entraba una llamada de Randy. Llena de alivio, se apresuró a contestar.

—¡Hola!

—¡Hola, cariño! Acabo de leer tus mensajes. Perdona que haya tardado, estos no me han dejado coger el móvil hasta hace cinco minutos, y porque hemos venido al hotel a ducharnos antes de volver a salir.

Romy puso cara de pena. Randy celebraba su despedida ese mismo fin de semana, y sus amigos le habían preparado un viaje a Atlantic City, la misma idea que sus chicas habían barajado en un principio. Al saber que ellos estarían por allí, decidieron cambiar de destino porque apostar en un casino tampoco les llamaba mucho la atención. La idea del *spa* y del exotismo de Niágara ganó por goleada. Sin embargo, y hasta el momento, la despedida de Randy iba mejor: para empezar, el grupo se había puesto de acuerdo y viajaban todos en avión, con lo cual habían tardado tres horas y pico en llegar. Hubo tiempo de dejar maletas, salir a comer, hacer un poco de turismo, cenar y regresar al hotel para darse esa ducha y continuar la juerga.

Y allí estaba ella, abandonada en mitad de la autopista en espera de otro autobús que la recogiera mientras ninguna de sus amigas estaba donde debía estar.

—¿Te estás divirtiendo?

—Sí, mucho. Atlantic City es genial, Romy, deberíais haber venido aquí en lugar de marcharos tan lejos.

La chica tuvo que darle la razón, al menos mentalmente.

—¿Aún esperas el otro autobús?

—Sí, no creo que tarde mucho más.

—Hey, anímate, anda —la voz de Randy sonó seria—. No estés preocupada, pronto estarás en el hotel y el resto de tus amigas llegarán, tranquila.

—Es que… la despedida no podía haber empezado peor —murmuró Romy, con la voz temblorosa.

—Lo de Kat no me extraña, la verdad, con esa manía que tiene de meter y sacar el billete repitiendo números hasta que equivoca a todo el personal. Pero Sun Hee llegará a la hora, ya verás, y te será más fácil acompañada.

—Supongo —Romy no estaba nada convencida.

—Solo han tenido un poco de mala suerte, eso es todo.

—No sé si esto es un buen augurio…

—Por supuesto que no —dijo Randy, convencido—. O bueno, sí, un augurio de lo desastrosas que son tus amigas.

—¡Oye!

—No, si a mí me caen de maravilla. Estoy seguro de que nos lo vamos a pasar genial en la boda con ellas por allí. —Randy se echó a reír—. Pero son un poco desastre, cariño.

Romy iba a replicar cuando la luz de unos faros llamó su atención. Cuando vio que se trataba del autobús estuvo a punto de saltar de alegría.

—¡Ya vienen a por nosotros! —comentó—. Te mando un mensaje cuando esté en el hotel.

—Vale.

—Pásalo bien con los chicos.

—Tú también. Y llámame para cualquier cosa —ofreció él—. Te quiero. ¿Puedes creer que en semana y media vayamos a casarnos?

«No», se dijo ella, con una sensación similar al vértigo recorriendo su cuerpo.

—Eh… sí —logró articular.

—¡Adiós, Romy!

Randy cortó la llamada y ella hizo lo mismo. Agarró su maleta para seguir al resto de pasajeros al nuevo vehículo de transporte, esperando que ese no se estropeara.

Una vez acomodada y de nuevo en marcha, no podía dejar de pensar en las palabras de su novio y esos «diez días» que faltaban para encontrarse dando el «sí, quiero».

Le entraban escalofríos solo de imaginarlo.

Sun Hee no había vuelto a dormirse, se había puesto los cascos para escuchar a Strigoi a todo volumen y así pasó las horas que quedaban para llegar a Niágara. El conductor acababa de apagar las luces, ya que por las ventanillas comenzaba a filtrarse la luz del amanecer. Sun Hee apartó un poco una de las cortinillas y sonrió al ver que estaban cerca de su destino: una señal enorme indicando la frontera así lo indicaba.

«¡A punto de llegar!», escribió.

Le contestaron un montón de emoticonos de aplausos y entonces vio que la gente del autobús se movía, sacando sus bolsos o mochilas. Se quitó un auricular y escuchó la voz del conductor:

—… a mí y en el control los revisarán todos juntos.

Se inclinó hacia la mujer que le había hablado al despertar y le tocó el hombro.

—Perdón, ¿qué ha dicho?

—Que le entreguemos los pasaportes a él. En el control los revisan juntos y luego nos los devuelve al pasar la frontera.

—Ah, genial.

Cogió su bolso y lo abrió, para al momento fruncir el ceño. Demonios, ¿por qué aquello tenía tantos bolsillos? Justo cuando tenía que encontrar algo, nunca recordaba dónde lo había metido.

Fue de uno en uno, revisando todo el contenido, pero el pasaporte no estaba por allí. Sacó la cartera, la abrió por si lo había metido dentro —aunque dudaba incluso que cupiera—, y nada.

Se levantó y se palpó los bolsillos, tampoco.

Volvió a meter la mano en el bolso y vació todo el contenido sobre el asiento, comenzando a ponerse nerviosa. Estaba segura de haberlo dejado encima de la mesa junto al billete de autobús para no olvidarse, ¡tenía que estar allí!

—Dios. Dios. Dios.

Cogió su chaqueta, por si acaso, obteniendo el mismo resultado.

—Atención, nos acercamos a la frontera —avisó el conductor—. ¿Falta alguien por entregarme su pasaporte?

Sudando por el agobio, Sun Hee cogió su cartera y avanzó por el pasillo hasta llegar al conductor, que ya había detenido el autobús en la cola fronteriza.

—Ah, la amiga que queda —comentó Bernard.

—Sí, yo. ¿Es obligatorio?

—¿El qué?

—El pasaporte.

—Obviamente. Esto es Estados Unidos, eso es Canadá.

—Es que… no lo tengo.

—Señorita, si es una broma no tiene gracia. Lo pone claramente en el billete, ¿no lo miró?

—Sí, sí. Creo que me lo he dejado encima de la mesa. O eso, o lo he metido en alguna maleta.

El hombre resopló, fastidiado. No podía ponerse a abrir el maletero allí en medio de la cola, podían echarle una multa como mínimo.

—Siéntese, voy a parar a un lado y bajamos a mirar. —Cogió el micrófono—. Vamos a parar unos minutos, esperen en sus asientos. Si bajan en la frontera, puede que no les dejen volver a subir los agentes que están vigilando la entrada.

Sun Hee abrió los ojos rasgados todo lo que podía, que tampoco era mucho, y carraspeó.

—¿Y si no me dejan volver a subir?

—Señorita, si no tiene su pasaporte, eso ocurrirá seguro.

Movió el volante para salir de la cola y llevar el autobús hasta un lateral. Según abrió las puertas, un oficial de la frontera americana ya estaba esperando junto a la escalera.

—¿Algún problema, señor? —preguntó.

—Una de mis pasajeras no encuentra su pasaporte, va a mirar en su maleta.

El hombre afirmó y Sun Hee acompañó a Bernard hasta el maletero, con el corazón en un puño. Localizó su maleta con facilidad; al haberla metido la última estaba de las primeras, tirada de cualquier manera.

Con la mirada fija de los dos hombres en ella, la abrió. Menos mal que solo llevaba ropa, con aquellos dos tan atentos le daba la sensación de estar haciendo algo ilegal. Sacó el neceser y lo abrió: nada, solo los objetos que debían estar allí. Fue apartando la ropa en un montón al lado de la maleta, sacudiendo cada prenda incluso por si se había quedado por ahí escondido, pero la suerte no estaba de su lado: no apareció.

—No lo tengo… —murmuró.

—¿No tiene su pasaporte? —preguntó el oficial.

—Me lo he debido dejar en casa.

—Entonces debe abandonar el vehículo. Tomaremos sus datos en la oficina y podrá regresar a su punto de origen.

—Pero… pero yo tengo que ir a Niágara.

—Recoja sus cosas del interior, por favor.

Sun Hee miró a Bernard, que se encogió de hombros.

—Lo siento, yo no hago las leyes —dijo—. Tengo un viaje que terminar, así que le agradecería que se diera prisa.

Eso, amabilidad ante todo. Abatida, Sun Hee subió a coger su bolso y su chaqueta, miró bien los asientos y el suelo para no dejarse nada y comprobó de nuevo que el pasaporte no estaba por allí antes de bajar otra vez.

Sacó su cartera del bolso y miró suplicante al agente de inmigración.

—Tengo… —empezó.

—Oiga, si pretende sobornarme, sepa que eso es un delito.

—¡No, no! —Lo que le faltaba ya, que la arrestaran—. Digo que tengo el carné de conducir. Y el de la biblioteca, y…

—Bueno, yo me voy —comentó Bernard, retrocediendo hacia la puerta del autobús—. Que le vaya bien, señorita.

Sun Hee lo fulminó con la mirada. No porque tuviera la culpa, claro, pero con alguien tenía que mosquearse aparte de con ella misma.

—¡Pues muchas gracias por todo! —refunfuñó.

El conductor se despidió con la mano y volvió a subir al autobús.

—Será mejor que recoja todo y se aparte del camino —aconsejó el oficial.

Sun Hee metió de nuevo la ropa sin preocuparse en cómo quedaba, cerró y la arrastró a un lado para que el autobús pudiera salir. Casi lloró al verlo alejarse y parar en una de las ventanillas de la frontera. ¡Tan cerca y tan lejos a la vez!

—¿Qué hago ahora? —preguntó.

—Lo que le he dicho, tiene que rellenar un formulario y después podrá irse. Es un mero trámite.

—Irme, ¿a dónde?

—Búfalo está cerca, puede buscar transporte allí o esperar a que alguien le envíe su pasaporte.

—¿Y cómo me lo van a enviar, por telepatía?

—Esto es más común de lo que piensa, señorita. Solo tiene que pagar a un mensajero rápido y ya está. He visto que su autobús venía de Atlanta, no debería tardar más de veinticuatro horas.

Vale, un mensajero… no era mala idea, aunque tenía que pensar a quién llamar para que fuera a recoger su pasaporte al piso y se lo enviara a alguna dirección, podía ir a Búfalo y quedarse esperando en algún hostal o bar o algo.

¡Un momento! ¿Y si Skylar y River no habían salido aún? Podría pedirles que fueran y…

Sacó su móvil, pero el hombre negó con la cabeza.

—Primero el papeleo —le dijo.

—Es solo un mensaje.

Desbloqueó la pantalla… que justo se apagó. Porras, ¿por qué no había comprobado la carga antes? Ahora tenía que esperar a que se cargara, a ese paso no podría hablar con sus amigas. Buscó en el bolso mientras seguía al tipo borde y sacó el cargador.

—¿Puedo enchufarlo mientras hago ese papel?

—Claro, pero no puede utilizarlo dentro, es por seguridad. No tardaremos mucho.

Bueno, eso la tranquilizaba. Hasta que entró y vio que había dos personas delante de ella y solo una oficina donde vio entrar a una tercera…

—Puede esperar ahí sentada —indicó el hombre.

—¿Y un enchufe?

—Dentro de la oficina.

Derrotada, Sun Hee se dejó caer en el asiento y suspiró. Ni mensajes a sus amigas, ni Strigoi para consolarse, ya que su Ipod también estaba descargado. Aquella espera se le iba a hacer eterna. Apoyó la cabeza en el respaldo y notó que se le empezaban a cerrar los ojos. Vista su mala suerte, solo le faltaba quedarse dormida y perder su turno, así que se levantó y recorrió la estancia, asomándose a un pasillo. Al fondo había una máquina expendedora. Comprobó que tenía cambio y fue hasta ella para sacarse un café y una bolsita de galletas. Si estuviera Kat con ella, no le habría hecho falta, seguro que su amiga iba bien surtida de todo.

Lo que le recordó los globos… le iba a dar un chungo cuando se enterara de que no iba a poder preparar la *suite* para Romy. Miró el reloj de la pared, pensando que la pobre llegaría en cualquier momento y ella allí, esperando. Sin el móvil, no tenía ni idea de cuándo aparecería su autobús. Si le atendían rápido, podía esperar junto a las garitas y así hablar con ella cuando pasara, si no conseguía enviarle algún mensaje. Así al menos sabría lo que estaba pasando.

Terminó el café y las galletas y fue a hablar con el agente de la entrada.

—¿Algún problema? —preguntó él.

—Sí, ¿cuánto se suele tardar con cada uno?

—Depende.

—¿De qué?

—De cada uno.

Bien, respuestas concisas y claras, ¡justo lo que necesitaba!

—¿Puedo esperar fuera?

—Si sale, pierde su turno.

Estupendo, seguían las facilidades. Pues nada, regresó a su asiento y, media hora después, por fin salió una pareja de la oficina y pasó el siguiente. Bien, ya solo tenía uno delante.

Veinte minutos después, fue a por otro café: aquello se alargaba y estaba al borde de la taquicardia, pero le dio igual que la cafeína solo ayudara a ponerla más nerviosa, era eso o quedarse quieta. Empezó a pensar en cómo podría librarse del que tenía antes que ella, dándole con una de las sillas en la cabeza, por ejemplo, o encerrándole en algún baño, igual que le había pasado a Danni.

Ninguna de las ideas que se le ocurrían eran factibles y tuvo que aguantarse con otro café más durante la hora siguiente, en la que sí que salió el que estaba dentro. Entonces, el encargado de ese trámite avisó que se tomaba un descanso y desapareció otros veinte minutos.

Burocracia y funcionarios, ¡qué buena combinación!

Para cuando le tocó a ella, ya había otras tres personas esperando para entrar después y casi le dieron pena, a ese paso no saldrían de allí en todo el día.

Pasó a la sala y el agente señaló la silla frente a él.

—Siéntese, por favor —indicó.

—Un segundo, necesito cargar el móvil.

—Esto no es un área de descanso.

—Lo sé, pero me han dicho que aquí es el único sitio donde hay un enchufe.

—Lo siento por usted, señorita, está estropeado. —Señaló la pared, donde solo se veían un montón de cables saliendo de un agujero—. Así que tendrá que esperar.

Ella se hundió en la silla, maldiciendo. El hombre sacó unos papeles y los puso sobre la mesa.

—Cumplimente este formulario, por favor.

Eran dos hojas por ambas caras. Sun Hee cogió un bolígrafo y se puso a rellenar lo más rápido que pudo, preguntándose por qué los anteriores habían tardado tanto. No eran preguntas complicadas: todos sus datos personales, origen, destino, con quién viajaba, motivo por el cual no pasaba la frontera… Cumplimentó todo, lo revisó por si acaso y se lo entregó.

—¿Puedo irme ya? —preguntó.

—No, no, tiene que esperar a que lo registre.

Y fue en ese momento cuando Sun Hee descubrió por qué todo se retrasaba tanto: el hombre escribía letra a letra, despacio como si fuera a equivocarse al pulsar, preguntaba antes para certificar que lo que estaba escribiendo correspondía con lo que él leía y, por si eso fuera poco, cada vez que le daba a guardar, aparecía un reloj de arena en la pantalla mínimo cinco minutos.

Así pasó media hora hasta que por fin pareció que había terminado.

—Ahora lo imprimo y lo firma —informó.

—Vale.

Pero después de una sola hoja, la impresora se detuvo y el agente salió para ir a buscar papel. Sun Hee estaba a punto de ponerse a buscar la cámara oculta cuando regresó con un paquete de folios. Lo colocó y salieron dos hojas más, que le entregó y ella firmó a toda prisa.

—Un segundo, que hago una copia.

Y otro paseo hasta una fotocopiadora que debía estar a dos kilómetros, por lo que tardó en volver.

La chica casi besó los papeles cuando los tuvo en su mano y le comunicó que podía marcharse.

—Suerte —dijo al salir a los que estaban esperando. Se acercó a recepción y suspiró—. Ya tengo todo.

—Muy bien.

—¿Qué hago ahora?

—¿Irse?

—¿Cómo voy a Búfalo?

—Le llamaré a un taxi.

—¿No hay algún autobús, algo que sea más barato?

—No. Es un trayecto de diez minutos, no le cobrarán casi nada.

—Si no hay otro remedio…

—Espere fuera.

Arrastrando su maleta, Sun Hee salió a esperar y justo vio llegar a un autobús igual que el suyo. ¿Sería el de Romy? O era su imaginación, o aquella cabeza parecía la de su amiga… intentó hacer gestos, pero no tuvo éxito y no era cuestión de ponerse a correr, no fueran a pensar que quería saltarse la frontera.

Con tristeza, lo vio alejarse hacia la garita. Solo faltaba que se pusiera a llover para parecer que estaba en alguna de esas películas en las que el protagonista veía alejarse el amor de su vida… bueno, eso era un poco exageración, pero más o menos así se sentía. Iba a pasar de estar de juerga con sus amigas a pasar el día a saber dónde mientras esperaba su pasaporte. No, no era para dar saltos de alegría.

El taxi no tardó en llegar y el conductor se bajó para ayudarla con su maleta.

—¿Dónde la llevo?

—A algún hotel barato en Búfalo, por favor.

—Hay un Holiday Inn en el centro.

—Ahí mismo me vale.

—¿Pasaporte olvidado?

—¿Es algo común?

—Más de lo que parece, sí. ¿Va a pedir que se lo envíen por mensajero?

Saber que no era la única despistada no era consuelo tampoco.

—Sí —contestó.

—No tendrá problema, en el hotel están acostumbrados a dar su dirección.

Aquello sí la alivió un poco, al menos la idea del mensajero parecía buena. Se acomodó en el taxi y buscó dónde enchufar el móvil, pero el coche no era un modelo nuevo y no tenía cargadores USB por ninguna parte. Por suerte, el viaje sí que resultó ser menos de diez minutos y pronto estaba en el centro de Búfalo, delante del Holiday Inn.

En la recepción le dijeron que tenían habitaciones de sobra, y consiguió una individual para pasar la noche.

—Necesito la dirección del hotel y el teléfono de una empresa de mensajería —pidió.

—Ah, ya veo. ¿Pasaporte olvidado?

—Eso es.

Y tanto que era común, puesto que la chica le dio un papel ya preparado con ambas cosas. Lo cogió y subió a la habitación con él bien agarrado, solo le faltaba perderlo.

Nada más entrar, buscó un enchufe y puso su móvil a cargar. Mientras, encendió la televisión, que estaba en un canal de radio, y al escuchar música rock lo dejó ahí para deshacer la maleta.

—… y vamos con el concurso del día —dijo el presentador—. ¿Algún fan de Strigoi escuchando? —Aquello la alertó al momento—. Bien, pues estad atentos porque en unos minutos daremos un número de teléfono al que debéis llamar para concursar y responder a unas preguntas. ¿El premio? ¡Dos entradas para el concierto de Strigoi en la ciudad de vuestra elección!

Sun Hee estuvo a punto de caerse de la impresión. Strigoi acababa de anunciar su gira y las entradas aún no estaban a la venta, por lo que llevaba días pendiente de todas las webs oficiales para comprar en cuanto pudiera. Rápidamente, cogió un bolígrafo y un papel de los que había gratis en el hotel y se sentó junto al móvil. Apenas había cargado, aunque consiguió encenderlo. Su mirada se desvió a la nota de la recepcionista… pero decidió llamar a su madre más tarde, aquel concurso era más importante y si su madre la entretenía, no podría participar. Abrió el grupo de WhatsApp, pensando que debería avisar. Sin embargo, no llegó a hacerlo: justo dijeron el número de teléfono por la radio.

Lo apuntó a toda prisa y llamó. Un mensaje la avisó de que estaba en espera, por lo que se acomodó en la cama.

Sin problema, no tenía otra cosa que hacer, así que esperaría. Primero pusieron música y después, otro mensaje con las instrucciones. Habría varias fases de preguntas a lo largo del día y debía contestar correctamente cada una antes de poder participar en la siguiente. Bien, así, cuando pasara la primera, avisaría a sus amigas de lo ocurrido y llamaría a su madre. Según la información, irían cogiendo llamadas hasta mediodía para esas primeras preguntas, lo cual era perfecto: a esa hora estarían todas conectadas y su madre en casa, seguro. Si es que, tratándose de Strigoi, no podía salir nada mal.

CAPITULO 4

JUEVES, MAÑANA

Skylar aparcó el coche justo delante del edificio de River y tocó el claxon dos veces. Podía haber seguido, pero era temprano y no quería despertar al vecindario; por otro lado, su amiga era tan poco puntual que sus vecinos estaban más que familiarizados con aquellos pitidos.

Miró hacia arriba y contempló cómo la ventana del segundo se abría de golpe.

—¡Dos minutos! —gritó River, asomando la cabeza para desaparecer al instante.

La rubia suspiró: sabía bien que no serían dos, sino quince. Ajustó el retrovisor hasta dejarlo derecho y después sacó el móvil para ver si había actualizaciones en el grupo, dado que la noche había sido movidita.

No se podía creer que Danni y Kat estuvieran perdidas. Literalmente, no sabía bien dónde se encontraba ninguna, pese a que iban actualizando. Al menos la segunda iba en un autobús homologado, ¿pero Danni? ¿En un camión con un desconocido?

De haber estado despierta en el momento en que se generó la conversación y posterior interrogatorio, habría puesto el grito en el cielo. Y ahora ninguna estaría tranquila hasta que ambas aparecieran sanas y salvas en Niágara.

Lo cual, si sus cálculos no fallaban, no ocurriría en ese día… no conocía el mapa al dedillo, pero Fort Wayne pillaba muy lejos. Por no hablar de ese camionero, a saber en qué sitio perdido de la mano de Dios pensaba dejar a Danni.

Esperaba que al menos Sun Hee y Romy llegaran bien, ya que eran las únicas que iban en el transporte que les correspondía.

Quince minutos después, salió del coche al ver que la puerta se abría y River aparecía con una mochila al hombro.

—¿Te ayudo? —se ofreció.

—Tranqui, que se te estropea la ropa —se apresuró a decir River.

—¿Esto? Pero si voy cómoda para viajar.

River ni se molestó en contradecirla. Lo que para Skylar era «ropa cómoda», para todas las demás seguía siendo un modelito caro que no se podían arriesgar a manchar o estropear.

Skylar abrió el maletero y River se cruzó de brazos.

—Pero, ¿qué llevas ahí? ¡son cuatro días!

—Lo sé. Excursiones, cenas, fiesta, *spa*… además, no todo es mío, que eso son los dichosos globos de Kat.

—¿Tres cajas? ¿Qué pretende, llenar toda la *suite*?

—A mí no me digas, solo los transporto.

River acomodó su mochila, insignificante entre las dos maletas de Skylar y las tres cajas de globos de Kat, y cerró con una mueca.

—No entiendo qué rollo tiene Kat con los globos, ya es obsesión. En todos los cumpleaños, en cualquier comida de celebración… ¡¿qué le pasa?!

Su amiga soltó una risita y ambas rodearon el coche para entrar dentro. River, como de costumbre, admiró lo impecable que estaba el vehículo, aunque no era ninguna sorpresa. Skylar y todo lo que la rodeaba siempre lo estaba: incluso en ese instante, con su ropa para viajar que consistía en unos vaqueros y una sudadera, parecía mil veces más elegante que ella.

Hasta podía hacerse una coleta sin mirar y dejarla perfecta. En cambio, si River intentaba siquiera algo parecido, todos sus rizos salían disparados en cualquier dirección. Jamás iba bien peinada, por mucho empeño que pusiera.

Hacía años que, resignada, había desistido de intentar ser algo que a todas luces no era. No tenía elegancia natural, solo un cabello afro indomable y una talla de sostén tan ridícula que descartaba automáticamente los tops de su armario.

Su trabajo tampoco ayudaba. Pasarse el día entre animales hacía que su ropa siempre estuviera llena de pelos y huellas de patas, además de múltiples arañazos. Las guardias, noches de vigilancia tras operaciones delicadas y las llamadas imprevistas contribuían a las ojeras. Y, de todos modos, su vida social se reducía a sus amigas, así que tampoco le preocupaba demasiado. Era feliz con lo que tenía, una capa extra de rímel no cambiaría eso, y tampoco la necesitaba en su trabajo.

Skylar, al contrario, sí. Ser relaciones públicas exigía una apariencia cuidada, lo comprendía. Que luego su amiga lo extrapolara al resto de su vida era harina de otro costal, pero había que comprender que Skylar llevaba esa vida desde pequeña. Sabía lo que era acudir a los mejores colegios, poder pagar una universidad cara, recibir un coche como regalo de cumpleaños y tener cualquier cosa que se le antojara: privilegios de nacer en la familia adecuada.

También sabía lo que era ser guapa y, a pesar de todo ello, se las apañaba para no resultar insoportable muy a menudo. Solo en ocasiones concretas.

Y River temía que ese viaje terminara siendo una de esas ocasiones, sobre todo desde que se había descontrolado gracias a los despistes de sus dos amigas. A Skylar le gustaba tenerlo todo controlado, necesitaba saber dónde estaban todas y a qué horas, o sea que tener a Kat y Danni en paradero desconocido seguro que iba a tenerla nerviosa y preocupada.

Lo cierto era que River también lo estaba, un poco, sobre todo por Danni.

—¿Crees que Danni ha hecho una locura? —resopló, poniéndose el cinturón.

—Si la secuestran... —empezó la rubia, arrancando.

—No la van a secuestrar —interrumpió River, para así de paso acallar su propio temor.

—Dile que mire en la parte trasera del camión.

—¿Qué?

—Eso, que mire. A ver si en lugar de lo que sea que reparta hay un montón de ganchos colgando, como en *La matanza de Texas*.

River alzó una ceja, mirándola de reojo. ¡Desde luego, esas ideas no ayudaban a calmar el ambiente, no!

—Es temprano para empezar con los mensajes —comentó—. Cuando paremos a desayunar hacemos una llamada a seis, si te parece.

—Muy bien. Pues en marcha.

Skylar arrancó y River se recostó en el asiento, tanteando la idea de dormirse. Esa noche le había tocado vigilar a un gatito recién operado, lo que significaba dormitar cada media hora sin llegar a descansar realmente. Su compañero había aparecido a las siete para sustituirla, dejándole una hora de margen para darse una ducha y cerrar la mochila, lista desde la noche anterior. Sabía que Skylar no se enfadaría, así que cerró los ojos y dejó que la música la meciera hasta que, un par de horas después, despertó al notar que el coche se paraba.

Se estiró y echó un ojo a su amiga, desperezándose.

—Necesito un café —informó Skylar—. Duerme un rato más, si quieres. No tardaré.

—Voy contigo, tengo que comer algo.

River salió del coche y se estiró, complacida. Se sentía mucho mejor, desde luego, de forma que se abrochó su cazadora roja y siguió a Skylar hasta la cafetería. Uno de los motivos por los que le apetecía viajar con ella era porque sabía que hacía muchas paradas para que el recorrido no resultara monótono. Eso y su interminable lista de música pop, capaz de animar hasta a un muerto.

Después del café, regresaron de nuevo al coche y ahí sí, River colocó el móvil en el soporte que había frente al volante e hizo una llamada grupal. Todas se quedarían más tranquilas si se escuchaban las unas a las otras, sobre todo Skylar, de modo que pulsó el botón y las añadió una a una.

—¿Chicas? ¿Estáis todas en línea? —La chica observó la pantalla—. Falta Sun Hee, su móvil aparece apagado.

—Se habrá pasado todo el viaje escuchando a ese grupo del infierno que tanto adora —comentó River, recostándose en el asiento—. ¿Cómo vais las demás?

—¡Presente! —gritó Kat—. ¡A diez minutos de llegar a Fort Wayne!

—Yo también, a punto de llegar a la frontera —comentó Romy.

—Yo estoy viva —añadió Danni—. Entrando en Hamilton, a ver si encuentro un método de transporte viable.

River y Skylar se miraron, lanzando un suspiro de alivio al mismo tiempo.

—Danni, pon el manos libres —pidió Skylar, con voz inflexible.

—¿Qué? Pero…

—¡Pon el manos libres!

River se tapó la boca para no soltar una risita y se cruzó de brazos, divertida. Ambas escucharon un gruñido proveniente de su amiga y cierto ruido de fondo.

—Ya está.

—¿Me escucha ese camionero? —preguntó la rubia, sin modificar su tono.

Hubo un breve momento de silencio hasta que les llegó un carraspeo.

—Te oigo alto y claro.

—¿Cómo te llamas? Nombre y apellido, por favor.

—¿Qué?

—Tu nombre y tu apellido.

Skylar aguardó, mientras le llegaban retazos de frases pronunciadas por Danni en plan «Perdónala, es que es así». Pues sí, era así, ¿y qué? ¡Iba montada con un desconocido! ¿Acaso no veía el peligro? ¿A nadie se le había ocurrido hacer cuatro preguntas de nada para garantizar un mínimo de seguridad?

—Jamie —contestó la voz masculina al final—. Jamie James.

—¿Es broma? —Skylar miró a River y las dos prorrumpieron en carcajadas—. ¡Jamie James! ¿Cuánto se burlaron de ti en el colegio, Jamie?

—¡Skylar! —la voz de Danni sonó exasperada, más al escuchar que había más risas del resto—. ¡Y las demás, no tiene gracia!

—Vale, vale, lo siento —se apresuró a decir Skylar—. Jamie, ¿te importa que mi amiga le haga una foto a tu carné de identidad?

—¿Perdona?

Ella adelantó al coche delantero y se dijo que dudaba mucho que fuera un psicópata de mente brillante si debía repetir cada petición que le hacía.

—¡Skylar! —volvió a exclamar Danni—. ¡Me estás avergonzando!

—Sí, sí, sí, lo sé, y me da igual. Que te deje su carné para que puedas hacerle una foto y sepamos quién es la persona que tiene en su camión a una de las nuestras. No es nada personal, Jamie James, solo queremos asegurarnos de que no eres un loco con el camión lleno de herramientas de bricolaje. Supongo que comprenderás mi preocupación.

A su comentario siguió otro breve silencio que ninguna de las chicas osó interrumpir; si bien Skylar no estaba siendo la educación en persona, en el fondo todas sabían que tenía razón. Y a pesar de que Danni hubiera apostado fuerte porque Jamie era un trozo de pan, nunca se sabía.

—¡Vale! —exclamó la voz del chico, ligeramente irritada.

—¡Genial! Gracias por tu colaboración, Jamie, estaremos mucho más tranquilas sabiendo quién eres si Danni no llega sana y salva a Niágara.

—A ver, que yo la voy a dejar en Hamilton —protestó él.

—Nunca está de más ser precavida —contestó Skylar—. Manda la foto al móvil de River y todas felices. ¿Las demás estáis bien? ¿Kat, de verdad tu conductor está buenorro?

Oyó un pequeño grito de la chica.

—¡Calla! ¡Que yo también había puesto el manos libres!

—Se lo he pedido a Danni, no a ti…

—Lo sé, pero quería que Lawson os conociera, como llevo toda la noche hablándole de vosotras, ¡así sabía que no me lo inventaba!

River miró al cielo con una sonrisa, ¡típico de Kat!

—Bien, entonces ya nos conocemos todos —comentó Skylar—. No te preocupes, seguro que lo de buenorro no le pilla por sorpresa.

—Vamos a ir colgando —intervino River—. ¡Nos vemos en nada, chicas!

Su teléfono vibró justo en ese momento, así que lo sacó para comprobar que Danni acababa de enviar la fotografía del carné del misterioso camionero. La amplió para comprobar que todo estaba en orden y se la mostró a la rubia, que asintió.

—Jamie James, eres un Ted Bundy en potencia —comentó.

—¿Quién? —preguntó el chico, desconcertado.

—Ted Bundy, ese psicópata guapo que asesinaba a…

—Nada, no le hagas caso —la voz de Danni, de nuevo avergonzada—. Es una especie de cumplido.

—Espero que esta noche estemos juntas en la misma *suite* —dijo Skylar—. Ya sé que el trayecto se ha complicado un poco, pero no hay nada que una canción de Britney Spears no pueda solucionar, ¿verdad?

Puso el volumen lo máximo posible, sabiendo que ninguna de las chicas cortaría, pues muchas de las llamadas grupales terminaban de esa forma. Era una tontería, cierto… una tontería que siempre las llenaba de energía sin saber por qué.

Womanizer comenzó a sonar a todo trapo, así que River y Skylar comenzaron a cantar y bailar a la vez como si estuvieran perfectamente coreografiadas.

En el camión, Danni se olvidó al instante de lo irritante que era Skylar cuando se ponía mandona y recordó todas las veces que habían bailado aquella canción o cualquier otra al salir de marcha. ¡Qué ganas de despedida, por Dios! Canturreó la letra sin dejar de mover el cuerpo ante la mirada atónita de Jamie.

En el autobús, Lawson se quedó de piedra al ver a Kat bailando al ritmo de la canción. Aún no sabía cómo reaccionar por lo de «buenorro», que además lo había escuchado el autobús entero, al igual que la atronadora canción que le llegaba desde a saber dónde. ¡Estaba claro que la joven del pelo rosa no tenía vergüenza ni la conocía!

Romy, por suerte, no había puesto el altavoz, aunque igualmente disfrutó del hecho de que todas estuvieran escuchando lo mismo a la vez. Era el chute de ánimo que necesitaba, le quedaba claro que todo iba a salir bien: las chicas estarían allí esa noche a más tardar, y al menos no estaría sola. Sun Hee habría llegado ya y estaría cargando el móvil seguro.

Notó que el autobús disminuía la velocidad y miró por la ventana, descubriendo que ya estaban llegando a la frontera. El conductor avisó por los altavoces para que los pasajeros fueran entregando sus pasaportes y lo sacó de su bolso con un suspiro. Bueno, al menos Sun Hee ya estaría en el hotel, podrían desayunar juntas. Estaba deseando llegar y meterse directamente en el *spa*, seguro que su amiga estaba de acuerdo con la idea.

Entregó el pasaporte al conductor y regresó a su asiento a esperar, mientras el autobús avanzaba hasta el control y el agente de aduanas revisaba todos los pasaportes, comprobando los nombres de los pasajeros con la lista del conductor. Antes de devolverlos, el agente se subió al autobús e hizo una inspección visual.

—Todo correcto —indicó.

Romy supuso que como mucho había comprobado que el número de personas era el mismo, por lo poco que había tardado. Una vez el agente hubo bajado, continuaron la marcha y cada pasajero fue a recuperar su pasaporte.

Si ya la llamada la había animado, ver que por fin estaban cruzando el puente después de tantos retrasos, la terminó de alegrar.

Por fin iba a comenzar su despedida, el resto llegarían a lo largo de aquel día y se lo pasarían todas genial, estaba segura. ¡Hasta hacía sol! Eso era una buena señal, fijo.

El autobús no tardó en llegar a la parada y se bajó a recoger su maleta. El hotel estaba cerca, Skylar se había ocupado de enviar el recorrido a pie a todas para que no se perdieran desde allí, y lo siguió sin problema.

La verdad era que el edificio era impresionante y las vistas, inmejorables: estaba justo al borde de las cataratas. No había visto tanto lujo junto en su vida… Fuera de sus viajes de trabajo, claro.

Avanzó por el enorme *lobby* hasta llegar a la recepción, donde una chica uniformada y peinada impecablemente le sonrió.

—Bienvenida a Marriot —le dijo—. ¿Tiene una reserva?

—Sí, una *suite*. —Sacó su móvil y le enseñó los datos—. Somos varias, creo que soy la segunda en llegar.

La chica tecleó y la miró.

—Parece que es la primera.

Romy frunció el ceño. Sun Hee debería haber llegado antes que ella, seguro. ¿No se había registrado? Qué raro…

—¿Seguro? —preguntó.

—Eso parece.

Lo único que se le ocurría era que hubiera ido antes a comprar algo de la despedida que ella no supiera para darle alguna sorpresa. En fin, ya se enteraría. Le dio sus datos a la chica y poco después tenía la llave en su mano y un botones llevando su maleta.

Eso eran palabras mayores, pensó mientras lo seguía al ascensor. Lo malo era que esperaría propina, así que rebuscó en su cartera algún billete de dólar para poder darle y no quedar mal, aunque no tenía claro cuánto sería lo normal en esos casos. En un restaurante era fácil calcular, ahí no tenía ni idea.

El chico le abrió la puerta de la *suite* y ella se quedó sin aliento al ver el tamaño. Eso era más grande que su piso y el de todas sus amigas juntos, ¡seguro! Hasta tenía una terraza con un *jacuzzi*, una barra en medio del salón y varias puertas que daban a habitaciones. En medio había una mesa con una enorme bandeja de fruta y varios boles llenos de bombones y gominolas, con lacitos que tenían el mensaje de «¡Feliz despedida!» escrito en ellos.

—Disfrute de su estancia —dijo el botones.

Romy le dio los billetes y, en cuanto salió, fue a coger uno de los boles de bombones. Abrió uno y se acomodó en el sofá masticando con un suspiro. Estaba riquísimo, no sabía si porque era de calidad o por el tiempo que llevaba sin comer uno, que con la dieta se le había olvidado hasta cómo sabían.

Se tumbó y se colocó el bol sobre el estómago. Cogió el móvil para avisar que había llegado y lo dejó a un lado, cogiendo otro bombón. Debería esperar a Sun Hee, pensó, mientras lo tragaba. A ese paso se los acabaría… apartó el bol y encendió la televisión para hacer tiempo de forma más saludable, y en dos minutos estaba dormida, por lo que no vio ninguno de los mensajes de sus amigas avisando de sus avances.

Kat dejó el móvil e hizo un mohín.

—¿Algún problema? —preguntó Lawson.

—No, nada, Sun Hee sigue sin contestar y Romy no ha dicho nada más aparte de que ha llegado.

—Será que están juntas y habrán empezado a celebrar.

—Eso espero, aunque quería ver alguna foto de cómo ha quedado la *suite*. Espero que Sun Hee haya encontrado globos.

—Seguro, es un producto de primera necesidad.

Ella sonrió y le sacó la lengua. Y pensar que al comienzo de la noche había pensado que sí, estaba bueno, aunque un poco soso… y ahí estaba, haciendo bromas.

Casi le daba pena que estuvieran llegando a Fort Wayne. Si no fuera porque tenía la despedida de Romy y estaba deseando juntarse con sus amigas, no le hubiera importado nada que aquel trayecto durara unas horas más. Pasaron la señal que indicaba que entraban en la ciudad y, unos minutos después, llegaron a la estación de autobuses. Lawson detuvo el autobús y cogió el micrófono para avisar al pasaje antes de abrir las puertas.

—Pues ya estamos aquí —indicó, mirándola.

Ella examinó la zona a través del cristal y suspiró.

—Es una estación pequeña —dijo.

—Sí, pero seguro que encuentras alguna conexión. Tengo que bajar a vigilar que los pasajeros se lleven todo.

—Ah, sí, claro.

Cogió su mochila y se bajó ella también. No había mucho que ver allí: una cafetería, la zona de espera y un par de taquillas.

Esperó a que todos los pasajeros se hubieran marchado para acercarse a Lawson, que cerraba el maletero.

—Muchas gracias —le dijo.

—De nada, no…

Kat se lanzó a sus brazos y lo estrechó con fuerza.

—Me alegro de haberte conocido —añadió.

Lawson estaba sorprendido y carraspeó, notando la suavidad de su pelo rosa contra la mejilla. Le dio un par de palmaditas en la espalda, aclarándose la garganta de nuevo.

—Sí, bueno, yo también.

Kat se separó y cambió el peso de pie, buscando algo que decir porque no quería despedirse aún de él. Le había gustado darle conversación y, aunque no podía decir que lo conocía mucho, sentía que iba a echarlo de menos.

—¿Qué vas a hacer ahora? —preguntó.

—Voy a un apartamento que tiene la empresa para descansar antes de mi siguiente viaje. Salgo esta tarde hacia Scranton.

—¿Y dejas el autobús aquí?

—Sí, ahora llevo las llaves al encargado y lo limpian mientras tanto. ¿Y tú?

Ella señaló las taquillas con la cabeza.

—Veré que encuentro para llegar a Niágara.

Lawson dudó, jugueteando con sus llaves. Tenía que entregarlas y descansar, estaba agotado, pero también le daba cierto reparo dejar a la chica allí sola. Era de día, había gente y era adulta, no tenía por qué ocurrirle nada, solo que después de las horas que habían pasado juntos, sentía que ya no era una desconocida o una pasajera sin más a la que decir «hola» y «adiós».

—Bueno, pues… Que tengas buen viaje —dijo Kat—. Quizá coincidamos alguna otra vez y te daré donuts, te lo prometo.

Él sonrió al ver que extendía la mano y se la estrechó.

—Claro. Buen viaje a ti también.

Se dio la vuelta, pero no había avanzado ni dos pasos cuando regresó a su lado. Seguro que se arrepentía…

—¿Tienes tu móvil a mano? —Agitó la cabeza—. Qué pregunta, si lo tienes siempre.

—Sí. —Lo sacó—. ¿Por?

—Apunta mi móvil, por si… no sé, te metes en otro autobús equivocado y el conductor necesita referencias de que no estás chiflada.

—Vaya, o sea que eso pensabas de mí, ¿no?

Le entregó el aparato para que escribiera el número.

—Un poco. ¿Lo guardo bajo mi nombre o «buenorro»?

Ella le dio un pequeño empujón en un hombro, aunque sin llegar siquiera a ponerse roja. Total, ya lo había oído bien alto por el altavoz y tampoco era ninguna mentira, ¿no?

—Solo comparado con Cancard.

—Bernard, se llama Bernard. —Le devolvió el móvil—. Procura no confundirte otra vez, ¿vale?

—Lo intentaré.

Aunque para eso, primero tenía que encontrar un autobús. Él se despidió con la mano y Kat miró hacia las taquillas de nuevo, cruzando los dedos mentalmente.

Lawson se alejó hacia la garita del encargado, aunque no pudo evitar mirar hacia atrás un par de veces. No se olvidaría de la chica del pelo rosa pronto, eso seguro.

Kat suspiró y cogió su móvil para avisar a sus amigas de que ya estaba en la estación de autobús. Esperó hasta ver que Danni contestaba avisando que también estaba llegando a su destino y se dirigió hacia las taquillas, a ver si tenía suerte.

—¿Algún interrogatorio más? —preguntó Jamie, al ver que Danni estaba con el móvil de nuevo.

—No, no, es Kat, ya ha llegado a Fort Wayne.

Ellos habían encontrado caravana en la entrada de Cincinnati, por lo que estaban llegando al polígono algo más tarde de la previsión de Jamie. Él había calculado hacer su entrega pronto por la mañana y tenía de margen hasta mediodía sin penalización, pero siempre le gustaba llegar con tiempo por si acaso y el atasco le había fastidiado la media. Al menos ya estaban entrando en el polígono, y por el rabillo del ojo vio la cara que ponía Danni al ver el sitio.

—Aquí solo hay empresas —observó ella.

—Son todo naves industriales, pero hay un restaurante y zona de taxis. Seguro que ahí encontramos algo que te pueda servir para ir a algún sitio con más comunicaciones.

Ella no estaba muy convencida, aunque no le quedaba otra.

—Si tú lo dices…

—Antes tengo que ir a descargar, me están esperando.

—¿No está el restaurante ese de camino?

—No, está bastante lejos. No tardaré mucho, tranquila.

Entendía que la chica quisiera ponerse en camino cuanto antes, pero lo estaban esperando y seguro que un rato más no marcaría la diferencia.

—¿Y tú qué harás?

—Dormir un rato, tengo una recogida aquí mismo a última hora y así descanso antes de ponerme a conducir otra vez.

La vio moverse nerviosa en el asiento y puso los ojos en blanco al pensar en lo que iba a decir. Debería limitarse a hacer lo que había prometido, solo que su conciencia le daba golpecitos en el cerebro, diciéndole que no podía dejarla sola sin más, no hasta saber que tenía un transporte.

—También tengo que comer —añadió—. Así que, si quieres, podemos comer juntos mientras buscas transporte y luego me voy a dormir y tú por tu lado.

—Ah, sí, gracias, eso sería genial.

Al menos, no se quedaría sola en el medio de un polígono rodeada de camioneros sin saber qué hacer.

Lo miró de reojo, pensando en lo que había tenido que aguantar el pobre con el interrogatorio de Skylar y sus lamentos sobre la despedida. No, no tenía nada de Ted Bundy.

Cogió el móvil y miró los mensajes, a ver dónde estaban sus amigas… al menos Skylar y River estaban también encaminadas y juntas. Aunque pararan a comer, ya llevarían un buen trecho.

A ver qué conseguía ella…

Skylar se desvió en la primera área de servicio que encontró una vez pasado el cartel de bienvenida a Kentucky. Llevaba conduciendo cuatro horas seguidas y se acercaba la hora de comer, necesitaban un descanso. Además, River no hacía más que dormitar, así al menos tendría contacto con gente.

Buscó una parcela no muy próxima a la puerta para poder dejarlo a la sombra y sacudió a su amiga en el hombro, que se desperezó.

—Eh, Bella Durmiente, ¿piensas seguir dormida el resto del viaje? Porque menuda compañía me estás haciendo —refunfuñó.

—Perdona. —River bostezó—. Ya sabes cómo son las noches de guardia… necesitaba descansar un poco, ya estoy en plena forma. ¿Es hora de comer?

—Ajá. Se te está pasando rápido el viaje, ¿eh? —Skylar seguía mordaz.

—Vale, vale, he sido una compañía de mierda, lo admito. Vamos a comer y no volveré a cerrar los ojos hasta que lleguemos a la *suite* de lujo, prometido.

—Me acordaré de lo que has dicho.

—¿Dónde estamos?

—En Lexington, o cerca. Voy a llamar a Danni a ver por dónde anda.

River salió del coche y se puso la cazadora, disfrutando de la sensación de estirar las piernas tras haber descansado. Otra vez tenía hambre, solo esperaba no quedarse frita al volver al coche, que Skylar iba a pensar que era una caradura que ni se ofrecía a conducir un rato.

Aunque su amiga no le permitiría tocar su coche, estaba convencida. Demasiado caro y bonito para cedérselo a alguien que tenía tan poco cuidado en general con sus cosas. Se frotó los ojos mientras la observaba coger el móvil.

—¡Hola! ¿Qué tal Ted Bundy? —Le dedicó una sonrisa divertida a River—. Chica, era una broma… ¿dónde estás en estos momentos? ¿Hamilton?

Le hizo un gesto a River, que se apresuró a buscar la localización. Con ella en la mano, le acercó la pantalla a la rubia para que echara un vistazo. Hamilton estaba en Ohio, a un par de horas de donde se situaban ellas dos.

—Dice que está en Hamilton, pero en una especie de polígono a las afueras donde Ted Bundy va a descargar lo que sea que transporte —explicó, tapando el teléfono para que Danni no pudiera escucharla—. Vamos, que no creo que allí tenga muchas opciones de coger un bus o un tren, no digamos ya un avión.

—¿Y por qué no nos espera? Son solo dos horas, casi no tendrá tiempo de aburrirse.

—Buena idea. —Skylar regresó a la charla—. Danni, ¿te recogemos al pasar? Solo tienes que mandarme tu ubicación exacta, nosotras hemos parado a comer ahora, aunque no tardaremos mucho.

Aguardó un minuto para finalmente asentir.

—Perfecto, ni se te ocurra moverte de donde estás. Y despídete de Ted Bundy, no vayas a encariñarte con él.

Colgó antes de que Danni le respondiera cualquier cosa y se guardó el teléfono. River ya se encaminaba al interior del área de servicio, que tenía una cafetería enorme y muy bien surtida, de modo que las dos fueron a pedir a la barra. En diez minutos estaban sentadas con su comida; sin embargo, la paz duró poco: de repente, saltaron un montón de mensajes en el grupo, todos seguidos.

—¿Qué pasa ahora? —quiso saber Skylar.

—Espera. —River abrió y empezó a pasarlos arriba y abajo, leyendo con rapidez—. ¡Mierda! Sun Hee se ha dejado el pasaporte en casa.

—Me tomas el pelo. —Skylar se quedó con expresión estupefacta.

—¿Te sorprende? No se deja el iPod, no, ni sus dichosos paquetes de chicle, ¡se deja el pasaporte!

—¿Y qué ha hecho?

—¿Hecho? ¡Nada! Ha tenido que quedarse en la frontera. Dice que está en un hotel pequeñito en Búfalo y que le va a pedir a su madre que le mande el pasaporte de forma urgente.

—¿Cómo que se lo va a pedir? ¿Por qué no lo ha hecho ya?

River escribió y esperó hasta que su amiga contestó.

—Dice que está en ello, que está con otra llamada. Que el mensajero será mínimo veinticuatro horas y que no nos preocupemos.

Skylar alzó una ceja, haciendo cálculos.

—Ufff, un día perdido. —Se frotó la frente—. ¿Cómo puede estar saliendo todo tan mal? Entre unas y otras, hasta el viernes no estaremos todas juntas.

River estaba a punto de dejar caer la cabeza sobre su ensalada. ¡Con lo que le había costado conseguir esos cuatro días seguidos! Para estar con las chicas resultaba genial, pero para ir dando tumbos durante trece horas y que al llegar faltaran la mitad…

—Esto es un desastre, ¿para qué tiene la cabeza Sun? ¡De adorno, punto, para soñar despierta con ese maldito guitarrista!

—Cálmate. Ya la conoces, ni tú ni nadie va a cambiarla. —comentó Skylar—. No es ninguna niña, solo… una soñadora.

—Otros dirían que se engaña a sí misma con fantasías de adolescente.

Skylar soltó un discreto resoplido que no pasó desapercibido a River. La joven se cruzó de brazos y le lanzó una mirada inquisitiva.

—¿Qué?

—Nada, nada.

—Conozco tus «hum» y nunca son sin motivo, ¿a qué viene?

—Viene a que no te metas con Sun Hee por tener fantasías, ¿o tengo que recordarte esa tuya en la que estabas convencida de que el Gran Doctor solo se acostaba contigo y no con todas las mujeres de la clínica?

—¡Eso no era una fantasía! Él... bueno, da igual, era real. O yo creía que lo era.

—No, si eso lo sé. La próxima vez échate un novio más cercano a tu edad, que los de cincuenta se las saben todas.

—Puede que yo haya pecado de ingenua, ¡pero es que ella solo piensa en ese guitarrista! Le da calabazas a todos los chicos que se le acercan, ¡no es normal!

—Bueno, algún día aparecerá uno. Uno que se le parezca. —Skylar se echó a reír.

River volvió a acercar la ensalada hacia su persona, pensativa. No le podía quitar la razón a su amiga, tampoco tenía derecho a enfadarse porque todas le habían advertido muchas veces que saldría escaldada de su relación con el Gran Doctor. Al parecer, veían algo en su aura que ella no captaba... Martin era el dueño de la clínica, llevaba muy bien los años y su ternura con los animales la había conquistado. Después de varios meses acostándose con él, poco a poco empezó a pillar las señales que durante ese tiempo se había negado a ver: que esas cualidades que tan irresistibles le parecían surtían en efecto en todas.

Y en cuanto comenzó a indagar, se dio de bruces con la pura realidad: aquello no era ningún romance, tal y como pensaba ella, sino una simple aventura sexual. Una aventura que la situaba al final de una lista muy larga en la que también estaban sus compañeras, las auxiliares de veterinaria y hasta la chica de recepción.

Entonces llegaron los lloros, y al menos sus amigas se ahorraron el discurso de «ya te lo dijimos». En eso funcionaban bien, como un equipo: no se mortificaban de manera innecesaria, solo se secaban las lágrimas, se retocaban el brillo de labios y salían a bailar.

El comentario de Skylar no era malintencionado, solo un breve recuerdo de que no debía meterse con Sun Hee y sus rarezas, pues todas tenían lo suyo en ese terreno.

Lo que le recordaba…

—¿Cómo llevas lo tuyo?

—¿El qué? —Skylar arqueó una ceja.

—Lo de Corey.

—Estoy perfectamente. Me he quitado un peso de encima, esa relación era la crónica de una muerte anunciada.

—¿No estás triste?

—Claro que sí. Triste por los tres meses que he perdido con él.

—Pero si Corey mola un montón…

—¿Quieres café? —la interrumpió la rubia.

River suspiró. Estaba claro que Skylar no tenía ganas de hablar en ese momento sobre su ex, y no sería ella quien la forzara. Cualquiera que conociera a la chica sabía que no se la podía presionar para ser sincera… ya hablaría, en cuanto se tomara la primera copa de champán, seguro.

—Al menos Romy ha llegado al hotel —suspiró, para así cambiar de tema.

—Sí, genial. La novia es la primera en llegar y está sola… Kat se estará tirando de los pelos porque la *suite* estará sin los globos.

—Pues le va a tocar aburrirse un rato hasta que lleguemos.

—Tiene champán y bombones, puestos a aburrirse es la mejor manera. —Skylar dejó de comer y se incorporó—. Voy a por los cafés y nos marchamos, no quiero tener a Danni esperando mucho tiempo.

Se alejó sin esperar respuesta, así que River frunció los labios. Empezaba a lamentar haber sacado el tema de Corey, no quería que Skylar estuviera irritada el resto del viaje, aunque resultaba inevitable: Corey la ponía de mal humor, incluso cuando no estaban juntos. Skylar conocía bien la paciencia y la corrección política debido a su trabajo, pero él tenía el don de sacarla de quicio en cuestión de segundos.

Se incorporó para esperar en la entrada, así les daría un poco el aire mientras tomaban el café. Skylar le entregó el suyo al volver y ambas salieron en dirección al vehículo, calculando la manera de llegar lo antes posible a Hamilton.

Iban distraídas con la conversación cuando Skylar alzó la mirada y recorrió la zona del aparcamiento, desconcertada. Miró hacia la derecha, a la izquierda, de nuevo a la derecha y detrás de ella.

—¿Qué pasa? —quiso saber River.

—¿Y el coche?

River se giró hacia el sitio donde habían aparcado, en una esquina bajo la tejavana para que no le diera demasiado el sol. De forma inconsciente, repitió los movimientos de su amiga buscando en todas las direcciones con la mirada.

—¿No lo habíamos aparcado aquí? —preguntó River, aun sabiendo que era una pregunta estúpida.

—Sí, estaba justo ahí.

En lugar de eso, había un amplio y soleado hueco.

—¿Qué coño…? —empezó Skylar, con cara de no creérselo.

—¿Crees que…?

—¡Me han robado el coche, joder!

—¡No puede ser! Si solo hemos estado ahí veinte minutos.

De pronto, River se encontró hablando sola en mitad del aparcamiento. Skylar se encaminaba de nuevo al interior del local con expresión furibunda, así que se apresuró a correr tras ella, asustada por si montaba un espectáculo. No andaba muy desencaminada, pues según empujó la puerta casi la había perdido de vista, ¿cómo corría tanto?

Skylar localizó el mostrador donde un joven con una camisa ridículamente naranja cobraba la gasolina y las chucherías con cara de aburrimiento.

—¡Acaban de robarme el coche! —exclamó, dejando el bolso sobre el mostrador con tanta fuerza que el joven empleado casi perdió la gorra.

—¿Perdone?

—Oh, no, desde luego que no voy a perdonar a nadie, ¡no hasta que me devuelvan mi coche!

—Señorita…

—¡Ni señorita ni señorito, quiero ver ahora mismo al encargado!

—Sí, señorita. —El joven agachó la cabeza y descolgó el teléfono que tenía junto a la caja registradora.

River apareció, jadeando, y cogió a Skylar del brazo.

—¡Cálmate! Por mucho que grites eso no hará que el problema…

—¿Qué sucede? —preguntó una voz masculina a sus espaldas.

Las dos chicas se dieron la vuelta a la vez, para encontrarse con un hombre de unos cincuenta años, vestido con camisa y corbata.

—¿Es usted el encargado?

—Sí. Sam Heller, encantado de…

—Corta el rollo, Sam, acaban de robarme el coche en el aparcamiento de vuestra área de servicio —lo interrumpió Skylar—.

Estamos en mitad de un viaje y debemos llegar a Niágara esta noche, ¿quieres decirme cómo vas a solucionar el problema?

—Pues… yo no puedo hacer nada.

—¿Qué?

—Quiero decir… que lo siento mucho, como es natural, pero tendrá que llamar a la policía.

—¿Tienen cámaras de seguridad ahí fuera? —preguntó River.

—Claro, pero solo se las podemos enseñar a la policía. —Sam las observó—. ¿Quieren que los llame?

—Sería un detalle, Sam —replicó Skylar con ironía.

—Ahora mismo lo hago. —El hombre no pareció captar el tono, porque sonrió con amabilidad y les señaló una mesa—. Pueden esperar ahí, les traeré un café.

—Descafeinado —advirtió River, al ver la cara de su amiga.

La policía se dignó a aparecer cuarenta y cinco minutos después, tiempo en el que las dos chicas se habían tomado tres cafés cada una. Al ver su aspecto, ninguna tuvo la esperanza de que fueran a solucionar el problema con rapidez: ambos estaban en una edad próxima a la jubilación y tenían caras somnolientas, como si los hubiera sacado de una siesta al sol.

Sam señaló la mesa y los dos agentes de policía se encaminaron hacia allí.

—Señoritas.

Los dos hicieron un saludo con la cabeza y pasaron a ocupar los asientos frente a ellas, uno de ellos con una carpeta que depositó sobre la mesa.

River escuchaba a su amiga contestar a las preguntas sobre el coche intentando no desconectar. Los policías preguntaban lo mismo una y otra vez: cuál era su ruta, a dónde se dirigían, a qué hora habían llegado al área de servicio, el tiempo empleado en comer, el modelo del vehículo… y le costaba horrores prestar atención. Skylar parecía cada vez más exasperada y tenía que darle la razón, aquello era insoportable.

—Voy a echar un ojo a las cámaras —dijo al fin uno de ellos—. ¿Por qué no van rellenado la denuncia y los datos mientras tanto?

La pesadilla se prolongó otro rato. El agente que había ido a revisar las cámaras regresó para corroborar que, en efecto, dos jóvenes parecían haber robado su coche.

—Menuda capacidad de deducción más extrasensorial —murmuró Skylar, y notó un codazo de River por debajo de la mesa—. ¿Qué van a hacer al respecto?

—Bueno, hemos pasado la matrícula a la centralita, así que ahora todas las patrullas saben que es un vehículo robado.

—Ya tenemos la denuncia, cuando aparezca la llamaremos.

Skylar los miró, sin comprender del todo.

—Bien, ¿y qué vamos a hacer? ¿Nos van a prestar un coche o algo?

Ellos se miraron antes de echarse a reír.

—No somos una casa de seguros, señorita. No hacemos eso.

—¿Nos van a dejar aquí tiradas? —La rubia continuaba estupefacta.

—Si quieren podemos acercarlas hasta Winchester, aunque sería retroceder si van en dirección a Lexington. Somos los más cercanos a esta área de servicio.

River se apresuró a buscarlo en el mapa, desesperada. Nada, Winchester era un pueblo con menos de veinte mil habitantes, dudaba mucho que allí tuvieran transportes directos a ninguna parte. ¡Dios mío, qué pesadilla! ¡Y además ni siquiera tenían sus maletas!

—Este viaje está maldito —musitó, dando con la frente en la mesa.

—No empieces —advirtió Skylar, y alzó la mirada hacia los agentes de policía—. Muy bien, gracias por la ayuda. ¿Me avisarán si encuentran el coche?

—Por descontado.

Una vez se hubieran marchado, River resopló.

—¿No deberíamos haber ido con ellos a Winchester, al menos? Es un pueblo pequeño, pero seguro que alguna opción tendría.

—Voy a llamar a un taxi.

—¿Estás loca? ¡Nos quedan ocho horas de viaje, Skylar!

—Me da igual —dijo ella, inflexible.

Podía pagarlo, desde luego. Con lo que no contaba era con que nadie cogiera el teléfono al otro lado en la población de Winchester. Estaba claro que aquello no era Atlanta, donde circulaban cinco taxis por persona y apenas debías mover un dedo para conseguir uno.

—¿Qué vamos a hacer? —dijo River, cuando al final Skylar se dio por vencida.

—No lo sé.

—Voy a decirle a Danni y a las demás lo ocurrido. Nos estará esperando y no vamos a llegar, al menos no en un corto espacio de tiempo.

—Vale.

—El dependiente tonto te hace señas, ¿por qué no vas a ver qué quiere mientras hablo con ellas? —sugirió River.

Skylar miró al techo, pero se levantó para ver a qué venía tanto aspaviento por parte del dependiente. River aprovechó para explicar en el grupo lo sucedido, de ese modo sus amigas podrían leerlo cuando se conectaran, y acto seguido llamó a Danni que era la mayor damnificada. Cuando colgó, Skylar acababa de regresar.

—¿Y bien? ¿Qué quería, ligar contigo?

—No. Bueno, no sé, tal vez. —Skylar frunció el ceño—. Da igual, dice que él vive en Francfort y que si queremos nos puede llevar hasta allí.

—Y una vez allí, ¿qué hacemos?

—Ni idea, pero al menos avanzaremos en lugar de quedarnos aquí quietas. Me ha enseñado dónde está en el mapa, no es un sitio grande.

—¿Te das cuenta de que esto es hacer autostop?

—No es igual.

—Es subirnos en el coche de alguien que no conocemos para que nos lleve a donde sea. Sí que es hacer autostop.

—¡Al menos allí habrá algo! Aquí no veo ninguna otra solución.

River lanzó una mirada al joven dependiente. Al menos no tenía aspecto de psicópata y era bastante endeble, no le inspiraba miedo precisamente. Y quizá Skylar estaba en lo cierto, en ese pueblo seguro que había un autobús que podía dejarlas más cerca de su destino. O un taxi, o…

—Está bien —repuso—. Mientras no nos encontremos tiradas en medio del campo a medianoche me vale.

—No digas tonterías, eso no va a pasar.

CAPITULO 5

JUEVES, TARDE

Danni tenía la esperanza de averiguar algo sobre la misteriosa mercancía que transportaba Jamie cuando llegaron a descargar. Sin embargo, se sintió decepcionada al comprobar que entraban en un muelle de carga que no daba la menor pista. Jamie maniobró el camión para entrar con la parte trasera y así adaptarla a la rampa de entrada del almacén.

—¿Son unos almacenes?

—Espera aquí, no tardaré —respondió él.

Se quitó la cazadora para quedarse en manga corta y la pelirroja lo siguió con la mirada hasta que su cuello no dio más de sí. Entonces utilizó el espejo retrovisor para continuar el recorrido… ¡joder, cómo estaba el tío!

Hasta ese desgraciado incidente en el área de servicio, todos los camioneros con los que se había cruzado pertenecían a otra liga. Una con más años, kilos y escasez de dientes.

Agarró el móvil para hacerle una foto y después la subió al grupo, donde no tardó en recibir respuestas variadas.

Kat: «¿Es Ted Bundy? ¿Está descargando?»

Romy: «Buen culo. ¿Qué transporta, lo has averiguado?»

A Danni le extrañó que ni Skylar ni River pusieran cualquier cosa, aunque le habían escrito al acabar de comer, así que dedujo que estarían al volante y de ahí su silencio. Bueno, al menos en un par de horas la recogerían y ese viaje surrealista llegaría a su fin.

Aunque iba bastante cómoda con Jamie, para qué engañarse. El chico no era muy hablador, pero iba tranquila en su compañía, no sabría decir por qué.

Miró de nuevo para asegurarse de que seguía concentrado en su trabajo y abrió la guantera sin pensar, intranquila por si encontraba algo que mandara a la mierda ese *relax*. Porque claro, si el joven no quería que la abriera, debía ser por algo, ¿no?

Lo que encontró fue un desorden terrible de papeles, recibos de gasolina y restaurantes, chocolatinas y la carpeta del seguro. Nada fuera de lo común, así que apartó el papeleo para coger la chocolatina y darle la vuelta: Reese's. Gran acierto. Tenía buen gusto, y una cantidad nada despreciable allí dentro. Las apartó para ponerlas en el lado izquierdo todas juntas: de ese modo, la carpeta del seguro estaría accesible; amontonó los recibos, que suponía eran para entregar a su empresa, e hizo un montoncito con ellos.

Diez minutos después, la guantera estaba completamente ordenada y sobraba la mitad del espacio, entonces fue consciente de lo que había hecho y le entró cierto temor. ¿Se cabrearía por aquello? Quizá la dejara tirada, por meter las narices donde no debía.

La cerró a toda prisa, como si al ocultarlo fuera posible retroceder en el tiempo, y aguardó a que Jamie finalizara la descarga. Todo iba en cajas bastante grandes y bien precintadas, de modo que tampoco obtuvo ninguna pista por ese lado.

Quince minutos después, Jamie cerró las puertas traseras del camión, pulsó el botón para bajar la rampa y regresó a la cabina.

—¡Listo! —exclamó—. Ya podemos ir a comer.

—Estupendo, yo pagaré.

—No hace falta.

—Claro que sí. Me has ayudado sin conocerme de nada, lo menos que puedo hacer es invitarte a comer hasta que nos despidamos.

Él se encogió de hombros y arrancó el camión para encaminarse al restaurante del que le había hablado un rato antes. Danni suponía que no sería un sitio *gourmet*, detalle que la tranquilizaba porque llevaba poco dinero encima —tampoco tenía mucho en la tarjeta—, y al llegar no se sorprendió de su aspecto, un poco rústico.

—No es muy elegante —comentó él, mientras se metía en el aparcamiento—. Estarás acostumbrada a sitios mejores.

Si él supiera que antes de dejar su apartamento subsistía a base de latas de atún y paquetes de fideos… al menos al vivir en casa de Skylar podía saquear la nevera, algo de lo que su amiga no se quejaba. La chica rara vez comía allí, pero le gustaba tener provisiones por si le daba un antojo de pascuas a ramos, así que lo pagaba todo y Danni se ocupaba de comérselo, ¡era el trato perfecto!

Quería pagar porque Jamie le parecía simpático y se había portado muy bien… el problema fue que al mirar de pasada los menús de la pizarra, se encontró con que el aspecto del sitio no se correspondía con los precios.

O eso, o ella ya estaba en una situación insostenible.

—¿Ocurre algo? —preguntó Jamie, al ver su cara.

—No, nada.

Lo siguió al interior, intranquila. ¿Quién le mandaba abrir la boca? Peor, ¿cómo se lo había montado tan mal para llegar a los treinta y no poder pagar dos malditos menús en un restaurante mediocre?

Era un desastre y fue consciente en ese mismo momento. Sus padres le daban dinero todas las semanas disfrazado de «pequeña ayuda». Vivía en casa de Skylar, donde no pagaba ninguno de los gastos ni la comida, aunque en su defensa había hecho el ofrecimiento al principio, algo a lo que la rubia se opuso.

«Mejor guarda hasta que encuentres trabajo», fue su consejo.

Y sí, trataba de ahorrar lo poco que tenía, el problema era eso de encontrar trabajo, que cada vez lo veía más lejano. El resultado era que entre unos y otros le sufragaban los gastos y así iba tirando, con poco, pero sin pasar ninguna necesidad real… hasta que se encontraba en la situación de tener que pagar una comida y la realidad le pegaba una ostia en plena cara. Estaba tan al límite que cincuenta malditos dólares suponían un gasto excesivo en su maltrecha economía.

Sin embargo, cuando terminaron de comer y el camarero les llevó la cuenta, Jamie la cogió antes de que pudiera hacerlo ella.

—Yo me ocupo —comentó.

—¡Quería invitarte!

—Y yo te agradezco el detalle, pero no es necesario, lo pago con las dietas y solucionado. —La miró unos segundos—. ¿Una mala semana?

Danni alzó la vista, sorprendida. ¿Cómo lo sabía? ¿Tan transparente era que se podía leer en ella como un libro abierto?

—Tu cara ha sido un poema —dijo Jamie con una sonrisa.

—Más que una mala semana, ha sido un mal año —murmuró ella.

Se calló al ver que les traían el café y lo revolvió distraída.

—¿Te gusta tu trabajo? —preguntó.

—¿Llevar el camión? Tiene sus cosas buenas, sí. No es fácil, pasas mucho tiempo solo… supongo que no es como estar en una empresa.

—Yo estaba en una empresa.

—¿A qué te dedicabas?

—Soy informática. Era. Era informática —explicó Danni—. Ni siquiera sé por qué estudié eso, los orientadores nos vendieron la moto de que era una carrera con mucha salida. Cosa que es cierta, aunque nadie te habla de…

—¿De?

—No es algo para todo el mundo. —Ella se encogió de hombros—. Dices que pasas tiempo solo, pues yo estaba ocho horas en un cubículo de cuatro por cuatro. Era un infierno, como si todos los días el cielo fuera de color gris.

—¿Y qué hiciste?

—Me despidieron. Tampoco es que hiciera muchos méritos para ascender, si he de ser sincera… el trabajo me importaba un carajo y se notaba.

Jamie afirmó.

—Pensé que encontraría cualquier cosa —siguió Danni—. Para mi sorpresa, no fue así. Luego se me ocurrió estudiar algo que me gustara.

—¿Lo hiciste?

—No tenía claro el qué, fue pasando el tiempo y… no sé, es como si estuviera en un bucle del que no sé salir. No encuentro el camino.

—¿Cómo te las apañas para vivir?

—Mis padres me ayudan y estoy de inquilina en casa de mi amiga Skylar. Ella lo paga todo, así que básicamente soy un parásito.

Jamie sonrió al escucharla.

—Ah, y eso no es todo: hace unos meses también me dejó mi novio.

—Vaya, sí que es verdad que no es tu año, no —observó con tono comprensivo—. Si te hace sentir mejor, lo de ser camionero no es ningún premio. Muchas horas al volante, días y días sin estar en casa… es incompatible con cualquier vida social.

—¿A tu novia le parece bien?

—No, no tengo novia. Lo que te acabo de decir, es incompatible. —Él suspiró—. Si de verdad te quieren, llevan fatal que pases tanto tiempo fuera. Y si no te quieren, pues un día de pronto las encuentras con otro en tu cama.

Danni se quedó estupefacta y no atinó a responder nada a eso que, deducía, era una vivencia personal.

—Tienes razón, me hace sentir mejor —sonrió.

Jamie la imitó. Permanecieron unos segundos así, con la sonrisa en los labios y cierta conexión en los ojos… hasta que una pequeña alarma interrumpió el momento. Jamie consultó su reloj y dio una palmadita sobre la mesa.

—Lo siento, tengo que dormir un rato antes de ponerme en marcha. Ya sabes, el aparato controla mis biorritmos. —Se levantó—. ¿Vas a esperar aquí a tus amigas?

—Sí, me tomaré otro café. O tres, que tengo para un par de horas. —Se incorporó ella también, sin saber muy bien de qué forma debía despedirse—. Bueno, pues…

—Sí, esto… mucha suerte con el resto del viaje. Espero que os divirtáis en la despedida.

Danni hizo el ademán de abrazarlo, pero al momento desistió. No lo conocía tanto como para tener ese gesto, ¿y si le resultaba excesivo? Al fin y al cabo, solo era una autoestopista, y por mucho que quisiera hacerlo, tal vez al chico le pareciera demasiado atrevido.

Se quedó inmóvil con una sonrisa estática en la cara y Jamie terminó por darle un golpecito amistoso en el hombro.

—Y reorganiza tu vida —aconsejó—. Se ve que eres inteligente, solo tienes que dar el primer paso.

La pelirroja asintió, confusa por aquel consejo. Jamie pasó a su lado y salió del restaurante, dedicándole un último gesto de despedida con la cabeza.

Danni lo vio marchar, ligeramente apenada por haber tenido que despedirse, y fue hasta la barra para pedir otro café. Mientras se lo preparaban, sacó el móvil para distraerse, asegurándose de que aún conservaba el cargador sustraído del área de servicio. Menos mal que lo había mangado, si no estaría desconectada del mundo.

Al abrir el grupo, se dio cuenta de que había un montón de mensajes y llamadas perdidas de Skylar, así que paseó la vista por encima a toda prisa por si era algo importante.

Skylar: «Danni, no coges el teléfono. ME HAN ROBADO EL PUTO COCHE.»

La joven tuvo que leerlo tres veces para procesarlo. Tras esa frase, sus amigas habían escrito cantidad de cosas, y las pasó por encima hasta llegar al final.

River: «Camino a un sitio de mierda llamado Francfort con el dependiente de la gasolinera.»

La pelirroja se apresuró a escribir a toda velocidad.

Danni: «¿No hay coche? ¿No vais a venir a recogerme?»

Skylar: «No hay coche. N-o h-a-y c-o-c-h-e. Odio al mundo.»

Danni: «¿Y qué hago yo ahora? ¡Jamie se ha marchado!»

Romy: «¿Quién, Ted Bundy?»

Danni: «¡Dejad de llamarlo así, es muy majo!»

River: «Corre, nena. Corre por tu vida.»

Danni cerró el grupo de golpe y salió corriendo del restaurante sin detenerse a pagar el café que le estaban preparando. Si Jamie se marchaba sí que estaría metida en un buen lío: en aquel polígono abandonado no tenía opciones, y dudaba mucho que fuera a tener la misma suerte con otro camionero.

Lanzó un suspiro de alivio al ver que su camión seguía allí y recordó que el chico pensaba dormir antes de ponerse en marcha, ¡bendito tacógrafo!

Se aproximó hasta la cabina, donde trepó como pudo hasta alcanzar la ventanilla del conductor: allí estaba Jamie, estirado en el asiento y con los brazos detrás de la cabeza, así que aprovechó para recorrerlo con la mirada. Con esa camiseta blanca ajustada se podía apreciar lo que había debajo… parpadeó y recordó la estampa: casi colgada de una ventana de camión mientras espiaba al conductor y sus abdominales. Más bajo no se podía caer.

Tocó con suavidad en la ventanilla y Jamie abrió los ojos, sobresaltado. Al verla allí se quedó estupefacto, como si no lograra comprender su presencia, y se apresuró a abrir la ventanilla.

—Hola —saludó la chica—. No te lo vas a creer.

Tras unas pocas horas de descanso y una ducha reparadora, Lawson estaba de regreso a la estación para su siguiente viaje. No había dormido todo lo bien que hubiera querido; normalmente, en cuanto llegaba al apartamento de la empresa y su cabeza tocaba la almohada se quedaba inconsciente. Sin embargo, aquel día le había costado conciliar el sueño, no hacía más que ver una melena rosa en su cabeza. Cierto que lo había vuelto un poco loco y, al principio, solo deseaba que se callara… aunque al final la verdad era que lo había entretenido con su imparable conversación y el viaje no se le había hecho tan monótono como siempre. Por otro lado, no había podido evitar mirar su móvil más de una vez por si le enviaba algún mensaje, no estaba seguro de qué líneas trabajaban desde allí y si podría encontrar algo que le sirviera para llegar a su destino. Suponía que la falta de noticias eran buenas noticias y que la chica ya estaría camino de reunirse con sus amigas, así que no tenía sentido preocuparse porque no le hubiera enviado un mensaje, no era que se hubieran convertido en grandes amigos solo por pasar una noche hablando, ¿verdad?

En fin, la chica quedaría en su memoria como una anécdota entre sus viajes aburridos y nada más. Sería difícil volver a coincidir en algún viaje y tampoco tenía su teléfono para llamarla a ver qué tal estaba o quedar en Atlanta a tomar algo, como se le había pasado también por la cabeza, aunque claro, demasiado tarde, al despedirse. Así que dependía de si ella lo llamaba o no, lo cual ya dudaba por mucho que le hubiera descrito como «buenorro» ante sus amigas.

Sacudiendo la cabeza para dejar de darle vueltas a aquello, entró en la oficina para recoger las llaves del autobús y los datos de los pasajeros. Normalmente habría vuelto a Atlanta, pero uno de sus compañeros estaba de baja y le tocaba sustituirlo en itinerarios extraños, como el que tenía después a Scranton. Estaría fuera de casa más de lo habitual, pero también le darían un pequeño extra que no venía nada mal, y tampoco era que tuviera prisa por volver a su piso vacío, no tenía a nadie esperando.

Con su bolsa al hombro y la carpeta de información en la mano, salió de la oficina para dirigirse al autobús y prepararse para el viaje. Entonces, al mirar de pasada los bancos en la zona de espera, le pareció ver algo rosa. Frunció el ceño, pensando que su imaginación le estaba jugando una mala pasada, hasta que volvió a mirar y confirmó que, efectivamente, aquel era el pelo de Kat.

Cambió de rumbo para dirigirse hacia allí y rodeó el banco hasta quedar a un lado. La chica tenía el móvil en las manos y le daba vueltas, con cara de preocupación. Se mordía uno de sus sexys labios, lo cual no debería distraerlo, así que carraspeó y le tocó un hombro con un dedo para llamar su atención.

Ella lo miró, con expresión compungida, aunque procuró sonreír al verlo.

—Hola —saludó Lawson—. Pensaba que estarías subida en algún autobús rumbo al Niágara.

—Sí, eso creía yo también.

—¿Qué ha pasado?

—No hay nada directo. La chica me ha dado un montón de horarios —levantó la mano para enseñarle los papeles—, pero no consigo encontrar nada que no tarde dos días, entre enlaces y paradas.

—Vaya… lo siento.

—No quiero decirle a Romy que no puedo ir, ¡se llevaría un disgusto! Todavía no ha llegado ninguna, sigue sola y encima a Skylar y a River les han robado el coche, así que tampoco saben cuándo llegarán. Ah, y claro, iba a coger a Danni y ahora no pueden así que a ver qué hace, tendrá que volver con Ted Bundy.

Él parpadeó, sin poder creer lo que estaba escuchando. No le corrigió sobre el apodo del camionero, solo había escuchado su nombre real una vez en toda la noche y no lo recordaba.

—Me tomas el pelo —le dijo.

—Ojalá. Este viaje está gafado, es como si alguien nos hubiera echado un mal de ojo.

—Bueno, tranquila… seguro que encuentran algo. Y tú… pues puedes coger el de vuelta a Atlanta.

—Lo he pensado, pero ha salido hace una hora, cuando estaba todavía mirando todos estos horarios. Y no hay otro hasta mañana por la tarde, con lo cual, entre ir y coger otro a Niágara, tardaría lo mismo que con cualquiera de estas mil combinaciones. Que, encima, me costarían una pasta porque tengo que coger mínimo tres autobuses. —Le enseñó la pantalla, donde estaba su número—. Estaba pensando en llamarte, a ver qué me aconsejabas o si conocías alguna combinación que se me escapara.

Lawson apoyó la carpeta en el banco y cogió los horarios para echar un vistazo. Kat había realizado marcas y anotaciones y, al cabo de cinco minutos, le devolvió los papeles negando con la cabeza.

—Lo siento, no veo nada más directo que lo que has marcado.

—Pues vaya puñeta. —Resopló fastidiada—. ¿Dónde ibas tú?

—Scranton.

—¿Y eso dónde está?

—Está en Pensilvania, en el extremo noreste, más o menos.

—¿Hay comunicaciones?

—No sé si mejores que aquí, no es mi destino habitual. Pero es que no voy directo, es un viaje particular de un grupo de personas a un evento. Salimos en una hora y paramos dentro de cuatro para dormir… No llegaremos hasta por la mañana. Por eso no te he sugerido coger billete para el mío, también tardarías un montón. Aparte de que vamos llenos y…

—Espera.

Miró rápidamente en su móvil. Al menos, el sitio ese era hacia el norte y la acercaba a Niágara, no la alejaba más. No era muy grande, eso sí, aunque tenía autobuses y trenes. Algo encontraría, seguro. Y era mejor que estar parada o ponerse a ir de autobús en autobús como si estuviera jugando a la Oca con el mapa.

—¿Puedo ir contigo? —preguntó.

Lawson miró la lista y luego a ella. No había mentido al decir que el autobús iba lleno, no había ni un solo asiento libre.

—Si alguien no se presenta, supongo que podrías subir —contestó.

—No, no, me refiero a sentándome en el que está a tu lado libre, como al venir aquí.

—No sé si…

—Has dicho que era un grupo, ¿no?

—Sí, de jubilados.

—¡Estupendo! —Su rostro se iluminó mientras daba un par de palmaditas—. A esos les encanta la animación. Mira, yo les hablo por el micrófono, los entretengo y así me gano el billete.

—No funciona exactamente así.

—Ya, ya, es una forma de hablar, para que me dejes subir y no me dé la sensación de ser una gorrona, ¿sabes? —Le hizo un mohín—. Por favor, no quiero quedarme aquí tirada.

Ni él dejarla allí sin más. El problema era que llevar a alguien de extranjis en el autobús podía meterlo en un lío, no estaba permitido sin aviso previo y solo para familiares en determinadas ocasiones. No solía encontrarse con inspecciones sorpresa, pero visto que la ley de Murphy perseguía a aquella chica, seguro que ocurriría. Se frotó la frente mientras pensaba alguna solución, si le ponía aquella carita con esos pucheros no podía decirle que no.

—Dame tu carné. —Kat lo sacó de su bolso y se lo entregó, esperanzada—. Espera aquí, voy a ver qué puedo hacer.

—Tranquilo. —Le sonrió con un encogimiento de hombros—. No pensaba irme a ninguna parte.

Él dejó su bolsa junto a ella en el banco y se alejó con la carpeta del viaje. Kat suspiró mientras lo observaba alejarse. No se había quedado corta con lo de buenorro, no, porque no le había mirado bien por detrás hasta entonces y no podía negarse que tenía buen culo, además.

Se enredó un mechón de pelo en el dedo, recriminándose a sí misma por distraerse con aquella vista en lugar de pensar en cómo salir de aquel aprieto. Que vale, llevaba horas dándole vueltas y ya estaba en plan desesperación. No mentía, había estado a punto de llamarlo, pero no lo había hecho porque no quería molestarle mientras descansaba y porque no estaba segura de qué podría hacer él, tampoco era que pudiera crear una ruta de la nada. Miró el móvil, donde Romy había enviado unos cuantos emoticonos tristes. Puf, la pobre seguía sola, sin globos siquiera para alegrar el ambiente, y llevaban un rato sin saber de Romy y Skylar, que se habían puesto a hacer autostop. Madre mía, ¡cómo se estaba complicando el tema!

Llevaba ya tres mechones enrollados cuando vio que Lawson regresaba y casi se los arrancó al tirar, del lío que había montado.

—¡Ay! —exclamó, al liberar los dedos.

—¿Estás bien? —preguntó él.

—Sí, sí. —Lo miró, esperanzada—. Dime que puedes llevarme, por favor.

—He conseguido un permiso por familia, he contado que eres una prima lejana y ya estás en los papeles. —Le devolvió el carné—. Así que te vienes conmigo y el club de jubilados hasta Scranton.

Ella dio un salto desde el banco y se lanzó directamente a sus brazos, botando un par de veces de la emoción.

—¡Gracias, gracias! No te arrepentirás, verás qué bien lo pasamos. Dame la lista, yo me encargo.

—No tienes que hacer nada, en serio.

—Que sí, lo prefiero, además. Tú ve al autobús que enseguida voy yo, voy a coger unas chuches para regalar, eso siempre anima. ¿Qué número es?

—Doce. Pero Kat, que son ancianos…

—¿Y qué?

Lawson pensó en cuántos tendrían problemas de diabetes, o se podrían dejar la dentadura mordiendo un caramelo, pero ella ya estaba toda emocionada corriendo hacia la cafetería, así que no le quitó la ilusión. Cogió su bolsa y se fue hacia la dársena donde estaba su autobús. Ya había varias personas esperando y ninguno bajaba de setenta, por lo que podía ver, justo lo que le habían dicho. Abrió el maletero para que pudieran ir poniendo las cosas y subió al autobús para revisar que todo estuviera en orden, sin abrir la puerta todavía.

Diez minutos después, Kat apareció corriendo con su mochila cuestas y una bolsa llena de lo que suponía eran chucherías. Le tocó la puerta y él abrió.

—Jolín, que me habías dicho la veintidós y no la encontraba —le recriminó.

—Kat, no hay más que quince dársenas, te he dicho la doce.

—Que no, que me has dicho la veintidós, si lo sabré yo… —Dejó la mochila y cogió la lista de pasajeros—. Los dejo subir ya, ¿no?

—Sí, aún faltan quince minutos, pero mejor que se vayan sentando.

Se bajó para ayudar con las maletas y Kat, con una sonrisa de oreja a oreja, descendió los escalones y se colocó junto a la puerta.

—¡Buenas tardes! —saludó, elevando la voz—. Pueden ir pasando, me dicen su nombre para comprobarlo, por favor.

Una pareja se acercó y ella apuntó sus nombres, comprobando los números de asiento antes de tacharlos.

—Bienvenidos —dijo—. Pueden subir y sentarse, pronto saldremos hacia Scranton. Yo seré su guía.

—Ah, pues no nos habían dicho que tendríamos una —comentó la mujer.

—Qué sorpresa, ¿verdad? —añadió Kat, echando mano de la bolsa y sacando un par de piruletas rojas—. Esto para que se vayan entreteniendo.

—Huy, qué chica más maja.

Cogieron las piruletas y subieron sonriendo al autobús. Así fueron pasando todos, recibiendo una piruleta como si fuera el mejor regalo del mundo. Para cuando llegó la hora de salir, estaban todos bien sentados chupándolas y hablando animadamente entre ellos.

Lawson cerró el maletero y subió a su asiento para arrancar.

—¿Estamos todos? —preguntó.

—Sí. ¿Cómo va el micrófono?

Lawson le explicó cómo sacarlo y hablar con él y Kat se colocó en el asiento junto a él, mirando hacia los pasajeros.

—¡Buenas tardes y bienvenidos al Scranton exprés! —Él la miró, elevando una ceja, y ella le guiñó un ojo—. En unas cuatro horas haremos una parada para hacer noche, así que lo de exprés es un decir… pero espero que se lo pasen bien con nosotros. Yo soy Kat y él es nuestro conductor, Lawson. Un aplauso para él, por favor.

—No es necesario que…

La gente ya estaba aplaudiendo y silbando, así que se calló y giró para salir de la estación. A ese paso acabarían cantando como los críos alguna de esas canciones a los conductores que eran interminables, fijo.

—Bien, como durante el camino no hay mucho que ver porque es autopista, les hablaré de nuestro destino mañana. —Y así de paso tenía tiempo de buscar información, si es que había algo interesante en Scranton—. ¿A cuántos de aquí les gustan los juegos? —La mayoría levantó la mano—. ¡Genial! Pues tengo un montón de cosas pensadas, así que no se preocupen, que este no va a ser el *aburribus*. Y si tienen sugerencias, ¡soy toda oídos!

Al momento, varias manos se levantaron y ella señaló a un hombre.

—¿Tienen bingo? —preguntó.

—No, lo siento, sería complicado tener una bola de esas para ir sacando. ¿Siguiente?

—¡Karaoke!

—Eso sí, puedo buscar la canción que quieran y vamos cantando. ¿Qué tal si ahora jugamos a las palabras encadenadas? Lawson, ¿quieres empezar tú?

—Estoy conduciendo.

—¡Conduciendo! Sigo yo... ¡Dominó!

Lawson acababa de entrar en la autopista y el autobús apenas se balanceaba, por lo que ella se levantó para poder ir pasando el micrófono de pasajero en pasajero.

—¡Qué pareja tan agradable! —dijo la primera señora.

—No, no, pareja no —contestó Lawson, mirando por el espejo retrovisor.

—Solo somos compañeros de... trabajo —corroboró Kat—. Venga, algo que empiece por «do».

—¡Dolencia!

Hubo un montón de risas e intercambios de comentarios entre lo que le dolía a uno y a otro, mientras Kat intentaba poner orden. Aquello era como un autobús infantil, solo que con la media de edad unos sesenta años por encima de la infancia. Alguno intentó colarse, otro chivar una palabra, el siguiente se había dormido con la piruleta en la boca... para cuando llegó el turno del último, los primeros ya estaban aburridos y pedían otro juego o más gominolas, a ser posible, así que Kat hizo otra ronda con caramelos de tofe y vio que un par levantaban la mano.

—¿Cómo funciona esto? —preguntó uno, señalando el respaldo del asiento delantero.

—¿Cómo veo una película?

—¡Yo quiero leer el periódico! —exclamó de pronto otro.

Ella suspiró sin perder la sonrisa y procedió a explicar las instrucciones de la pantalla de entretenimiento, que tuvo repetir unas cinco veces entre los que se perdían a mitad de la explicación y los que estaban medio sordos. Subió el volumen varias veces para bajarlo otras tantas, ya que otros estaban delicados del tímpano y les molestaba el sonido.

Una hora después, ya tenía controlados más o menos a todos por qué preferían o cómo de pesados eran, aunque lo de los números de asiento desde luego que se le escapaba. Para acordarse, apuntó al lado de cada nombre algún detalle como «de gusta más el tofe que la piruleta» o «sordo como una tapia».

Y tal y como Lawson temía, tras un juego de adivinanzas, pidieron cantar. ¿Cuál fue la primera canción?

—El señor conductor no se ríe, no se ríe, no se ríe...

Kat le plantó el micrófono delante sin miramientos.

—Venga, a sonreír.

—Kat...

—No van a callar hasta que sonrías.

Él puso los ojos en blanco y sonrió, mostrando todos sus dientes.

—¿Contenta?

—¡Ha sonreído! —confirmó Kat a todos, que volvieron a aplaudir—. Ay, pero qué majos son, los cogía a todos de abuelos adoptivos. Venga, que os busco alguna de vuestros años... ¿qué se cantaba en vuestra época?

—¡Elvis! —gritaron varios.

—Anda, qué animados.

—Como se ponga alguno a bailar y se rompa la cadera, no me hago responsable —refunfuñó Lawson.

Ella conectó el móvil al autobús y buscó una canción, aunque antes de darle cogió el micrófono de nuevo.

—Solo cantar, ¡eh! Bailar no, está prohibido.

Varios murmullos de desánimo como respuesta a aquello, aunque pronto estaban cantando y no protestaron más.

Kat empezó a buscar canciones para crear una lista e ir poniéndoles, animándolos con palmas. Bueno, por lo menos colaboraban y eran simpáticos, no eran de los que se lanzaban a la yugular en un concurso de preguntas y respuestas. El viaje iba a estar muy entretenido.

En cuanto las puertas de la furgoneta se cerraron, River se cruzó de brazos. Ninguna había querido ocupar el asiento del copiloto, algo natural dado que no conocían de nada al dependiente del área de servicio, por mucho que este se hubiera presentado como Dimitri. Saber el nombre no borraba el hecho de que era un desconocido, y que continuara llevando la camisa color naranja chillón con la que trabajaba no ayudaba.

—Bien, pues vamos —comentó él, mirando por el espejo retrovisor para asegurarse de que estaban las dos—. No olvidéis el cinturón.

Las dos se lo pusieron a la vez, sin mirarse entre ellas. Skylar observaba el vehículo con mirada crítica y River parecía concentrada en buscar evidencias de que iban montadas junto a un asesino psicópata. Bajó la voz para dirigirse a Skylar.

—¿Y si no nos lleva a Francfort, sino a una granja abandonada?

—Cállate, te va a oír.

—¿Sabes que los que tienen aspecto inofensivo suelen ser los peores?

—Si se pone tonto le pegamos, entre las dos podemos con él.

River alzó la ceja, aunque tampoco iba a discutirlo. El chico de las gafas parecía pesar menos de sesenta kilos, y su aspecto no es que fuera muy espabilado, así que seguro que Skylar tenía razón. Además, su amiga iba a clases de defensa personal y sabía hacer llaves, tema del que se habían reído a más no poder hasta que un día hizo una demostración con la pobre Sun Hee y la dejó clavada en el suelo. Ahí terminaron las risitas.

—Esto es absurdo —la voz de River sonaba frustrada—. ¿Es que Murphy tenía libre y por eso se está esmerando tanto con nosotras? La pobre Romy ha llegado y está sola, ¡se suponía que no iba a ocurrir! Ya la conoces.

—Mira, a mí me han robado el coche, así que no me calientes más.

—¿Y qué vamos a hacer en Francfort? —River se inclinó hacia el asiento delantero para que el chico pudiera oírla—. Oye, Dimitri, ¿qué conexiones tenéis?

—Limitadas. Aunque mi hermano trabaja en Owenton, os puede dejar allí. —Miró por el espejo retrovisor—. Seguro que alguien os recoge, de ese modo antes o después llegaréis a Cincinatti.

Las dos se miraron. Cincinatti era otro tema, allí tendrían un buen montón de opciones. Aunque lo de subir en otro coche desconocido… ya les gustaba menos. No importaba que fuera su hermano, esas credenciales no tenían valor alguno.

—Por esta zona somos muy amables —terminó Dimitri.

No tardaron en llegar a Francfort, que era un pueblo con menos de veinticinco mil habitantes. River y Skylar se bajaron a toda prisa del coche, aliviadas en cierto modo por haber llegado bien; la sensación duró poco, solo hasta que Dimitri regresó del garaje acompañado de otro chico mayor que él y que tenía aspecto de aguantar mejor las llaves de defensa personal.

—¿Qué lleva en la boca? —siseó River—. ¿Un puro? Dios mío.

—Ssshhh, te va a oír. Vete a saber cómo es esta gente, lo mismo se ofende.

—No puedo creer que vayamos a subir en un coche con ese. Es el tipo del que huiríamos a toda prisa si nos lo encontráramos en algún local.

—No estamos para elegir precisamente.

—¿No hay otra opción? ¿Nadie a quien podamos llamar?

Skylar se quedó pensativa unos segundos.

—Deja que piense… mmm, no, creo que no conozco a nadie por esta zona.

—¿Subís o qué? —El chico arrojó su cazadora al asiento trasero y les hizo un gesto con la cabeza, señalando el vehículo—. Mi hermano dice que os han robado el coche en el área de servicio. No me extraña nada, aquello es un antro.

Subió al volante y ellas miraron a Dimitri, que afirmó con la cabeza para darles ánimo. River hizo una foto a la matrícula de forma disimulada antes de subir otra vez a la parte trasera, y se apresuró a ponerla en el grupo.

Kat: «¿Y esa matrícula?»

River: «Del que nos lleva a no sé dónde, a ver si encontramos la manera de seguir el camino.»

Romy: «Por favor, ¡dejad de subir a coches con desconocidos!»

—En marcha —comentó el chico, arrancando—. Por cierto, soy Alex. Tranquilas, en media hora estaremos en Owenton.

—¿Hay opciones allí para viajar?

Alex soltó una serie de carcajadas que no tranquilizó a ninguna de las dos.

—Hablas de un sitio de menos de mil quinientos habitantes. La única forma de llegar es en coche, nenas. —Dio una calada a su puro, haciendo que las dos se alejaran todo lo posible para que no les llegara el humo.

—¿Y qué haremos una vez allí, si no hay opciones para viajar? —preguntó River en voz alta.

—El siguiente pueblo es Florence, igual de pequeño. Así, de trayecto de media hora en trayecto de media hora, en algún momento llegaréis a Cincinatti.

Alex se quedó tan tranquilo con aquella respuesta. No así las chicas, que empezaban a desesperarse, y la sensación solo aumentó al llegar a Owenton. Alex detuvo el vehículo en una marquesina que, suponían, era para algún autobús urbano, y después bajó la ventanilla.

—¿Hay autobús hasta el centro? —quiso saber River.

—No, hace años había uno pequeñito, pero dejó de funcionar.

—¿Por qué no me sorprende?

—Aunque pasan todos los coches al entrar y salir —explicó—. O sea que, si alguien sale, podrá llevaros. ¡Suerte!

Dicho eso, Alex desapareció tan deprisa que apenas tuvieron tiempo de despedirse.

River miró a su alrededor: resultaba obvio que estaban en las afueras de un pueblo pequeño, porque no había nada en las inmediaciones; nada excepto terreno verde, la carretera por la que habían llegado y la marquesina donde se encontraban.

Skylar se sentó en el banco interior, abrochándose la sudadera. Atardecía y empezaba a hacer frío, si no pasaba alguien próximamente se les iba a hacer de noche… y la simple idea le daba escalofríos.

—¡Joder! —exclamó River, furiosa y frustrada.

—Cálmate, ¿vale? Ya vendrá algún coche.

—¿Te das cuenta de que estamos tiradas en medio de ninguna parte y a merced de que alguien de este sitio decida coger el coche para cualquier chorrada? ¡Dijiste que eso no iba a pasar! ¿Qué vamos a hacer si se nos hace de noche?

—Joder, River, ¿desde cuándo eres tan miedosa?

—¡Venga ya! Estoy agotada, llevamos todo el día sin parar, ¡quiero dormir, no congelarme sentada en una marquesina de adorno!

—¿Por qué me hablas como si la culpa fuera mía?

—No es tu culpa que te hayan robado el coche, lo sé. Pero joder… ¡podríamos llamar a alguien!

Skylar alzó la ceja al escucharla. Y ya era la segunda vez que lo repetía. Se incluía a sí misma en ese «podríamos», aunque por el cabreo y el énfasis estaba claro que esperaba que fuera ella la que llamara a ese alguien.

—¿A quién pretendes que llame?

—A Corey, por ejemplo.

¡Ah! Así que esa era la idea que barajaba River. Se quedó estupefacta durante un instante, porque no se le había ocurrido y le parecía disparatado, tanto como el hecho de haberse subido en el coche de dos extraños.

—¿Te has vuelto loca? —preguntó—. ¿Quieres que llame a mi exnovio?

—Skylar, rompiste con él hace siete días. Estoy casi segura de que aún computa como novio.

—No pienso hacerlo —refunfuñó Skylar, con expresión obstinada—. ¿Cómo voy a llamar para pedirle un favor? ¡No es aceptable!

—¡Mira a tu alrededor! No va a pasar ni un alma. Vamos a tener que pasar la noche en la calle, ¿no puedes dejar tu orgullo a un lado?

—Estamos a seis horas de Atlanta, ¿en serio crees que Corey va a venir hasta aquí para sacarnos del lío y llevarnos hasta Niágara? ¡No le conoces!

—No digas tonterías, ¡si es un tío muy majo! Y no tardará seis horas, seguro.

—No, con su manera de conducir serán cuatro —gruñó Skylar, impasible—. Olvídalo. Vamos a esperar a que pase algún coche.

River suspiró y se sentó junto a ella en la marquesina. Su amiga necesitaba un tiempo para procesar la petición, Skylar no era muy dada a admitir la derrota y, para ella, tener que recurrir a su exnovio era un mal trago.

CAPITULO 6
JUEVES, NOCHE

Tras un rato en silencio sin que pasara ni un solo coche, River se estremeció al notar que el aire empezaba a refrescar.

—Ni siquiera has hablado del tema —comentó, subiendo la cremallera de su cazadora—. No nos has contado por qué habéis roto.

Skylar la miró de reojo. Llevaba tanto rato callada que pensaba que había olvidado el tema, pero no. En fin, tampoco había mucho más que hacer allí, aparte de hablar…

—Para empezar, ni siquiera tendríamos que haber salido —murmuró—. Nos iba bien con el sexo, lo demás solo complicaba las cosas.

Una parte de ella sentía que eso no era del todo cierto, aunque era más fácil pensarlo así. Al inicio de su relación, los dos sabían que no tenían nada en común y, sin embargo, eso no impedía que notaran la química fluir entre ellos. Corey era el hermano mayor de Romy y Skylar era reacia a implicarse con él, por si acaso aquello traía consecuencias o problemas en la relación con su amiga. El problema con Corey, algo que pronto tuvo claro, era la distancia.

Es decir, todo iba de maravilla cuando lo tenía lejos. Recordaba que no era el tipo de chico que quería para ella, más bien todo lo contrario: tenía tatuajes, demasiados vaqueros y cazadoras informales, siempre iba con el pelo revuelto y un montón de defectos por el estilo. Era poco serio y no daba importancia a las cosas que a ella le interesaban, como trabajo o hipotecas.

Sin embargo, en cuanto se le acercaba, todo aquello se iba a la mierda. Con cada centímetro que acortaba, su respiración se aceleraba y el corazón amenazaba con triplicar su bombeo, era algo salvaje e irrefrenable. El sexo era tan absorbente cuando estaban juntos que le hacía olvidar lo demás, y Skylar no estaba acostumbrada a no tener todo el poder en sus relaciones.

A ella le gustaba mandar, y Corey no se dejaba, por eso el hecho de que su historia fuera únicamente sexual le parecía perfecto. De ese modo tenía el mejor sexo de su vida sin aguantar la parte mala, además de la opción de poder ver a otras personas.

Luego, sin que Skylar tuviera muy claro cómo, se volvió una relación normativa. Las chicas empezaron a llamarlo «novio», a Corey no parecía molestarle y, sin más, lo de ver a otras personas quedó en el olvido.

Entonces llegaron los problemas. Como novia, Skylar ya no podía ignorar las cosas que no le gustaban, y empezó a trabajar para convertirlo en alguien a quien poder tener a su lado con cierta tranquilidad. Pero él seguía sin aceptar órdenes, lo que hizo que la relación se volviera muy difícil, siempre salpicada de discusiones y quejas.

Que le quería era un hecho, pese a que ese detalle lo omitiera ante sus amigas… aun así, sabía a ciencia cierta que lo suyo no iba a funcionar. Eran incompatibles por completo, como la noche y el día, así que no podía permitirse romantizar la situación. Tenían que seguir cada uno por su camino… el problema era que seguía siendo el hermano de Romy, lo cual no le dejaba cerrar la puerta del todo. Tendría que verlo en la boda, en cumpleaños, celebraciones y cualquier otra reunión familiar que las incluyera, lo que la llevaba de nuevo al problema de la distancia.

En fin, de todas formas, suponía que Corey no tardaría en olvidarse de ella, era demasiado guapo y sexy para apenarse porque una chica lo dejara. Siempre tenía candidatas alrededor, incluso podía empezar por su ayudante del estudio de tatuajes, Libby, que lo seguía a todos lados como uno de esos perros enormes cuyas babas caían sin control. No por nada la apodaban «la chica de las babas».

—Bueno, a veces se encuentra el amor sin buscar —comentó River.

—Yo no buscaba al amor de mi vida, sino al rollo de mi vida. Lo otro es un asco, de pronto un día te levantas y discutes por un traje de boda.

River ladeó la cabeza para mirarla.

—¿Qué?

—Has preguntado por qué discutimos, ¿no?

—¿Por un traje?

—¿Lo puedes creer? Es la boda de su hermana, por Dios. La idea era encontrar algo acorde al evento. —Skylar suspiró—. ¡Y fue imposible, no tiene nada de paciencia!

—Skylar…

—Demasiado serios para él, esa fue su explicación. Luego amenazó con ir en vaqueros, y a esas alturas ya estaba medio desquiciada, ¿es que no ve que no puede ir así a la boda? Sí, yo también puse esa cara que tienes ahora.

—No, no, espera, mi cara no es por… o sea, ¡me parece absurdo que hayas roto con él por eso!

—No es absurdo, es una filosofía de vida. Si se niega a ir decente para la boda de su propia hermana, eso es lo que voy a tener toda la vida. —Skylar negó con la cabeza—. En ese momento lo vi claro: mi futuro no está con un tatuador despeinado.

—¿Y con quién está? ¿Con el imbécil de tu compañero de trabajo que lleva ocho kilos de gomina en el pelo y hace todo lo que le dices?

Skylar estuvo a punto de darle la razón. Exacto, Greg, también conocido como «el chico de la laca», siempre iba impecable con sus trajes de diseño, las camisas inmaculadas, y ningún pelo fuera de sitio. No llevaba los brazos tatuados o los vaqueros rotos, no escuchaba música infernal y no tenía cara de golfo. Sería el novio perfecto…si no le diera reparo pensar siquiera en besarlo en la mejilla.

Frunció el ceño al percatarse del tono de River.

—¿Qué pasa, no estás de mi parte?

—No es eso, ¡es que no me creo que hayas dejado a Corey por un traje!

—Por su negativa a ser serio —corrigió Skylar—. Repito que es una metáfora de vida.

—¿Y si no quiere ser serio qué pasa? ¿Cuál es el problema? Yo tampoco lo soy, ni Danni… la apariencia es lo de menos, lo que importa es lo de dentro.

Bueno, lo de dentro le gustaba, eso no lo iba a negar, pero su vida necesitaba un Greg, no un Corey. Solo de imaginarlo en las cenas familiares junto a sus padres… no, imposible. Y tampoco era un tema de dinero, porque Corey ganaba una suma ridículamente alta como tatuador. Skylar no entendía mucho del tema, al parecer era un nombre importante en el mundillo del tatuaje y su lista de espera era larga.

—¿Qué más te da? —preguntó, irritada—. No entiendo por qué lo defiendes tanto.

—Porque es un tío majísimo y te trataba bien. No se tiraba a cualquier cosa con faldas —protestó River, al recordar al Gran Doctor—. Es una pena que no lo sepas apreciar.

—Sea como sea, rompí con él y no puedo llamarlo.

—O sea, que ni siquiera vais a quedar como amigos. Estupendo, ¿qué opina Romy?

—Todavía no lo hemos hablado. Sabe que ya no salimos, nada más. Pensaba contárselo por encima este fin de semana.

—Claro, cuando vayamos pasadas de copas, así no le dará mucha importancia. —River hizo una mueca porque era un buen plan—. Mejor, no hace falta que sepa los detalles.

La chica volvió a estudiar la zona, consciente de que eran las ocho y durante la charla había anochecido del todo, además de que ni un solo coche había hecho acto de presencia.

—Sigo creyendo que si lo llamaras vendría —insistió.

—No vendrá, solo le daría la oportunidad de vacilarme.

Su amiga lanzó un gruñido de desesperación, pasándose las manos por la cara.

—Por favor, Skylar. Tengo frío, hambre y estoy muy cansada —dijo con tono suplicante—. Sabes tan bien como yo que por aquí no va a pasar nadie, y aunque lo hagan, fijo que no paran. No podemos pasar la noche en una marquesina.

Su cara se veía tan agotada que Skylar empezó a ablandarse. Vale, ella también prefería un colchón y una manta… lo malo era que no tenía claro que en ese pueblo con cuatro habitantes hubiera siquiera un hostal. Tampoco sabía cómo llegar, no era plan de pasarse la noche dando vueltas en círculo o algo parecido.

Cogió aire y lo expulsó varias veces, al igual que hacía cuando le daba por practicar yoga, y sacó el teléfono. River la miró, ilusionada, y se frotó las manos.

—Me haces pedirle un favor a mi exnovio —señaló Skylar—. Me debes una muy gorda.

—Seré tu mejor amiga siempre.

—Eso ya lo eras, ¿no? —resopló la rubia.

Buscó entre sus contactos hasta hallar su número, agradeciendo en su interior no haberlo borrado, y llamó. Jueves y a esa hora, era posible que Corey aún estuviera en su estudio, o quizá con sus mil millones de amigos, todos igual de poco serios, tomando una cerveza.

Skylar lo dejó sonar cuatro tonos, aliviada de que no cogiera. River no podría protestar, puesto que lo había intentado, y ella no necesitaría pedir nada a…

—¿Sí?

Mierda, pues sí estaba. Tenía la esperanza de que al ver quién llamaba no quisiera hablar con ella, pero una vez más se equivocaba.

—Hola, soy yo. —Hubo un silencio incómodo al otro lado—. ¿Estás ahí?

—Perdona, me estaba recuperando de la sorpresa. ¿Cómo es que te dignas a llamar?

—Necesito un favor.

Cuanto antes le dejara claro el motivo de la llamada, mejor. No quería que Corey creyera que su intención era que hablaran sobre la relación ni nada por el estilo, sería volver a entrar en el bucle. Lamentaba si eso la hacía sonar brusca, así estaban las cosas.

—¿Horizontal o vertical? —el tono de Corey era burlón.

—¡No me refiero a eso! —soltó ella, notando cómo se ruborizaba. Se dio cuenta de que River la miraba y se giró para quedar fuera de su campo de visión—. Tenemos un problema.

—¿A estas horas no deberíais estar en Niágara?

—Ese es el problema, que no estamos. Me han robado el coche en un área de servicio en Lexington.

—¿Qué?

—Lo que oyes. El chico de la caja nos llevó hasta un sitio llamado Francfort, y después su hermano nos trajo a Owenton. Nos ha dejado aquí en medio de ninguna parte, no hay autobús, no hay taxis, y no podemos hacer autostop porque no pasan coches. ¿Puedes venir?

De nuevo, silencio. Aguardó mientras Corey procesaba la información, nerviosa por si se negaba. Pese a que le había dicho a River que él no iría, una pequeña parte de ella quería que lo hiciera… aunque no sabía el motivo de ese deseo.

—¿Te han robado el coche? —preguntó Corey.

¿Todavía iba por esa parte? Menos mal que se le daba bien dibujar y tatuar.

—Exacto. El chico de la caja nos llevó hasta un sitio llamado Francfort, y después su hermano nos trajo a Owerton —repitió Skylar—. Nos ha dejado aquí en medio de ninguna parte, no hay autobús, no hay taxi y no podemos hacer autostop porque no pasan coches. ¿Puedes venir?

—¿Has hecho autostop? —El chico sonaba asombrado—. ¿Tú?

—Sí. El chico de la caja nos llevó…

—Por Dios, no vuelvas a repetirlo, ya te he oído —se quejó Corey.

—¿Puedes venir?

—Hasta Lexington son cinco horas de viaje, ¿esto va en serio? —ese tono de voz ya se asemejaba más al que Skylar conocía, una vez pasada la sorpresa inicial—. No solo no me has llamado en toda la semana, tampoco te has dignado a contestar mis mensajes, ¿y ahora pretendes que me suba al coche cinco horas para ir a recogerte?

Skylar miró a River y se pasó el índice por la garganta, simulando un corte. La joven puso cara de pesar al verla, sin dejar de frotarse las manos para entrar en calor.

—¿Estás en casa? —le preguntó.

—En el estudio, iba a cerrar ahora.

—Tienes razón, estarás cansado. No te preocupes, seguro que pasa cualquier coche y nos acerca a algún pueblo donde al menos haya un motel, ya nos apañaremos. A una mala, el banco de la marquesina no es tan incómodo.

Skylar se calló y dejó que sus palabras surtieran efecto. Sobrevino otro momento de silencio hasta que escuchó un resoplido.

—Mándame la ubicación.

—¿Vas a venir?

—Te acabo de pedir la ubicación, ¿no?

—Pensaba que dirías que no.

—¿Vamos a discutir también cuando hago lo que me pides?

—No hace falta que te enfades.

—Oye, solo… mándame la ubicación, joder. Intentaré llegar lo antes posible —dijo él con tono impaciente—. Salgo en cinco minutos.

Corey cortó antes de que ella pudiera añadir nada más. Bueno, no sonaba muy contento, pero al menos iba a buscarlas y eso la tranquilizaba, a pesar de que les quedaran unas horas allí sentadas. Guardó el móvil evitando mirar a River, convencida de que tendría esa sonrisa insolente en la cara que se le ponía cuando tenía razón en algo.

—No digas nada —advirtió Skylar.

—Vale.

River se cerró la boca cual cremallera. Cogió el móvil para ponerse al día de los mensajes del resto y le enseñó la pantalla a Skylar.

—Al menos Romy no se aburre…

Romy: «Acabo de salir del *spa*. He usado alguno de vuestros masajes y circuitos, me voy a cenar. Os echo de menos, buahhhh.»

Kat: «Y nosotras a ti, jo, disfruta lo que puedas.»

Romy suspiró al leer el mensaje y se frotó los dedos antes de poner unos cuantos emoticonos tristes. Como habían pagado varios pases de *spa* y masajes para hacerlos juntas, tras comerse toda una caja de bombones, había decidido que debía aprovecharlos y así se entretendría hasta que llegaran las demás. Físicamente era imposible hacerlo todo, pero sí que había conseguido que le juntaran varios y de ese modo recibió dos masajes relajantes de cuerpo entero a cuatro manos, en lugar del individual que le correspondía. Después, uno craneal y, a la vez, en los pies. Al terminar había ido al circuito del *spa*, que había completado dos veces seguidas. Una vez fuera, tenía las yemas de los dedos tan arrugadas que hasta le había costado escribir en el móvil.

Y ahora tocaba la cena… claro, había cancelado la reserva grupal y tendría que ir sola. En la habitación sí que había bebida y aperitivos para todas, así que no hacía más que picar y no tenía mucha hambre. Aun así, abrió el armario donde había colocado sus cosas y miró qué ropa ponerse para bajar a cenar. Sacó un par de vestidos, sin decidirse, y al final los volvió a meter con un suspiro.

No le apetecía nada presentarse sola en el restaurante. Además, estaba muy a gusto con el albornoz y las zapatillas del hotel, para qué engañarse. Así que fue al teléfono y pidió que le subieran la comida a la habitación. Una cosa era no querer cenar en medio de un restaurante sola y otra no cenar en absoluto.

Mientras esperaba, cogió una bolsa de cacahuetes y revisó el móvil. Cada una en un sitio, aunque ninguno que conociera o le sirviera de mucho consuelo, y la más cercana, Sun Hee, todavía esperando su pasaporte. Ella era su esperanza más inmediata, así que decidió escribir de nuevo en el grupo a ver si tenía buenas noticias.

Romy: «Sun Hee, ¿qué te ha dicho el mensajero?»

Sun Hee: «24-48 horas.»

Danni: «¿Lo has pedido por urgente?»

Sun Hee: «Sí, eso es.»

Romy: «Ojalá llegue mañana.»

Emoticonos de dedos cruzados por todas partes.

Con la boca llena de alitas picantes, Sun Hee cogió una toallita húmeda para limpiarse bien los dedos y la pantalla, que había dejado con algún que otro resto al contestar. Dio un trago a su refresco para tragar sin ahogarse y decidió llamar a su madre. El concurso había terminado hacía solo media hora y el estómago le rugía, así que se había ido a un restaurante cercano a cenar y le habían ofrecido las típicas alitas picantes del lugar, que estaban buenísimas y parecían adictivas, no podía dejar de comer. Al alargarse el concurso no había podido llamar a su madre, así que lo primero que hizo fue buscar rápidamente una empresa de mensajería y solicitar una recogida *on line* poniendo la dirección de su progenitora. El sistema ya no le dejaba pedir nada ese día, solo escoger un tramo por la mañana del día siguiente, y pulsó pensando en que no debía haberlo retrasado tanto… pero claro, ¡era Strigoi! No le gustaba mentir a sus amigas, pero si les explicaba lo que había pasado, seguro que no lo entenderían. Y tampoco era una mentira-mentira, puesto que acababa de pedir el mensajero. Era una verdad atrasada, en todo caso.

Dejó el encargo hecho, marcando «urgente» tal y como le había dicho Danni, solo que dudaba de si podrían entregarlo en el día.

Una vez tuvo la confirmación, llamó a su madre, que no tardó en coger.

—Hola, hija. ¿Qué tal la despedida?

—Bueno, pues… con imprevistos.

—¿Cómo, con imprevistos?

—Me he dejado el pasaporte en casa.

—¿Qué? Pero… ¿dónde estás?

—El autobús me ha dejado en Búfalo.

—Se suponía que llegabais por la mañana, ¿a qué ha venido tanto retraso?

—Ah, eso… no, bueno, es que el autobús ha llegado a la hora, lo que pasa es que no he podido llamarte hasta ahora. Estaba… buscando soluciones alternativas, no quería molestarte. —Carraspeó—. Escucha, necesito que vayas a casa a por mi pasaporte. Creo que está encima de la mesa de la cocina.

—Bueno, pues iré por la mañana. ¿Te lo mando por correo o qué?

—No, no, tienes que ir ahora. Irá un mensajero a primera hora a tu casa a cogerlo, ya lo he pedido, y me lo enviará urgente.

—¿A dónde? Que ahora que lo pienso, ¿estás en la calle tirada? Ay, Dios, qué desastre, vete a la policía y que te den cobijo.

—Mamá, estoy en un hotel, tranquila. No llames a la Guardia Nacional. Me quedaré aquí hasta que llegue el pasaporte y después cruzo la frontera, estoy a veinte minutos.

—¿Seguro?

—Que sí, tú solo tienes que ir a por el pasaporte. Me confirmas cuando lo tengas y nada más, el mensajero ya sabe dónde tiene que ir a cogerlo y entregarlo.

—Bueno, vale, está bien… Pues te digo en un rato.

—Genial. Eres la mejor, mamá.

—Ya, eso dices siempre que me necesitas para algo.

Sun Hee le estaba mandando besitos bien sonoros cuando su madre colgó. Dejó el móvil a un lado con una sonrisa satisfecha y volvió a las alitas, que aún le quedaban unas pocas y había pedido más, extra picantes, así que a ese paso se le iban a acumular. Hasta el día siguiente no dirían el ganador del concurso, estaba de los nervios y por lo menos con las alitas se distraía, que llevaba su trabajo comerlas.

Kat guardó el móvil en el bolso y suspiró.

—Nada, Sun Hee no recibirá el pasaporte hasta mañana por lo menos —comentó.

—Bueno, tranquila, a lo mejor el mensajero se da prisa, a veces sorprenden.

—Eso espero. Como Romy siga dándose masajes y haciendo circuitos de *spa*, va a convertirse en sirena.

—Por lo menos se relajará.

—Eso fijo. —Echó un vistazo a los pasajeros, que llevaban un rato sin cantar y entretenidos con sus pantallas particulares—. ¿Cómo vamos? Que alguno se está durmiendo ya…

—Estamos a diez minutos.

—Perfecto, pues voy a despertarlos.

Cogió el micrófono, lo encendió y le dio un par de golpecitos para comprobar que funcionaba y, de paso, despertar a unos pocos.

—Buenas noticias, queridos pasajeros. Estamos a punto de llegar al hotel para pasar la noche, así que pueden ir apagando sus dispositivos. Si han dejado alguna película a medias, mañana pueden continuarla.

Un hombre levantó la mano y Kat lo señaló para que hablara.

—¿Hay bingo en este hotel?

El mismo que había preguntado si había bingo en el autobús. Pues sí que le gustaba el juego, madre de Dios. Kat miró a Lawson, que negó con la cabeza.

—Es un hotel de carretera —contestó—. Solo hay restaurante para cenar y nada más.

—¿A lo *Psicosis*?

—Sí, de esos.

Kat sonrió al acercarse el micrófono de nuevo.

—Lo siento, no en esta ocasión —informó—. Vamos a un hotel… con encanto y podrán disfrutar de una maravillosa cena antes de acostarnos a descansar. Seguro que en Scranton hay algún sitio donde podrá jugar.

Lo añadiría a la lista de cosas a buscar interesantes sobre el sitio, esperaba que hubiera y así se quedara contento.

—¿Cuántas habitaciones hay? —preguntó.

—En la carpeta están las reservas. —La miró de reojo, mientras tomaba la salida correspondiente—. Supongo que… bueno, tendrás que ocupar la mía. Yo me quedo en el autobús.

—¿Qué? —Movió la cabeza—. No, no, no digas tonterías. Seguro que habrá dos camas. Y si no, me quedo yo en el bus, tú necesitas descansar.

—No vas a dormir en el autobús, Kat. No dormiría tranquilo sabiendo que estás sola en el aparcamiento, así que no hay discusión.

Ella cogió la carpeta y miró el listado de pasajeros y habitaciones.

—Voy a probar una cosa y si no funciona, pues volvemos a hablar del tema.

—¿Qué cosa?

—Tú ocúpate de ayudarlos con las maletas cuando paremos, que yo voy a recoger las llaves de las habitaciones, ¿vale? —Volvió a coger el micrófono mientras él maniobraba para dejar el autobús entre dos líneas en el aparcamiento del hotel—. Señoras y señores, esperen junto al autobús mientras recojo sus llaves, ¡no tardo!

En cuanto Lawson paró y le abrió la puerta, se bajó y fue a la recepción preparando la mejor de sus sonrisas. El lugar estaba vacío y pulsó un timbre que había sobre la repisa.

Unos minutos después, apareció una chica. No llevaba uniforme, aunque sí una placa con un nombre que Kat leyó al momento.

—Hola, Gillian —saludó.

—Gina.

—Huy, pues parecía Gillian desde aquí. Soy Kat, la guía del autobús que acaba de aparcar. Tenemos unas reservas.

—Sí, tengo aquí el sobre con las llaves preparado. —Abrió un cajón, sacó un sobre acolchado y un papel—. Y la lista para comprobar. En el restaurante solo tenéis que decir que sois los del grupo… bueno, tampoco es que haya nadie más alojado ahora mismo con nosotros, así que no habrá problema. Cierran en una hora la cocina, eso sí.

—Ah, qué bien, gracias. —Cogió el papel y puso cara de confusión al leer la lista—. Huy, aquí falta una habitación.

—Es la lista que nos han enviado.

—No, falto yo, mira.

Sacó la nueva que Lawson había conseguido al incluirla en los papeles y se la mostró. La chica miró las fechas y negó con la cabeza.

—No nos han enviado esta modificación.

—Pues soy la guía, ¡no puedo dormir en la calle!

—Puedes compartir la habitación con el conductor.

—No, no, no puedo hacer eso.

La chica no era tonta ni mucho menos ciega, porque miró por la ventana y luego a ella, tras localizar a Lawson.

—A mí no me importaría, desde luego —le dijo, con una sonrisita.

Kat carraspeó, a ver qué se le ocurría, porque si era por eso, no, a ella tampoco le importaría compartir la habitación. O lo que fuera. Pero no, que se le iba la cabeza del tema y ese no era el plan.

—Ya. Es que es mi… ex —improvisó—. Comprenderás que no podemos compartir espacio. Mira, teniendo en cuenta el número elevado de reservas, seguro que puedes meterme en otra sin coste, como oferta especial.

—No sé…

—Piensa que somos clientes habituales. Hablaré bien de ti a los pasajeros y seguro que dejan propina.

La chica miró hacia el autobús, la cantidad de personas que había y el tarro casi vacío de propinas en una esquina de la repisa.

—Bueno… supongo que no pasará nada.

—Genial. —Sacó su carné y se lo dio para que rellenara la ficha—. Y otra cosa… No tendrás alguna ropa en objetos perdidos, ¿verdad?

—Nada. Pero vendemos recuerdos.

Señaló un expositor que había en una esquina, con camisetas, llaveros y varias cosas más.

—Ah, vale.

Kat se acercó a mirar y cogió una camiseta de su talla que estaba de oferta, con el mapa de Pensilvania bien grande. No era una maravilla, pero al menos se podría cambiar.

—Me llevo esta.

—Vale, pues cinco dólares. Y aquí tienes la llave de tu habitación.

—Gracias, Gillian.

—Gina.

—Eso he dicho.

Kat le dio el dinero, guardó la camiseta en la mochila, recogió el sobre con las llaves y salió al aparcamiento.

—Por favor, todos en fila —pidió—. Voy a entregaros las llaves de vuestras habitaciones y escuchad, que es importante. En media hora todos en el restaurante, que si no, nos cierran, ¿entendido? Y cuando paséis por recepción, dejad una propinilla a la chica, que se ha preocupado de darnos las mejores habitaciones, recién arregladas y bien limpias, ¿de acuerdo? —Hubo un murmullo de aprobación—. Genial, pues id viniendo.

Lawson levantó una ceja ante aquello, pero no dijo nada mientras los pasajeros iban desfilando y Kat les entregaba las llaves. Cuando hubo terminado, él cerró el autobús y se acercó con su bolsa al hombro.

—¿Mejores habitaciones? —repitió—. Si en estos hoteles son todas iguales.

—Entonces son todas las mejores. —Le dio su llave—. Toma, he conseguido una para mí, así que no tenemos que pegarnos por la cama.

—¿Has conseguido una?

—Claro, soy la guía. —Le guiñó un ojo—. ¡Te veo en la cena!

Se alejó caminando alegremente y Lawson movió la cabeza, imaginándose lo que habría pasado. Seguro que, como a él, le habría contado cualquier cosa a la pobre recepcionista hasta conseguir que le diera una llave y lo de dejarle propina era parte de la historia. Como si lo viera. Y lo mejor era que, según iban entrando, cada pasajero dejaba algo en un bote que había con monedas.

Increíble, los tenía en el bolsillo. ¡Lo que hacían unas piruletas y unos tofes!

En su habitación, Kat volcó la mochila sobre la cama para hacer inventario. Todavía le quedaban chuches para el día siguiente, tanto para repartir como para ella y Lawson, así que por eso no tenía que preocuparse. La camiseta no era gran cosa, pero así podría cambiarse. Lavaría la ropa interior por la noche en el lavabo y la pondría a secar en la estufa después de ducharse, que ya tenía ganas también.

Cogió el móvil y vio que Romy había escrito, diciendo que ya había cenado, al final en la habitación, y que estaba viendo una película.

Kat: «Yo en el hotel no sé dónde, camino Scranton. Ningún retraso, por lo menos.»

River: «Nosotras esperando que nos recojan.»

Danni: «Yo en el camión, ¿quién os va a recoger? ¿Habéis dejado el autostop?»

Skylar: «Sí, nada de autostop.»

Danni esperó, pero nada, silencio o más bien, cero mensajes, lo cual no la dejaba nada tranquila. O sea, Skylar le hacía poner el manos libres, interrogaba a Jamie en plan tercer grado, ¿y no daba datos?

Danni: «¿Estáis esperando un taxi?»

River: «No, es que está mosca y si lo digo yo, se cabrea conmigo.»

Skylar: «No hables como si no te pudiera leer.»

Romy: «¿Qué pasa? ¿Habéis discutido?»

River: «No, tranquila, no estamos enfadadas, todo en orden.»

Skylar: «No quiero comentarios al respecto. Viene Corey.»

Danni abrió mucho los ojos, releyendo aquello. ¿En serio? ¿Se lo había pedido a él, y el chico había aceptado? Bueno, si lo pensaba, tampoco era tan raro, él era muy majo y encima el hermano de Romy, seguro que lo hacía también para que la chica no estuviera sola en su despedida. Vio que Kat empezaba a escribir y paraba varias veces, algo que ella también estaba tentada de hacer, solo que con la advertencia de Skylar decidió no picarla y envió solo una mano con el pulgar hacia arriba.

—¿Novedades? —preguntó Jamie.

—Se puede decir que sí. Sun Hee depende del mensajero, que esperamos que llegue mañana. Romy entreteniéndose como puede. Kat en un hotel no se sabe dónde y Skylar y River esperando a que las recoja Corey.

—Y Corey es…

—El hermano de Romy, también el ex de Skylar.

—Vaya. Qué giro más interesante.

—La verdad es que no sabemos qué pasó, porque Corey es un tío muy guay.

—¿No se parece a Ted Bundy?

Ella dejó el móvil, suspirando.

—Ay, de verdad que les he dicho que dejen de llamarte así. Y Corey es… —Parpadeó, pensativa—. Bueno, la verdad es que de primeras daría más, digamos, «miedo» que tú. Se peina poco, no se afeita del todo, tiene tatuajes… De hecho, es tatuador.

—Ya. Y a él no le llamáis Jason.

—¿Cómo?

—Voorhes. Ya sabes, *Viernes 13.*

—Sí, ya sé quién es, y ese llevaba máscara, no iba tatuado. Pero tienes razón. Será porque le conocemos de siempre y es un buen tío, como Romy, tiene mucha personalidad.

—Algo tendrá para que rompiera con él.

—No tenemos claro si fue algo conjunto, o de uno de los dos en concreto. Esperaba que este fin de semana nos contara algo, ahora ya… creo que me quedaré con la duda. En fin, ¿cómo estás?

Él la miró, curvando los labios en una sonrisa burlona.

—Bien, gracias, ¿y tú?

—Me refiero a si necesitas parar o algo.

—Todavía no, la siesta me ha cundido y hasta la una o así no me hará falta.

La sorpresa de ver a Danni colgada de la puerta de su camión había interrumpido el recién comenzado sueño. Poco después de abrirla y casi cazarla al vuelo —la pobre se había quedado tan agarrada para no caer que se movió con la puerta de un lado a otro, piernas al aire en un peligroso balanceo—, alguien golpeó la puerta contraria y se encontraron con el camarero del restaurante, lo cual terminó de espabilarlo del todo. El chico había seguido a Danni hasta allí por el café que ella había pedido antes de salir corriendo.

—¡Me debéis un café! —exclamó.

—Un segundo, que no ha sido adrede —dijo ella—. Ahora te lo pago, antes necesito hablar con él.

—De aquí no me muevo.

Cumpliendo su palabra, se quedó apoyado en el camión con los brazos cruzados mientras Danni le explicaba a un atónito Jamie lo ocurrido y que estaba tirada de nuevo. Tras un pequeño debate sobre qué hacer o dónde ir, al final había aceptado que se quedara con él. Después de todo, solo tenía otra parada antes de ir a Montreal, así que probablemente llegaría antes que si buscaba transportes alternativos, empezando por un taxi, y que además estaba segura de no poder pagar.

Como Jamie necesitaba dormir y tenía unas horas antes de cargar y salir, decidieron que ella podía esperar mientras tanto en el restaurante con su café, o alguno más, todos pagando —hasta ahí sí le llegaba—, y si cuando él despertara seguía sin producirse el milagro de que apareciera el coche con sus dos amigas, volvería a su camión.

Por eso estaba de nuevo conduciendo con ella a su lado, lo cual tampoco le desagradaba, si era sincero. Y para qué engañarse… estaba enganchado al culebrón de cada una de sus amigas, hasta tenía curiosidad por conocer al «buenorro», era como su compañero de fatigas en la distancia. Quizá hasta algo más sufridor, porque por lo que había oído de Kat —tanto literalmente como por sus mensajes— , la chica hablaba al menos el doble que Danni.

—Duerme tú si quieres —sugirió.

—No, no, estoy ibien. Además, me daría cosa dormirme y tú conduciendo, a ver si se te va a pegar.

—Como quieras.

Alargó la mano para poner la radio y Danni se quedó callada, revisando su móvil pese a que no había mensajes nuevos interesantes: Kat había parado a cenar y dormir con su autobusero, así que ya no tendría noticias de ella por esa noche, al menos. Nada nuevo por parte de Sun Hee o Romy, y Skylar y River seguían esperando. Lo último que habían dicho era que no escribirían más hasta que llegara Corey para ahorrar batería. Lo cual le recordó que debería hacer lo mismo y sacó el cargador robado para enchufarlo al camión.

—Sin novedades —comentó. Jamie solo movió la cabeza, y ella carraspeó—. Y… lo que has cargado, ¿es lo mismo que has descargado?

—Lo mismo no, parecido. Es para una misma cadena.

—Ajá. —Eso no era muy aclaratorio, la verdad—. ¿Siempre trabajas para la misma empresa?

—En general, sí, y más o menos hago las mismas rutas.

—¿Qué es lo más lejos que has ido?

—Bueno, déjame pensar… en Navidad, por ejemplo, hay mucho más movimiento. Una vez tuve que ir hasta Los Ángeles y volver. —Ladeó la cabeza—. La ida fue larguísima, un montón de cargas y descargas por el camino. La vuelta se hizo más corta.

—Mejor, ¿no?

—Depende, si no esperan que llegues a casa.

Vaya, misterio resuelto. Eso era lo que había ocurrido, fijo, cuando había hecho el comentario sobre las novias que sí querían a sus camioneros.

—¿Siempre viajas solo? —preguntó, tras otro par de minutos en silencio.

—Sí, claro.

—Pero, ¿por qué? ¿Está prohibido?

—No, hay compañeros que llevan a sus parejas, incluso a veces he visto alguno con sus hijos en las vacaciones escolares. No muchos, si no se conduce ni es tu trabajo, lo normal es que sea aburrido.

Ella se quedó pensando en eso. Podía serlo, claro, pero qué menos que hacerlo de vez en cuando si eso ayudaba a mantener una relación, ¿no? Que nadie se moría por viajar con su novio, se suponía que las parejas estaban para eso, para apoyarse. Vale, no es que ese recorrido fuera el más emocionante del mundo y menos de noche, que no se veía un pimiento.

—Cuando tenga más kilometraje y experiencia, tendré más preferencia para escoger rutas y no haré tantas horas —siguió él.

—Ah, es como si ascendieras, ¿no?

—Algo así. Tampoco quiero estar siempre conduciendo, ahora estoy metiendo muchos viajes para poder tener más tiempo libre a futuro.

—¿Y cambiar de trabajo?

—No, solo quiero estar menos esclavizado. Poder tener un fin de semana seguido, por ejemplo. Cogerme unas vacaciones sin estar pendiente de algún encargo, tampoco pido mucho.

Y ella pensando en su cubículo. Al menos ahí había tenido sus vacaciones y sus días libres sin tener que dormir fuera de casa. A veces se preguntaba si no sería mejor volver a lo mismo, ya llevaba demasiado sin encontrar el rumbo, pero en cuanto visualizaba las cuatro paredes grises que la separaban de sus compañeros y el espacio estrecho para salir del mismo, le daban escalofríos. No, necesitaba otra cosa, algo menos… asfixiante.

Ahogó un bostezo y apoyó la cabeza en respaldo, pensando en descansar un poco los ojos… y sin darse cuenta, se quedó dormida.

Skylar giró su móvil de izquierda a derecha con rapidez, iluminando a su alrededor.

—¡Ahí! —exclamó River.

—¿Qué? —Apuntó con la luz—. ¿Qué?

—No sé, ¡algo!

—Joder, River, ¡me voy a quedar sin batería y a ver qué coño hacemos, que la tuya está a punto también!

—Pues como apagues no veremos ni torta, que no tenemos ni un mechero.

La parada donde las habían dejado tenía una farola que se había encendido al comenzar a anochecer, para apagarse una hora después y dejarlas en completa oscuridad.

—¿Eso es un coyote?

Skylar apuntó de nuevo a uno y otro lado, escuchando un sonido a lo lejos.

—¡Aquí no hay coyotes! —resopló, fastidiada.

—¿Cómo lo sabes, si no sabemos ni dónde es «aquí» exactamente?

—Pues primero, porque eso es en sitios de calor. Y segundo, porque ni tú ni yo hemos oído uno nunca en la vida, así que no lo reconoceríamos. Será un perro.

—Escucha.

—Mira, River, que ya me estás poniendo de los nervios, hay mil ruidos nocturnos, vamos a tranquilizarnos.

—No, no, escucha, ¿es un coche?

Las dos se quedaron calladas, conteniendo la respiración. Sí, efectivamente, se escuchaba el ruido del motor de un coche, cada vez más cerca. Skylar miró el móvil: habían pasado cuatro horas desde que llamaran a Corey, ¿sería él? Por favor, que fuera él, porque estaba a punto de darle un ataque con tanto ruido extraño, la oscuridad y River, que no ayudaba, la verdad.

Pronto vieron unas luces en la carretera que se acercaban, hasta que por fin, gracias al cielo, se detuvieron a su lado. Skylar apuntó directamente a la ventanilla, deslumbrando al conductor.

—Joder, Skylar, ¡que me dejas ciego!

Ella apartó la luz, aunque tampoco mucho, y el chico se bajó del coche, estirándose y mirando a su alrededor. Joder, joder, joder. Ni cansado después de cuatro horas conduciendo tenía mal aspecto, el cabrón. ¿Por qué siempre estaba despeinado y a pesar de todo no le quedaba mal? Seguro que algunos pagarían por hacerse algo así en el pelo, y él solo se lo secaba y ya. O la barba de dos días, que tampoco le ocasionaba ningún esfuerzo. Con lo que gastaba ella en un mes en peluquería, Corey tenía para un año. O dos, más bien.

—Dios mío, ¡nunca me he alegrado tanto de ver a alguien! —exclamó River, lanzándose a sus brazos sin ningún pudor—. ¡Nuestro rescatador tatuado!

Él sonrió y le dio unas palmaditas en la espalda, devolviéndole el abrazo.

—Tranquila —le dijo. Miró a Skylar—. De nada.

Ella resopló.

—Que sí, ¡gracias! ¿Tengo que tatuármelo?

—Ja, qué graciosa.

Sobre todo, porque le había dicho mil veces que era algo que ella jamás de los jamases se haría.

—¿Podemos irnos ya? —refunfuñó Skylar

—¿Ni un hola? —le dijo River—. Que ha venido hasta aquí.

—Ya he dicho gracias. —Lo miró, decidida a no ser demasiado amable. Él la conocía y sabía que era muy directa, pero por si acaso, no quería dar a entender nada—. Y date por abrazado, que River ya te ha achuchado bastante por las dos.

Abrió la puerta del copiloto y se subió, poniéndose el cinturón con el ceño fruncido. Ni loca iba a acercarse tanto a él, que las feromonas jugaban malas pasadas.

Él miró hacia la parada y abrió la boca para preguntar por sus cosas, hasta que se dio cuenta de que, obviamente, estarían en el coche robado. Se subió con River y dio la vuelta para regresar a la autopista.

—Me podías haber dicho que os trajera ropa.

—No haberme colgado tan rápido.

—Existen los mensajes.

—Ya, bueno, tampoco te ofreciste.

—Me encanta cuando te pones amable. En fin, imagino que estaréis cansadas y yo también, así que, si os parece, en el primer motel que vea paramos a descansar y mañana seguimos.

—Bueno, pero temprano, que ya hemos perdido demasiado tiempo.

—Ya. Sí, sobre eso…

—No quiero discutir, ¿vale?

Él se encogió de hombros. River miró a uno y a otro, y puso los ojos en blanco.

«Mátame, camión», pensó.

CAPITULO 7
VIERNES, MAÑANA

River abrió un ojo al escuchar ruidos en la habitación y cogió el móvil para comprobar la hora, convencida de que era demasiado temprano. Al ver que ya eran las siete se sorprendió; después de la paliza del día anterior había dormido como un tronco, y eso que estaba acostumbrada a despertarse a horas intempestivas por las guardias o urgencias.

—Son las siete —confirmó Skylar, saliendo del baño con una toalla enrollada alrededor del cuerpo.

—¿No te duchaste anoche? —murmuró River, tapándose la cabeza con la almohada.

—Sí, pero hay que aprovechar las oportunidades cuando se presentan —replicó la rubia—. ¿No piensas levantarte? Se supone que hemos quedado a las siete y media.

River suspiró, sin salir de su escondite. Desde luego, Skylar no daba tregua, no. Llegaban de madrugada al motel y después de la paliza de conducir que se había pegado Corey, le decía que debía estar en pie tan temprano. A veces ni ella entendía por qué la aguantaba.

Bueno, no, que ya no lo hacía. Y tampoco era justa, Skylar también tenía momentos buenos… suponía que el robo de su coche y la ruptura reciente no ayudaban a mantener el buen humor.

—Vale, voy —comentó, saliendo de la cama—. ¿Se supone que nos va a llevar a Niágara?

—Supongo que no ha venido hasta aquí para dejarnos en Cincinatti, pero es Corey, nunca se sabe.

Fue a buscar su camiseta, que había lavado por la noche al llegar junto con la ropa interior, y descubrió que la primera seguía húmeda.

Con un refunfuño se la puso y en ese momento River supo que ese día su humor tampoco sufriría ninguna mejoría. Metió la mano en el bolso para asegurarse de que su IPod se encontraba allí, porque si tenía que soportar horas de discusiones absurdas, prefería escuchar música.

Habían quedado en la cafetería del motel, de modo que en cuanto estuvieron listas bajaron para ir pidiendo el desayuno. Skylar no quería perder más tiempo, la ponía nerviosa que Romy estuviera sola porque conocía su tendencia a comerse la cabeza más de lo necesario, así que pagó la cuenta para no tener que demorarse después.

Las siete y media pasaron, y Corey seguía sin aparecer.

—Ese idiota está dormido —se quejó Skylar.

—Llegamos muy tarde.

—No le defiendas tanto. Si quedamos a una hora, qué menos que ser puntual.

—Dale un poco de margen, ya bajará.

A las ocho, el chico seguía sin aparecer. River le envió un mensaje para ver si al menos respondía y eso les daba una pista de que se había levantado, todo sin éxito. Skylar se incorporó, decidida a ir a buscarlo, pero River la cogió de la muñeca antes de que pudiera marcharse.

—Esperemos un poco más.

—Está dormido, te lo aseguro. No habrá puesto la alarma, que le conozco.

—Ha venido a hacernos un favor, no vamos a ser tan intransigentes. Tienes que ser un poco menos exigente, Skylar.

—¡Ja! La idea es salir pronto para que Romy no tenga que tirarse otro día sola en su despedida, digo yo. Si no, no sé a qué ha venido, porque si lo ha hecho para meternos en un motel de carretera y tirarnos aquí la mañana entera…

Finalmente, River se dio por vencida. Algo de razón tenía su amiga, y al mencionar a Romy se sintió mal por ella. Además, habían pasado cuarenta y cinco minutos, así que cabía la posibilidad de que Corey siguiera dormido, como insistía Skylar.

—Voy a despertarlo. —La rubia se levantó.

River se apresuró a seguirla, temerosa de que su manera de hacerlo fuera con algún objeto en dirección a su persona. Se cruzó de brazos mientras la rubia llamaba a la puerta una y otra vez, hasta que por fin un somnoliento Corey abrió, frotándose la cara.

—¿Se hunde el edificio? —preguntó.

El hecho de que no llevara camiseta hizo que las dos chicas dieran un paso hacia atrás.

—¿Sabes qué hora es? —le recriminó Skylar.

—No. Pero vas a decírmelo, ¿a que sí?

—¿De qué sirve quedar a una hora si pasas de todo? Lo de salir a las siete y media era por un motivo, ahora vamos casi una hora tarde.

—Solo es una hora, no tiene tanta importancia.

—Eso es tu opinión, no la mía. Una hora es una hora.

—Una hora más o menos da igual.

—¿Te importaría vestirte de una vez para que podamos marcharnos?

—A ver. —Él se apoyó en la puerta—. No podemos salir por la mañana, así que relájate.

Skylar permaneció callada, procesando sus palabras. ¿Cómo que no podían salir por la mañana, de qué estaba hablando? Miró a River, que se encogió de hombros.

—¿Qué?

—Cuando viajo a algún sitio, aprovecho para tatuar a gente que me sigue. Así que tengo un cliente en Cincinatti. —La miró—. Solo uno, de verdad.

—¿Qué? —repitió ella, atónita.

—Ya que he venido hasta aquí…

—¿Y por qué no lo dijiste anoche?

—No querías discutir más, ¿recuerdas?

—¡Haber enviado un mensaje, así al menos no habríamos estado esperando como un par de idiotas a que te levantaras! Podíamos haber salido a Cincinatti y coger algún autobús.

Corey vio que su rostro se incendiaba por minutos. Le divertía; de hecho, a veces la provocaba simplemente por hacerla rabiar, pero ahora estaba enfadada de verdad, así que decidió no poner aquella sonrisita que tanto la sacaba de quicio.

—No merece la pena que vayáis en autobús, Skylar. Para el mediodía habré terminado y os llevaré hasta Niágara, no será tanto retraso.

—No hace falta —gruñó ella—. Acércanos a Cincinatti e iremos por nuestra cuenta, así puedes hacer todos los tatuajes que quieras.

—Skylar… —carraspeó River, incómoda.

—Sabía que no había venido por nosotras —la interrumpió Skylar, para después girarse de nuevo hacia él—. ¿Vas a ponerte en marcha ya, o también tengo que llamar a un taxi para ir a Cincinatti?

—Joder, solo me he retrasado una hora —protestó él, y al ver su cara desistió—. Vale, vale. Me ducho y bajo.

Cerró de un portazo y ellas dos se miraron. Skylar echó a andar como si alguien la persiguiera, de forma que River fue detrás, consciente de que lo mejor que podía hacer era callarse. Tampoco le parecía tan mal que Corey aprovechara el hecho de estar allí para hacer algún tatuaje, el chico tenía muchos seguidores en las redes sociales y no era la primera vez que tatuaba cuando estaba en otra ciudad.

—Solo será la mañana —murmuró, cuando salieron al aparcamiento para esperar a Corey.

—¿La mañana? De eso nada, ya lo verás. Me conozco su «es un tatuaje pequeñito», nos va a tener todo el día aquí. Corey tiene una percepción del tiempo distinta.

—Entonces, ¿qué quieres hacer?

—Vamos a Cincinatti y cogemos algún autobús. En avión es más complicado encontrar billetes, pero autobús seguro que hay.

—¿Y lo vamos a dejar aquí sin más? ¿Después de que se haya molestado en venir?

—Que abra su cartera de clientes y haga más tatuajes, así le saldrá rentable la excursión.

River se dio cuenta de que no sacaría nada de su amiga, de modo que decidió dejar de insistir. Al enterarse de la ruptura, había pensado que quizá no estaban tan alejados… sin embargo, en ese instante sí se lo parecía.

Skylar permaneció enfadada y con voto de silencio el tiempo que duró el trayecto hasta Cincinatti, así que River se dedicó a darle conversación a Corey para que el chico no se sintiera mal. Él iba ligeramente sombrío, aunque sin duda estaba acostumbrado a la rubia y tampoco se lo tomaba muy en serio, conocía de sobra su temperamento.

Detuvo el coche frente a la estación de autobuses y echó un vistazo.

—¿Seguro que no preferís esperar a que os lleve?

River lo prefería, desde luego, aunque por amistad se vio obligada a permanecer callada.

—Haz tus cosas, iremos por nuestra cuenta —replicó Skylar.

—¡Mira que eres cabezota! —Corey sacudió la cabeza, impaciente, y se giró hacia River—. Bueno, os envío la ubicación del estudio donde voy a estar, por si me necesitáis.

—No te necesitamos para nada. —Skylar se bajó del coche sin mirarlo.

Corey negó con la cabeza, con una mueca. River, con gesto comprensivo, le dio unas palmaditas de ánimo.

—Tranquilo, no es por ti. Lo del coche la tiene muy malhumorada —sonrió—. Gracias por venir a recogernos, fue un detalle.

—He venido por vosotras, no por trabajo. Quiero dejar eso claro —comentó él—. No sé, no pensé que se enfadaría porque nos retrasáramos unas horas.

—Bueno, es que Romy está sola.

—¿Qué?

—Sí, ninguna de las chicas ha llegado aún. Kat está en ello en una ruta de autobús, pero como van haciendo paradas avanzan despacio… lo mismo Danni, que va de ocupa con un camionero.

Corey alzó una ceja.

—¿Cuándo ha pasado todo eso? ¿Cómo no me lo habéis contado?

—Nos fuimos directos a dormir, ya sabes. Skylar no quiere que Romy esté mucho tiempo sola, todos sabemos cómo es y el tema de la boda la tiene muy nerviosa.

—Hubiera estado bien saber todo eso antes. —Él miró hacia fuera, donde la rubia esperaba a River de brazos cruzados—. No me pone nada fácil hablar con ella, la verdad.

—A lo mejor después de la despedida —sugirió.

—Bueno, ya veremos. —Corey no parecía nada convencido—. Divertíos. Y cuidad de Romy.

River repitió la palmadita antes de salir del coche, y observó apenada cómo el chico se marchaba sin que su amiga se bajara del pedestal. Ni siquiera le había dado las gracias en serio por haber conducido durante horas para sacarlas de una marquesina ubicada en medio de ninguna parte.

—Por una hora no hacía falta ponerse así. Has sido muy desagradable —le dijo, nada más llegar.

—Porque siempre hace favores a medias —protestó Skylar—. Y luego soy yo la que queda como la mala. Es fácil opinar desde fuera, River, e imagino que te costará creer esto que te voy a decir, pero Corey tiene defectos.

—¿Y tú? ¿Tienes defectos, Skylar?

—Sí, los tengo, aunque arrastrarme detrás de mi ex no es uno de ellos. —La miró con el ceño fruncido antes de tirar de su brazo—. Vamos a preguntar los horarios.

Se encaminó al mostrador de información, donde las enviaron a una taquilla concreta que cubría la ruta hasta Niágara. Una vez allí,

Skylar se apresuró a acercarse a la joven que mascaba chicle al otro lado.

—Hola, ¿qué horarios hay a Niágara?

—Lo siento, hay huelga de autobuses y estamos con servicios mínimos. El siguiente hacia allí sale a las diez de la noche.

Skylar permaneció estupefacta, como si no diera crédito a lo que oía. River pensó que la cosa empeoraba por momentos, mas tuvo el buen tino de no decir ni una palabra: la ley de Murphy estaba dedicada por completo a ellas ese fin de semana.

—¿No sale ninguno por la mañana?

—Sí, ha salido uno a las ocho. Si hubieran venido una hora antes…

River se frotó la frente con una mueca, casi le daban ganas de echar a correr.

—«Solo es una hora, no tiene importancia» —refunfuñó Skylar, sarcástica.

—No importa, tengo su ubicación. Podemos esperar a que termine su tatuaje y salimos después de comer. —La miró, suplicante—. No me hagas dar vueltas durante el día por un tema de orgullo, por favor. No tienes que estar con él si no quieres, seguro que hay algún centro comercial donde distraerse.

Skylar sopesó la idea, pese a que su primera opción había sido negarse. Lo de tener que recurrir por segunda vez a Corey le sentaba como una patada en el hígado, sobre todo después de las últimas palabras que le había dedicado, pero no era idiota y veía que no tenía opciones. Salir a las diez de la noche era muy tarde, inviable por completo.

Por otro lado, River tenía razón en lo del centro comercial. No por distraerse, sino porque seguían sin sus maletas y no tenían nada para cambiarse, o cosas básicas como un cepillo de dientes, ropa interior o desodorante. Así que la idea de darse una vuelta para conseguir esas cosas y, de paso, un par de modelitos para la despedida no le parecía tan mal, aunque después tuviera que volver a subir al coche de Corey.

—Saca la dichosa ubicación, iremos en taxi —aceptó.

Jamie cerró la puerta del camión y se subió con una sonrisa.

—Envío entregado. Ahora podemos ir a comer pronto y dormir un rato antes de recoger la última entrega.

—Genial, ¡estoy que no me lo creo!

Danni no cabía en sí de alegría. Por fin, por fin, ya solo quedaban unas horas y se pondrían camino a Toronto. Y ahí, en nada, estaría en Niágara. Al día siguiente por la mañana estaría en el hotel con Romy, compartiendo las sesiones de *spa*, y así lo confirmó en un mensaje al grupo:

Danni: «Todo sigue en orden, esta noche salgo hacia Toronto. ¡Te veo mañana, Romy!»

Romy: «¡Aleluya!»

Kat: «Yo llego a Scranton en un par de horas, ¡a ver qué encuentro!»

Skylar: «En Cincinnati esperando a Corey, huelga de transportes.»

Romy: «¿Y dónde está Corey?»

River: «Haciendo un tatuaje. Termina enseguida.»

Danni vio que Skylar había empezado a escribir, aunque al final no apareció nada. Conociéndola, seguro que iba a despotricar contra Corey y se había arrepentido al final. Después de todo, Romy estaba en el grupo y bastante tenía con lo suyo como para que encima se añadiera una discusión sobre Corey a la ecuación. Leyendo entre líneas, casi se podía imaginar el humo saliendo de la cabeza de su amiga. Lo de esperar no se le daba bien y River había contestado muy rápido, así que... ahí había más historia. Bueno, el fin de toda aquella pesadilla estaba cerca y seguro que cuando se encontraran en Niágara se enteraba de toda la historia.

Jamie detuvo el camión y ella miró por la ventana. Habían ido a otro polígono, por lo que no tenía mucha idea de si Bowling Green era grande o pequeño, aunque suponía que más lo último. De todas formas, daba lo mismo: las naves industriales eran iguales en todas partes y los sitios de descanso también, porque Jamie señaló por la ventana al edificio de enfrente y le dio la sensación de que era el mismo restaurante de la parada anterior.

—Ya sé que es un poco pronto —dijo él—. Pero no hemos parado desde las cinco de la mañana.

—Tranquilo, tengo hambre.

El desayuno de las cinco debía tenerlo en los pies, porque notaba cómo rugía su estómago. Eso sí, había podido permitirse invitarle, en un área de servicio que parecía sacada de una película de terror, aunque le daba palo pensar que a esa comida también tendría que invitarla él —o su empresa, más bien—. Por el lado bueno, así tenía una excusa para poder llamarlo cuando al fin tuviera trabajo y, de ese modo, devolverle el favor...

Tras la experiencia de quedarse colgada de la puerta, habían acordado esperar a que él le abriera y se colocara a un lado, por si necesitaba ayuda para no caer de morros contra el asfalto. La verdad era que no entendía cómo los camiones no venían con alguna escalerilla o algo que facilitara el acceso. ¿No había nadie de seguridad laboral revisando aquello? Al comentárselo, el chico había estallado en carcajadas y, la verdad, se había quedado medio ensimismada mirando lo guapo que estaba riéndose, tanto que olvidó la problemática hasta que tocó parar de nuevo.

—¿Todo en orden? —preguntó Jamie, al abrirle la puerta.

—Sí, ya las he avisado. —Se concentró en bajarse y se colocó el bolso—. Algo ha pasado con Corey, River y Skylar. Dicen que están esperando a que acabe un tatuaje y que hay huelga de transportes.

—Habrá aprovechado el viaje.

—Supongo.

Cruzaron hasta el restaurante y pronto estaban sentados en una mesa. A pesar de ser temprano, había varias personas comiendo y a Danni no le extrañó: tras los días pasados con Jamie, ya sabía que los camioneros tenían unos horarios y una concepción del tiempo distinta al resto de los mortales.

Pidieron la comida y miró su móvil, que había vibrado.

—¿Alguna se ha perdido otra vez? —bromeó Jamie.

—No, qué va. —Frunció el ceño—. Aunque tampoco me hubiera extrañado. No, es una oferta de trabajo.

—¿Y no la miras?

—Me llegan un montón de LinkedIn. La culpa es mía, que no he actualizado el perfil ni lo he cancelado, y ya sabes, va automático.

—Pero estás buscando trabajo.

—Sí, es que solo me llegan de lo mío. Y eso no me interesa.

Él la observó unos segundos, meditando sobre el tema. La camarera les dejó las bebidas y los primeros platos, y hundió su tenedor en los espaguetis, girándolo. Esperaba que no se molestara, aquel tema le tenía intrigado. Entendía que se hubiera quemado en su trabajo, no sería la primera ni la última. Sin embargo, el que no estuviera buscando otras opciones no terminaba de convencerle. Aunque fuera mientras encontraba su camino, si es que había otro.

—¿Cómo sabes que no te interesa? —le preguntó.

—Porque es como todos.

—Si no lo has leído.

Ella se encogió de hombros. Bueno, pues lo miraría y así él vería que era exactamente lo mismo. Abrió la oferta y leyó la descripción, que era la misma que lo que había estado haciendo en su anterior trabajo.

—Eso lo entiendo —dijo él—. Es como si yo me voy a transportar para otra empresa. Lo que digo es, ¿cómo es el sitio nuevo?

—¿A qué te refieres?

—A mí no me da lo mismo conducir este camión que otro sin aire acondicionado, por ejemplo. O que me paguen menos. O que tenga menos pausas.

—Todas las empresas informáticas son iguales, agujeros sin fondo.

Para demostrárselo, pinchó en el enlace a la página web de la empresa. Lo primero que apareció fue una imagen de una oficina con enormes ventanales, mesas con solo un panel frontal para separar a los trabajadores y plantas por todas partes.

—Sí, parece el infierno —comentó él, en tono burlón.

Danni resopló y le dio a la galería de fotos. Vaya por Dios, tenía que ser justo la oferta de una empresa en la que predominaba el concepto abierto, tenían horario flexible y…

—Café gratis —señaló él, indicando con su dedo a un lado de la pantalla.

—¿Quieres dejar de ver lo bueno?

—Hombre, en la web no te van a poner las cosas malas… en plan «nos comemos a los nuevos».

—Ja, ja. Lo de horario flexible, por ejemplo, puede significar que estés ahí horas y horas.

—¿El sueldo que aparecía en la oferta era malo?

—No, un poco más de lo que ganaba antes.

—O sea, digamos… el 110 % de lo que ganas ahora, ¿no?

Ella se cruzó de brazos, molesta. ¿Tan difícil de entender era que no quería volver a lo mismo? Aunque eso «mismo» estuviera rodeado de luz y plantas, ¡ella no quería hacer eso!

—Vale, mira —dijo él, notando que se había mosqueado—. Yo solo digo que habrá un límite de tiempo, ¿no?

—¿Para qué?

—Para encontrarte a ti misma. ¿Te has puesto un plazo?

Ya, eso no era mala idea. Lo que ocurría era que no había pensado que le llevaría tanto pensar qué hacer con su vida. Había supuesto que tendría alguna revelación, que vería la luz en algún momento. Miraba cursos de todo tipo, hacía cosas *online*… y nada terminaba de llamar su atención.

—Estoy en ello —contestó.

—No quiero que te mosquees, es solo que quizá, solo quizá, y para no seguir viviendo de tu amiga, como tú misma dices, deberías volver a tu mercado. Y desde ahí, buscar otra cosa. Quedarse esperando a que tu futuro venga a ti es… no sé, ¿poco realista?

—Es que, si vuelvo a una oficina, seguro que me acomodo.

—Entonces eso significaría que estás a gusto, ¿no? —Señaló el móvil—. No sé, a mí eso no me parece la cárcel que era el anterior. ¿Qué pierdes por ir a una entrevista?

Ella apartó el móvil para no seguir viendo aquellos ventanales, que parecían llamarla. ¿Que qué podía perder? Muy buena pregunta… para la que no se le ocurría una respuesta. Había recibido ofertas como aquella desde que la despidieran, unas cuantas, y apenas si les había echado un vistazo. No podía negar que aquella empresa, al menos, era bonita. Lo del café gratis era un añadido que siempre se agradecía. Con un resoplido, cerró la web.

—Supongo que tienes razón —dijo—. Lo pensaré.

No podía enfadarse con él porque veía que no lo decía a malas y, en realidad, era algo que se le había pasado por la mente aquellas últimas semanas, al ver que no avanzaba hacia ningún otro lado.

—¿Tú siempre has querido ser camionero? —le preguntó.

—No, no era algo que me había planteado hasta que surgió y no sabía si sería para siempre. De momento estoy a gusto, me pagan, no tengo compañeros molestos… no tengo necesidad de buscar otra cosa. Lo que no quiere decir que en un futuro pueda ocurrir.

—Seguro que buscarías otra cosa sin dejar esto.

—Supongo. Ya sabes, más vale pájaro en mano…

Ella afirmó con la cabeza, pensando en el refrán. Y ella sin ningún pájaro, ni en la mano ni volando… Sí que estaba apañada.

Quizá aquel fin de semana, ese viaje con tantos contratiempos, era el punto de inflexión que necesitaba para ver qué hacer con su vida. De hecho, lo esperaba, había pensado que hablando con sus amigas y escuchando sus consejos, sacaría algo en claro. Y a falta de amigas, ahí tenía a Jamie, que al menos no parecía estar diciendo tonterías y la escuchaba. No como su ex, que pasaba olímpicamente de sus preocupaciones y siempre le decía que eran todas sin fundamento. Como él, ahora que lo pensaba en la distancia, a pesar del disgusto inicial cuando habían roto. Ya no lo echaba de menos, en absoluto. Sobre el trabajo podía tener dudas, pero respecto a eso… ninguna.

En fin, todavía le quedaba el resto del fin de semana para poder meditar y seguro que sus amigas tenían un punto de vista que ofrecer.

Jamie había hablado de una fecha límite, y en eso sí que iba a hacerle caso, por el momento. Después de ese viaje, tomaría decisiones.

Ya estaban acercándose a Scranton, así que Kat cogió el micrófono para hablar sobre la ciudad. Tras unos cuantos juegos, había dejado «tiempo libre» mientras buscaba la información. Sabía que el grupo iba a una convención de jardinería y allí pasarían unas cuantas horas, pero por si acaso, así se informaba de qué había por allí… y ella también, por si tenía tiempo hasta la salida del bus o tren que encontrara hacia Niágara.

—En menos de media hora estaremos en nuestro destino —informó—. Y tengo unos cuantos detalles que seguro que os interesará. ¿Sabíais por qué se llama la «Ciudad eléctrica»? —Le puso el micrófono a Lawson, que se apartó al segundo—. ¡Nuestro conductor no lo sabe! —Le guiñó un ojo—. Pues porque en 1880 se introdujo la electricidad y, solo seis años después, ya había tranvías eléctricos por toda la ciudad.

Pasó a leer algo sobre la historia minera y, como tampoco quería aburrirlos y sabía lo que les interesaba, les habló de la flora autóctona y de los parques nacionales cercanos. Ellos tenían su evento al aire libre en el parque Nay Aug, que estaba a media hora del hotel designado. Kat había esperado algo similar como en el que habían pasado la noche, pero cuando llegaron, se encontró con que era un edificio precioso, de aspecto antiguo, con columnas de piedra blanca. Rápidamente, miró los papeles y buscó la información, mientras Lawson aparcaba.

—¡Qué suerte! —dijo al micrófono, con el móvil en la mano—. Vais a estar en el Radisson, que era una antigua estación. ¡Es monísimo! De aquí solo hay media hora hasta el parque andando, seguro que os lo pasáis genial. —El hombre del bingo levantó la mano—. Tranquilo, lo primero que voy a hacer es hablar con la recepcionista para ver qué entretenimiento hay y que os dejen unos folletos en las habitaciones.

Lawson detuvo el autobús y abrió las puertas. Se bajó el primero para abrir el maletero y ayudar con los equipajes. Kat, por su parte, se animó al ver que justo detrás del hotel había un montón de vías de tren, ¡aquello estaba comunicado!

Entró en el edificio, que era todavía más impresionante por dentro con un enorme patio abierto e iluminado por luz natural, y se acercó a la recepción con una sonrisa.

—Buenos días —saludó—. Vengo con el grupo del evento del parterre.

La chica la miró extrañada.

—¿Perdón?

—Bueno, quien dice parterre, dice jardines. O parques. No sé, plantas en general.

—Ah, vale, para el encuentro de jardinería en el Nay Aug, ¿verdad?

—Eso es. El grupo vendrá enseguida. Una pregunta. ¿tenéis bingo?

—Sí, y baile.

—No sabes lo felices que les vas a hacer. ¿Podéis meter unos horarios con las llaves?

—Claro, no hay problema. Tenemos copias de sobra.

—Perfecto. Tengo otra pregunta, relacionada con transportes. ¿Cómo puedo ir de aquí a Niágara?

La recepcionista pareció sorprendida por aquella pregunta, aunque no dijo nada. Cosas más raras había visto, como los flipados que iban hasta allí a ver cosas de *The office,* cuando hacía años que ya no se emitía. Tecleó en su ordenador y, al poco, estaba negando con la cabeza, lo cual no animó a Kat precisamente.

—No hay nada directo, que yo vea —le dijo—. Podrías ir en tren… y autobús, mira, haciendo tres conexiones. Llegarías en un día y algo…

Giró la pantalla y Kat miró las opciones, todas tercermundistas y ninguna realmente válida. Aquel recorrido era peor que una yincana.

—Te puedo buscar un coche de alquiler, si quieres.

—Es que no voy a volver aquí.

—Entonces te saldrá caro… sobre todo por dejarlo en otro país.

—Vale, pues gracias…

Le había dado tal bajón que ni se planteó pedir una habitación gratis. Ahí seguro que tenían más control que en el otro sitio, de todas formas, y no la conseguiría con tanta facilidad.

Se recompuso cuando vio que comenzaban a entrar los viajeros y sonrió haciéndoles gestos para que se acercaran. La recepcionista sacó un sobre que contenía las llaves y dejó un montoncito de folletos, de forma que Kat fue repartiendo ambas cosas juntas.

El último fue Lawson, que cogió su llave y la miró elevando una ceja.

—¿Estás bien? No pareces muy animada.

—No tengo forma de ir a Niágara desde aquí sin tardar una eternidad. —Suspiró—. Así que ahora mismo, no sé qué hacer.

Lawson dudó un poco antes de frotarle el brazo para darle ánimos. Él no era de iniciar contactos, pero con todas las veces que ella se le había tirado encima… aquello era una nimiedad.

—Ojalá pudiera ayudarte —le dijo—. Pero ya sabes que tengo que llevarlos a Fort Covington después de esto… —Ladeó la cabeza, pensativo—. Bueno, es al norte, te queda más cerca… Creo. Ya estás en mi itinerario, así que, si quieres seguir en el autobús, no hay problema.

Ella suspiró y lo miró, agradecida. Al menos no la estaba echando con viento fresco, algo era algo.

—Cualquier cosa será mejor que quedarme quieta. Puedo seguir haciendo de guía. Y ahí pues a ver qué hay…

—Lo miramos al llegar. Allí tengo que llevar el autobús a revisión y limpieza, y después estoy libre.

—Parece que vas a tener que aguantarme un tiempo. Por cierto, tendré que ver si consigo habitación para esta noche, ahora vuelvo.

Un par de los ancianos estaban en la recepción y esperó tras ellos, dándole vueltas a lo que podía decir para convencer a la recepcionista, aunque no veía mucha más solución que procurar convencerla igual que a la anterior. La pareja se dio la vuelta, la saludaron y, cuando llegó al mostrador, vio que habían dejado una llave.

—Huy, será mejor que los avise —dijo, alargando la mano.

—Ah, no, no, que la han devuelto —le explicó la recepcionista.

—¿Por qué? ¿Tienen algún problema?

—Tenían dos habitaciones y quieren solo una.

Kat miró a la pareja que se alejaba, haciéndose carantoñas, y luego a la llave. Pues sí que daba de sí un viaje en autobús, qué cosas. Sus ojos pasaron por Lawson unos segundos antes de volver su atención a la recepcionista.

—Pues precisamente venía por eso —improvisó con rapidez—. Algo habían comentado en el autobús… aunque no estaba segura. En fin, que me quedo yo con su habitación.

—Pero…

Su cara de confusión lo decía todo, y Kat cogió la llave aprovechando el momento.

—Sí, sí, soy la guía. No me tendrás en la lista porque ha habido un error, pero como la habitación ya está pagada, no hay problema.

—No sé si…

Kat le pasó su carné y cogió un bolígrafo.

—¿Dónde firmo?

La chica la vio tan segura que no dijo nada más y preparó todo. Un par de minutos después, Kat regresó sonriente junto a Lawson.

—Solucionado.

—Algún día tendrás que explicarme cómo lo haces —comentó él.

—Encanto natural.

Pestañeó de forma exagerada y él carraspeó.

—Bien, voy a dejar mi bolsa.

—Y yo mi mochila. Creo que aprovecharé el día para ir a comprar algo de ropa, necesito cambiarme y no puedo presentarme en la despedida así. ¿Quieres acompañarme? Además, después de todo lo que he leído de Scranton, ¡qué menos que echarle un ojo!

Él se encogió de hombros y afirmó con la cabeza. Tampoco tenía nada que hacer el resto del día. Ir de compras no era su actividad favorita, pero sí que le gustaba pasear y conocer sitios, cosa que no solía tener mucho tiempo de hacer, así que no le parecía mala idea. Además, seguiría con la compañía de Kat... parecía que se había acostumbrado a ella y más que no importarle, hasta sintió cierto alivio al ver que iba a seguir con él. Con ese alivio también llegó cierta culpabilidad, la pobre solo quería ir con sus amigas. Al menos si la acompañaba a comprar ropa, la estaría ayudando algo, aunque fuera una tontería.

Fueron juntos al ascensor y se separaron en la primera planta para ir cada uno a su habitación, quedando en verse en media hora.

Una vez en la suya, Kat cogió el móvil porque no le quedaba otro remedio que informar a sus amigas de que en Scranton no había conexiones decentes.

Kat: «Esto parece de película, en serio. ¡Y yo que pensaba que éramos un país puntero en transportes! Lo mejor que he encontrado incluye tres cambios y un día y medio para llegar.»

Romy: «Noooooooo. Por Dios, chicas... ¡no hago otra cosa que comer! No queda ni una sola caja de bombones en la *suite*.»

Danni: «No pasa nada, el chocolate ayuda.»

Romy: «Como no me pueda abrochar el vestido...»

Skylar: «Tranquila, yo te acompañaré a la prueba.»

Romy: «¿Y eso en idqué me ayuda? ¿Acaso vas a tirar del corsé como si yo fuera Escarlata O'Hara o qué? ¡Ni así entraría!»

Kat: «Para Skylar, respirar está sobrevalorado.»

Skylar: «No exageréis. Deja ya los bombones y punto, Romy.»

Danni: «¿No trabajas, Skylar?»

Skylar: «No, he cogido vacaciones para tener buena cara en la boda, ¿qué crees? Una dama de honor tiene la obligación de estar resplandeciente.»

Kat: «¡Toma ya! Por cierto, ¿ya estáis en camino?»

Skylar: «¡JA!»

River: «Ejem… no, aún no. Iremos al centro comercial a comprar ropa, que nuestras maletas se quedaron en el coche, y allí esperaremos a que Corey nos avise al terminar.»

Skylar: «Cosa que no va a suceder.»

Kat: «¡No seas así!»

Skylar: «¿Alguien quiere apostar? Sería el dinero más fácil que he ganado en mi vida. Con perdón, Romy, tu hermano no es la puntualidad personificada.»

Romy: «Lo sé, te perdono. Seguro que no termina hasta la tarde.»

Skylar: «¡Menos mal que tú me entiendes!»

Romy: «Más me vale, vas a estar la semana que viene apoyándome hasta el día de la boda.»

River: «¿Sun Hee, estás viva? ¿Dónde se mete esta chica, que ya ni escribe?»

Romy dejó el móvil al ver que la charla se encaminaba hacia Sun Hee y el pasaporte que debía estar a punto de llegar a sus manos. Recorrió la *suite* con la mirada, apenada porque no imaginaba que su despedida fuera a ser así. Con la tontería llevaba sola un montón de tiempo, convencida además de que ese día ninguna de sus amigas iba a llegar a su destino.

Danni saldría hacia Toronto y Kat no tenía la menor idea de qué iba a hacer. Aunque el conductor del autobús siguiera transportándola gratis, tenía su propia ruta, y pese a que siempre le decía que en el siguiente destino encontraría una conexión, parecía que su suerte echaba a correr cuando la veía aparecer. Respecto a Skylar y River, en cuanto leyó que su hermano tenía un tatuaje «pequeñito» dio por perdida la esperanza de que llegaran esa tarde: conocía a Corey y su manía de decir que tardaría «dos minutos» cuando en realidad podían ser dos horas. Así que ese tatuaje le ocuparía la tarde, Skylar tenía razón.

Respecto a Sun Hee, era una incógnita. Sabían que seguía en Búfalo, en espera del pasaporte, y poco más. La chica nunca había sido muy amiga de pasarse el día enganchada al móvil, aunque habría bastado con algún mensaje cada cinco o seis horas para al menos descartar un secuestro.

Justo vio que la chica acababa de poner la foto de un enorme plato de alitas picantes con un montón de patatas: genial, estaba viva. Y ella, muerta de hambre.

Estaba harta de comer a escondidas en la *suite*. No, bajaría al comedor y una vez allí ignoraría el bufé y pediría una ensalada. Después iría a hacerse otro recorrido por el *spa*, un rato de remojo en la piscina de agua templada la calmaría. Pero antes… quería hablar con Randy.

Le dio a llamar y se puso los zapatos mientras esperaba a que contestara el teléfono.

—¿Hola? —contestó una voz desconocida.

—Sí, hola, esto… ¿quién eres?

—¿Y tú?

—Soy Romy, la novia del dueño del móvil al que has respondido.

—¡Ah, Romina, hola! —Hubo un coro de risas—. ¡Perdona, es que Randy no puede ponerse en estos momentos!

—¿Cómo que no? ¿Dónde está?

—Dormido en una postura un poco… ejem…

Romy continuaba escuchando risas de fondo, mezcladas con siseos que invitaban a guardar silencio, ¿eran de Randy? ¿Acaso estaba mandando callar al amigo que tenía su teléfono?

—¿Se puede saber qué está pasando ahí?

—A ver, Romina…

—No me llames Romina, no me conoces de nada.

—Mira, las despedidas de soltero son para que los novios desconecten el uno del otro. Se trata de divertirse, hacer locuras y despedirse de la vida loca antes de pasar por la vicaría… tú me entiendes, ¿verdad?

—¿Qué insinúas?

—Anoche tuvimos la juerga de todas las juergas, la juerga padre. De hecho, hemos vuelto hace media hora y seguimos borrachos.

Para corroborarlo, empezó a reír hasta que le dio un ataque de tos. Romy apartó el teléfono con gesto de asco, ¡ella solo quería hablar con Randy, no que un desconocido le tosiera en la oreja!

—Perdona —se excusó el desconocido—. Estamos esperando las pizzas, a ver si la comida nos asienta el estómago y a la noche podemos continuar. Solo hemos cubierto un tercio de la ruta caliente.

—¿La ruta qué?

—Ya sabes, los locales cachondos…

La joven apretó el móvil contra ella, sin creer las palabras que le llegaban del otro lado. Randy le había prometido que no sería una despedida «de esas». Es más, lo de elegir Atlantic City era supuestamente para centrarse en el juego y no en los culos de desconocidas que se contoneaban en «locales cachondos».

Si rompía esa promesa, por absurda que pareciera, ¿quién le decía que no lo haría con el resto? Con los votos matrimoniales, por ejemplo.

¿Y si su novio, que iba de cordero, en realidad era un lobo? ¿Un lobo que merendaba Caperucitas en tanga?

Romy no era de las que usaban tanga, más bien de las que apagaban la luz cuando llegaba el momento de acostarse con él. A lo mejor Randy había descubierto que quería tangas en su vida, lo que sería un problema, porque los tangas se le metían por todas partes y si alguna vez trataba de ponerse uno, terminaba pareciendo un perro con pulgas.

¿Y si Randy la cambiaba por una chica-tanga?

—Déjame hablar con Randy —pidió.

—No puede, ya te lo he dicho. Está dormido en un lugar extraño.

—¿Dónde?

—Nada, al llegar hemos jugado un rato al Twister y bueno, algunos se han quedado enredados. No es el único, no creas, Miles tiene un buen nudo de piernas y brazos con Alanah.

—¿Alanah? ¿Hay chicas en vuestra habitación?

—Solo las *strippers* de anoche.

De nuevo se repitieron las voces y gritos, y Romy hasta escuchó varios golpes, como si alguien cayera al suelo.

—¿Qué sucede ahí?

—Nada, nada. Oye, luego le digo que has llamado, que vamos a meterlo en la ducha a ver si espabila.

Y sin más, colgó. Romy se quedó mirando el teléfono, sin saber cómo reaccionar. ¿De verdad se habían llevado a unas *strippers* a la habitación o todo era una broma de mal gusto? Randy siempre decía que Jack, uno de sus amigos, hacía bromas pesadas.

Volvió a marcar con la esperanza de que Randy contestara… y nadie cogió.

Agarró su chaqueta y salió del cuarto con un portazo, cabreada. Una vez en la planta baja, entró decidida en el comedor, solo que fue directa al bufé. ¡A la porra! Si su futuro marido estaba dormido sobre el culo de una *stripper*, ella iba a ponerse ciega a comer. Y si después el vestido no le cerraba, le echaría la culpa a él, así de sencillo.

Agarró una bandeja y la fue llenando con todo lo que llevaba meses sin probar. ¡Chúpate esa, tanga! Era su despedida, ¡se lo merecía! Podía permitirse unas pocas calorías.

Acababa de sentarse con aquel esperpéntico montón de comida cuando Sun Hee colgó otra foto: más alitas picantes y un nuevo libro de Strigoi, todo ello coronado con montones de emoticonos de felicidad.

¿Por qué no podía ella sentirse igual?

CAPÍTULO 8

VIERNES, TARDE

El GPS del móvil llevó a Skylar y River justo hasta la puerta del estudio de tatuajes. Tenía un enorme letrero rojo de neón sobre una cristalera a través de la cual se veía el interior del estudio.

Era muy amplio, había varios tatuadores dentro y pronto localizaron a Corey junto a una camilla donde un chico tumbado sufría en silencio.

—La madre que lo parió —refunfuñó Skylar.

—¿Qué?

—Te apuesto lo que quieras a que está mínimo seis horas, como si lo viera. Toda la espalda, verás.

—A lo mejor es solo el omoplato…

Su amiga ya estaba abriendo la puerta con el ceño fruncido, así que fue detrás. El gesto ocasionó que una pequeña campanita tintineara y los allí presentes se giraran hacia ellas.

Había una chica colocando unas revistas junto a la que parecía la zona de espera. Llevaba tatuajes en los brazos e iba maquillada estilo *pin up*, muy acorde con toda la decoración del lugar. Se acercó a ellas con una sonrisa.

—¿Os puedo ayudar? —preguntó—. ¿Tenéis cita?

—No, venimos a hablar con Corey, será un segundo.

—Ah, nuestro invitado especial. —Ladeó la cabeza—. No acepta encargos, lo siento, solo está hoy.

—Ya, somos sus…

¿Sus qué? ¿Su ex? A ver si al decir eso se pensaba que lo estaba persiguiendo o algo.

—Amigas —terminó River—. Será un minuto.

—Un segundo, voy a avisarle.

Se alejó para ir a hablar con Corey. El chico levantó la vista de la espalda de su cliente, ya con varias líneas bien marcadas sobre un diseño que cubría toda la espalda. Desde allí podían verlo bien, y Skylar le dio un codazo a River para señalarlo.

—Menuda obra de arte parece —comentó esta.

—Sí, justo eso estaba pensando.

Corey le dijo algo al chico, depositó la aguja de tatuar en la bandeja donde tenía los colores y se levantó para acercarse a ellas.

—Vaya, mira quién vuelve mordiendo el polvo —saludó con cierta ironía—. No pensaba que os vería de nuevo, te has despedido tan digna…

—No hay autobuses —resopló Skylar—. Así que tendrás que llevarnos hasta Niágara.

—Sin problema, en cuanto acabe.

—¿Cuánto va a llevar eso?

—Un par de… —Skylar alzó una ceja—. Vale, quizá cuatro horas.

Ella elevó los brazos al aire, desesperada. Si es que lo sabía, y si admitía cuatro, es que era seis o más. ¡Como si no lo hubiera esperado montones de veces por sus cálculos optimistas!

—Me daré toda la prisa que pueda —aseguró él.

Se sentía culpable por el retraso, pero ¿cómo iba a saber que su hermana estaba sola? No podía dejar a su cliente tirado, tampoco. Por un lado, ya había empezado el tatuaje. Por otro, la reputación era todo en su profesión, y si se corría la voz de que cogía encargos para luego no realizarlos, no sería nada bueno para su negocio. No, no podía largarse sin más.

—¿Qué es? —quiso saber River.

—Una cabeza de samurái. Irá con detalles en rojo.

—¿Puedo verlo?

—¿No íbamos a ir de compras? —replicó Skylar.

—Puedes ir a echar un vistazo tú, ¿no? Además, así le hago compañía a Corey.

Skylar contuvo las ganas de estrangularla. Y ella, ¿qué? Pues menos mal que no necesitaba desahogarse, de ser así la llevaba clara.

—¿También te vas a quedar aquí a comer? —le preguntó, a ver si así cambiaba de idea.

—Vaya, no había pensado en eso. —Miró a Corey—. ¿Cómo haces cuando es un tatuaje tan largo?

—Pequeñas pausas para estirarme, ir al baño y comer algo. Lo más importante es estar hidratado, así que tengo una botella ahí al lado.

—Vaya. Qué sacrificado.

—River… —intentó Skylar.

—Mira, me quedo y así te traigo lo que necesites, no vaya a darte un bajón. —Se giró hacia Skylar—. Te mando un mensaje en cuanto acabe, ¿vale?

—Genial —masculló—. Pues que lo disfrutes.

De buena gana hubiera pegado un portazo al salir, solo que la puerta era de cristal y tenía un sistema de los que frenaban el cierre, así que se quedó con las ganas. Una vez fuera, sacó el móvil y buscó la zona de tiendas o un centro comercial. A ver si comprando ropa se le pasaba el mosqueo, aunque lo dudaba.

Después de comer, Jamie y Danni salieron a estirarse antes de regresar al camión. Ella miró a su alrededor, conteniendo un bostezo.

—Desde luego, si tuviera que coger algún transporte en estos sitios en los que descargas la llevaba clara. No he tenido ninguna oportunidad.

—Es verdad. Nunca se me había ocurrido pensarlo, es la primera vez que recojo a una autoestopista.

—No me has recogido, casi te obligué a llevarme. —Danni emitió una risita.

—Bueno, he tenido suerte, no eres una chiflada. Tú no sé si puedes decir lo mismo, viajas con Ted Bundy.

—Me gusta que te lo tomes con humor, soy de las que piensan que el sentido del humor es algo básico —comentó, mientras bordeaban el camión—. Cuando me dejó mi ex me sentó mal. Y luego, con el tiempo y un poco de perspectiva, me di cuenta de que me hizo un favor. No era en absoluto divertido.

—¿Era una de esas relaciones que dan asco, aunque tan integrada en tu rutina que no crees poder vivir sin ella?

—Exacto, sí. Forma parte de tu día a día y lo asumes como tal… solo que, si te sentaras a escribir una lista de pros y contras, es casi seguro que ganaría lo segundo.

—A las personas les gusta la rutina, es un hecho. Cuando la gente se separa, lo primero que piensa no es en su corazón roto, sino en quién se quedará la casa o recogerá a los niños.

Danni se echó a reír.

—¡Salvo excepciones!

—Yo no conozco ninguna, ¿tú?

—Cuando tenga ocasión de hablar con Skylar te lo cuento, la veo muy malhumorada.

—¿La que sale con el tatuador? Llevarían poco juntos, fijo.

—Es verdad, saliendo unos tres meses. Aunque liados más tiempo. —Se quedó pensativa—. Ahora que lo pienso, no sé cuánto. La muy capulla nunca nos contó cuándo empezó a acostarse con él.

—Da igual, tengo razón. A menos que sea una relación corta, las primeras preocupaciones suelen ser por temas banales. —La detuvo al ver que iba a encaramarse a la puerta—. No, ahí no. Vamos a la parte trasera.

Danni se detuvo, confusa. ¿A la parte trasera del camión? La idea le inquietaba un poco, para qué negarlo… aunque se fiaba de Jamie.

Apartó la mano de la puerta y asintió, siguiéndole. Mientras bordeaban el camión, sacó el móvil a toda prisa para teclear un mensaje en el grupo.

Danni: «Que sepáis que voy a entrar en la parte trasera del camión. No sé lo que hay dentro, solo aviso por si acaso no volvéis a saber de mí.»

Añadió varias caritas sonrientes para dejar claro que bromeaba, aunque suponía que sus amigas pondrían el grito en el cielo. Claro, ella en su lugar se habría horrorizado.

Jamie quitó el candado para abrir la puerta.

—No tendrás ahí una colección de cuchillos, ¿verdad? —bromeó la chica.

—A lo mejor. —Él alzó una ceja—. Quizá llevo día y medio ganándome tu confianza.

—Eso no ayuda mucho.

—No pasa nada, tus amigas tienen una foto de mi documento de identidad. —Jamie sonrió, abriendo la puerta ante ella—. Adelante, aquí se duerme mejor.

La ayudó a subir y ella recorrió el interior del camión con todo detalle. Había mucho espacio, más de lo que nunca hubiera imaginado, y estaba limpio y ordenado. En la parte derecha, unas enormes cajas de cartón se amontaban unas sobre otras, alineadas a la perfección y precintadas con cinta de embalar. En el lado contrario, una serie de cosas básicas para la supervivencia en tamaño reducido: un sofá, una lámpara, un mueble pequeño de plástico y un *camping gas*.

—¿Un sofá?

—Un sofá cama, sí. Dormir en la cabina es muy incómodo, cuando tengo que parar las ocho horas y no encuentro motel, al menos tengo esta opción.

—¿Y la lámpara?

—Tengo libros. A veces me aburro de escuchar la radio.

—¿El *camping gas*?

—Ah, eso fue un fracaso. —Jamie se encogió de hombros con una sonrisa que a Danni le pareció encantadora—. Demasiado esfuerzo para nada, mancha mucho. A veces llevo comida, aunque nada que haya que cocinar.

Danni entró hasta el fondo, aún sorprendida por la cantidad de espacio. Claro, así que había camioneros que se montaban un miniapartamento en sus vehículos: era como tener una autocaravana, o casi. Desvió la mirada hacia las cajas, curiosa.

—¿Y no piensas decirme qué transportas?

—Míralo tú misma.

Jamie se apoyó en una esquina, cruzándose de brazos con una sonrisa. Bueno, si la dejaba curiosear significaba que se fiaba de ella, ¿no?

Tocó una caja y lo miró.

—¿No saldrá un payaso de ahí dentro si la abro?

—Prueba.

Danni despegó el precinto de la más accesible y apartó el cartón. Bolsas de plástico y dentro… ¡ropa! La pelirroja pasó las manos entre dos o tres hasta conseguir ver las etiquetas, y descubrió que era una marca conocida que vendían en casi todos los centros comerciales, incluido el que frecuentaban ella y sus amigas.

—¡Forever 21! —exclamó, emocionada—. ¡Qué pasada, Jamie! Me encanta esta marca.

—Sí, lo sé, mis amigas reaccionaron igual en su día.

—Es que es muy chula, aunque ahora no pueda comprarme nada. Antes, cuando trabajaba, sí lo hacía.

Al decirlo, fue consciente al momento de que llevaba dos días con la misma ropa. Por suerte no hacía calor… pero no podía seguir así eternamente, obvio. Los chicles de menta la estaban sacando del apuro, eso sí, aunque debía buscar una solución.

—Oye. —Se giró hacia él, aún con una prenda entre las manos—. ¿Crees que podríamos pasar por algún supermercado antes de seguir? Verás, necesito cosas.

—¿Qué cosas?

—Un cepillo de dientes, un desodorante, una camiseta cutre para cambiarme… y ejem, ya sabes, ropa interior. Mi maleta, por desgracia, estará en Niágara.

—A ver. —Jamie cruzó el camión hasta el mueble de plástico y abrió un cajón—. Tengo muchos cepillos de dientes, y también desodorante, aunque es de chico. Supongo que eso no importa.

—No. —Danni lo siguió—. A mi ex se lo cogía, no hay problema.

—En algunas cajas hay ropa interior, tienen de todo. Puedes coger lo que necesites.

—¿De verdad? —preguntó ella, asombrada—. Pero… ¿no te llamarán la atención?

—Tranquila, hay un tres por ciento de merma o pérdidas, es algo pactado. No suelo perder género, así que por una vez no pasa nada.

—Dios mío. —Danni miró las cajas, tan emocionada como un niño en el día de Navidad—. No abusaré, prometido, solo lo justo para estos tres días. ¿Puedo probarme algo?

—Sí, claro.

Danni aguardó unos instantes, pero Jamie no parecía percatarse de que esperaba que la dejara sola, ¿o acaso pretendía que se desnudara delante de él? Quizás no era tan buenecito como le había parecido hasta ese momento…

—Ejem…

—Ah, perdona. —Él se tocó la frente al darse cuenta—. Sí, esperaré en la cabina. Cuando acabes me das un golpecito y ya dormimos un rato.

—Gracias. —Danni trató de ocultar el sonrojo.

La vergüenza le duró poco, lo que tardó Jamie en abandonar el camión tras cerrar. La chica escuchó un par de minutos después cómo se abrían las puertas de la cabina, así que se acercó a la caja ya abierta para echar un vistazo.

La ropa era muy bonita y se sentía feliz de poder escoger, pero allí había demasiadas cajas y no podía revisarlas todas una por una, no estaba de compras. Debía ser práctica, de modo que buscó un par de camisetas básicas de manga corta que pegaran con sus vaqueros y la chaqueta, y las apartó para ponerlas encima del sofá. Luego encontró un vestido rojo que sería perfecto para cuando salieran de fiesta por Niágara, así que lo puso con lo otro. No quería abusar, de forma que se limitó a localizar unos pantalones negros y una camiseta llena de brillos que bien podía usar para salir o para ir al cine. Después fue mirando por fuera de las cajas hasta dar con la que llevaba la ropa interior, y allí no se complicó: un *pack* de bragas de algodón negras sería suficiente, eso y otro sostén, podía lavar uno y usar el otro mientas. También encontró un *pack* de calcetines y lo retiró, con eso estaba más que servida y ya le parecía demasiado.

Joder… cuando se despidiera de Jamie, tendría que mandarle una tarjeta en señal de agradecimiento, o una caja de caramelos. Cualquier detalle, porque le había salvado la vida al acceder a llevarla, y encima ahora le surtía de ropa y de efectos personales. ¿Qué más se podía pedir?

Observó las prendas escogidas, pensando en si debería probárselas. Las camisetas no hacía falta, tenía muchas de esa marca y la talla era la que solía usar, lo mismo con los pantalones. Lo único que la hacía dudar era el vestido, así que se desvistió para ponérselo inmediatamente después… y entonces se dio cuenta de que no podía subir la cremallera sola.

Vaya, así que era un vestido de esos… en fin, iba a necesitar a Jamie, y también como espejo, porque allí no había ninguno. Tocó un par de veces para que regresara al camión sin dejar de mirar las cajas, ¡aquello era como una tienda de chucherías para un niño!

Jamie regresó minutos después, frotándose la cara y un poco adormilado, aunque al verla se detuvo en la entrada del camión.

—No puedo subir la cremallera, y no sé si me queda bien. Necesito saberlo antes de quedármelo, no quisiera mirarme al espejo y llevarme un chasco.

Él permaneció mudo. ¿Llevarse un chasco? No entendía a qué venía semejante estupidez, si ese vestido le quedaba como un guante. ¿Desde cuando transportaba ropa tan…? Ya se había fijado en que la chica era mona, pero vestida así ya no era solo «mona», sino…

Carraspeó y cerró tras él, acercándose. Lo que le faltaba, un momento incómodo subiendo una cremallera, justo lo que pasaba en las películas: ese empujón que necesitaban los protagonistas para dar el primer paso. Nunca fallaba, cuando alguien subía —o bajaba— una cremallera, se liaba.

Danni, ajena a su incomodidad, se giró y le dio la espalda. Se sintió de lo más rara al sentir cómo le subía la cremallera, aunque notó que no era solo ella: el silencio era abrumador, apenas se atrevía a tragar saliva por si se escuchaba, y le pareció que pasaba una eternidad hasta que escuchó el clic final.

—Gracias —murmuró, y se dio la vuelta despacio—. ¿Qué tal?

—Nunca había pensado en tener un espejo… lo siento.

—Bueno, ¿tú qué opinas? —preguntó la joven, a pesar de que veía a Jamie claramente incómodo.

¿Se estaba pasando con las confianzas? No quería que se estropeara el buen rollo entre los dos o que el chico pensara que intentaba ligar con él. A lo mejor, ponerle a subir cremalleras de un vestido como ese no había sido la mejor idea del mundo, cuanto más lo pensaba más claro lo tenía: era como una *femme fatale* de pacotilla típica de las malas películas, utilizando el truco del vestido para hacer caer al protagonista de turno. ¡Madre mía!

—Te queda muy…

—Sí, ya… o sea, un poco…

—No, de verdad, está…

—¿No crees…? —Danni se giró, sin saber cómo colocarse, notando que se sonrojaba.

Joder, ¡qué mala idea! Ahora se daba cuenta de que de *femme fatale* tenía poco, seguro que Kat o Skylar habrían salido mucho mejor paradas de aquella situación, tenían talento natural con la seducción. Fijo que no se ponían a girar sobre sí mismas balbuceando, vaya.

—Es bonito —terminó por decir Jamie, como si el vestido fuera una entidad propia y no estuviera encima de la pelirroja, que era el motivo de que quedara tan bien.

—Sí, ¿verdad? Es bonito.

—Muy bonito.

—Vale, pues… voy a quitármelo.

Él puso cara de susto y retrocedió un par de pasos de golpe.

—No, no, quería decir que… en fin, si me bajas la cremallera me cambiaré en un instante y podremos dormir un poco. Era lo único que necesitaba probarme.

Jamie se acercó otra vez y estiró las manos, con el mismo cuidado que si tuviera que desactivar una bomba. No quería tocar ni un milímetro de aquella piel blanca con aspecto suave, no fuera que ella pensara que trataba de aprovecharse. Además, la simple idea era absurda: solo la llevaba en plan autostop, esa misma noche se encaminarían a Toronto y después no volvería a verla, ¿qué sentido tenía mirarla de esa forma?

Era una pena, eso sí. Parecía que tenían cierta conexión, y habían hablado mucho sobre temas importantes en el tiempo que llevaban juntos… eso era todo, ¿verdad?

—Creo que ya está‘ —murmuró Danni.

Jamie se dio cuenta de que la cremallera estaba abajo y que ahí se había quedado, y controló las ganas de rodear su cintura con las manos.

—Sí, ya está. —Se apartó.

—Tardo un minuto. No hace falta que salgas, solo date la vuelta.

Estupendo, genial. Jamie se giró, no muy convencido de que permanecer allí con Danni desnudándose fuera la mejor idea del mundo. Tampoco había mucho que pudiera hacer, por lo visto ella se fiaba de él hasta ese punto, así que quizá lo veía como amigo.

Exacto, ninguna chica con cierto interés se quedaría en ropa interior delante de un chico que le atrajera, ¿no?

Se cruzó de brazos y aguardó hasta que Danni le avisó, entonces se dio la vuelta para acercarse hasta el sofá cama.

—Te echo una mano —ofreció ella.

Entre los dos montaron la cama, y solo cuando Danni se tumbó encima se dio cuenta de que esa sensación de ambiente cargado continuaba allí, no se había ido después de que se quitara el vestido. Genial, iba a ser la siesta más rara de toda su vida.

Tras revisar en un par de percheros, Lawson localizó la talla que Kat le había indicado y fue a los probadores. La chica tenía su cabeza rosa asomada por una cortina que sujetaba contra su cuerpo y le sonrió.

—¿Los has encontrado?

—Eso creo.

Se los entregó con gesto serio y fue a sentarse frente a la cortina, con los brazos cruzados y mirando al techo. Aquello le recordaba las interminables tardes de compras con su hermana, con la diferencia de que con ella no tenía que estar pendiente de no mirar donde no debía. Al menos Kat solo le había pedido algún cambio de talla y lo que estaba mirando eran vaqueros y camisetas, todo muy neutral.

Entonces la cortina se abrió y se encontró con que la chica estaba de espaldas, con la camiseta levantada mostrando parte de su estómago para poder mirar bien cómo le quedaba el vaquero.

—¿Qué piensas? —le preguntó.

Él tragó saliva, apartando los ojos al momento de la parte trasera de la prenda en cuestión.

—¿De qué? —contestó.

—Del pantalón, obviamente. ¿Me hace buen culo?

¿En serio? Él se movió incómodo en la silla. ¿Era una pregunta trampa? ¡Si lo tenía perfecto y seguro que lo sabía!

—Ejem, sí.

—Vale, pues adjudicado. Tengo hambre, ¿vamos a comer algo antes de hacer turismo?

—Sí, bien.

Ella sonrió y cerró la cortina para volver a ponerse su ropa. En cuanto fueran a algún restaurante, se cambiaría en el baño, estaba deseando quitarse lo que llevaba puesto. Y también le había gustado la mirada de Lawson, sí, que había observado a través del espejo cómo no perdía detalle de su trasero.

Recogió lo que le quedaba bien, por un lado, e hizo un montón con lo que no para dejarlo sobre un mostrador al salir. Había cogido unas cuantas camisetas y un vestido, para tener variado hasta llegar a Niágara y apañarse allí si no había tiempo de comprar nada cuando llegara. Fuera cuando fuera eso. Estaban en un pequeño centro comercial a unos minutos andando del hotel, así que allí mismo buscaron un sitio de comida rápida y, mientras esperaban las hamburguesas, Kat se metió en el baño para ponerse los vaqueros nuevos y una camiseta de manga corta con colores brillantes.

—Lo de vestir discreto no va contigo, ¿no? —comentó Lawson, cuando regresó.

—Con el pelo rosa da igual la ropa, es lo primero que se me ve —sonrió ella.

—¿Cuánto hace que lo llevas así?

—Unos meses. He probado con más colores, me gusta cambiar. —Se encogió de hombros—. Hasta he llevado mechas verdes. —Se tocó un mechón—. ¿No me queda bien?

—Sí, o sea, no es eso.

Ella se inclinó hacia delante y lo observó con una sonrisa socarrona. No buscaba que la piropeara de forma gratuita, pero sí ver qué pensaba de ella. Ya sabía que su culo le gustaba, eso fijo.

—¿Te digo una cosa? —le preguntó.

—Miedo me das.

—Cuando te vi la primera vez pensé que eras un serio. Y soso.

—¿Perdona?

—Sí, y poco enrollado, no sé. También estaba perdida y mosqueada con Precard...

—Bernard.

—Eso he dicho. Y aunque eres más joven e infinitamente más guapo, pues no sé, pensé que serías igual de aburrido.

—Vale... —Después de lo de buenorro, aquello de «infinitamente» no debería pillarle por sorpresa, aunque sí lo hizo—. No tengo muy claro a dónde quieres llegar...

—A las apariencias. Lo de mi pelo. Lo viste y pensaste: «¿y esta chalada del pelo rosa?»

Él carraspeó, moviéndose incómodo en la silla.

—A ver, Kat, eso no es...

—Déjame terminar. Luego me puse a hablar y ya sé que no callo, así que probablemente tu siguiente pensamiento fue: «la chalada del pelo rosa que no calla». A lo que voy es que ahora, no digo que no veas mi pelo, porque es obvio, pero ¿a que ya no piensas que soy una chiflada, ni una pesada, ni me quieres tirar del autobús en marcha? —Él negó con la cabeza—. Y yo tampoco creo que seas un aburrido ni un borde. Que conste que fue un pensamiento fugaz, porque hace tiempo que pienso que a la gente no hay que juzgarla por su aspecto, sino cuando se la conoce un poco. Sobre todo, porque es lo que me pasa a mí por mis ropas de colores y mi pelo, así que… —Cogió la hamburguesa y le dio un mordisco—. A eso quería llegar.

—¿A que no soy aburrido ni un borde?

—Exacto. Y otra cosa más. —Cogió una patata frita y la agitó ante su cara mientras hablaba—. Lo de buenorro ya sabes que lo pienso también y es un hecho objetivo, pero si hubieras sido un aburrido y un borde, no estaríamos aquí sentados hablando.

—No, te habría dejado tirada en Fort Wayne.

—Eso también. Lo que no habría hecho yo es seguir dándote conversación.

—Aunque este bueno.

—Claro. Ya te he dicho que las apariencias no lo son todo. Por ejemplo, he tenido problemas alguna vez por mi pelo, pero la tienda donde trabajo vende ropa muy de mi estilo, así que puedo trabajar a gusto y no me han pedido que cambie de aspecto, como me ha pasado en otros sitios.

Él cogió su propia hamburguesa y comenzó a comerla meditando sobre eso. Porque tenía razón en todo lo que había dicho: primero su pelo llamativo, luego su conversación infinita… y, sin embargo, esa misma charla incesante era la que había hecho que fuera conociéndola y que ya no solo viera su pelo, sus labios o, por qué no, su culo. Le gustaba cómo había conseguido sacar partido a la situación, cómo se había ganado a los pasajeros con su buen humor y su positividad. Vaya, en resumen: la chica le gustaba. Punto.

Tomó un trago de cerveza para bajar la comida y carraspeó, mirándola y buscando un tema de conversación más seguro que las apariencias externas.

—Así que… trabajas en una tienda —comentó.

—¿No te lo había dicho antes?

—Quizá sí. —Sonrió, encogiéndose de hombros—. Pero es que hablas mucho, hay momentos que me pierdo.

—Ja, ja, qué gracioso. —Le tiró una patata frita que él esquivó con facilidad—. Sí, trabajo en una tienda de ropa de estilo bohemio, digamos. Hay una zona de segunda mano, incluso, donde encuentras de todo. Va bastante gente, así que no me aburro.

—No, ya te imagino, estarás en tu salsa. Como cuando has conseguido las habitaciones en los hoteles, que aún no me lo explico.

—Supongo que es algo con lo que se nace, no sé. Se me da bien hablar.

—Eso está claro.

—¿Y tú sueles hacer estos viajes al fin del mundo?

—No, no, esto ha sido una excepción. Normalmente es de Atlanta a Fort Wayne, o Cincinnati, por ejemplo. Y vuelta. Líneas regulares.

—¿Y te gusta?

—Bueno, no me disgusta. No lo cambiaría por lo tuyo, de normal no tengo que estar hablando con la gente y no tengo a mi jefe encima, como en una oficina. Y de vez en cuando salen viajes como este, que sacan de la rutina, así que no me quejo.

—No, de este no te vas a olvidar, seguro.

Él volvió a concentrarse en su hamburguesa, pensando que no se olvidaría del viaje, y de ella tampoco. Había pensado que eran muy diferentes y, sin embargo, cada vez que hablaban se encontraba más a gusto en su compañía. Aunque había algo que no sabía, ahora que lo pensaba, y que de pronto necesitaba averiguar, solo que no sabía muy bien cómo preguntárselo. Conociéndola, quizá lo mejor fuera directamente.

Terminaron de comer y ella recogió sus bolsas.

—¿Vamos a dejarlas al hotel y luego damos una vuelta?

—Sí, vale.

Salieron del centro comercial y él carraspeó mientras caminaban por la acera.

—Y… bueno, Romy es la primera que se casa, ¿no? —preguntó.

Kat lo miró, un poco sorprendida por la pregunta.

—Sí, es la primera.

—Y… ¿tenéis más despedidas en mente?

—¿Por qué lo preguntas? —Se rio—. ¿Para ver si planificamos mejor todo?

Él miró al cielo, metiéndose las manos en los bolsillos. Pues nada, al grano.

—No, buscaba una forma de saber si alguna ibais a ir detrás, sin preguntarte directamente si estás saliendo con alguien.

Ella se detuvo, mirándolo. Vaya, eso sí que era inesperado. ¿No había comentado en ningún momento que estaba soltera y sin compromiso? Hasta ella se perdía cuando hablaba mucho, así que quizá no lo había hecho.

—No, la verdad es que ahora estamos todas libres. Raro, la verdad.

Siguió caminando y Lawson la siguió con una sonrisa. Bien, entonces quizá lo de hablarle de las apariencias y preguntar sobre el pantalón no eran casualidades, sino señales.

Llegaron al hotel y la esperó en la recepción mientras ella iba a su habitación a dejar las cosas. Estaba allí sentado cuando pasó la pareja que había ocupado una sola habitación en lugar de dos, bien agarrados, y se acercaron al verlo.

—Anda, nuestro conductor —saludó él.

—¿Y tu encantadora novia? —preguntó ella.

—No es mi novia.

—Ya, ya. —Le guiñó un ojo—. Política de empresa, ¿no? No te preocupes, que no diremos nada.

—Vamos a ir a la exposición, ¿quieres acompañarnos?

—Es que estoy esperando a Kat.

—Claro, claro.

Los dos se miraron de forma significativa. Estaba claro que, dijera lo que dijera, no iban a creerle, así que Lawson no dijo nada más.

Kat apareció justo en aquel momento, agitando su melena rosa y sonriendo mientras se acercaba.

—Vaya, qué bien acompañado estás —comentó.

—Estábamos preguntando a tu no... compañero si venía a la exposición —explicó la mujer.

—Íbamos a dar un paseo por Scranton. —Miró a Lawson—. ¿Vamos al parque primero?

—Como quieras.

—Doble cita —bromeó el hombre, dándole un codazo al chico.

Él sacudió la cabeza y negó al ver que Kat lo miraba de forma interrogativa. Entonces ella se enganchó de su brazo para salir del hotel y, tras tensarse un segundo, se dejó llevar. Qué demonios, estaba muy a gusto con Kat ahí a su lado, así que mejor se relajaba y disfrutaba de la tarde libre.

Aunque fuera viendo parterres, fuera lo que fuera eso.

Sun Hee entró al Seven Eleven que había cerca de su hotel. Llevaba comiendo alitas desde la llegada y su estómago protestaba ante la ingesta de picante, así que decidió surtirse a base de chucherías y bocadillos hasta que su pasaporte llegara. Empezó a hacer cálculos sobre cuándo sería eso, pero se distrajo al ver una revista musical con Strigoi en la portada.

Como siempre hacía, la cogió para abrir las páginas y mirar qué fotos tenía antes de comprarla. Si había alguna de Dennis Brody de buena calidad, se hacía con ella. Si no, leía el artículo por encima antes de decidir si valía la pena gastar dinero, mucho de lo que se publicaba sobre el grupo era información que ya tenía.

Lo cual era lógico, su colección de revistas y cosas sobre Strigoi era enorme: camisetas, tazas, sudaderas, libros de importación y revistas, todas las que salían con cosas suyas. Se sabía su trayectoria al dedillo, al igual que la vida de los componentes del grupo, no en vano llevaba años como seguidora incondicional. Aunque nunca había podido ir a ninguno de sus conciertos: como buen grupo de *heavy*, Strigoi tenía sus más y sus menos, y a veces anunciaban una separación definitiva, lo que desesperaba a Sun Hee, que temía que eso ocurriera sin llegar a verlos en directo.

Era consciente de que nadie la comprendía: su madre pensaba que estaba loca y, sus amigas, que tenía la cabeza en la luna. Quizá no les faltara razón, pero ella era una fan de las de toda la vida… de las que seguían los pasos de su grupo uno por uno, de las que se sabía las letras al dedillo y quién había compuesto cada párrafo, de las que se tumbaban a soñar cómo sería conocer a su amor platónico en persona. Y eso que estaba convencida de que, si alguna vez llegara a tener delante a Dennis Brody, se caería redonda del impacto. O se olvidaría de hablar, fijo, y terminaría pareciendo una lerda ante el guitarrista.

¡Qué se le iba a hacer! Él era su tipo de chico, y no encontraba ninguno en el mundo real que disipara su interés. Ella no tenía la culpa de que le gustaran con el pelo largo y rubio, los ojos azules y la vestimenta típica de un cantante *heavy*, ¡así era la vida!

No podía evitarlo, todos los chicos le resultaban sosos y poco interesantes, así que, ¿para qué perder el tiempo con citas que no llegarían a ninguna parte?

Ya se le pasaría, algún día. Claro que, siendo sincera, llevaba creyéndolo desde hacía años y no ocurría. A veces aceptaba una cita esporádica para aparentar normalidad, poco más.

Satisfecha, observó que la revista contenía una buena selección de fotos, de manera que la metió en la cesta y siguió su recorrido. Esa noche la leería con tranquilidad en la habitación del hotel, pensó, mientras echaba un par de bolsas de patatas fritas y unos bocadillos.

Al llegar, lo dejó todo encima de la cama y consultó el móvil para ver las actualizaciones de sus compañeras. Huy, pues no parecía que ninguna fuera a llegar esa noche tampoco… pobre Romy, menuda despedida estaba teniendo.

Pensó en telefonearla para ver cómo estaba, pero justo en ese momento le llegó un mensaje de un número desconocido, así que lo abrió.

«Enhorabuena: ¡eres ganadora de dos entradas para ver a Strigoi en el concierto de tu ciudad más próxima! Para recoger las entradas, contacta a partir del día diez en esta dirección…»

Sun Hee pegó un grito y casi arrojó el móvil por el aire. Alterada, lo recuperó para releer el mensaje varias veces seguidas. ¡Tenía entradas! ¡Ya no tendría que permanecer pegada al ordenador horas para conseguirlas, eran suyas y encima gratis! Y dos, nada menos, ¡podría llevarse a alguna de sus amigas!

Agotada por tanta felicidad, se dejó caer en la cama con una sonrisa. Aún quedaba tiempo para el concierto, pero eso era lo de menos: así tenía tiempo de planear el día con todo detalle.

Romy, tras la comida más copiosa que había tomado en meses, decidió que era buena idea salir de compras para distraerse. No quería seguir pensando en la dichosa llamada… Randy tampoco la había telefoneado después, así que una de dos: o pasaba de ella o ni siquiera había recibido el mensaje. Fuera como fuera, no iba a quedarse quieta y muerta de asco en el hotel, mejor se vestía para darse una vuelta.

Fue al centro comercial más próximo en taxi, echando de menos a Skylar. Todas eran amigas por igual, pero cuando la rubia había empezado a salir con Corey, lógicamente terminaron por verse más. Pasaban tiempo juntas y, de ese modo, Romy se había acostumbrado a tenerla a su lado, lo que le venía de maravilla porque Skylar era bastante práctica. Y aguantaba sus lamentos, que era mucho decir.

Romy sabía lo agotadora que podía llegar a ser, no en vano llevaba desde la adolescencia con la misma psicóloga. Sus inseguridades pasaban factura desde tiempos inmemoriales, era una persona que se cuestionaba todo continuamente y, cada vez que sufría algún imprevisto, al instante daba por hecho que era culpa suya.

Gracias a la psicóloga, casi siempre lograba mantener a raya los pensamientos negativos… excepto en ocasiones como esa.

Y, en ese momento, tenía demasiado tiempo libre para pensar y comerse la cabeza. Y llamadas como la matutina no ayudaban en nada a relajar el runrún de su cerebro.

Se detuvo frente a una tienda de lencería, sin dejar de pasear la mirada por el escaparate. ¿Tenía que ser una chica-tanga para mantener a Randy a su lado? ¿Debía ser más atrevida? ¿Ponerse ropa interior picante, unas esposas, una peluca?

Decidida, pasó al interior. Por norma general, se conformaba con mirar la ropa de algodón y los sujetadores sencillos, al ser una chica redonda cualquier otro estilo quedaba descartado. Además de que le costaba imaginarse en plan seductor con un conjunto de encaje, por ejemplo, o cualquier prenda por el estilo. Que, al parecer, era lo que echaba en falta su futuro marido. ¡Mierda!

Agarró una percha con un tanga rojo y justo en ese momento sonó su móvil. Sin soltar aquella tira ridícula de tela, lo sacó para contestar.

—Hola, hermanita —saludó Corey, al otro lado—. ¿Cómo lo llevas?

—¡Hola! —contestó ella, tan feliz que a punto estuvo de arrojar el tanga al suelo—. ¡Ay, me alegro mucho de oírte! Está siendo un mal día.

Romy adoraba a su hermano mayor. Solo se llevaban dos años de diferencia y, a pesar de sus pocas cosas en común, él nunca se había comportado como era lo habitual en los hermanos, más bien al contrario: se preocupaba por ella. Sobre todo, en su adolescencia, durante el instituto, Corey había sido una especie de escudo para Romy. Las chicas como ella siempre sufrían burlas, era algo generalizado… y ser su hermana pequeña fue una ayuda. Corey era el típico que caía bien a la gente y nadie quería enemistarse con él, así que por ese lado tuvo suerte. Después, en la universidad estuvo sola y sí le tocó escuchar alguna que otra descalificación, pero en ese contexto pudo gestionarlo un poco mejor. Además, por aquel entonces ya tenía a su psicóloga.

—¿Qué haces? —preguntó él, desviando la charla de la parte negativa del día, algo que solía funcionar.

—Estoy de compras —informó la chica, con la vista fija en el tanga—. Estoy decidiendo si soy una chica-tanga o no.

—¿A qué viene eso?

—Randy —contestó Romy—. Es un poco raro todo, hablamos la noche del viaje, después…

—A ver, ¡no le llames! Está en su despedida, Romy.

—Si hubieras querido ir cuando te invitaron, ahora estaría tranquila.

—Yo no pintaba nada allí, esos no son mis amigos.

—Sé que Randy no te cae muy bien, pero podrías haberlo vigilado —refunfuñó ella.

—Si piensas que hay que vigilarlo, es que algo no funciona —comentó Corey, y segundos después, añadió—: ¿Por qué estás intranquila?

—Es que esta mañana lo llamé y me cogió uno de sus amigos, aunque soy incapaz de saber cuál de ellos era —resumió Romy—. No sé, habló de *strippers*, de locales cachondos y de que se las habían llevado a la habitación del hotel. Después de eso no me ha llamado.

—Romy… no sé cómo decirte esto, pero… es lo que hacen los tíos en las despedidas de soltero.

—¡Me prometió que no lo haría!

—Bueno, si se lo han preparado los inteligentes de sus amigos, no esperes milagros. Menuda panda de descerebrados.

Romy apretó el móvil contra la oreja, notando cómo le temblaba la voz. Sabía que Corey tenía razón, que las despedidas de chicos solían ser así… Sin embargo, confiaba en que Randy fuera diferente. Alguien como ella no dormía tranquila si sabía que su prometido andaba metiendo billetes en los tangas de un montón de chicas esculturales.

—Ay, Dios, Corey, seguro que me engaña.

—No te va a engañar, tu novio es demasiado soso como para eso.

—¿Dónde estás, por cierto? ¿Sigues tatuando?

—Sí, me quedan un par de horas.

—¿Un par? —ironizó ella, meneando la cabeza—. ¿No será el doble?

—No puedo decir la verdad, Skylar me arrancaría la cabeza. Prefiero ir lanzando mentiras pequeñas, es lo que siempre hago con ella.

—Y así estáis —suspiró Romy—. ¿Sigue enfadada?

—Fíjate que hasta se ha marchado de compras y aún no ha vuelto. River se ha quedado conmigo, ahí la tengo, sin perder detalle del tatuaje.

—¿Vendréis directos al acabar?

—Es la idea, si no hay ningún percance. Una cosa, Romy, deja los tangas en su sitio y haz algo productivo. Vete al cine o tómate una copa, no sé, intenta distraerte. Enseguida estaremos allí.

Ella asintió con lentitud.

—Vale —aceptó—. Conduce con cuidado.

Cortó la llamada y observó el tanga. No tenía nada claro que fuera a ponerse eso… pero tampoco pasaba nada por probárselo en el hotel, a ver cómo le quedaba. A lo mejor solo debía llevarlo un rato y mirarse en el espejo hasta acostumbrarse a esa nueva versión suya.

Sin hacer caso del consejo de su hermano, cogió el tanga y un par de cosas más, al menos intentaría verse de otra forma y no como la chica regordeta que debía apagar la luz cuando llegaba el momento de quitarse la ropa.

Eso sí, en lo de la copa pensaba hacerle caso, que quedaban un montón de botellas de champán en la nevera de la *suite*.

Tras hacerse con cosas básicas de aseo personal, comer algo y comprarse suficiente ropa como para sobrevivir los próximos días, Skylar se hartó de hacer tiempo y esperar a que su «querida» amiga o el impuntual de su ex le enviaran algún mensaje para avisar de que ya podían marcharse.

Ni siquiera el haber encontrado unos modelitos ideales para la despedida le habían quitado el cabreo, así que cuando regresó al estudio, estaba prácticamente echando humo por la cabeza.

Al ver que se asomaba por la puerta, River se acercó corriendo con una sonrisa.

—Ya está terminando —le dijo—. ¡Ha sido alucinante! Nunca había visto hacer un tatuaje en vivo y en directo, ¿no te parece flipante?

—Mucho. Os espero ahí fuera, prefiero que me dé el aire.

Cerró la puerta y se quedó fuera. Atónita, River salió también y la siguió hasta un banco que había en la acera, donde la chica había dejado las bolsas a un lado antes de sentarse.

—¿Estás mosqueada?

—Vaya, muy perspicaz. —Señaló una bolsa—. Te he comprado unas cosas, por cierto. Cepillo de dientes y ropa interior, si es que lo quieres.

—Gracias. —Se sentó a su lado—. Ay, Skylar, no te pongas así. Solo quería ver cómo trabajaba y lo ha hecho rápido, la verdad es que está un poco agobiado por saber que Romy está sola.

—Sí, claro.

—Y es muy cansado, menos mal que me he quedado, porque apenas si se ha levantado. Igual ni hubiera comido.

—Casi un santo, sí. ¿Se te ha olvidado todo lo que te he contado?

—¿Por qué solo ves la peor parte? No es mal tío y lo sabes.

—Oye, igual quieres quedarte con él, ya que tanto le defiendes. Siéntate en el asiento del copiloto y así puedes seguir glorificando todo lo que hace.

—Yo...

—¿Por qué no? Está claro que no me apoyas, tienes tu propia visión del asunto donde nada de lo que diga va a hacer que cambies de idea.

—¿Ahora no puedo opinar?

—No, no puedes, no sin que yo te lo pida. Nadie opinó sobre lo tuyo, River, y desde luego no fue por falta de ganas, porque todas veíamos lo que tú no. No, fuimos a tu casa con chocolate y pañuelos, y después te sacamos a bailar, pero no recuerdo que nadie te dijera lo imbécil que eras por liarte con un señor que se tiraba a todas sus empleadas.

River aguantó el chaparrón como pudo. En parte era injusto… y algo de razón tenía. Se había preocupado por Corey porque le caía bien, le parecía la víctima en esa historia, y quizá había dejado de lado a su amiga. Amiga que, ahora que se fijaba, estaba dolida y rabiosa, aunque no sabía si solo con ella por haberla dejado tirada toda la tarde, o se trataba de algo más.

—Lo siento —le dijo, sin querer seguir discutiendo—. Mira, ya hablaremos cuando estemos en Niágara, ¿te parece?

—Si llegamos.

—De verdad, está terminando. —Justo entonces, vieron que se abría la puerta y salía el cliente—. ¿Lo ves? Venga, enséñame lo que sea que hayas comprado, seguro que es chulo.

Skylar no tenía ninguna gana de cambiar de tema. El cuerpo le pedía discutir, desahogarse y a la mierda con todo. Aunque aquello no llevara a ningún lado, era ese tipo de persona que odiaba quedarse con las cosas dentro.

Le tendió una bolsa, mosqueada. Una vocecita le recordaba que seguía siendo su amiga, que tenían un fin de semana de diversión por delante y que debía intentar pasarlo bien… aunque Murphy no estuviera de su lado.

River la cogió y sacó un vestido entre exclamaciones de admiración. Vale, quizá estaba exagerando un poco el tono, a ella la ropa le daba lo mismo, pero no sabía qué hacer para que Skylar dejara de estar enfadada. Había metido la pata… a ver cómo lo arreglaba.

Corey salió unos minutos después y se aproximó a ellas estirando los brazos y el cuello. Tantas horas inclinado tenían un precio y normalmente iría derecho a descansar. Debería haber pensado en eso al aceptar el encargo, sabía que siempre se entretenía más tiempo del que calculaba y en ese caso encima iba a repercutir en su hermana, así que poco podía hacer con relación a su dolor de cuello.

—¿Estás bien? —le preguntó River. Miró a Skylar—. Digo, ¿salimos ya?

—Sí, por mí no hay problema. Podemos parar en un par de horas a cenar y descansar un poco, desde aquí son siete horas y todo seguido no aguantaré.

—Siete horas —murmuró Skylar, recogiendo las bolsas—. Vaya, justo lo que has tardado, más o menos. Ya podríamos estar allí.

Él no contestó. No le faltaba parte de razón, de acuerdo, y si hubiera contado con toda la información no habría aceptado tatuar allí, algo que ya no tenía remedio. Recordárselo sería ponerse a discutir de nuevo y perder aún más tiempo, porque Skylar podía replicar durante horas, eso no lo olvidaba. Además, estaba cansado y no le apetecía dedicar energías a eso, por lo que simplemente metió la mano en su bolsillo y sacó las llaves del coche para guardar el equipo antes de ponerse en marcha.

CAPITULO 9

VIERNES, NOCHE

Danni despertó, un poco aturdida después del rato que había dormido. Algunas siestas eran como pozos sin fondo, despertabas y no sabías ni en qué día te encontrabas. Estaba familiarizada porque los primeros meses tras quedarse sin empleo había dormido un montón.

Incómoda, quiso girarse al notar cierto peso sobre ella y se dio cuenta de que tenía a Jamie cerca, tan cerca que casi notaba su aliento en el cuello.

Sus ojos se abrieron como un resorte, no por el hecho de tenerlo pegado a ella, sino porque parecía de lo más natural.

Estiró la mano con cuidado para coger el móvil y se apresuró a teclear.

Danni: «Chicas, ¡chicas! ¡Emergencia, emergencia!»

Aguardó unos instantes, ¿y si nadie respondía? ¿Qué, estaban todas muy ocupadas o qué? ¡Porque ella necesitaba ayuda ya, no podía esperar! Jamie iba despertar en cualquier momento y era vital saber cómo actuar para parecer natural, dulce y…

Skylar: «¿Ted Bundy te ha atacado?»

Danni: «¡Qué va! ¡Al revés!»

Skylar: «¿Lo has atacado tú? No te juzgo, tranquila. Sé lo exasperante que puede ser un tío.»

Danni: «¡No es eso! Me acabo de despertar después de dormir un rato y está…»

Skylar: «¿Cómo está? ¿Cachondo?»

Danni controló las ganas de soltar una carcajada. ¡Qué cabrona Skylar, sabía que debía permanecer en silencio y le venía con esas!

Jamie percibió que se movía, porque le echó el brazo a la cintura para acomodarse mejor. Dios, qué mono estaba dormido…

River: «¿Dónde os habéis echado a dormir? No me digas que en el camión.»

Danni: «Sí, no lo vais a creer, tiene esto montado de cine.»

Skylar: «¿De cine de terror, con cuchillos y ganchos en el techo?»

Danni: «No, graciosa. Tiene un sofá cama muy cómodo, ¡y ah! Lo que transporta es ropa, de Forever 21 nada menos… me ha dejado quedarme con varias prendas, entre ellas un vestido que vais a alucinar de lo bonito que es.»

Romy: «¿Es de putón?»

Danni: «¿Qué?»

Romy: «Si el vestido es de putón. ¿Es de esos que hay que llevar tanga para usarlo? ¿Cuántas de vosotras lleváis tanga?»

Durante un instante, ninguna respondió, sorprendidas como estaban por la pregunta de Romy.

Skylar: «¿Esto importa mucho ahora mismo, Romy?»

Romy: «Es una pregunta sencilla. ¿Cuántas usáis tanga?»

River: «Yo no.»

Skylar: «Yo tampoco, prefiero el encaje.»

Danni: «Nada de tangas, son muy incómodos.»

Romy: «¿Kat? ¿Sun Hee?»

Skylar: «¿Sun Hee, tanga? Bromeas. Si ni siquiera lleva los calcetines del mismo color.»

Danni: «¿Hemos acabado ya con los tangas? ¿Puedo seguir con mi emergencia?"

Romy: «Sí, perdona, ha sido un lapsus. Es que he bebido un poco.»

Skylar: «¿Qué pasa con Ted Bundy? Te ha regalado ropa, ¿y?»

Danni: «Teníamos que dormir un poco, ya sabéis, por la máquina que le controla dentro del camión, así que nos echamos aquí. Bien separados, claro, pero me acabo de despertar y estamos muy cerca.»

Skylar: «¿Cuánto de cerca? ¿Su barba te hace cosquillas?»

La pelirroja se giró con cuidado y sí, en efecto, Jamie tenía la barbilla encajada con suavidad en el hueco entre su hombro y el cuello. Pero ¿en qué momento había sucedido aquello? ¡Solo hacía dos días que se conocían, no podían estar acurrucados de esa manera!

Mientras estaba dormida no se había percatado, sin embargo, al despertar… solo de notar ese cuerpo tan cerquita del suyo, con lo atractivo que era el chico y el tiempo que hacía que no tenía el menor contacto con nadie, la situación estaba muy lejos de enfriar su ánimo.

Danni: «Sí. Lo tengo casi encima, ¡y no sé qué hacer!»

River: «Pero ¿te ha dado alguna señal de que le gustes o algo?»

Danni: «Pues no sé. Es muy majo y me ha invitado a comer todas las veces, me deja dormir en su camión, me regala ropa y un cepillo de dientes…»

Skylar: «Y te lleva a Niágara también, ¿no?»

Danni: «Se supone que salimos hacia allá en cuanto hayamos descansado, sí.»

Skylar: «Tienes tiempo para un polvo. Todas lo comprenderemos.»

Romy: «¡Skylar, te recuerdo que estoy aquí sola! ¡Y bebiendo!»

Skylar: «Lo de beber es opcional por tu parte. Piensa en Danni, que lleva no sé ni cuántos meses sin sexo, ¡pobrecilla!»

Sun Hee: «Más llevo yo y no os doy ninguna pena.»

River: «Tú has hecho voto de castidad por *groupie* obsesionada, es culpa tuya.»

Danni: «Chicas, ¡ayudadme! ¿Cómo le hago entender que me mola sin que sea demasiado evidente? Parece un buen tío, no quiero asustarlo.»

Oyó cómo Jamie volvía a moverse, así que arrojó el móvil cerca de su bolso. De todas formas, ninguna parecía saber cómo ayudarla, y ahora que lo pensaba, tampoco estaban precisamente para dar consejos: Skylar se llevaba a matar con su novio, exnovio o lo que fuera, Sun Hee y Kat llevaban solteras ni recordaba cuánto, y River solo salía con hombres mayores que terminaban por engañarla o dejarla. ¿Por qué les pedía consejo? La única seria era Romy, y en ese momento bebía champán sin control, así que…

Se apoyó en el codo justo para ver a Jamie desperezarse. Echó un vistazo a su alrededor, percatándose de la proximidad que tenia con la autoestopista pelirroja, y carraspeó.

—Lo siento —murmuró.

—No importa —se apresuró a decir ella.

—No lo entiendo, estoy acostumbrado a dormir solo.

—Bueno, hace frío…

—Sí, hace frío. —Jamie se levantó, frotándose la cara, y consultó la hora—. Ya son las ocho. ¿Qué te parece si comemos algo y nos ponemos en marcha?

—¡Genial!

Danni se dio cuenta de que no tenía tanta prisa por llegar. Le apetecía estar con sus amigas, cierto, era la despedida de Romy y sería muy especial, pero le hubiera gustado seguir un poco más el viaje con Jamie. Sentía la necesidad de conocerlo, a pesar de ser consciente en ese momento de que su tiempo se acababa. En unas horas estarían en Niágara y no volvería a verlo.

Abandonaron la parte trasera del camión para regresar a la cabina. Una vez más, Danni tuvo que saltar para subir en condiciones, y luego ocupó su sitio de copiloto.

—En marcha —comentó él.

No había metido la llave de contacto aún cuando la radió emitió un par de sonidos.

—¿Jamie, estás ahí? ¿Puedes contactar?

Él pulsó un botón, extrañado.

—¡Hola, Mark, estoy aquí! ¿Pasa algo?

—Parker ha tenido una avería en el camión y está parado en Milwaukee. No puede ir una recogida en Grand Rapids. La entrega es en Toronto, y como tú eres el más cercano y además es tu siguiente destino también, he pensado que vayas tú.

El chico miró la radio con un gesto exasperado.

—Se supone que me tocaba descansar después de Toronto.

—Lo sé, no te lo pediría si tuviera a otro a menos distancia, Jamie. Te daré un par de días libres más por esto, pero necesito que lo cubras.

Jamie miró a Danni, que se encogió de hombros. Ella ni siquiera sabía la distancia que había, ni si les iba bien en su ruta, aunque por la expresión del joven no tenía pinta de que les pillara de camino. Sin embargo, era su trabajo: no tenía opción.

—Vale, vale. Yo me encargo.

—Gracias, Jamie. Te debo una.

Jamie cortó la radio y miró a la pelirroja, que aguardaba con cara neutral. En el fondo, no se sentía molesta: algo le decía que acababa de ganar algo de tiempo a su lado.

—Lo siento —se disculpó el chico—. Esto no suele pasar, en serio.

—No importa.

—Son siete horas y media hasta Grand Rapids, aparte de las pausas —suspiró él—. De verdad, lo siento mucho, Danni. Quería dejarte allí pronto para que aprovecharas el tiempo con tus amigas, ahora no llegaremos hasta el domingo.

—Nadie tiene la culpa de esto. En todo caso yo, que fui la que se quedó tirada en el área de servicio. Te agradezco igualmente lo mucho que me estás ayudando.

—¿En serio no te enfadas?

—¿Contigo? Claro que no, si te estás portando como un ángel…

Jamie sacudió la cabeza, pensativo. Se veía que trataba de encontrar alguna solución para que ella llegara antes a su destino… solo que no la había, excepto subirla a un avión. Algo inviable, ya que en los sitios donde descargaba no había aeropuertos. Y después de conocerla mejor, sabía que Danni no estaba en situación de pagar un billete de avión. De modo que no quedaba otro remedio que hacer el trayecto a Grand Rapids y luego llevarla a Niágara, tal y como había prometido.

Al menos, así podría disfrutar un rato más de su compañía…

Kat salió de la ducha y cogió el móvil al ver que tenía la luz de aviso parpadeando. Vaya, llegaba tarde para aconsejar a Danni… ¿Qué habría pasado?

Kat: «¿Al final te has tirado encima de él o no?»

Sun Hee: «Tirados ya estaban, por lo que ha dicho.»

Danni: «Más que tirados. Acaban de llamarlo y tiene que desviarse para otra entrega, así que me voy a retrasar. Iba a contároslo ahora.»

Romy: «¿Qué? ¡No! ¿Es broma?»

Danni: «Ojalá.» Y emoticonos tristes.

Kat: «Vaya, qué mala suerte… vas a recorrer mundo».

Danni: «A este paso, más que tú.»

Romy: «Tú llegas mañana, ¿no?»

Kat: «Eso espero, ya no digo nada para no gafarlo.»

Skylar: «Tranquila, nosotras también, ya queda menos para que estemos todas juntas.»

Kat: «Ah, yo tampoco tengo tangas, por cierto. No les veo la utilidad, para eso, mejor no llevar nada.»

Romy: «Pues no lo entiendo.»

Kat: «¿Por? ¿Qué te ha dado por los tangas ahora?»

Romy: «Cosas mías. Ya os contaré, es una teoría que tengo.»

Kat: «¿Sigues bebiendo?»

Romy: «Claro, ¿qué más voy a hacer?»

«Pobre», pensó Kat. No podía hacer mucho para animarla, así que, tras unos intercambios de emoticonos, buscó un *gif* de globos como sustituto de los reales y fue a vestirse, ya que vio que a ese paso llegaría tarde y no quería tener a Lawson esperando. Tras el paseo y la visita a la exposición, habían vuelto al hotel para cambiarse y salir a buscar tranquilamente algún sitio para cenar, ya que aún era pronto.

Cuando salió del ascensor, se encontró con que la zona frente a la recepción, donde había sillones y zonas de descanso bajo la cristalera del techo, estaba llena con todos los viajeros del autobús y, en uno de los laterales, había una mesa con un bombo lleno de bolitas de números. Una chica hablaba por un micrófono y otra estaba repartiendo cartulinas y enormes rotuladores entre los presentes.

Vio a Lawson rodeado por varios de ellos y se acercó con una sonrisa, dispuesta a rescatarlo.

—¡Hola! —saludó.

—Ah, ya estás aquí —comentó él, aliviado—. Bien, podemos irnos y...

—No, no, ¡tenéis que quedaros! —El hombre-bingo del autobús tenía varios cartones y le dio uno—. Venga, no podéis dejarnos solos.

—Seguro que os lo pasáis muy bien —dijo Kat.

—Os merecéis la diversión —siguió el hombre, entregándole otro cartón a ella—. Venga, aunque sea solo un juego.

Le dio uno de los rotuladores que había cogido para que compartieran y una mujer que estaba cerca pegó un codazo a Lawson.

—Atentos, atentos, que van a empezar.

—Bueno, por un cartón no pasa nada... —suspiró Kat, rindiéndose.

Aquellos ancianos eran más insistentes que ella, madre mía. La señora señaló un sillón ancho que estaba libre y prácticamente los empujaron hasta allí para que se sentaran, bien apretaditos.

—Mejor si me pongo de pie y... —empezó Lawson.

—Quieto, que ya empieza —le chistó un hombre.

—Pero si no iba a hacer ruido.

—¡Chist!

—Tranquilo, en cuanto acabe el primer cartón seguro que se tranquilizan —susurró Kat—. Y podremos irnos.

Se movió un poco hacia un extremo y él hacia el otro, aunque no había mucho espacio para maniobrar. Ella casi tenía una pierna por encima de las de él para que no la aplastara, pero a pesar de la incomodidad, pensó que estaba muy bien así. Mejor si pudiera acurrucarse un poco bajo su brazo, ya puestos, aunque no dijo nada porque justo la chica anunció el primer número y se produjo una especie de eco por los asistentes, que lo repitieron hasta asegurarse de que todos lo habían oído.

En ese momento, Kat se dio cuenta de que un cartón no iba a acabarse en cinco minutos, sino que daba mucho más de sí. Entre los que no oían bien, los que necesitaban sus gafas y se las habían dejado en las habitaciones y los que marcaban el número que no era —y eso que los cartones eran grandes y los rotuladores, gigantes—, aquello se alargaría irremediablemente.

—¿Soy yo, o esto va a durar un buen rato? —le dijo Lawson, en voz baja.

—No, no eres tú. Yo también lo creo.

—¡Línea! —gritó una señora a pocos metros de ellos, sobresaltándoles.

—¡Comprobación, comprobación! —se elevó un coro de voces.

El hombre-bingo los miró, con cara de fastidio.

—Siempre igual, nunca gano nada —resopló—. A ver si se ha equivocado y hay suerte.

—¿Nunca ganas? —repitió Kat—. Y entonces, ¿por qué te gusta?

—Por la emoción, ¿no tenéis la adrenalina por las nubes?

Hombre, tanto como eso… Estaba más en alerta por la proximidad de Lawson que otra cosa, claro que quizá sus vidas no eran muy emocionantes y se conformaban con poco.

—Vendréis a la cena, ¿no? —preguntó una señora a Kat—. Es en media hora.

—¿No es un poco pronto para cenar?

—No, además luego hay baile. No os lo podéis perder.

Bingo, cena y baile sin que fuera de noche. ¡La juerga padre! Pero estaban tan sonrientes y eran tan majos, que a Kat le daba apuro decirles que no.

—No sé… —Miró a Lawson—. Íbamos a ir fuera a cenar…

—Huy, pues está lloviendo —señaló otro hombre—. Mejor os quedáis, no vayáis a poneros enfermos.

—Y nos tienes que llevar a Fort Covington mañana —añadió otro—. Necesitas estar en plena forma y dormir.

—Es como viajar con mis padres y mis abuelos —murmuró él.

—¡Línea comprobada, sigue el juego! —anunció la chica.

Kat le frotó un brazo, sonriendo.

—Se preocupan por ti —le dijo—. No me digas que no son abrazables.

Él la miró, ya que por su cabeza pasó el pensamiento de alguien mucho más «abrazable» y que casi tenía sobre sus piernas. Carraspeó y se movió un poco, aunque solo consiguió que Kat se hundiera y arrimara más.

—Sí, esa es la palabra que buscaba —contestó.

—Atentos, que seguimos —indicó el hombre-bingo.

El juego continuó hasta que alguien cantó un bingo a pleno pulmón, seguido por un ataque de tos, y Kat vio que a la pobre mujer le daban tal palmada en la espalda que casi se le salió la dentadura postiza. Eso sí, la tos se le calmó, así que quizá la maniobra fuera buena además de peligrosa.

En cuanto se comprobó el resultado, hubo un nuevo reparto de cartones y comenzó otra partida. Ni ella ni Lawson se movieron, puesto que ambos parecían dar por perdida la salida y, por otro lado, salir de aquel asiento y atravesar el muro de ancianos iba a ser complicado.

El nuevo juego, por suerte, duró algo menos que el anterior e, inmediatamente después, los pasaron al comedor. Se sentaron en una mesa circular con la pareja formada durante el viaje, el hombre amante del bingo, que ya parecía su mejor amigo, y varios más.

Lawson se inclinó hacia Kat para susurrar en su oído y que no lo oyeran los demás.

—Como nos traigan purés de verduras y frutas, ya sí que va a ser una regresión a la niñez.

—Calla. —Rio y miró a su alrededor, aunque estaban todos hablando y nadie le había oído—. No seas malo.

Contuvo la tentación de pasarse la mano por el cuello, allí donde había notado su respiración tan cerca que se le había puesto la piel de gallina. Empezaba a arrepentirse de haberse quedado con los ancianos, por muy simpáticos que fueran. No tenían intimidad, aunque estaban sentados cerca y se rozaban cada poco. O como habían estado en el sillón, prácticamente uno encima del otro.

Al darse cuenta de lo que estaba pensando, cogió una de las copas de vino y dio un buen trago. Tenía que distraerse, y no ayudaba en nada que la pareja de enfrente estuviera de lo más acaramelada. Le daban ganas de decirles lo típico de «buscaos una habitación», solo que ya sabía que habían estado un buen rato en ella y tampoco era cuestión de que alguno acabara con la cadera rota y tuvieran que ir a urgencias.

Porras, ya estaba con pensamientos que no le hacían ningún bien. Porque su mente no imaginaba a aquellos dos, no —eso le causaría pesadillas, como poco—. Pensaba en qué pasaría si se acercaba un poco más a Lawson, o si le rozaba el brazo, o qué demonios, cómo estaría sin camiseta ni camisa ni nada parecido.

A ver si resultaba que el bingo era afrodisíaco, no lo sabía y por eso levantaba esas pasiones.

—¿Estás bien? —oyó que le preguntaba él.

—¿Eh? —Lo miró. Vaya, estaba sonriendo, joder, con lo guapo que estaba cuando lo hacía—. Sí, genial. Qué pena no haber ganado ni una línea.

Los camareros se acercaron a servir el primer plato. Al ver la sopa de cebolla, volvió a mirarlo… y los dos se echaron a reír. Los que estaban sentados con ellos se miraron, extrañados.

—Será algo de los jóvenes de ahora —comentó uno, mirando el cuenco sin ver nada extraño.

Por suerte, el siguiente plato sí era algo más consistente, pescado en salsa. El postre tampoco estuvo nada mal, tiramisú, y Kat, después del comentario de los purés, ya estaba esperando algo más ligero.

Tras unos cafés y alguna que otra copa de licor, comenzó a sonar música. Se habían retirado los sillones del centro para dejar hueco donde bailar, y pronto varias parejas se animaron a hacerlo.

Lawson estaba tan tranquilo tomando su café cuando se levantó la pareja frente a ellos y, al pasar a su lado, el hombre le dio una palmada que casi lo estampó contra la mesa.

Menuda fuerza tenían todos para aquello, ¿se entrenarían, como con las collejas? Porque estaba seguro de que a eso dedicaban horas, su abuela era toda una experta en las mismas.

—Venga, saca a esa chica a bailar, se le ve en la cara que lo está deseando.

Lawson miró a Kat, que agitó su melena rosa riendo.

—Sí, ¿no me ves el cartel?

—Bueno, si quieres… no es que haya mucho más que hacer.

—Vale.

Se levantaron y fueron hasta la improvisada pista. La música no estaba mal, clásicos de los sesenta, pero en su mayoría canciones lentas que obligaban a acercarse.

—Se ve que les gusta bailar bien pegados —comentó ella.

—Habrá que seguir su ejemplo.

—Claro.

Lawson alargó los brazos y la cogió por la cintura, acercándola un poco. Ella terminó de cubrir la distancia al entrelazar sus dedos detrás de su cuello, y tragó saliva al mirarlo.

Ay, que se había acercado mucho. O no. Quería estar bien pegada, aunque también alejarse para no hacer ninguna tontería. Qué complicado.

No tuvo que decidir nada: una pareja pasó cerca, la empujó y chocó contra su pecho. Y ya que estaba allí… en fin, para qué separarse, si iban bien acompasados.

Apoyó la cabeza en su pecho y notó cómo él la abrazaba también, moviéndose despacio. Estaba tan cómoda así… le parecía casi que estuvieran flotando, en lugar de bailar. Hasta le extrañaba que no se hubieran pisado ni una vez. Esa compenetración tenía que significar algo, fijo. Varias veces estuvo tentada de levantar la cabeza, solo que no lo hizo porque temía dejarse llevar y acabar besándole. No sabía qué haría él… creía que le gustaba, notaba la química. Y eso era también un problema, porque aquella no era una situación normal. Necesitaba consejo, como Danni. O quizá, permiso, mejor dicho. No quería hacer nada para retrasar el viaje… sabía lo que le dirían, sobre todo Romy, que estaba esperando la pobre.

No, mejor se quedaba quietecita y no decía ni hacía nada.

—Oye, he pensado una cosa —susurró él.

Y dale. ¿No tenía otra forma de hablarle que no fuera al oído? ¡Así no había manera de despejar la cabeza!

Se separó un poco y lo miró. Gran error. Qué caída de ojos, por Dios. Si es que lo de buenorro se quedaba corto.

—Decía que he pensado una cosa —repitió Lawson.

—Ah, sí, eso. Ejem. Dime, soy toda oídos.

—Después de dejar a esta panda en Fort Covington tengo libre.

—Sí, eso ya me lo has dicho.

—Te puedo llevar a Niágara yo.

—¿Qué? —Abrió mucho los ojos—. ¿En serio?

—Sí. Tengo que volver con el autobús a Atlanta, pero tengo de límite hasta el martes. Así que puedo desviarme y dejarte allí.

—¿Harías eso por mí?

—No me cuesta nada.

Kat volvió a abrazarlo, esta vez con fuerza. ¡Ya no tenía que preocuparse de buscar algo en aquel pueblo que ni sabía dónde estaba!

—Así que puedes avisar a tus amigas de que llegarás mañana por la noche, o de madrugada, depende del tráfico.

—¡Gracias!

Lawson la había soltado, así que ella, aunque dudó un segundo, acabó alejándose para ir a por su móvil, que había dejado en el bolso en la mesa, y avisar a sus amigas. Él no la perdió de vista, sonriendo al verla tan contenta. Llevaba un buen rato pensándolo; por un lado, le daba pena que ella llevara tanto tiempo de retraso y a saber cuánto más tardaría, que Fort Covington estaba muy aislado.

Y por otro… qué demonios, no quería perderla de vista aún. Aunque aquello no se había parado a analizarlo demasiado.

—¿Alguna novedad? —preguntó Corey.

Llevaba un par de horas conduciendo y estaba cansado hasta de la radio. Skylar y River, sin embargo, no parecían aburrirse, puesto que no soltaban los móviles. De vez en cuando hacían algún comentario y así se había enterado de que Danni no iba a llegar como estaba previsto. También había oído algo de un tanga, aunque eso había obviado preguntar, suponiendo que sería algo relativo a la despedida que prefería no saber. Que Romy era su hermana, tampoco era necesario conocer ciertos detalles.

—Por fin alguien con buenas noticias —contestó River, agitando su móvil con entusiasmo—. Kat ha conseguido convencer al autobusero para que la lleve a Niágara mañana.

—Bueno, no ha dicho eso exactamente —replicó Skylar—. Solo que va a llevarla, no que lo haya convencido.

—Conociendo a Kat, le habrá soltado alguna chapa.

Skylar miró al techo y procedió a escribir un mensaje, a ver qué averiguaba al respecto.

Skylar: «¿Cómo ha sido?»

River: «Ya está desconfiando, no le hagáis caso.»

Skylar: «¿Te ha pedido algo a cambio?»

Kat: «No, no seas malpensada, ha sido sin más, mientras bailábamos.»

Danni: «¿Bailar? ¿Habéis salido a algún sitio?»

Kat: «No, aquí mismo en el hotel, después del bingo y de cenar.»

Danni: «¿Ya habéis cenado y todo? ¡Si es prontísimo!»

Kat: «Horario de jubilados, se ve.»

Romy: «Yo creo que me voy a ir a bailar también. O algo. No sé.»

Kat: «Ay, Romy, que ya queda menos para vernos, ¡ánimo!»

Skylar: «Sí, nosotros también vamos por buen camino.»

Mientras lo decía, miró de reojo a Corey, que se estaba tocando el cuello por décima vez en la última media hora. No se había quejado, pero ella conocía de sobra aquellos movimientos de hombros. Aunque no había dicho nada, tenía que estar cansado después de estar tantas horas inclinado, seguro. Quizá se arrepentiría, pero…

—Oye, ¿te molesta mucho? —preguntó.

—¿Que estés tan desconfiada? —replicó River.

—No te decía a ti.

Corey la miró, sorprendido, deteniendo la mano con la que aún se estaba frotando el cuello.

—¿Hablas conmigo? —preguntó.

—Sí.

—Espera, que tengo que asegurarme bien. ¿Acabas de preguntarme y, añado, en tono amable, si el cuello me molesta?

—No hace falta que hagas un culebrón de esto. Joder, ya ni preguntar puede una.

—Es que no estoy acostumbrado, ya sabes. —Movió los hombros, sonriendo al ver cómo ella fruncía cada vez más el ceño, y decidió dejar de picarla para no acabar discutiendo de nuevo—. Me molesta un poco, sí —admitió.

—Si quieres te doy un masaje.

El silencio se hizo en el coche. River se quedó inmóvil, con el teléfono en la mano, pensando que habría oído mal. ¿Skylar acababa de ofrecerse a hacer un masaje a Corey? Él parecía tan estupefacto como ella, porque estaba quieto y callado.

—No estaría mal—contestó el chico al poco, despacio, por si acaso había alguna trampa por algún lado.

—Bueno, tampoco te emociones, no va a ser como… ejem, como antes. Y además estamos en un coche.

—Ya, lo tengo claro. Lo estoy conduciendo.

Skylar estiró el cinturón para moverse por el asiento y poder acercarse más a él, que se separó un poco del respaldo. La ventaja de los coches automáticos era que no tenía que preocuparse de las marchas, con lo cual era todo más sencillo.

La chica le palpó los hombros y el cuello, aunque al izquierdo apenas llegaba. Al menos al derecho sí y algo podía hacer en el centro, así que empezó a apretar y masajear como había hecho tantas veces cuando estaban juntos. Era algo habitual que él llegara algo agarrotado tras un tatuaje de varias horas, y Skylar tenía un instinto especial para relajarle los nudos. Normalmente aquello era un buen preliminar para otras cosas mucho más placenteras, en las cuales no quería ni pensar. No, solo lo hacía para que pudiera conducir tranquilo y así controlar la seguridad de todos, nada más.

Solo que sus manos tenían vida propia. Sin darse cuenta, había movido la tela de la camiseta y sus dedos estaban tocando directamente su piel. Se movían arriba y abajo del cuello, siguiendo la forma de la nuca, marcando sus vértebras… y de ahí al hombro, que tenía un nudo que necesitaba un buen tratamiento.

—¿Está bien así? —preguntó.

Tampoco era cuestión de darle muy fuerte o distraerlo y acabar teniendo un accidente.

—Sí, perfecto —contestó él, con un suspiro—. Un poco más a la derecha.

—¿Más fuerte?

—Sí, sin miedo, ya sabes cómo me gusta.

Desde la parte de atrás, River inclinó la cabeza para mirar entre los dos asientos, sin dar crédito. ¿Se estaban oyendo, acaso? ¿Era ella la única que veía saltar las chispas de un lado a otro? Porque a ese paso, vería volar alguna camiseta y, en ese caso, esperaba que le cayera encima y le tapara los ojos.

—Ejem —dijo, al ver que la mano de Skylar se metía cada vez más por el hombro de Corey—. ¡Ejem!

Skylar la miró, aunque sin dejar el masaje. Corey incluso se estaba moviendo hacia aquel lado, aunque al menos seguía sujetando el volante.

—¿Te duele la garganta, River? —preguntó Skylar.

—No, solo estaba, ejem, pensando a ver si… no sé, a lo mejor habría que parar a descansar, ¿no? No queremos que Corey se quede dormido.

—Puedo aguantar un rato más —contestó él, moviendo el cuello contra la mano de Skylar—. No pasa nada.

—River tiene razón —dijo Skylar—. Aunque sea unas pocas horas, podemos madrugar y así llegaríamos por la mañana.

—Romy os está esperando —replicó Corey.

—Da igual si llegamos a las cuatro de la madrugada, estará dormida y tendremos que dormir nosotras para recuperarnos —razonó la chica—. Y perderíamos toda la mañana. Sí, mejor dormimos un rato y salimos temprano.

—Visto así… —Corey reprimió un suspiro cuando Skylar se apartó y dejó de tocarlo—. Vale, paro en el siguiente hotel de carretera que veamos.

Se tocó el cuello de nuevo y River vio que Skylar abría la boca y la cerraba al momento. No hacía falta ser adivina, seguro que había estado a punto de ofrecerse a seguir el masaje allí. Bueno, al menos no estaría en la misma habitación, que le parecía estar viendo alguna película de esas románticas en las que nadie entendía lo que hacían los personajes.

La tensión en el ambiente era palpable y ella allí, en el medio. Lo que le hizo preguntarse qué habría pasado si no hubiera estado.

Sin embargo, cuando recogieron las llaves de las habitaciones, Skylar la cogió del brazo estilo halcón, como si fuera su presa, y se marchó junto a ella.

Nada más entrar en la habitación del motel, River se soltó de aquel abrazo letal. Skylar dejó la bolsa en la entrada y fue a inspeccionar el baño, lo primero que hacía siempre al entrar en un hotel. River se tiró en una de las dos camas, cogió el mando de la televisión y la encendió, en espera de que su amiga regresara con la decisión final de si podían darse una ducha o estaba en muy mal estado.

—Decente —informó Skylar, una vez hubo salido—. Con depósito individual de agua por baño.

—Estupendo. Puedes entrar primero, te irá bien.

Lo dijo como si nada, sin dejar de observar las noticias en la televisión, y Skylar frunció el ceño al comprender la insinuación que acababa de lanzarle con total impunidad.

—Perdona, ¿qué quieres decir?

—No, nada —se apresuró a responder River.

Permaneció en silencio, con la mirada fija en las noticias, hasta que Skylar fue hasta el armario para sacar las toallas. Estaba a punto de meterse en el baño cuando River carraspeó.

—Solo recordarte, por supuesto de manera amistosa, que yo también estaba en el coche.

—¿Y qué?

—Nada, que si no llego a estar delante ahora estarías en la cama con él.

—No digas tonterías.

—Puedes disimular lo que quieras, las dos sabemos lo que ha pasado ahí. No hacía más que pensar «tierra, trágame».

Skylar le lanzó la toalla a la cabeza. River se peleó con la prenda unos segundos y, cuando la tuvo fuera, su amiga había cerrado la puerta tras ella. Oyó el agua de la ducha correr, así que se desvistió, dobló su ropa y metió lo usado en una bolsa aparte. Menos mal que Skylar estaba en todo y había comprado un par de mochilas de tela para guardar la ropa y demás dentro.

Se cruzó de brazos, molesta al recordar la discusión que habían tenido al mediodía. Después de la escenita del coche, se daba cuenta de que había valorado mal la situación. ¿Por qué?

Le dio vueltas hasta que, quince minutos después, Skylar salió de la ducha con la toalla alrededor del cuerpo y el pelo mojado.

—Te he dejado agua caliente, aunque no te la mereces —le dijo, poco amable.

—Lo sé, soy una amiga pésima —admitió River, y la miró—. Antes te has enfadado conmigo, y tenías razón.

—Vaya. —Skylar entrecerró los ojos, como si sospechara algo—. ¿Lo dices en serio?

—Sí, es culpa mía. Ayer, cuando hablamos sobre esto, me llevé una impresión equivocada sobre el tema. —River dio una palmadita sobre la cama para que se sentara a su lado, algo que la rubia hizo con cierto recelo—. Creo que me has gritado porque estabas dolida y necesitabas que estuviera a tu lado. ¿Es así?

Skylar hizo un gesto que podía significar cualquier cosa. Que River le diera la razón la hacía sospechar, como si estuviera a punto de caer en alguna trampa dialéctica.

—Te pregunté si estabas bien y me dijiste que sí. Que lo único que te dolía era el tiempo que habías perdido con él, ¿era mentira?

Miró a Skylar, que suspiró. No andaba desencaminada con lo de la trampa, estaba claro. River había tardado en sumar dos y dos, y lo había hecho primero gracias a su rabieta, y después, al momento del coche.

—No era mentira., simplemente no es lo único que me duele.

—Di por hecho que ya no estabas enamorada de él. La verdad, no me mates, no sé si alguna vez lo has estado.

Skylar dio una palmada sobre la colcha, sobresaltándola.

—Sí que estoy enamorada de él —refunfuñó—. ¡Y no quiero!

—¿Qué? —River la miró, sin entender.

—¡Que no quiero quererle! —protestó la rubia, exasperada—. ¡No sé qué parte no entiendes!

—Perdona mi confusión. —La chica parpadeó, aún sorprendida—. Es que no estás siendo muy clara, chica.

—¡No tenemos nada en común! A mí no me interesa su estudio, ni salir con sus amigos a beber cerveza, ni mucho menos acompañarlo a esos conciertos de música infernal que escucha —explicó Skylar—. No encaja en mi vida.

—¿Tal vez porque tratas de convertirlo en alguien que no es? Con el pelo, la ropa…

Skylar la detuvo con un gesto firme.

—Soy relaciones públicas, por Dios, y no quiero quedarme para siempre en el hotel, tengo mis propios planes. Quizá necesite que esté a mi lado en según qué eventos y, la verdad, me cuesta imaginármelo. Si ni siquiera logro que se ponga un traje para la boda de su hermana, ¿cómo podría contar con él para cualquier otra cosa?

—¿No te has planteado hablarlo, a ver si encontráis un punto intermedio?

—Es que no sé si quiero pasar por ello. No sé si merece la pena tanto esfuerzo o será más fácil que me olvide de él y listo.

—Ya, ¿y qué tal te va con eso?

—Ha pasado una semana, es pronto. Ahora mismo lo llevo mal, vale, pero tengo la esperanza de que mejore. Un poco de esfuerzo por mi parte y todo pasará rápido, seguro.

—¿Y entonces qué? ¿Vas a ponerte a salir con el chico de la laca?

Skylar se sacudió, como si le hubiera dado un escalofrío solo de pensarlo.

—Greg encaja.

—Pero ¿te gusta? —insistió River, incrédula.

—Podría acostumbrarme.

—No creo que esa sea la solución.

—Tampoco lo es forzar una relación sin futuro.

—A mí Corey no me parece inflexible. Si hablaras con él, estoy segura de que cedería en muchas cosas —comentó River, con convicción.

—Y ahí está el problema, no quiero que tenga que ceder, ni tampoco hacerlo yo. La relación debería ser fluida, sin tantas discusiones.

—¿Quieres decir que prefieres salir con alguien que encaje mejor en tu vida, aunque no te guste nada? ¿Solo porque piensas que no merece la pena hacer ciertos esfuerzos por el tío del que estás enamorada?

—¡Exacto! No quiero estar enamorada de él —afirmó Skylar—. Así que tienes que ayudarme, entre todas. Tenemos que conseguir que me guste Greg.

—Eso no era lo que pretendía decir, yo...

—Necesito desenamorarme —insistió Skylar con firmeza.

—¡Ni que fuera tan fácil! —protestó River—. Te recuerdo que yo soy la «imbécil» que se colgó de un maldito picaflor.

Skylar la miró de reojo, y le puso la mano en el hombro.

—Perdona, antes no quería llamarte imbécil. Me he pasado. —Movió la cabeza, arrepentida por haberle dicho eso a su amiga.

—No, tenías razón, sí que lo soy. Había un montón de señales a mi alrededor y no quise ver ninguna para no estropear la película que me había montado —dijo River—. Y créeme, lo he pasado mal por ello. Es jodido querer a alguien que no te quiere, que solo te ve como un entretenimiento en la cama. Por eso me duele ver hacia dónde vas.

Skylar no dejaba de negar con la cabeza, aunque la duda se reflejaba en su cara.

—¿Estará afectado? Me escribió varios mensajes diciendo que deberíamos hablar, pero eso es todo.

—Y no respondiste a ninguno, no sabes ni qué quería decirte. No lo has hecho bien, Skylar, y lo sabes.

—¿Podemos dejar el tema, por favor? Lo que quiero es olvidarme de él, y contaba con este viaje para hacerlo. Bastante mal me ha salido la cosa, que encima también tendré que verle en la boda.

Se frotó los brazos, pensando en que ese había sido el motivo de la ruptura: la boda y su dichosa decisión de ignorar la etiqueta del evento, no sabía si por llevarle la contraria a ella o por puro acto de rebeldía. Así era Corey, en realidad: muchas veces decía «no» solo porque ella decía «sí». Esa la parte que River no comprendía, lo agotador que resultaba que cada pequeña cosa terminara en pelea o discusión. Que por mucho que le robara el aliento cuando estaban solos, la vida juntos era difícil. Y no era que no quisiera trabajar en la relación, en absoluto. No le asustaba dedicar sus esfuerzos si lo veía necesario, pero ¿tan pronto? ¿Tres meses y ya debía plantearse algo así? ¿No sería mejor para ambos despedirse y que cada uno siguiera su camino?

Skylar creía que sí, aunque ese pensamiento fuera como un pellizco desagradable en el corazón. Era muy bonito aquello de «estar hechos el uno para el otro», como sucedía en las novelas románticas. ¿Y si esa no era la realidad? Porque vamos, lo suyo era tan complejo como una dichosa ecuación, y a Skylar no se le daba bien las matemáticas.

No necesitaba a alguien idealista como River diciéndole que luchara contra viento y marea por ese amor chungo, sino una mente pragmática que la empujara hacia la realidad. Y ahí estaba el problema, ella era la pragmática de su grupo y lo de aconsejarse a sí misma le creaba confusión: su lado racional tiraba en una dirección, mientras que el emocional lo hacía en la contraria.

En fin, esperaba recibir claridad cuando pudiera hablar del tema con las chicas. Hasta entonces, lo sensato era mantenerse alejada de Corey, cuanto más, mejor. Ya sabía, por experiencia propia, que separar el sexo del amor no funcionada como creían… al menos por su parte, porque seguía sin tener la menor idea de qué sentía él. Ahora que lo pensaba mejor, Corey jamás había llegado a decirle que la quisiera ni nada por el estilo… era algo que había dado por hecho al empezar a salir, con lo cual iba a ciegas.

¡Por Dios, se iba a volver loca si seguía dando vueltas al tema! ¿Por qué no podía tener una relación perfecta como la de Romy, donde ambos se querían, estaban de acuerdo en todo y se iban a casar en una preciosa ceremonia? ¡Su amiga sí que tenía suerte!

—Lo dejamos de momento. —River se levantó de la cama—. Aunque lo hablaremos este fin de semana. Y tendrás que ser sincera con Romy al respecto, que imagino que mucho no le habrás dicho.

—¿Justo antes de su boda? No quiero ponerla nerviosa, no sé.

—Vas a estar con ella toda la semana para que esté tranquila. Para eso has cogido vacaciones, ¿no?

—Sí, tengo un par de semanas libres. Así no me preocupo de nada hasta después de la boda… además, ya sabes cómo es Romy, estará histérica.

—Entonces esperamos a que se casen y lo hablamos en la fiesta de después. Con los invitados no, mejor cuando vayamos a dormir al hotel.

—Tampoco quiero estropearle el viaje de novios.

—Skylar, en algún momento tendrás que contarle lo que ha pasado, y esa chorrada tuya de que te ayudemos a que te guste Greg. Romy es tu amiga, no puedes mentirle.

—Ya sabía yo que no era buena idea liarme con su hermano… —gruñó Skylar, en voz baja.

River sentía ganas de zarandearla a ver si así le sacaba la tontería. Se apretó la toalla contra el pecho y lanzó un suspiro antes de entrar al baño, dejando a la rubia sorprendida por el arrebato.

Skylar vio cómo el móvil se encendía y lo cogió, tensa por si acaso era Corey. Tampoco le extrañaría demasiado encontrar una invitación para pasarse por su habitación, y lo peor, podía imaginarse perfectamente aceptándola.

Por suerte —o desgracia—, era Romy.

Romy: «No me puedo creer que siga sola. Tengo ganas de llorar.»

Skylar: «No sabes cómo lo siento. Te compensaremos por esto, prometido.»

Romy: «Sí, pero ¿cuándo? Llevo dos días y me voy a volver loca, si sigo comiendo así no me va a entrar el vestido. He hecho dos viajes al bufé, Skylar.»

Skylar: «¿Qué? No, no, en serio, que no queda tiempo para que te arreglen el vestido, no puedes ponerte a comer como una loca.»

Romy: «Es hambre emocional, ¡no puedo controlarlo! ¿Cuándo llegas?»

Skylar: «Mañana, si no hay problemas. Y por problemas me refiero a que tu hermano se pare en otra ciudad a hacer más tatuajes.»

Romy: «No, he hablado antes con él y me ha prometido que no.»

Skylar: «Eso ha sido hoy, mañana a saber qué sorpresa nos tiene preparada.»

Romy: «Lo sé, no pienses que voy a defenderle por ser mi hermano. Además, tienes que contarme todo, ¿qué te ha hecho? ¿Te ha engañado con la chica de las babas?»

Skylar: «Ya hablaremos, que es largo para contarlo por aquí. ¿Te vas a acostar?»

Romy: «No creo, empiezo a estar aburrida de meterme a la cama como Cenicienta. Lo mismo me voy a dar una vuelta.»

La rubia releyó el mensaje, extrañada. ¿Romy a dar una vuelta, sola? ¡Si necesitaba compañía hasta para ir al baño!

Skylar: «¿Cuánto dices que has bebido?»

Romy: «No estoy segura, una botella, creo. ¡Hay tantas! Bueno, te dejo, que me voy a preparar.»

Skylar permaneció quieta, con el móvil en la mano, barajando la idea de llamarla. Romy estaba muy rara hasta para ser ella, eso de salir sola y las preguntas anteriores sobre tangas no le daban buena espina. Poco podía hacer en la distancia, así que dejó el móvil sobre la cama y se tapó la cabeza con la almohada para no oír los gritos de River en la ducha, ¡menos mal que había estudiado veterinaria y no canto!

Romy dejó la segunda botella encima de la mesita de noche. Bueno, solo se había bebido la mitad, no era para tanto. El momento y estado de ánimo perfectos para probarse sus compras de la tienda de lencería: nunca se vería con mejores ojos que estando achispada.

Sacó las bolsas y tiró el contenido sobre la cama, observándolo con ojo crítico. Ni siquiera sabía bien si esas tallas le servirían, como jamás había intentado meterse en prendas por el estilo… en fin, mejor intentaba probarse algo, a ver qué tal se veía.

Cogió un conjunto rojo y empezó a pelearse con las tiras del sujetador, que estaban enganchadas con la parte inferior. De un tirón, logró separarlo y… un momento, ¡la parte de abajo también tenía tiras! ¿Para qué demonios eran? ¿Cómo se ponía aquella cosa?

La giró por todos lados, tratando de colocarla en la posición correcta, pero, o estaba más borracha de lo que creía, o no tenía la menor idea de lo que estaba haciendo.

En fin, primero se pondría el sujetador y después ya vería lo que hacía. Se quitó la ropa, no sin algo de pelea, y se abrochó como pudo el nuevo sostén. Ya entonces se dio cuenta de que ahí faltaba tela, ¡si apenas le tapaba los pezones! ¿Sería así?

Madre mía, ¿por qué no daban clases en la universidad sobre eso?

Cogió el móvil y le hizo una foto a la prenda, para enviársela a Skylar al momento.

Romy: «¿De qué postura va esta cosa?»

Unos segundos después, le llegó la foto de vuelta, pero en otra posición. Romy la estudió, aún sin comprender para qué eran esas tiras, aunque finalmente desistió y se las puso. Tal y como había imaginado, aquello era incomodísimo. El encaje le picaba y la parte de atrás… en fin, hasta pensarlo era una ordinariez.

Fue hasta el espejo para echarse un vistazo. ¡Dios mío! ¿Y se suponía que eso era sexy o estaba diseñado para hacer que se sintiera así? ¡Si parecía una *gyoza* atada con un cordel! Que sí, que el cordel era rojo, pero el efecto no lo solucionaba.

Giró dos veces, se miró de un lado, del otro… y no veía la forma de sentirse sexy con aquella cosa, que salía carne por todas partes. Ni loca iba a ponérselo en su noche de bodas, vamos, por mucho que Randy quisiera tangas en su vida.

Disgustada, fue hasta la cama y le dio otro trago a la botella de champán. No le apetecía probarse el resto de lo comprado, tampoco estaba de humor para meterse a dormir, así que se deshizo de la lencería y se vistió con su ropa. ¿Qué podía hacer?

Si no valía para llevar esa ropa con gracia, quizá tendría que aprender otras cosas: hacer nudos a los rabos de cereza con la lengua, mover el culo a lo Miley Cyrus o alguna técnica rara del Kama Sutra. Tal vez tenía talento para eso, ¿no? ¿Dónde podía aprender?

Miró la guía de la televisión para ver si tenían algún canal porno en abierto. Normalmente le aburría el porno, pero si lo veía de forma educativa… nada, no tenían.

Enfadada, cogió el móvil y escribió en el grupo.

Romy: «¡Vaya porquería de hotel, no hay canal porno!»

Rabiosa, dejó el teléfono y fue a ponerse los zapatos. Agarró el bolso y, ni corta ni perezosa, fue hasta el vestíbulo, donde pidió un taxi.

—Por supuesto. —Sonrió la joven de recepción—. En cinco minutos. ¿Quiere que le preste un cepillo?

—¿Estoy despeinada? —Romy se miró en el espejo—. Huy, sí que lo estoy. Gracias.

No solo iba despeinada, el maquillaje utilizado para salir de compras estaba hecho un desastre. Sin embargo, no era momento de preocuparse por eso, tenía una misión más importante por delante: aprender.

Cuando el taxi llegó, una Romy muy decidida se subió para decir:

—A un club de *striptease*.

—¿Chicos o chicas? —El taxista no se inmutó.

—Chicas, claro.

¿Qué iba a aprender en uno masculino? Eso no le interesaba en absoluto, los hombres no perreaban. Y, si lo hacían, dudaba mucho que su estilo fuera a excitar a Randy. Más bien podía ser la noche de bodas más rara de la historia.

«Qué bien, a juego con la despedida», pensó la chica, acomodándose en la parte trasera.

Se medió adormiló a consecuencia del alcohol ingerido, así que, al detenerse el taxi, apenas si recordaba qué hacía allí. Le dio un par de billetes al conductor y bajó, observando las brillantes luces de neón de la puerta.

En un alarde de espontaneidad, sacó una foto y la envió al grupo.

Romy: «¡Que no me pase nada, chicas!»

Guardó el teléfono antes de que empezaran a preguntar y se viera abducida en una charla eterna, y se metió dentro tras pagar la entrada, no sin antes recibir una mirada de curiosidad de un gorila de cuatro por cuatro que vigilaba la entrada.

El local estaba lleno de hombres en todas sus variantes: en grupo, solos, con aspecto necesitado, con traje, universitarios… no faltaba nada.

Algunos la miraron de reojo al pasar entre las mesas, pero Romy los ignoró. ¿Qué pasaba, nunca habían visto una chica o qué?

No encontró ninguna mesa libre, de modo que no le quedó otro remedio que acoplarse en una ya ocupada por tres hombres vestidos con camisas de cuadros, todos con unas barbas tan pobladas que podrían esconder la merienda entre ellas. Bebían cerveza y hablaban a gritos, aunque bajaron el tono al ver que se sentaba con ellos.

—Solo voy a mirar —comentó Romy, arrastrando las palabras—. No pretendo molestar, quiero aprender.

Los hombres intercambiaron varias miradas entre ellos, la mayoría de confusión. Romy, al ver que no se negaban, decidió aprovechar ese estupor y acomodarse allí, estaba en el mejor sitio y bien cerca del escenario.

No tardó en sonar música y apareció una chica, vestida con un minúsculo conjunto lleno de lentejuelas plateadas. Se colgó de la barra y empezó a hacer una pirueta tras otra ante la cara pasmada de Romy, que se echó hacia atrás ante el temor de que la susodicha terminara sentada en su cara. ¡Porque vamos, se le veía todo!

¿Acaso iba a necesitar una barra de esas y aprender a columpiarse? ¿No sería mejor cambiar de novio?

En el grupo, empezaron a sucederse una foto tras otra. Además de la entrada del local de *striptease*, vieron fotos de cómo era por dentro. Después, fotos de varias bailarinas en pelotas haciendo acrobacias imposibles, hasta terminar con al menos ocho instantáneas de una Romy con el pelo y el maquillaje hechos un desastre que, sentada entre tres hombres barbudos, alzaba la copa en el aire.

CAPITULO 10
SÁBADO, MAÑANA

A las ocho, Skylar abandonó la habitación del motel para ir a la recepción a dejar todo pagado. River, que siempre andaba justa y dejaba todo para el final, se había quedado recogiendo su ropa de forma apresurada. La chica decidió tomárselo con calma; de cualquier modo, seguro que le tocaba esperar un rato largo, así que iría a tomarse un café.

Le indicó a la joven tras el mostrador que le cobrara todo y, mientras esperaba el recibo, vio que Corey se acercaba desde el pasillo.

—¿Qué haces levantado? —preguntó, sorprendida.

—Habíamos quedado a las ocho, ¿no? —Ella afirmó—. No quería otra bronca como la de ayer y aquí estoy. ¿Qué haces?

—Quería dejar todo listo para irnos en cuanto estuvieras. —La joven miró en dirección a su cuarto, esperando ver a su amiga—. A River le faltan cinco minutos.

—¿Por qué pagas tú? No hace falta.

—Lo sé, pero bueno… estás conduciendo un montón de horas, así que me parece lo menos que puedo hacer.

—Vaya, es un detalle por tu parte.

Se dio cuenta de que Corey había dado un paso hacia ella, así que retrocedió.

—Será mejor que no invadas mi espacio personal —advirtió.

—¿Qué?

—Tú quédate ahí y ya está —murmuró, fastidiada.

La joven de recepción regresó con el recibo, así que Skylar se apresuró a firmar mientras Corey la observaba con el ceño fruncido y los brazos cruzados.

—¿No crees que deberíamos hablar?

Skylar entregó el papel y lo miró por encima de su hombro. Así, con la capucha de la sudadera puesta, no estaba muy alejado de los chicos que trasteaban por los parques a última hora de la noche en busca de quien quisiera comprarles droga. ¡Qué manía de ir con esas pintas! ¿Qué le costaba vestirse un poco menos descuidado? Ella también usaba esas prendas a veces, pero si lo hacía era porque formaban parte de un conjunto casual estudiado con anterioridad, no porque luciera como si se hubiera puesto lo primero que asomaba del armario. Y aún le molestaba más encontrarlo atractivo hasta vestido así… desde luego, el lado experto en estilo de su cerebro no se ponía de acuerdo con la parte que controlaba el deseo. Todo lo contrario: llevaban a puñetazo limpio desde hacía unos días.

—¿Has cambiado de opinión? —respondió a su vez, apartando la mirada.

—¿Respecto a…?

—Al traje de la boda.

—¿Otra vez con eso? —Corey parecía exasperado—. ¿Y si digo que no?

—Entonces no, no creo que debamos hablar.

—¡Qué cabezota eres!

—¿Yo? ¿Y tú qué? ¿Tanto te cuesta ponerte un traje en una boda?

—¿De verdad te parece tan importante?

—No es tan importante —comentó la chica de recepción, que estaba apoyada sobre los codos sin perderse nada de la conversación. Al ver cómo la miraban, carraspeó—. Perdón. Voy a hacer cualquier cosa dentro, espero que hayan disfrutado su estancia aquí.

Skylar agarró su tarjeta de crédito y la metió en el bolso, fulminándola con la mirada. Bueno, ya lo que le faltaba, ¡que viniera una desconocida a interceder por Corey! ¿Es que todo el mundo se aliaba en su contra?

—Es imposible razonar contigo —terminó por decir él.

—Por cierto, ¿qué tal está chica de las babas? Feliz, seguro, ahora ya no tiene que disimular, ¿no?

—Y el chico de la laca, ¿cómo va? —contraatacó Corey—. ¿Aún lleva ese pelo que no se mueve ni con un huracán?

—No usa laca, ¡es gomina!

—Da igual, ¿quién usa gomina hoy en día?

—Alguien a quien le importa su aspecto. —Skylar se giró y encontró a River a un par de metros de los dos, haciendo el ademán de retroceder—. ¡River, ya era hora! ¿Por qué has tardado tanto?

La joven tragó saliva y se aproximó. Como para decirle que estaba a punto de salir huyendo en dirección contraria después de escucharlos el último minuto.

—Iba a ir a comprar café —murmuró.

—Iré yo —intervino Corey—. Así me da el aire, que me hace falta.

Las dejó solas para encaminarse a la cafetería. Mejor, de esa forma tenía tiempo a fumarse un cigarrillo, a ver si de ese modo calmaba las ganas de estrangular a Skylar. Le ponía enfermo su manera de tratarlo, como si fuera un maniquí que tuviera que vestir a su antojo. Puede que fuera una tontería, pero no pensaba ceder. Y con la boda... ni siquiera a Romy le molestaba que fuera en vaqueros, ¿por qué le sentaba mal a Skylar?

Pidió tres cafés y le dio varias caladas nerviosas al cigarrillo antes de tirarlo. Al final, con la tontería del traje iba a hacer que el día de la boda de su hermana estuviera más pendiente de otros temas. Porque si se le ocurría llevar al chico de la laca... en fin, si ya de normal le daban ganas de ponerle aquel tupé repeinado del revés, en esas circunstancias no quería pensarlo.

Cogió los cafés y regresó al coche, donde las dos chicas lo aguardaban.

River ocupó su sitio detrás, aliviada en cierto modo. Era desagradable cuando discutían, no lo iba a negar, pero desde luego, lo prefería al «otro» ambiente.

Corey puso la música bien alta, para ver si así a Skylar se le quitaban las ganas de hablar en lo que restaba del viaje. Ella tampoco parecía muy por la labor, iba de brazos cruzados y con la vista fija en la ventana.

—Rumbo a Niágara, ¡yuju! —exclamó River, antes de replegarse en el asiento tras recibir un par de miradas poco amistosas.

Por Dios, que llegaran pronto...

En Grand Rapids, Danni aguardaba en la cabina a que Jamie regresara de dejar la mercancía en los grandes almacenes de las afueras. Le parecía que tardaba, así que abrió la ventana para ver si lograba enterarse de algo. Jamie hablaba con otra persona en la entrada del almacén, aunque su lenguaje corporal no era precisamente muy amistoso.

Inquieta, regresó al móvil. Todavía estaba atónita por las fotos de Romy, tanto que no se había atrevido ni a preguntar. De todas formas, dudaba que respondiera, su amiga debía estar durmiendo porque hacía horas que no se conectaba.

Danni: «Menuda borrachera anoche, ¿no, Romy?»

Skylar: «¿Quiénes son esos tíos de la barba y de qué granja se han escapado?»

Sun Hee: «No os molestéis, no lo leerá hasta dentro de unas horas cuando despierte.»

River: «Romy, zumo de naranja y una pastilla para el dolor de cabeza. Espabila, que vamos hacia allá.»

Skylar: «El resto, ¿por dónde estáis con exactitud?»

Danni: «Yo en Grand Rapids, falta una parada en Toronto y ya vamos hacia allí.»

Como Kat no interviniera, todas dieron por hecho que también seguía dormida u ocupada con su grupo de ancianos.

Skylar: «¿Y el pasaporte, Sun Hee?»

Sun Hee: «Debería haber llegado. Voy a llamar a ver qué pasa.»

Skylar: «Os pondría una canción para animar el ambiente, pero Corey me está torturando con uno de esos grupos del infierno que tanto le gustan. Os dejo.»

La pelirroja dejó el móvil, con una sonrisa en los labios. Con su grupo de amigas no existían los momentos de aburrimiento, sucedían cosas de manera constante, y estaba ansiosa por charlar con todas ellas para enterarse de los cotilleos. Llegar a la despedida, no sabía, pero ¡anda que no estaban pasando cosas en ese viaje!

Jamie regresó con cara de mal humor, se dejó caer en el asiento y se cruzó de brazos.

—¿Qué pasa? —quiso saber ella, al ver su rostro enfadado.

—No hay quien haga la recepción de la mercancía. El que se ocupa de ello no entra hasta las ocho de la noche a trabajar. —Lanzó un suspiro—. Si fuera mi ruta normal lo sabría, claro, como no lo es…

Danni hizo un cálculo por encima. Una vez más, el tema se complicaba. Aún faltaban once horas, ya que habían madrugado para poder dejar la entrega lo antes posible y así encaminarse a Toronto seguido. Y el tiempo pasaba, era sábado y seguía sin llegar a Niágara. Quizá tenía su gracia el jueves, ya no. A ese paso, para cuando llegara tendría que marcharse.

—¡Es increíble! ¿Por qué no me avisan de estas cosas? Hubiera dicho que no.

—Bueno, parece que ha sido excepcional… —intentó mediar ella.

—Vamos a perder once malditas horas —siguió protestando Jamie.

La pelirroja sacó su móvil y buscó en Google. Estuvieron en silencio mientras ella movía el dedo arriba y abajo, consultando, hasta que lo miró de reojo.

—Estamos en la antiguamente conocida como ciudad del mueble —comentó—. Hay algunas cosas que podríamos hacer para entretenernos.

Jamie ladeó la cabeza.

—¿Qué?

—Tenemos once horas por delante, ¿por qué no vamos a recorrer Grand Rapids? Hasta ahora no he podido ver ninguno de los sitios donde hemos parado —propuso.

Él se acarició la barbilla, pensativo. No solía hacer turismo en los lugares en los que se detenía, aunque muchas veces había tenido que pasar varias horas en más de uno. Ni se lo planteaba, tenía el camión y se quedaba allí descansando o leyendo. Claro que hacer turismo no tenía la misma gracia solo que acompañado, ¿no?

—Supongo que podríamos, sí —afirmó.

—Está el museo Gerald. —Jamie negó—. Vale, nada de museos.

—Perdona, no soy un chico muy sesudo.

Ella emitió una risita.

—Museos descartados. —Sonrió, sin dejar de consultar el móvil—. ¿Y el zoo?

—Mmmm.

—Tienes razón, los animales mejor en libertad. —Lo vio asentir por segunda vez, así que dejó el móvil sobre sus piernas—. ¿Qué tal si paseamos por la ciudad, comemos algo y luego visitamos los *pubs* de Grand Rapid? Aquí dice que tienen una bicicleta para dieciséis personas, son recorridos de dos horas.

—Ahora sí hablas mi idioma. —Jamie le guiñó un ojo y dio un golpecito en el asiento—. Será mejor que deje el camión aquí, ¿estamos muy lejos para ir caminando?

—Unos veinte minutos, según esto.

—Bien, no nos hará mal estirar un poco las piernas.

Danni estaba de acuerdo, llevaban tantas horas metidos en el camión que la idea de caminar un rato le sonaba muy bien. Seguro que, cuando pasaran las once horas, estaría deseando regresar al camión, por el momento necesitaba caminar. Despejarse y, por qué no, divertirse. Entre correr de un lado a otro, quedarse encerrada en baños públicos y subir y bajar del camión… un soplo de aire fresco era necesario.

Mientras caminaban, con las chaquetas abrochadas hasta el cuello, Jamie carraspeó.

—¿Qué hay de la oferta de trabajo? ¿Has decidido al final si aceptar ir a la entrevista?

Danni se detuvo, metiéndose las manos en los bolsillos.

—¿Por qué te preocupas tanto por mí?

—Porque creo que estás un poco perdida —contestó él—. No eres la primera que conozco, ¿sabes? Hay mucha gente como tú ahí fuera, que se sienten especiales y piensan que merecen cosas mucho mejores que las que la vida les ofrece.

—¿Qué?

Ella abrió mucho los ojos, sin saber si ofenderse ante lo que acababa de escuchar.

—No me entiendas mal —explicó Jamie, alzando las manos en gesto de paz—. Estudiaste una carrera y tenías un trabajo. ¿Aburrido? ¿Y quién no se aburre en su trabajo, si eliminamos al diez por ciento de la población? Ya sé que ser informática no es nada especial, como tampoco lo es ser camionero. ¿Tú te crees que alguien se acuesta una noche y piensa: «De mayor quiero ser albañil»?

—Supongo que no.

—El trabajo es un medio para lograr un fin, nunca va a ser más importante que la vida que vives fuera de él. A un noventa por ciento de la gente le toca un trabajo tedioso y lo asume.

—O sea, ¿no crees que se pueda aspirar a algo mejor?

—Por supuesto que sí, siempre que tengas claro qué es ese «algo mejor». Tú llevas meses dando vueltas y no tienes ni idea, ¿no?

La joven frunció el ceño, porque la charla no le hacía demasiada gracia, y lo malo era que no podía rebatirla.

—Tus opciones se reducen, un día dejarás de recibir ofertas y te resultará muy difícil regresar al mercado laboral. Y en el mundo de la informática las cosas van muy deprisa.

—Qué me vas a contar…

—Además, tienes que dejar el apartamento de tu amiga.

—¿Por qué?

—Porque cuando vuelva con su novio no sería lógico que siguieras por allí.

—¿Y tú cómo sabes que va a volver con él? ¡No conoces a ninguno!

—Llevo casi tres días escuchando audios y me lees una gran parte de los mensajes, ahora mismo siento que estoy enganchado a una serie de televisión o algo parecido.

Danni quería seguir enfadada, pero no podía evitarlo, Jamie la hacía reír. El joven no se equivocaba: sin darse cuenta, muchos de los audios los había escuchado en voz alta, dando por hecho que él no prestaría ninguna atención a los chismorreos de las chicas. Otros se los había leído, por si con lo otro no fuera suficiente.

—Es casi como si las conociera —añadió Jamie.

—Me gustaría mucho presentártelas.

—Y ellas, ¿quieren conocer a Ted Bundy? ¿Seguro?

Jamie se había vuelto a poner en marcha, así que Danni lo siguió, sin dejar de dar vueltas a sus palabras. ¿Estaba en lo cierto y era el momento de dejarse de tonterías sin fundamento? En algo tenía razón, no sabía qué era ese «algo mejor». Además, el discurso que le había echado se parecía un poco a la postura que sostenía Skylar, que solía ser la más práctica y realista de todas sus amigas. Quizá no había sido tan directa como él, pero básicamente el consejo era similar: que estaba genial perseguir tu sueño, siempre que lo tuvieras.

Al abandonar el trabajo, siempre pensó que podría dedicar tiempo a diversos pasatiempos, hasta que se dio cuenta de que no tenía ninguno que realmente fuera significativo. Le gustaba comprar ropa, ir al cine, cenar por ahí, salir con las chicas, lo normal.

No le daban arrebatos artísticos y se ponía a pintar un cuadro, por ejemplo. Tampoco se le pasaba por la cabeza escribir un libro, dedicarse a la costura o acudir a un curso de doblaje profesional. No tenía ninguna aspiración, nada en lo que depositar sus horas.

Simplemente, era informática, como cualquier otra era secretaria, cajera, abogada o vendedora de seguros. Trabajos que no despertaban pasiones y, aun así, necesarios.

Fue un instante de claridad, como si acabara de recibir una bofetada, un cubo de agua o ambas cosas al mismo tiempo.

—Voy a aceptar la entrevista —comunicó, y él la miró—. Gracias por hacer que lo pensara bien. No puedo seguir perdiendo el tiempo sin ir hacia ninguna parte.

—Solo quería aportar lucidez. Siempre he sido muy práctico, la verdad, no sé si eso es bueno o malo. Mis amigos se enfadan conmigo porque dicen que reviento sus fantasías. —Jamie se echó a reír.

Ella correspondió a su sonrisa y se fijó en que habían llegado al centro de Grand Rapids.

—Podríamos desayunar —sugirió—. Ya que vamos a dar vueltas, mejor coger fuerzas.

—Apoyo la moción —aceptó Jamie—. Cuanto más lleno esté nuestro estómago, mejor nos sentarán las cervezas después. No muchas, que si no puedo liarla con la máquina al descargar.

—Seremos buenos —prometió Danni.

Jamie alzó una ceja, y ella se metió en la cafetería más próxima, pensando en que no tenía demasiadas ganas de ser buena. No obstante, seguía sin tener claro si el chico era así de majo por naturaleza o significaba que podía estar interesado en ella, y Danni no era de las que se lanzaban a lo loco como Kat, prefería esperar una señal clara.

Bueno, tenía once horas por delante junto a Jamie, quizá la diera una.

Tras un copioso desayuno bufé compartido con varios de los pasajeros, todos muy animados tras la noche de baile y bingo, Kat fue a recoger sus cosas. Había dejado el teléfono cargando en la habitación y, al ir a cogerlo, vio que había recibido varios mensajes del grupo. Lo abrió y, ante sus atónitos ojos, comenzaron a desfilar un montón de fotos de Romy que jamás en su vida hubiera esperado ver. Y unas cuantas más que tuvo que intuir, ya que estaban desenfocadas, aunque no sabía si eso era mejor, todas dejaban mucho lugar a la imaginación. Y de eso, ella tenía mucha. Un local de *striptease*, hombres barbudos, botellas de alcohol, billetes desparramados por la mesa y el suelo, barras de *pole dance*...

Ahora entendía mejor el tema del tanga, seguro que tenía algo que ver. El qué, el cómo y el por qué, no lo tenía muy claro. Tendría que esperar, porque veía que Romy no había escrito nada desde altas horas de la madrugada, aunque no por eso iba a dejar de preguntar. Ya vería los mensajes cuando despertara.

Kat: «Tenía cargando el móvil, chicas, acabo de ponerme al día. Romy, esas fotos necesitan una explicación bien detallada. ¿Son leñadores o granjeros o algo así? ¿De qué los conoces? Danni, Skylar, River, Sun Hee, ¡ya queda menos!»

Danni: «Va a ser que yo no... retraso en la recogida. Iba a avisaros ahora. No salimos hasta esta noche, esto es increíble.»

Kat casi soltó el teléfono de la impresión. No podía ser, ¿era una broma? No, Danni no bromearía sobre algo así, era el universo el que se lo estaba pasando pipa a su costa. Como alguien fuera a hablarle del destino y esas tonterías alguna vez, ya tenía historia para contar el cachondeo que se traía el karma con ellas.

Kat: «Joder, ¿qué dices?»

Danni: «Como lo oyes. El encargo nuevo nos ha fastidiado bien, hasta las ocho de la noche no carga.»

Kat: «Pues vaya organización de mierda. ¿No podían haberlo dicho antes, cuando avisaron del encargo?»

Danni: «Eso digo yo, y Jamie también. Tampoco puedo quejarme mucho, encima de que me está haciendo el favor.»

Kat: «Hablando de hacer favores… ¿Qué vais a hacer hasta entonces? ¿Otra «siestita» en el camión?» Y varios guiños.

Danni: «Turismo, malpensada. Vamos a hacer turismo por Grand Rapids.»

Sun Hee: «¿Ya hay algo que ver por ahí?»

Danni: «He encontrado una página de información. Algo haremos para pasar el tiempo, aunque sean cuatro cosas.»

Kat: «O cinco, si volvéis al camión a juntaros un poco.»

Danni: «Tía, júntate tú, no te digo…»

Kat: «Calla, calla, que ayer bailamos juntos y bien que lo hubiera hecho, pero me acapararon los viejillos.»

Danni: «¿Entonces hubo algo?»

Kat: «Roce, nada más.»

Suspiró, pensando en que no mentía: de buena gana se le hubiera tirado encima, solo que, entre un baile, otro, ayudar a los ancianos y el trajín de subirlos y repartir en habitaciones, el «momento» entre ellos había acabado por desaparecer y apenas si se habían despedido antes de irse cada uno a su habitación.

Fastidiada al pensarlo, decidió cambiar de tema y atacar en su lugar a otro de los frentes abiertos en el grupo.

Kat: «Sun Hee, ¿has llamado a la mensajería? ¿Qué te han dicho?»

Sun Hee: «Ahora lo hago, cuando termine de desayunar. Luego os cuento.»

Danni: «Seguro que está a punto de llegarte. Si no, reclama a base de bien hasta que te hagan caso.»

Sun Hee: «Tranquilas, eso haré.»

Kat: «Vale, ya nos contarás. Yo me voy al autobús, que salimos enseguida. Hablamos luego, chicas.»

Skylar y River no pusieron nada, supuso que estarían escuchando su propia música para evitar la de Corey o hablando entre ellas. Probablemente, el pobre chico estaría conduciendo solo en la parte delantera y ellas dos detrás de cháchara. También tenía curiosidad por ese viaje, no debía ser nada cómodo depender de tu ex para que te llevara a ninguna parte, la verdad. En fin, otro tema pendiente que hablar el fin de semana. O el tiempo que fuera cuando estuvieran por fin todas juntas. Con tantas cosas pendientes, al final no les iba a dar tiempo a nada. A ese paso, tendrían que hacerlo todo corriendo: visita rápida al *spa*, masajes exprés, arrasar la barra libre… y todo sin contar con que aún tenían que adornar la *suite*, aunque fuera para menos tiempo. Romy se merecía los globos y los colorines para animarse, más aún después del tiempo que había pasado sola.

Qué estrés. A ver si Sun Hee recibía ya el pasaporte, al menos, y podía ir adelantando algo del tema de la decoración. Lo bueno de que Romy hubiera salido la noche anterior era que al menos esa mañana la pasaría en la cama de resaca, fijo, así que un rato menos que estaría pasándolo mal por estar sola.

Mandó unos cuantos emoticonos alegres y de ánimo antes de guardar el móvil, tanto para ellas como para sí misma. Que no decayera el ánimo, ante todo.

Se colgó la mochila y bajó a recepción a recoger un encargo que había hecho la noche anterior. Preparó unos paquetes con ello y unos cuantos caramelos para cada pasajero y salió al autobús con todos en una bolsa y la lista en la mano.

Lawson ya estaba junto al vehículo, abriendo los maleteros.

—Buenos días —saludó ella—. No te he visto en el desayuno.

—He madrugado para revisar el autobús. ¿Qué tal has dormido?

—Genial. Con tanto baile al final se ve que estaba cansada, porque me dormí en cuanto me tiré en la cama.

También había ayudado a ese estado el tener que acompañar a unos cuantos ancianitos a sus habitaciones, tanta «juerga» les había hecho perder sus llaves, no recordar cómo se llegaba o necesitar ayuda para mantenerse en posición vertical. Si ya de normal alguno tenía como mejor amigo un bastón, tras unas cuantas copas necesitaban más que eso.

—¿Qué llevas ahí? —preguntó Lawson, señalando sus brazos cargados de cosas.

—Ya verás, es una sorpresa para nuestros amigos.

—¿Más karaoke?

—No, mejor.

«O peor», pensó él, al que ya no le sorprendía nada viniendo de ella. Tenía claro que aburrirse no era un concepto que entrara en su diccionario.

Los pasajeros comenzaron a salir del hotel, así que ella fue a posicionarse junto a la puerta del autobús sonriendo.

—Buenos días —saludó, al primero que se acercó tras dejar su maleta. Tachó su nombre en la lista y le entregó lo que había preparado—. Aquí tienes un paquete sorpresa para el viaje, ¡no lo abras hasta que arranquemos!

Así, uno tras otro, fueron subiendo al autobús y recogiendo sus sorpresas entre murmullos, todos con la misma curiosidad que Lawson.

Una vez todos los pasajeros estuvieron acomodados, él subió a su sitio y arrancó. Kat cogió el micrófono y lo encendió.

—¡Bienvenidos de nuevo al *divertibus*! —exclamó—. Hoy tenemos un viaje de algo más de cinco horas por delante, con una parada para descansar un poco antes de llegar a Fort Covington a vuestra siguiente convención de jardinería. Ahí nos despediremos. —Hizo un mohín mientras escuchaba los lamentos—. Lo sé, lo sé, nada querríamos más Lawson y yo que continuar con vosotros…

—Eso es discutible, cuando menos —murmuró el hombre.

—¿Veis? —Le dio un golpecito en un hombro—. Justo acaba de decirme la pena que le da a él también. En fin, que es un tema corporativo o algo así porque os quedáis allí un par de días y luego os recoge otro autobús para ir a Canadá. —Más lamentos—. Ya, lo sé, seguro que no son tan guay como nosotros, lo siento mucho. No os preocupéis, para que no os paséis este trayecto lamentando perdernos de vista, ¡tengo una sorpresa para vosotros! Coged el paquete que os he entregado y abridlo, por favor.

Se escuchó ruido de papeles, más murmullos hasta que, de pronto, alguien exclamó a todo volumen:

—¡Caramelos!

—¡Un cartón de bingo! —gritó el hombre fan del juego, agitándolo en el aire con entusiasmo—. ¿En serio? ¿Vamos a jugar?

—Sí. En realidad, son para dos juegos, que están impresos por ambas caras, así que… ¡mejor todavía!

—No sé lo que te pagan, pero seguro que no es suficiente —añadió el hombre—. ¡Te mereces el doble!

Kat sonrió, moviendo la cabeza. Si ellos supieran…

—Muchas gracias, lo tomaré como sugerencia para mis superiores.

Hubo un murmullo general de entusiasmo y Kat miró a Lawson, que movía la cabeza con media sonrisa.

—Qué fácil te los ganas. Seguro que al final del viaje te dejan más propina que a mí —comentó.

—Huy, no creo. —Ladeó la cabeza, pensativa—. ¿Te dan propinas? Yo nunca doy en los autobuses, la verdad.

—Solo en excursiones. En viajes de línea nunca nos dan nada, parece que en los que son organizados, la gente considera que hay más esfuerzo.

—Anda, qué cosas. Nunca lo había pensado. Bueno, tú no te preocupes, esto es como en un restaurante. Juntamos las propinas y las repartimos, si es que nos dan algo.

—Vale.

—Y así podemos coger provisiones para el viaje a Niágara.

—No puedes vivir sin donuts, ¿verdad?

Ella se dio unos golpecitos en el labio con el dedo, pensativa, para acabar guiñándole un ojo con una sonrisa.

—La vida no es la misma sin un poco de azúcar.

Él carraspeó y volvió su atención a la carretera, ya que se había quedado demasiado tiempo mirando aquel dedo y aquel labio. ¿Cómo era posible que le distrajera con tanta facilidad un gesto tan inocente?

—¿Cómo has conseguido los cartones? —preguntó, buscando un tema más seguro. Y no había nada tan neutro como el bingo, desde luego.

—Hablé con la encargada del bingo y me los ha dado gratis, más maja ella…

—Seguro que no tuviste que convencerla ni nada, ¿verdad?

—Nada complicado, un poquito de conversación y hecho.

—¿Y cómo vas a decir los números? ¡No me digas que también te ha dado un bombo y lo llevas en la mochila!

—Lo pensé, no creas. Solo que es complicado hacerlo en marcha y menudo lío se montaría si se cayera alguna bola. Así que investigué y he encontrado algo mucho más moderno. —Sacó el móvil de su bolso y le mostró una aplicación nueva que se había instalado—. ¡Un generador de números para bingo!

—¿En serio hay eso?

—¡Hay aplicaciones para todo!

—Ya veo, ya.

—Haré que cunda. Una partida ahora, y otra después de la pausa. Ah, y tengo chuches y cosas varias, también. ¿Quieres algo para entretenerte?

—Vale.

—¿Dulce o salado?

—Lo segundo.

Kat buscó un paquete de patatas fritas en su mochila y se lo acercó abierto. Después avisó por el micrófono del comienzo de la partida y pronto tuvo a todo el autobús tan entretenido como la noche anterior.

Tal y como había prometido por el grupo, en cuanto terminó de desayunar, Sun Hee regresó a su habitación y buscó el teléfono de la empresa de mensajería para poder llamar. No estaba tan impaciente con el tema como las demás, estaba segura de que llegaría en cualquier momento, pero no tenía mucho más que hacer y no perdía nada por probar.

Abrió el correo con la confirmación para tener toda la información a mano y marcó el número que indicaban en la página para solicitar información. Tras unos pocos pitidos y unas notas musicales, le saltó un mensaje grabado por una voz femenina y poco natural. Seguramente, era de esos como el GPS, grabados a trozos y montados después.

Estupendo, con lo poco que le gustaba hablar con máquinas.

—Ha llamado a Envíos Exprés. Pulse o diga uno para realizar un envío. Pulse o diga dos para recibir información de un envío. Pulse o diga tres para consultar el estado de su envío. Pulse o diga cuatro para otros asuntos.

Sun Hee le dio a la opción tres.

—Por favor, diga o escriba el número de seguimiento.

—Uno, siete, tres, cero.

—¿Ha dicho uno, seis, tres, cero? Si es correcto, diga sí. Si no es correcto, diga no.

—¡No! Uno, siete…

—Por favor, diga o escriba el número de seguimiento.

—¡Joder! Uno, siete, tres…

—Disculpe, no hemos entendido el primer número. Pulse uno para repetir, dos para volver al menú inicial.

Sun Hee miró la pantalla y le dio al dos, seguido del uno al darse cuenta de que se había equivocado de número. Por desgracia, ya se había registrado su primera opción, por lo que volvió a escuchar el primer mensaje de nuevo. Siguió el procedimiento con un suspiro de impaciencia hasta llegar al número de seguimiento de nuevo y se aclaró la garganta antes de hablar. Por si acaso, decidió también dejar una pausa de un segundo o dos entre cada número, a ver si así se la entendía mejor.

—¡UNO! ¡SIETE! ¡TR…!

—Disculpe, el tiempo para especificar el número de seguimiento ha terminado. Será redirigida al menú inicial.

—¡Que no, no quiero el menú inicial! —De nuevo comenzó a escucharlo—. ¡Quiero hablar con alguien!

Al gritar no llegó a escoger ninguna opción. Pensaba que el mensaje volvería a empezar; sin embargo, escuchó:

—No ha pulsado ninguna de las opciones disponibles. Gracias por llamar a Envíos Exprés, que tenga un buen día.

Y seguido, el sonido que indicaba que la llamada se había cortado.

—¡La madre que los parió! —gritó.

Al momento, escuchó unos golpes en la pared. Bueno, lo que le faltaba ya. Con la mala leche que se le estaba poniendo y le tocaba un vecino de habitación exquisito. ¡Ni que estuvieran en el Ritz! Sacó la lengua a la pared y volvió a llamar a la empresa de mensajería. Estaba claro que el sistema de escucha de números no iba bien, por lo que, esa vez, decidió marcar la opción cuatro. Quizá, así, conseguiría alguna persona y no una máquina infernal.

—Ha escogido cuatro, «otros asuntos». Diga sí, si es correcto, o no, si quiere volver al menú principal.

—¡SÍ! —Otro golpe en la pared, a lo que ella lanzó una de sus zapatillas—. ¡Sí!

—Después de la señal, especifique su asunto.

Escuchó un pitido y habló:

—Quiero hablar con un agente.

—Lo sentimos, no hemos entendido. Especifique su asunto después de la señal.

—Su puta madre la señal… —Pitido entre medias—. ¡Quiero hablar con un agente!

—Lo sentimos, no hemos entendido. Vamos a pasarle con un agente.

—¡Eso, genial! ¡Por fin, por fin! ¡Alguien humano, por favor!

—Todos nuestros agentes están ocupados. Está en una cola de espera. Su número es el —varios clics y ruidos— cincuenta y uno. Si desea volver al menú principal, diga o pulse cero. Si desea permanecer en la cola, manténgase a la espera.

Sun Hee cerró la boca con fuerza para evitar emitir cualquier sonido, no fuera la máquina infernal a escuchar algo e interpretarlo a su manera. Se acomodó en la cama y, cinco minutos después, cuando ya estaba empezando a contar las rayas del papel pintado de la pared, escuchó un nuevo mensaje:

—Todos nuestros agentes están ocupados. Está en una cola de espera. Su número es el —los mismos clics y ruidos— cincuenta. Si desea volver al menú principal, diga o pulse cero. Si desea permanecer en la cola, manténgase a la espera.

Aquello iba para largo. Para no tener problemas, Sun Hee miró la pantalla antes de hacer nada. Despacio, desactivó el micrófono para que no se enviara ningún ruido y abrió el altavoz para oír la música y los nuevos avisos que fueran llegando. Después, enchufó el cargador con cuidado de no tocar nada, no fuera a apagarlo sin querer, y procedió a releer la revista de Strigoi que había comprado el día anterior.

Cada pocos minutos, le llegaba un mensaje indicando el número de puesto en que se encontraba en la cola, hasta que, una hora después, escuchó uno diferente:

—El tiempo de espera ha sido superado. Si quiere continuar esperando, pulse o diga uno. Si no, la llamada será terminada.

—¡NO! —Corrió a cogerlo y activó el micrófono, pulsando el uno repetidamente—. ¡UNO! ¡UNO! ¡UN…!

—Su llamada continuará en espera a que un agente quede libre. Todas nuestras llamadas son importantes. Gracias por confiar en Envíos Exprés. Su número es el treinta y uno. Por favor, permanezca a la espera.

Joder, qué susto, tenía el corazón a mil por hora solo de pensar que iba a perder su posición. Era como hacer cola para entradas de Strigoi solo para llegar y que no quedaran, como le había pasado mil veces, tanto presencial como digitalmente. Hasta tenía pesadillas con los mensajes de «página web no disponible temporalmente», que era lo que le había ocurrido la última vez que había intentado conseguir entradas. Se habían agotado en una hora, ni más ni menos, y no había conseguido pasar del primer menú.

En fin, eso pertenecía al pasado, ¡había ganado dos entradas! Solo por eso, merecía la pena el tiempo de espera en Búfalo, al menos no lo había desperdiciado.

Aquello le sacó una sonrisa y volvió a coger la revista, aunque sin alejarse del móvil, no fuera a pasar algo.

El problema vino dos horas después, cuando se dio cuenta de que necesitaba ir al baño y se encontró con la disyuntiva de ir y volver rápido o llevarse el móvil y que justo contestaran cuando estaba tirando de la cadena o algo así. Por algo la gente no se llevaba el teléfono —o no debería, al menos—. El último mensaje había sido un cuarto de hora antes y aún tenía diez por delante, así que decidió que le daba tiempo y fue corriendo, sin cerrar la puerta tras ella.

Y por supuesto, justo cuando estaba bajándose los pantalones, escuchó:

—Su llamada está siendo transferida. Pulse o diga uno si está de acuerdo.

—¡La hostia! ¿A quién se le ocurren todos estos pasos? Estoy esperando hace dos horas, ¡claro que estoy de acuerdo! —Salió a saltos, con el pantalón atascado en las rodillas y tropezando con él—. ¡UNO! ¡POR DIOS, UNO!

Golpes en la pared y una voz lejana:

—¿Están jugando al bingo o qué? ¡Silencio!

—¡SILENCIO TÚ! —Pegó una patada a la otra zapatilla que pilló por el suelo y la lanzó a la pared—. ¡ES DE DÍA Y SE PUEDE GRITAR!

—¡Voy a llamar a recepción a quejarme!

—¡Y YO TAMBIÉN!

Cuando acabara con la llamada que tenía esperando, claro, que era mucho más importante. Cayó sobre la cama y cogió el móvil al vuelo, ya que rebotó sobre el colchón y quedó medio colgando del cable del cargador.

—¿Hola? ¿Hola? —Apenas podía respirar del esfuerzo, y trató a la vez de desenredar los pantalones—. ¿Hay alguien?

—Buenos días, soy Steven. ¿En qué puedo ayudarle?

—Hola, necesito saber dónde está un envío.

—Debería haber pulsado la opción uno del menú, señorita. El sistema es automático, solo debe seguir las instrucciones. La pasaré con…

—¡NO! ¡Ni se te ocurra! ¡No me pases a ninguna parte, Steven! Vas a escucharme como que me llamo Sun Hee.

—Disculpe, pero si no se calma no podré atender su llamada. La política de empresa…

—¡Y una mi…! —Cogió aire, miró al techo, a las rayas de la pared y a la foto de Strigoi de la portada para conseguir algo de calma—. Hola. —Suavizó su voz al máximo—. Buenos días, Steven. Perdona mi tono anterior. —Casi podía sentir cómo le rechinaban los dientes al hablar, hasta estaba forzando una sonrisa a ver si así conseguía el tono adecuado—. Me llamo Sun Hee. He tenido problemas con el sistema de voz del menú y por eso he pedido hablar con un agente. Solo necesito una comprobación, por favor, si eres tan amable. Estoy esperando un paquete muy urgente.

—¿Número de seguimiento?

—Uno, siete, tres, cero.

—¿Origen?

¿Eso no lo veía con el número o qué? ¿Para qué tenían los ordenadores?

—Atlanta.

—¿Destino final?

«Sí, eso parece esto, una llamada a lo muerte en *Destino final*. Absurda e interminable.»

—Búfalo.

—Un momento, por favor.

Por el ruido al teclear, lo mismo estaba escribiendo el código fuente del programa de rastreo. Estuvo así un par de minutos, calculó, aunque le parecieron muchos más.

—Su paquete será entregado en las próximas veinticuatro horas —contestó el tal Steven, por fin, con el mismo tono neutro de toda la conversación.

—¿Eso es hoy?

—En las próximas veinticuatro horas.

—¿Incluyendo mañana? —intentó—. ¿No puedes ser más específico?

—El paquete está en proceso de envío, señorita. Llegará antes de mañana a las diez de la mañana, tiempo máximo de entrega. Si no, puede hacer una reclamación.

—¿Y si quiero reclamar ahora?

—No, hasta que no haya retraso en la entrega.

—Pero yo lo necesito ya.

—La entrega especifica entre veinticuatro y setenta y dos horas. Está dentro del tiempo contratado, por lo que no puede reclamar hasta que no sea efectivo el retraso. ¿Puedo ayudarle en algo más?

—No, yo solo quiero mi paquete.

—Gracias por llamar a Envíos Exprés.

—¡No cuelgues!

Demasiado tarde. La llamada estaba terminada y solo escuchaba pitidos intermitentes al otro lado. No veía que pudiera hacer nada más al respecto, seguro que si llamaba de nuevo le contestarían lo mismo. Aquella gente seguía una guía y, al final, no había mucha diferencia en hablar con una máquina.

Maldición. A esperar, y sus amigas también, porque solo pudo ponerles que seguía esperando y que el pasaporte estaba a punto de llegar… en algún momento indeterminado.

River entreabrió los ojos y se incorporó, frotándose los brazos por el aire que entraba por la ventanilla de Corey, abierta del todo. Pese a estar en primavera, todavía no hacía calor, una de las razones por las que Romy había escogido casarse… según ella, no quería pasar el día de su boda sudando como un pollo, y no podía dejar de darle la razón.

Madre mía, otra vez se había quedado dormida, Skylar la iba a matar… asomó la cabeza entre los asientos y se relajó al ver que su amiga estaba recostada contra la ventanilla, también con los ojos cerrados. Corey se había quitado la sudadera y se la había echado por encima.

Ah, qué bonito, tapaba a su ex y a ella la dejaba congelarse en el asiento trasero, ¡y decían que el romanticismo había muerto!

—¿He dormido mucho? —preguntó, tras aclararse la voz.

—Tres horas —informó él, mirándola por el retrovisor.

—Menudas compañeras de viaje somos —se excusó River, poniéndose la chaqueta.

—¿Quieres que cierre la ventanilla? Como ibas tumbada no creí que te molestara el aire.

—No te preocupes. —River volvió a frotarse los ojos—. ¿Por dónde estamos?

—A media hora de Cleveland —contestó el chico—. Había pensado parar al llegar allí, necesito un café. O dos.

River se fijó que, en efecto, tenía pinta de estar cansado. Lo del tatuaje había sido cosa suya, pero tampoco podía olvidar que llevaba… Empezó a hacer cálculos y decidió dejarlo tras perder la cuenta tres veces. Fueran las que fueran, llevaba muchas horas conduciendo. Y ellas se quedaban fritas a las primeras de cambio; desde luego, sí que eran unas pésimas compañeras de viaje.

—Oye, puedo conducir yo —se ofreció—. Y seguro que a Skylar tampoco le importa hacerlo, no te iría mal descansar un rato.

—A lo mejor te tomo la palabra. —Corey le guiñó un ojo por el retrovisor.

River sonrió, recostándose contra el respaldo. Ese chico, más majo no podía ser… qué pena que no fuera mayor, seguro que lo hubiera adoptado ella. Bueno, si Skylar no la asesinaba primero, claro, que su amiga no tenía pinta de ser comprensiva en temas de usurpación de novio.

Estaba centrada analizando por qué nunca le atraían los tíos de su edad cuando vio que la rubia entreabría los ojos y observaba a su alrededor.

También Skylar se sintió culpable por haberse dormido, qué menos que dar conversación para así entretener a Corey… entonces se dio cuenta de que tenía su sudadera por encima y todavía se sintió peor. Primero discutía con ella, y después aquello, otra de esas pequeñas idiosincrasias del chico que la hacían dudar.

Debería devolvérsela; sin embargo, lo que hizo fue ponérsela. Corey la observó de reojo sin hacer ningún comentario al respecto y se desvió al ver un cartel que anunciaba un área de servicio.

—Un café y seguimos —comentó.

Las dos afirmaron, conscientes de que todos estaban cansados de tanto viaje y el café se había vuelto una droga necesaria. Skylar hasta valoró la idea de comprar un termo, o una docena de esos que ya venían preparados. A ese paso, o se duchaba con cafeína o no llegarían.

Una vez en la mesa, con tres cafés extragrandes, River consultó el resto de la ruta en el teléfono.

—Faltan otras tres horas y media. Yo me ocupo de conducir —comentó.

—También puedo hacerlo yo —añadió Skylar.

Corey paseó sus ojos azules de una a otra, ¡a buenas horas se ofrecían! Menudo par…

—Más vale así, que si no el viaje de vuelta se te va a hacer muy largo… —siguió River.

Antes de que el chico pudiera contestar, el móvil de Skylar empezó a vibrar en la mesa. La chica lo cogió, extrañada al ver un número que no conocía.

—¿Diga? —contestó, y se espabiló al momento—. Ah, hola. Sí, soy yo. —Bajó el tono para dirigirse a ellos—. Es la policía de Winchester.

—¿Algo del coche?

—Sssshhh. —Skylar la hizo callar con un gesto—. Exacto, es la matrícula, sí. ¿En serio?

Los dos la miraron, intrigados.

—¡Mi coche ha aparecido! —susurró la chica, con una sonrisa.

—¡Qué buena noticia! —exclamó River.

—Muchas gracias, agente… sí, claro, lo comprendo. Bien, veré que puedo hacer.

Segundos después, colgó la llamada y se quedó contemplando el móvil, pensativa.

—¿Dónde estaba? —quiso saber River.

—Pues lo han encontrado en una carretera comarcal o algo así.

Corey se recostó contra la silla y se cruzó de brazos, con una mirada interrogante.

—¿Y qué se supone que tienes que hacer?

—Ir a recogerlo —informó la chica, mordiéndose el labio.

River se quedó muda, con los ojos como platos. Corey soltó un suspiro y se frotó la cara: sabía de sobra lo que significaba aquello.

—¿Hoy? —preguntó River—. ¿No pueden… no sé, enviártelo a casa? Vale, no he dicho nada, ha sido una estupidez de pregunta.

—Tengo que ir para asegurar que es mi coche, y ya me lo llevaré.

—¿Y cómo vamos a…? —empezó River.

El resto de la pregunta se quedó en su garganta, todos allí sabían que la única manera de hacerlo era retroceder hacia Winchester. Corey cogió su móvil para consultar la ruta y se encogió de hombros.

—Retrocedemos cinco horas —informó, y se levantó—. Vamos.

—¿No te molesta? —preguntó River.

—De todas formas, tenía que volver después de dejaros en Niágara. Lo único vosotras, que es otro retraso más, aunque al menos vas a recuperar el coche.

Skylar afirmó. Y, de nuevo, el viaje se complicaba… al menos, tendría de nuevo su vehículo y tambtién las maletas. No sabía para qué lo habrían robado si pensaban dejarlo abandonado dos días después. Quizá la travesura de dos pequeños delincuentes, a saber.

—Voy a comprar café —comentó—. Lo vamos a necesitar.

CAPITULO 11

SÁBADO, TARDE

Romy abrió un ojo. Después, con esfuerzo, consiguió hacer lo mismo con el otro, ya que parecía tener los párpados unidos con pegamento. Se lo frotó un poco y, al mirarse la mano, vio un rastro negro. Ah, claro, sería el maquillaje. Aunque no recordaba mucho el momento en que se lo había puesto, deducía que no se lo había quitado al acostarse, fuera cuando fuera eso, puesto que también estaba borrado de su mente.

Miró al techo y le vino a la cabeza el recuerdo de la lámpara moviéndose de un lado a otro. Visto el dolor de cabeza que tenía y lo que le molestaba la luz, estaba claro que todo había sido cosa de una borrachera de aúpa. Entonces se fijó en algo que colgaba de ella, una tela roja… ¿un tanga? ¿Cómo había llegado un tanga allí?

Se pasó las manos por la cara y rodó por la cama para levantarse, aunque más bien acabó cayendo de culo en el suelo. Un trasero, por cierto, totalmente desnudo, como notó al tocar la fría superficie. Se miró y vio que solo llevaba un sujetador o algo parecido, porque tenía tantas tiras que no sabía ni lo que era.

Salió al salón de la *suite* y vio ropa tirada por todas partes, botellas vacías, cajas de bombones… Su memoria le fallaba, aunque al ver aquel desastre, pensó que quizá todo había sido una pesadilla. Era imposible que ella sola hubiera causado aquel desastre o que fuera la dueña del tanga de la lámpara, eso seguro que era de Kat o de Skylar, así que sus amigas estarían durmiendo la mona en las otras camas o en el *spa*, seguro, y los retrasos eran fruto de su imaginación. El estrés preboda, obviamente.

Ahogó un bostezo que, a la vez, le provocó una nausea, y corrió al baño por si acaso. Al entrar, se encontró de frente con el espejo y se quedó pasmada mirándose, el malestar ya en segundo plano. Tenía los ojos como un mapache, el pelo hecho un desastre como si hubiera pasado un huracán, el sujetador extraño con medio pecho fuera y números escritos en su brazo con rotulador.

Se frotó la cara con agua fría tanto para despejarse como para intentar quitar algo del maquillaje y salió de nuevo al salón.

—¿Chicas? —llamó—. ¿Estáis por aquí?

¿Se habrían ido a desayunar juntas? Se asomó a todas las camas, encontrándolas perfectamente hechas, y le dieron ganas de llorar al verlo. Su cabeza empezaba a aclararse y, por desgracia, no había tenido una pesadilla: sus amigas no habían llegado aún y ahí estaba la prueba definitiva.

Con un suspiro, regresó al salón y vio que había una nota junto a la puerta, en el suelo. Dedujo que la habían pasado por debajo y fue a cogerla.

Era del servicio de limpieza, avisando de que no habían entrado por el cartel de «No molestar» en la puerta y que por eso la habitación no había sido limpiada.

Romy dejó la nota a un lado y miró de nuevo el desastre. Vale, le venía alguna imagen suya bebiendo… Madre mía, en la vida se había ventilado tanto alcohol ella sola.

Siguió el rastro de ropa, toda suya, hasta su habitación, y saltó para coger el tanga. No, no se había desvestido en su habitación ni el baño, recordaba tener dolor de pies por los zapatos y lanzarlos al aire nada más regresar. Y después, la ropa había ido sufriendo la misma suerte hasta llegar al tanga, cuyo lanzamiento hubiera sido la envidia de cualquier jugador de béisbol.

La nebulosa comenzaba a aclararse y allí apareció su tarde de compras de ropa interior extraña y el por qué tenía un tanga.

Madre mía, madre mía, estaba teniendo como *flashes* de imágenes muy raras. Dejó toda la ropa a un lado y empezó a pegarse con el sujetador, sin éxito. Tuvo que ir al baño a buscar unas tijeras y cortar las tiras malditas para conseguir librarse de él. Ya que estaba allí, se metió en la ducha y se lavó también el pelo.

Más despejada, se puso una toalla en la cabeza y salió con el albornoz de cortesía a buscar su móvil por la habitación.

Ya estaba bastante desordenada, así que levantar unos cuantos cojines y asientos para buscar debajo no hizo mucha diferencia. Por fin, lo encontró junto a uno de sus zapatos, debajo de un sillón.

Apenas tenía batería, así que tuvo que buscar el cargador para enchufarlo y se acomodó en uno de los sofás. Tenía un montón de mensajes sin leer de sus amigas y abrió el grupo para ponerse al día.

¿De qué barbudos le hablaban? ¿Estaban todas locas? Aunque… ay, ay, ¿por qué recordaba una mesa con bebida, hombres desconocidos y una barra de *striptease*?

Nerviosa, empezó a leer los mensajes al revés, del más reciente al más antiguo, hasta llegar a los que había mandado ella durante la noche.

Y que, además, iban acompañados de fotos. Varias. *Selfies*, incluso. Lo cual se notaba por el hecho de que algunas estaban movidas o con alguna cara cortada, pero daba igual: aquello era inaudito. Ella, sentada con unos desconocidos barbudos y que no podía ni contestar a las preguntas de quiénes eran porque no lo recordaba. Granjeros o leñadores, ¡qué más daba, si no sabía ni cómo había llegado a sentarse con ellos!

Todo era culpa de Randy, sus amigos y los tangas. Estaba claro, la prenda aquella no solo oprimía y se metía por todas partes, sino que también afectaba al cerebro. Sería porque cortaba la sangre que llegaba o algo, no encontraba otra explicación. Iría a la basura con los restos del sujetador y no pensaba volver a usarlo en la vida.

Madre mía, madre mía. Con las fotos, le vinieron más recuerdos. Y solo de pensar que Randy había estado en un sitio como ese con sus colegas… o peor, que seguro que le habían sacado a bailar con las chicas o a saber qué más.

Le daban náuseas solo de pensarlo, y no precisamente por la resaca. Encima, con el tiempo que llevaba sin poder hablar con él…

Sin dudarlo, cogió el teléfono y buscó el contacto para llamar. Desde el último intento, ¿cómo no le había devuelto la llamada? ¿La estaba ignorando, acaso?

Empezó a moverse, impaciente, mientras los tonos se sucedían uno tras otro sin respuesta. Se dio por vencida, recordando las palabras de su hermano de que olvidara hablar con el novio en su despedida, ¿sería eso? ¿Era una decisión de Randy no hablar con ella porque pensaba que ese fin de semana era tiempo libre?

«Tienes que confiar en él, tienes que confiar en él, tienes que confiar en él…»

¿Y si conocía a una bailarina de *striptease* y se enamoraba de ella? No una cualquiera, no, alguien especial que estudiaba, cuidaba a toda su familia enferma y, por las noches, no le quedaba otro remedio que bailar para pagar todo lo demás. Llevaría gafas mientras no estuviera en el club, sería soldadora como la muchacha de *Flashdance* o cualquier otra cosa que la hiciera perfecta para Randy.

Miró el móvil y volvió a marcar, esta vez a Skylar, que no tardó en coger.

—Hola, Romy —saludó.

—Dime que estáis de camino, por favor —dijo, en tono suplicante.

—Tenemos un pequeño retraso.

—¿Un pequeño retraso de cuánto?

—Cinco horas.

—¿Cinco horas? —gimió Romy—. ¿Por qué? ¿Qué ha pasado? No me digas que Corey está haciendo otro tatuaje, por favor.

—No, estábamos llegando a Cleveland cuando me ha llamado la policía de Winchester. Han encontrado mi coche, así que tenía que volver a por él... será cogerlo y ponernos en marcha otra vez, prometido.

Para Romy, cinco horas en ese momento eran como media vida.

—Las fotos de anoche —susurró.

—Las hemos visto, sí. ¿En qué estabas pensando? ¿Cómo se te ocurre...?

—Randy no me coge el teléfono, desde lo de las *strippers*, y no hago más que pensar cosas raras, Skylar. Mi cabeza no para.

—Cálmate —Skylar bajó la voz todo lo posible—. Estás de resaca, así que es normal que te sientas un poco mal. Tómate algo para el dolor de cabeza, pide comida y trata de dormir otro rato, hablaremos en cuanto lleguemos.

—Pero, ¿hoy? Dime que va a ser hoy, anda. Os echo mucho de menos.

—Sí, sí, hoy. En serio, estamos a punto de llegar a Winchester y espero que no me hagan esperar para devolverme el coche —replicó Skylar—. No sé lo que tardará el papeleo porque es una comisaría pequeña, eso sí.

—Vale.

—En unas horas estaremos ahí contigo, y me contarás absolutamente todo, así podremos hacer un análisis exacto de la situación.

Romy lanzó un suspiro. Era una chorrada, y lo que más necesitaba: poner todos los elementos en la mesa y dejar que Skylar los ordenara de manera correcta, porque sabía que era ella quien los desordenaba en su mente. Y solo un cerebro como el suyo, que daba vueltas y vueltas a las cosas, podía ayudarla. Por eso recurría a la rubia, ya lo había hecho en infinidad de ocasiones, y en la mayor parte Romy lograba calmarse y darse cuenta de lo estúpido de su comportamiento. A veces, solo era necesario una mirada ajena.

—Eso es justo lo que necesito, Skylar.

—Lo sé, y lo haremos. Dentro de unas horas, prometido. ¿Vale?

—Vale. Pediré la comida y dormiré para dejar la mente en blanco.

—Así me gusta. Nos vemos en nada —dijo, y colgó el teléfono justo a tiempo de ver cómo dejaban atrás el cartel que daba la bienvenida a Winchester—. ¿Ya estamos?

—¿Era Romy? —preguntó River, asomando el cuerpo entre los asientos delanteros—. ¿Está bien?

—Sí, nerviosa por estar sola, ya sabes que no lo lleva bien.

No iba a mencionar sus dudas respecto a Randy, sobre todo porque a Corey no le gustaba nada el futuro marido de su hermana. No quería liarla, tendrían que averiguar qué sucedía con Randy entre todas antes de que fuera a mayores. Corey era capaz de ir a buscar a Randy hasta Atlantic City para llevarlo del cuello si tenía la menor sospecha de que estaba perjudicando a su hermana, así que mejor no daba detalles.

—¿Resaca o algo más? —preguntó él.

Skylar lo miró de reojo, parecía que con solo pensar en el tema intuyera algo, joder. No le quedaba otra que poner cara de póquer, ni siquiera sabía bien de qué iba el tema… Romy tenía muchas crisis de aquel tipo y a ella le faltaba información. Randy siempre le había parecido un buen chico, educado, agradable y que sabía comportarse, así que lo de las *strippers* no le pegaba en absoluto con la versión de su amiga.

Podía mentir, pero seguro que Corey se daba cuenta. Se le daba fatal, acostumbrada a ser tan clara siempre.

River, la muy bendita, acudió en su ayuda.

—No veas la juerga que se pegó anoche tu hermanita —dijo, poniendo el móvil para que pudiera echar un vistazo a las fotos—. Fijo que se bebió todo el champán de la *suite*.

—¿Quiénes son esos tíos? —Corey frunció el ceño—. No habrá cometido ninguna estupidez, ¿no?

—Fue a un local de *striptease* —siguió River, equilibrando las facciones de su cara para no parecer que el tema le resultaba divertido—. No pasó nada raro, llegó bien a la habitación y sola, tranquilo.

—No quiero ni saber para qué fue a un sitio de esos. —Él sacudió la cabeza.

—No sé qué le pasa con los tangas, ya estuvo preguntando si…
—River se calló al ver la mirada de Skylar—. En fin, seguro que solo
le apetecía divertirse. Piensa que lleva desde el miércoles por la noche
sola, son muchos días. Qué despedida, seguro que cree que es el
karma.

Corey frunció el ceño. Seguro, Romy creía en aquellas chorradas.

—No te preocupes por ella, nosotras nos ocupamos —dijo Skylar,
esperando que su comentario pusiera fin a la charla y, por extensión,
a la expresión inquieta de Corey.

—Está bien —accedió él, dando el tema por zanjado a su vez.

Respecto a su hermana, se fiaba de Skylar. La había visto calmarla
más de una vez, y de dos.

—Esto parece pequeño —comentó River, mirando por la
ventana.

Corey buscó la ubicación exacta de la comisaría en el navegador.
Al consultar dónde estaba, ya había visto que era un pueblo pequeño
que no llegaba ni a veinte mil habitantes. Su sentido común le obligó
a mantenerse en silencio, porque ellas parecían creer que todo iba a
ser rápido e indoloro, y él imaginaba que de eso nada. Para empezar,
era la una del mediodía y dudaba mucho que las atendieran justo a la
hora de comer… aunque no sería él quien abriera la boca. Que el
viajecito de marras los tenía a todos muy tensos y podía saltar la liebre
por cualquier tontería.

Además, una vez las dejara allí, sería libre. Por fin podría enfilar a
su casa y dejar de conducir. Sí, las chicas lo habían sustituido un rato,
así que había ido bien estirado en la parte de atrás para recuperar algo
de sueño, pero la vuelta no se la quitaba nadie.

Sus amigos llevaban desde el viernes preguntándole dónde se
metía, había cancelado los tatuajes del sábado… y todo por una tía
que seguía en sus trece. Pues nada, no pensaba seguir complicándose
la existencia, si Skylar ni siquiera quería hablarlo, lo mejor sería que
cada uno siguiera su camino. En poco tiempo estaba seguro de que
ya se habría olvidado de ella y las cosas estarían más tranquilas.

Excepto por esa vocecita en su cabeza que le decía que una chica
como Skylar no era tan fácil de olvidar, claro. No había conocido a
muchas como ella, aunque ahí incluía también lo malo.

Bueno, esas voces tenían prohibido hablar sin su permiso, así que
decidió ser práctico y pensar en otro tema: cómo contentar a sus
clientes por cancelar sus citas y la historia que les iba a contar a sus
amigos esa noche cuando quedaran. Eso si no llegaba a su piso y
dormía diez horas seguidas, algo que no descartaba.

—¡Ahí! —señaló River, dándole en el brazo.

Él echó un vistazo y sí, aquello debía ser la comisaría local. Por su aspecto, no parecía tener demasiados recursos… y hasta el momento, su política de permanecer en silencio había funcionado, de modo que decidió seguir así.

Aparcó el coche, quitó la llave y se apoyó contra la puerta sin dejar de mirar a ambas chicas, que se estaban acercando a la entrada. Lo primero que vieron fue un cartel con un horario pegado en el cristal.

«De 10:00 am a 1:00 pm/ 5:00 pm a 8:00 pm»

—¡Mierda! —exclamó River—. Lo hemos perdido por unos minutos.

Skylar observó el cartel, con expresión desencajada. En cualquier otra situación, no pasaría nada. Se irían a casa y volverían por la tarde, se entretendrían con lo que fuera… pero joder, aquello era demasiado. Cuando el tiempo iba en tu contra, cuatro horas de retraso eran muy importantes. Y todavía más por Romy y su inminente crisis emocional, cuyos síntomas reconocía a la legua.

Necesitaban estar a su lado, no perdiendo el tiempo en un pueblo polvoriento de Kentucky mientras los policías encargados de su caso se pegaban una siesta de tres horas.

Estaba tan frustrada que dio un golpe a la puerta, cabreada. Ojalá pudiera entrar y coger su coche ella misma, ¡maldita burocracia!

—A ver si lo vas a romper y encima tenemos que pagar el cristal. —River tiró de ella—. Venga, no es para tanto, iremos a comer. Cuatro horas se pasan volando.

—No es eso. —Bajó la voz, aunque Corey estaba lejos para escucharlas—. Romy no está bien, está a punto de perder los papeles.

—¿De verdad? ¿Nivel seis?

—Nivel nueve al menos, River. No consigue hablar con Randy, está histérica y, en lugar de estar a su lado, estamos aquí en un pueblo perdido de la mano de Dios. Son cuatro horas, más las ocho a Niágara, y eso si no paramos, que al final tendremos que hacerlo.

River frunció los labios, haciendo cálculos. Por muy mal que se le dieran los números, veía de sobra que ese día no iban a llegar, en todo caso de madrugada.

—Mierda. —Se cruzó de brazos—. Ahora yo también tengo ganas de romper el cristal.

—Ni así creo que vinieran —refunfuñó Skylar—. En fin, tampoco tenemos muchas opciones. Habrá que esperar.

—¿Crees que nuestras maletas seguirán ahí?

—Seguro. Dudo que eso interese mucho a los ladrones de coches.

Las chicas regresaron hasta el coche, donde Corey aguardaba pacientemente.

—¿Cerrado? —comentó, pese a que conocía la respuesta.

—No abren hasta las cinco —informó Skylar—. Nos va a tocar esperar.

Hubo un breve momento de silencio.

—En fin —suspiró River—. Es lo que hay, solo espero que después el trámite sea ágil. Corey, no hace falta que te quedes si no quieres, ¿para qué hacerte esperar?

Skylar miró a su amiga, controlando las ganas de darle un manotazo, ¿por qué no se callaba? Con lo mal que estaba saliendo el viaje, le daba reparo que se quedaran allí solas. Si algo había aprendido esos días era que, si la ley de Murphy decidía cebarse con alguien, resultaba muy efectiva.

Sin embargo, gracias a River ya no podía hacer nada. De ninguna manera iba a suplicar a Corey que esperara un poco, solo por si acaso.

—¿Seguro? —preguntó él, mirando a Skylar.

Ella se encogió de hombros.

—No debería haber ningún problema —murmuró.

—Es la hora de comer —comentó él—. ¿Qué os parece si me quedo con vosotras por si acaso? En cuanto tengáis el coche, me marcho.

Skylar se sintió aliviada.

—Por mí genial —contestó River—. ¿Habrá algún sitio decente en este lugar?

Corey ya estaba abriendo la puerta para meterse en el coche, así que Skylar y River lo siguieron. El centro comercial más próximo se encontraba a una media hora, lo que les dejaba unas tres y poco para entretenerse y de paso aprovechar a beber todo el café posible. Regresaron a la comisaría a las cinco en punto, y aún tuvieron que esperar quince minutos hasta que una mujer de unos sesenta años se dignó a aparecer para abrir la puerta.

—Hola. —Skylar se aproximó a ella—. Tengo que recoger mi coche, me lo robaron el jueves al mediodía y parece que lo han encontrado.

—Ah. —Ella sonrió—. Sí, el sheriff me comentó. No tardará en llegar, podéis esperar dentro y, mientras, vas rellenado el papeleo. Soy la señora Meyer.

—Sí, genial —se apresuró a decir Skylar—. Tenemos un poco de prisa, así que...

—Claro, claro.

La mujer encendió las luces y se metió tras el mostrador de comisaría, que era pequeñita y bastante austera. River y Corey se acomodaron en las sillas de espera, sin dejar de mirar a su alrededor. No daba la sensación de que tuvieran mucho trabajo por allí, lo que explicaba el ritmo lento de aquella mujer que tenía que ser la secretaria, o algo similar.

La señora iba y venía por la comisaría, abriendo ventanas y persianas, encendiendo luces, sintonizando la radio y encendiendo la cafetera.

—¿Os apetece un café?

—No, no —contestó Skylar—. Verá, es que… deberíamos salir pronto y…

—Tranquila, querida, hasta que el sheriff Astin no llegue no podrás empezar el trámite. Os preparé un café.

La señora Meyer les preparó un café con todos los mimos posibles: leche, azúcar y hasta canela espolvoreada por encima. River y Corey aceptaron la taza, sorprendidos, mientras que Skylar veía pasar los minutos sin que el sheriff se dignara a aparecer.

Una hora después, la señora Meyer charlaba amigablemente con River y Corey, haciendo toda clase de preguntas, y hasta les había sacado unas galletas. Skylar no hacía más que caminar de un lado a otro, desesperada, y poco le faltó para saltar cuando al fin la puerta se abrió.

—Hola, Deirdre —saludó el sheriff, entrando—. ¡Vaya, tenemos visita! Caras nuevas, veo.

—Hola, sheriff. —La mujer se levantó del sitio que ocupaba junto a River y Corey—. Lo están esperando, sí. Esta muchacha viene a buscar su coche, robado el jueves al mediodía en el área de servicio Wilder.

—Ah, sí. —El sheriff se aproximó—. Soy el sheriff Astin, ¿es usted la dueña del vehículo?

—Sí, soy yo. —Ella le estrechó la mano.

—Bien, tengo la denuncia en mi despacho. Por algún lado. —Se acarició la barbilla—. Voy a buscarla, deme unos minutos.

Skylar se cruzó de brazos, impaciente. Pues como tardara tanto en localizarla como en aparecer, la llevaba clara. No se irían de allí hasta que se hiciera de noche, al paso que iban.

La señora Meyer regresó, con la caja de galletas entre las manos.

—¿Quieres una, querida? —ofreció—. Pareces un poco tensa.

—No, gracias.

—La paciencia es una virtud. En esta comisaría ya somos un poco mayores todos y tenemos otra concepción del tiempo.

Corey y River apretaron los labios para no reírse al ver la expresión de Skylar. Ella se cruzó de brazos, con el ceño fruncido y sin dejar de mirar el despacho donde se había encerrado el sheriff Astin, en teoría a buscar la denuncia.

Durante media hora, Skylar intentó hacer caso a la señora Meyer respecto a la paciencia como virtud, hasta que finalmente no pudo más y se acercó a la mujer.

—Lo siento, pero tenemos prisa —insistió—. Llevamos aquí una hora y media, y…

—Claro, querida. Voy a ver si el sheriff se ha perdido entre sus papeles.

Fue al despacho, donde entró. Se escuchó un carraspeo, seguido de la tos típica para aclararse la garganta para acabar con un bostezo.

—No me lo puedo creer —murmuró Skylar.

Unos minutos después, la señora Meyer reapareció con un sheriff de aspecto adormilado. Ella llevaba los papeles en la mano.

—Lo siento, me ha costado encontrarlos —carraspeó el sheriff—. ¿Quiere revisar a ver si todo está correcto, por favor?

Skylar agarró la denuncia de malas maneras y la leyó.

—Está bien. —Se la entregó.

—¿Seguro? ¿La dirección y el teléfono son…?

—Son correctos.

—¿No quiere…?

—¿Quiere, por favor, entregarme mi coche de una maldita vez?

—Jovencita, ¿qué modales son esos? —El sheriff alzó una ceja—. Debe usted saber que el papeleo lleva su tiempo, y es un trámite ineludible. No tenga tanta prisa.

Pasó a su lado en dirección a un armario, donde se puso a abrir y cerrar cajones. Skylar se giró hacia River y esta se encogió de hombros, aún con la sonrisa en la cara. Lo mismo Corey, que parecía divertido con la situación y su cabreo, para variar.

Por fin, el sheriff Astin encontró lo que buscaba y agitó un papel en el aire.

—Bien, vamos —comentó—. Lo tengo en el recinto de vehículos robados.

Skylar se apresuró a seguirlo, sin poder creer que por fin fueran a entregarle su coche. River y Corey depositaron las tazas vacías de café sobre el mostrador y fueron tras ellos, camino a la calle. Atravesaron una vía principal hasta llegar a una especie de nave que permanecía cerrada. Una vez allí, Skylar tuvo que aguantar cómo el sheriff probaba todas las llaves de una en una hasta dar con la que abría la cerradura.

—Bien, adelante —dijo, haciéndose a un lado.

Dentro, el espacio estaba delimitado por huecos amplios donde dejar coches u otros vehículos robados. No había mucha cosa y, entre ellos, el Tesla X rojo de Skylar se veía a lo lejos. O, al menos, lo que quedaba de él, porque no tardaron en advertir algo raro en la manera en que estaba estacionado.

Skylar notó al instante que el coche se veía más pequeño… hasta que comprendió que era porque no tenía ruedas. Y no era lo único: cuando el sheriff Astin alzó el capó, descubrió que tampoco estaba el motor.

La chica se quedó sin palabras al ver su coche de aquella manera. Miró al sheriff como si no creyera lo que sucedía, y este hizo una mueca ante su cara.

—¿Confirma que es su vehículo, entonces?

—Bueno —logró decir ella tras unos segundos—. Mi coche tenía todas las piezas.

—Ah, ya. Sí, lo han despiezado, es algo común entre los ladrones de coches. Como es un coche caro, prefieren venderlo por piezas que no arriesgarse a que los pillen intentando rematricularlo. Ganan mucho más de esta manera.

—Joder —masculló River—. ¡No han dejado nada, ni las puertas!

—¿Esto es habitual? —preguntó Corey.

—Con un coche de noventa mil dólares sí, me temo.

Skylar se frotó la cara y se acercó al sheriff, tratando de recordar la forma correcta de respirar aprendida durante el yoga. No quería perder los papeles, pero empezaba a resultarle muy difícil no ponerse a pegar gritos, sobre todo después de ver lo que le habían hecho a su precioso coche.

—No tiene ruedas.

—No, señorita.

—No tiene motor.

—Tampoco, no.

—Me llaman para decirme que han encontrado mi coche y que pase a recogerlo, ¿y se olvidan de decirme que no tiene piezas? ¿Cómo pretende que me lo lleve, con una correa?

Corey apartó la mirada del sheriff y trató de no reírse. Tenía que admitir que aquello era una faena de las gordas, pero no lo podía evitar, le divertía tanto verla cabreada…

—Señorita…

—¡Déjese de señorita! ¡Lo menos que podían decirme era que no se podía conducir, hemos retrocedido cinco horas de viaje para ver un amasijo de hierros que solo pueden terminar en el desguace!

River le tocó en el brazo para que se calmara, aunque sin demasiado éxito.

—Señorita Reed, lamento mucho si desde la comisaría de Winchester no se le ofreció la información completa, pero…

—Me han hecho perder el tiempo, sheriff. Voy a tener que llamar a mi abogado por este procedimiento tan negligente.

—No hay necesidad de ponerse así. —El sheriff meneó la cabeza—. Desconozco con exactitud quién la telefoneó, supongo que podría enterarme y ofrecerle una disculpa.

Ella lo fulminó con la mirada.

—¡No quiero ninguna disculpa! —gruñó, mientras River la arrastraba hacia la calle.

—Vamos a tomar el aire —dijo esta, y se volvió hacia Corey—. ¿Puedes mirar si nuestras maletas siguen ahí, al menos?

—Claro —accedió él.

Rodeó lo que quedaba del coche mientras el sheriff se frotaba la cabeza.

—Menudo genio.

—Sí, desde luego.

Corey tuvo que darle varios golpes hasta que la puerta del maletero cedió con un chirrido. Las maletas de las dos chicas seguían ahí, aunque se notaba que las habían abierto, seguramente por si dentro llevaban cosas de valor.

—¿Puede pedirle a su amiga un inventario de lo que llevaba en el maletero? —preguntó el sheriff—. Por si acaso era algo de valor. Lo necesitaremos para el informe.

Lo que se traducía en más tiempo allí, y a ese paso a Skylar le iba a dar un infarto, lo veía venir.

—Sí, ya se lo digo. ¿Puedo llevarme las maletas?

—Desde luego.

Guardó todo lo que estaba suelto y salió a la calle, donde River y Skylar aguardaban. El sheriff había regresado a la comisaría tras pasar junto a ellas murmurando por lo bajo.

—He encontrado esto —comentó él, acercándose con las dos maletas.

—¿Nada más? —pregunto Skylar.

—Unas cajas que no sé qué son, parecen globos. —Ellas se miraron—. ¿Son globos? Ah, seguro que es cosa de Kat.

—En efecto —corroboró River.

Skylar abrió su maleta y echó un vistazo por encima.

—Joder, menudos ladrones de guante blanco hay en este sitio —murmuró—. Me han robado todo lo que tenía valor.

—Sí, el sheriff dice que tienes que hacer un inventario de lo que llevabas.

—Estupendo, más tiempo haciendo papeleo. Y dicen que viajar es la experiencia de tu vida —refunfuñó la rubia—. Claro, es la experiencia de tu vida porque estás al borde de la embolia, no te fastidia.

River empezó a hacer unos ruiditos que sonaban sospechosamente a risas, detalle que Skylar prefirió ignorar. No, a ella no le divertía que le hubieran despiezado el coche y además robado su bolso de Vuitton, pero por lo visto a todo el mundo le hacía mucha gracia verla enfadada.

Y ahora, ¿qué demonios iban a hacer? No tenían coche para viajar. Corey ya no era una opción, no podían pedirle que volviera a enfilar a Niágara otra vez después de retroceder, y ya le habían hecho dar demasiadas vueltas, tenía que estar cansado.

—¿Ya tiene el inventario, señorita Reed? —oyó que preguntaba el sheriff.

Lo que tenía era ganas de matar a alguien, eso seguro.

Si Scranton le había parecido a Kat un sitio pequeño, al lado de Fort Covington era una mega urbe. No tenía ni idea de a quién se le ocurría hacer esos eventos jardineros en aquellos lugares, aunque visto el tipo de público, probablemente fuera porque no había otras ciudades más importantes interesadas.

Aunque habían salido temprano, hicieron una parada para comer y cuando llegaron ya era media tarde. Casi con pena, cogió el micrófono por la que sería la última vez:

—Estamos entrando en Fort Covington —anunció—. Muchas gracias por todo, habéis sido unos pasajeros increíbles y tanto Lawson como yo nos lo hemos pasado genial con vosotros. —Él le lanzó una mirada que indicaba lo contrario, aunque no dijo nada—. Os voy a echar mucho de menos.

La gente empezó a aplaudir y silbar mientras Lawson aparcaba, lo cual la llegó a emocionar. Al menos, habían ayudado a que el desastre de viaje no fuera horrible del todo.

En cuanto el autobús se detuvo, todos se apresuraron a levantarse y ponerse en cola para ir acercándose a despedirse.

—Voy a abrir el maletero —comentó Lawson, echando un vistazo—. Creo que van a pasar todos por aquí, no hay nadie bajando por detrás.

Efectivamente, había abierto la puerta trasera y nadie la estaba utilizando. Se bajó para ir al maletero mientras la primera señora estrujaba a Kat hasta dejarla sin respiración.

—Mucha suerte, niña, eres una estupenda guía.

Le pellizcó una mejilla y le dio unos billetes con un guiño. Kat pensó en decir algo y rechazarlos, pero ya estaba abrazándola la siguiente mujer y los guardó en el bolsillo. Esta también le entregó unos cuantos y, detrás, estaba el hombre-bingo, quien prácticamente la levantó del suelo.

—¡Voy a poner un escrito a la empresa para que sepan lo bien que nos lo hemos pasado! —exclamó.

—No, no, tranquilo, no es necesario.

—Que sí, que sí, no seas modesta. —Metió la mano en uno de sus bolsillos y sacó un rotulador gigante—. Este es uno de los que llevo conmigo, te lo regalo.

—Oh, vaya…. —Lo cogió, carraspeando—. Gracias. ¿Estás seguro?

—Tengo muchos más y siempre me llevo de los bingos, así que no hay problema. Verás que te trae suerte.

Esperaba que más que a él, pensó Kat, con una sonrisa, visto que no ganaba nunca. Lo metió en su mochila y, también él, le dio unos billetes.

Y así todos fueron despidiéndose de ella, entre abrazos, pellizcos, guiños y billetes aquí y allá. Cuando por fin descendió el último, recogió su mochila y fue a reunirse con Lawson, que estaba entregando la última maleta. Esperó a que se alejaran los ancianos, agitando la mano a modo de despedida, y le sonrió sacando la bola de billetes que se había formado en su bolsillo.

—Creo que tenemos para una buena cena —sonrió.

—¿Ves lo que te dije? A ti te han cogido más cariño. —Le mostró los que había acumulado él, de bastante menos valor y cantidad—. ¿Crees que tengo que teñirme el pelo de rosa?

—No creo que te quedara bien —se rio.

Un hombre con uniforme con el logo de la empresa se acercó a ellos, con una tablilla en las manos.

—Buenas tardes —saludó—. ¿Alguna indicación?

—No, todo está en orden —contestó Lawson, entregándole las llaves—. ¿Cuándo puedo recogerlo?

—¿Tienes algún viaje previsto? —Miró su papel—. Según tengo aquí, no sales inmediatamente.

—No, no, ningún itinerario. Pero quiero… volver a casa cuanto antes. Esperaba que en un par de horas pudiera estar.

—Bien, lo intentaremos. Te avisaremos en cuanto esté. Revisión estándar y limpieza, tenemos otro a medias, así que… sí, yo diría dos o tres horas. —Le entregó un sobre—. Aquí tienes las llaves y la dirección del apartamento de empresa, para que puedas ir a descansar. —Miró a Kat—. O lo que necesites.

—Gracias. —Lawson se colgó su bolsa y cogió a Kat del brazo—. Nos vamos.

Ella se dejó llevar, y cuando ya estaban algo alejados, lo miró.

—¿A qué ha venido eso? —preguntó.

—¿El qué?

—Esto.

Señaló su mano, que aún sujetaba su brazo, y él la soltó.

—Nada, no me ha gustado cómo te ha mirado ese tipo.

Ella parpadeó. No, no quería señales, que ya estaba bastante mosca con el tema y si encima él se ponía en plan celoso… eso tenía que significar algo.

Lawson abrió el sobre, comprobó la dirección en el móvil y señaló una calle.

—Es por ahí, estamos cerca —indicó.

Kat afirmó y lo siguió hasta que llegaron a un edificio bajo de apartamentos. Lawson no tuvo problemas en localizar el que le correspondía y entraron. No era muy grande y lo recorrieron en un par de minutos: una cocina pequeña unida a un salón con un sofá y televisión, un dormitorio y un baño. Para que los conductores descansaran un rato o pasaran la noche, era más que suficiente, supuso.

—Me voy a dar una ducha —dijo Lawson. La miró—. ¿O quieres ir tú primero?

—No, no, estoy bien. Yo… te espero aquí.

Se sentó en el sofá y él desapareció por el pasillo. En cuanto escuchó la puerta del baño, Kat sacó el móvil y escribió a toda prisa.

Kat: «¡Socorro! ¡Apelo al consejo de sabias! ¡URGENTE!»

Danni: «¿Qué pasa? ¿Otro retraso?»

Kat: «No. Quizá. No lo sé.»

Sun Hee: «¿Estás bien?»

Kat: «Sí, escuchad.»

Encendió el micrófono para grabar el ruido de la ducha y envió el audio.

Romy: «¿Está lloviendo? ¿Te retrasas por inundaciones?»

Kat: «No, es la ducha. Lawson está duchándose.»

Danni: «¿Dónde estáis?»

Kat: «Apartamento de la empresa, esperando a que le devuelvan el autobús.»

Romy: «¿No veníais ya?»

Kat: «Sí, en cuanto se lo den. Pero hacedme caso un segundo, que necesito una votación urgente.»

Danni: «¿Sobre?»

Kat: «Joder, sí que necesitáis pistas. Está en la ducha, ¿me meto con él?»

Sun Hee: «¿Te ha dado señales?»

Kat: «Sí. Muchas.»

Danni: «¿Seguro?»

Kat: «El no ya lo tengo, en todo caso. ¿Voy o no?»

Romy: «No, que te retrasarás más, ¿no puedes quedar con él después, a la vuelta?»

Danni: «No sé, no lo veo claro.»

Sun Hee: «De perdidos al río, así tampoco os aburrís mientras esperáis. Yo digo que sí.»

Kat: «¿Skylar? ¿River?»

River: «Nos pillas en mal momento.»

Skylar: «Muy mal momento, problemas con el coche. Os contamos en un rato. Yo voto que no, que te descentras.»

River: «Pues por un lado opino como Skylar, pero Sun Hee tiene parte de razón.»

Kat: «O sea, mayoría que no.»

Pues vaya ayuda. Eso era lo malo del puñetero consejo amiguil, que muchas veces las votaciones no salían como una quería y entonces se planteaba si realmente la democracia era el mejor sistema político.

—¡Kat! —escuchó que la llamaba Lawson.

Kat: «¡Me está llamando!»

Skylar: «Es una trampa, ¡no vayas!»

—¿Qué? —contestó, mirando al móvil y al pasillo alternativamente.

—Me he dejado la bolsa en el salón, ¿puedes traerme una toalla que hay dentro, por favor?

Kat: «Necesita una toalla.»

River: «¿En serio? ¿No es una excusa?»

Romy: «Kat, que te pierdes.»

Danni: «Si entras ahí no vas a salir, fijo.»

Kat: «La alternativa es esperar aquí y que salga en pelotas, así que, como opción B, no lo veo tampoco. Iré y me taparé los ojos, tranquilas.»

Dejó el móvil a un lado y fue a buscar la bolsa, que estaba al lado del sofá. La abrió y sacó una toalla con un suspiro.

—¿Kat?

—Sí, sí, ya voy.

A ver cómo lo hacía. Atravesó el corto pasillo y, al llegar a la puerta del baño, levantó la mano para llamar, aunque no llegó a hacerlo. ¿Para qué, si él la estaba esperando? Abrió un poco y metió la mano con la toalla.

—¿Esta te vale? —preguntó.

—Ah, genial, gracias.

Escuchó chapoteo y pasos mientras salía de la ducha y se acercaba. Notó un roce en los dedos y que la toalla se desprendía de los mismos. Bien, objetivo cumplido. Toalla entregada y nada más. Retrocedió un paso felicitándose por no haber entrado. Seguro que cuando les dijera a sus amigas que no había pasado nada se alegrarían de ver que hacía caso de las votaciones.

El problema fue que, mientras se quedaba ahí de pie pensando eso, Lawson abrió la puerta y casi se chocó con ella al salir.

—Huy, perdona, pensaba que te habías ido —le dijo.

Sujetaba la toalla con una mano y se pasó la otra por el pelo mojado. Kat se mordió el labio, con sus ojos a la altura del pecho mojado. ¡Si es que así no se podía! Como se le ocurriera hablarle al oído, se veía derritiéndose allí mismo.

Bajó la vista. Mala idea, la toalla de marras no era muy grande y no tapaba lo suficiente.

Decidió entonces mirar hacia arriba. Peor todavía; no solo seguía goteando agua, sino que tenía esa mirada tan intensa que sintió que, de llevar falda, su ropa interior ya estaría en el suelo.

Mierda. A la porra las votaciones. Ya estaba prácticamente pegada a él, por lo que solo tuvo que dar medio paso para que sus cuerpos se rozaran.

—Esto va en contra del consejo de sabias, que lo sepas, pero me da igual —le soltó.

—¿Qué cons...?

Kat no le dejó terminar. Se había puesto de puntillas y apoyó las manos en sus hombros para poder llegar a sus labios y besarle, a lo que él no tardó ni un segundo en coger su nuca con una mano, enredando los dedos en su pelo.

Ella notó que su camiseta se mojaba con el agua de su pecho y se apartó un momento para sacársela por la cabeza. Entonces Lawson la cogió por la cintura, avanzando hasta que Kat notó que su espalda tocaba la pared, besándola de una forma que pensó que menos mal que tenía aquel apoyo o realmente habría acabado en el suelo, puesto que notaba las piernas como si fueran de gelatina. El que él ya no tuviera ni siquiera la toalla no ayudaba a que pensara en tomarse las cosas con calma, más bien al contrario. Le sobraba toda la ropa, por descontado.

Deslizándose por la pared, con él bien pegado y sin dejar de besarse, Kat fue moviéndose hacia la habitación, que esperaba fuera la puerta siguiente porque tampoco se había fijado mucho.

En cuanto su trasero chocó con el pomo, echó la mano para girarlo y empujó a Lawson al interior, o, más bien, el chico se dejó empujar. Obviamente, de no querer él, no se hubiera movido del sitio.

Lawson se sentó en el borde de la cama y se apoyó en los codos, mirándola con la cabeza ladeada.

—Creo que estoy en desventaja —dijo, señalando sus pantalones.

Kat se desprendió de las zapatillas mientras se los desabrochaba, agitó las caderas para dejarlos caer y sonrió al ver su expresión de ansiedad, aunque no se movió de donde estaba. Así que pensó que un poco de lentitud no vendría mal en aquel momento y tardó el doble de tiempo en soltar el sujetador, bajar los tirantes para quitárselo y tirárselo a la cara, gesto del que estuvo a punto de arrepentirse al ver que el cierre había pasado demasiado cerca de su ojo.

Lawson apartó la prenda, con una expresión entre divertida e impaciente.

—El sujetador, nueva arma de destrucción masiva.

Ella le sacó la lengua y continuó el gesto lamiéndose los labios, lo que hizo que Lawson cerrara la boca y notara que se le había quedado la garganta seca. Ya que ella había iniciado el avance, quería dejar que llevara la iniciativa, pero así se lo estaba poniendo muy difícil. Por suerte, Kat parecía que iba a terminar el juego: se quitó las bragas, las lanzó a otro lado y se acercó, moviendo las caderas. Cuando llegó a su altura, apoyó una pierna a un lado de su cintura y la otra al otro, mirándole desde arriba. Le cogió la cara y él pasó las manos por su melena rosa, que le caía desordenada en los hombros desnudos. Estaba tan sexy que le daban ganas de comérsela como si fuera una golosina de esas que tanto le gustaban a ella. Así que la acercó hacia sí para besarla en el cuello y darle un pequeño mordisco en el lóbulo de la oreja. Mientras, Kat, con la piel de gallina por sus caricias, se había ido acomodando y, cuando tuvo asegurada la posición, le abrazó y bajó despacio, hasta tenerlo dentro.

Lawson suspiró, con la cabeza aún en su cuello, y la sujetó por la cintura para que no cayera, aunque tampoco hacía mucha falta. Sus cuerpos se habían amoldado con facilidad y pronto se movieron como si fueran uno solo, intercambiando besos y caricias sin cesar. Cada vez más rápido y con las respiraciones agitadas, Lawson volvió a besar su cuello y gimió en su oído, cogiéndola con más fuerza. Kat se apretó contra él y se estremeció con fuerza, tragando saliva mientras su vista volvía a centrarse en dónde estaba, para después quedarse quieta acariciando su pelo.

«Madre mía,» pensó. «Me van a matar.»

Porque no pensaba moverse de allí en mucho rato. Joder, que aquella conexión no era algo que surgiera de la nada, no podía dejar pasar aquel momento así como así, y menos teniendo un apartamento como ese a mano.

—¿Hasta qué hora podemos estar? —preguntó.

—El autobús estará en…

—No, me refiero aquí. —Se apartó un poco para mirarle y le dio un beso—. Aquí, en el piso. ¿Hay hora límite?

—No, lo tengo hasta mañana.

—Entonces podemos quedarnos a dormir. —Sonrió y le pasó un dedo por la mejilla—. Y otras cosas.

—Sí, no hay problema. Pero tus amigas…

—Ya les mandaré un mensaje, seguro que lo entienden.

Esto no lo tenía tan claro, aunque seguro que por mucho que hubieran votado que no, en el fondo la comprenderían. La carne era débil, y más con un espécimen así. Quizá si no hubiera salido desnudo de la ducha… Le hubiera dado igual, para qué engañarse. Desde que había pedido la ayuda en el grupo lo había sabido.

—Podemos salir pronto por la mañana —continuó—. Además, si nos vamos hoy, tendrías que conducir de noche y llegaríamos de madrugada. Tampoco me parece lo mejor.

—Visto así… —Pasó las manos arriba y debajo de su espalda, acariciándola con las puntas de los dedos—. Y si tú lo ves claro, de acuerdo.

—Iba a decir que parece que te estoy obligando, por cómo lo dices, pero ya sé que eres un serio y, además, tu cuerpo habla por ti, porque lo noto muy animado, qué quieres que te diga.

—Más bien es que si algo he aprendido estos días, es que no se te puede llevar la contraria. —Ahora sí, la cogió y giró para tumbarla sobre la cama y colocarse sobre ella—. Lo único que tengo que decir es que vamos a pedir la cena por teléfono, porque no vas a salir de esta cama hasta mañana por la mañana.

—Nada que objetar a eso.

Lo besó y escuchó a lo lejos el sonido de su móvil recibiendo mensajes. En fin, ya los contestaría después en algún momento, seguro que no había ningún cambio y todas seguían en camino.

CAPITULO 12

SÁBADO, NOCHE

Romy miró el teléfono por millonésima vez y volvió a dejarlo fastidiada. Kat llevaba mucho rato sorprendentemente callada, lo cual solo podía significar una cosa y era que se había saltado a la torera la votación. Ya le echaría la bronca al día siguiente o cuando por fin apareciera por allí. Eso si no se le pasaba el enfado, porque realmente estaba más triste que otra cosa. En parte, entendía a Kat, claro, después de todos los comentarios y conversaciones que habían tenido esos días y cómo hablaba de Lawson, no era algo que la sorprendiera.

Además, estaba preocupada por los mensajes de Skylar y River, sobre los problemas con el coche. Quizá los ladrones le habían dejado las ruedas pinchadas o algo parecido y tenían que buscar un taller. Ya nada le extrañaba visto todo lo que había pasado últimamente, que nada salía a derechas. Ellas eran las que se suponía que llegarían enseguida. Y Sun Hee, si aparecía su pasaporte de una vez por todas.

Miró el móvil de nuevo y nada, así que cogió el mando de la televisión y pasó unos cuantos canales, mirando de reojo las botellas vacías que había recogido y dejado bien alineadas sobre la mesa. No estaba segura de si quedaba alguna, y al momento sacudió la cabeza. No, nada de alcohol esa noche, todavía le dolía la cabeza de los estragos de la noche anterior.

Y de comida tampoco quedaba mucho por allí. Decidió descartar también el bufé, mejor no salía de la habitación por si acaso y así evitaba caer de nuevo en los múltiples viajes al mismo. Buscó entre los papeles de la mesa hasta encontrar la carta del servicio de habitaciones y echó un vistazo.

En ese momento, vio que en el canal que había dejado comenzaba *El diario de Bridget Jones*… justo lo que necesitaba para su ánimo. Se sentía muy identificada con ella, por lo que decidió que lo mejor era acompañar aquello con helado. Buscó en los postres y llamó al servicio de habitaciones.

—Quería hacer un pedido —indicó, cuando le contestaron.

—¿Número de habitación?

—*Suite* 19.

—Perfecto, dígame.

—Quiero helado. De vainilla.

—¿Una tarrina de 200 gramos?

—¿Tenéis más grande? —Miró la carta—. Aquí pone que hay de medio kilo.

—Sí, tenemos el tamaño familiar.

—Pues una de esas.

—¿Algo más?

—No. Bueno, sí. Otra de chocolate y un bote de espray de nata, ¿es posible? No lo he visto en la carta.

—No hay problema. ¿Todo cargado a la habitación?

—Sí, gracias.

—Enseguida le llegará.

Romy dejó la carta para no mirarla más. Los bombones le estaban haciendo ojitos y ya iba a tener azúcar de sobra. Seguía con el albornoz, ni siquiera se había llegado a vestir, así que no se molestó en buscar nada, total, del sofá iría a la cama.

Cinco minutos después, llamaron a la puerta y cogió un par de billetes para entregar al empleado que llevaba los helados. Le habían preparado una bandeja con los dos sabores, el espray y varios boles y cucharas. Qué majos, como era tamaño familiar, se pensarían que era para varios. Por un lado, la visión le dio algo de pena por sus amigas, aunque se le pasó rápido: a la porra. Kat por lo menos tenía sexo, así que no echaría de menos el helado. Sun Hee estaba hasta las cejas de alitas y las demás… bueno, ya comerían cuando llegaran.

Se acomodó en el sofá con todo a mano, se preparó un bol con los dos helados y esparció bien de nata por encima. Ya puestos, abrió la boca, echó la cabeza hacia atrás y se la enchufó directamente.

La saboreó con un suspiro. ¿Por qué demonios todo lo bueno tenía que engordar? Eso sí que era injusto, la evolución no lo había hecho nada bien. No, había creado las acelgas y el brócoli para no engordar. Eso era el karma, fijo, jodiendo desde la creación de la tierra.

Con ese pensamiento filosófico, comenzó a dar buena cuenta del cuenco y, al terminar, se preparó otro. Cogió el móvil y miró los mensajes.

Nada.

Romy: «¿Dónde estáis todas, cabronas»?

Sun Hee: «En la habitación, para no variar.»

Danni: «Paseando. ¿Qué te pasa? ¡No ataques el bar, por favor!»

Skylar: «Seguimos con el tema coche, en un rato informamos.»

Kat: «Esperando la cena.»

River: «Claro, como has empezado por el postre, ¿no?» Varios guiños.

Kat: «Saldré para allá pronto por la mañana, Romy, prometido».

Romy: «Yo sí que estoy con el postre.»

Sacó una foto al bol. Entonces, empezó a escuchar *All by myself* en la televisión y subió el volumen. Solo le faltaba el pijama rojo y estaría igual que Bridget.

Romy: «Aquí estoy, ¡SOLA!»

Dio al video y colocó el teléfono para que se la viera. Empezó a cantar a pleno pulmón, con la cuchara como micrófono y enchufándose un par de veces la nata entre los gritos, ya que afinar no era lo suyo, precisamente. Cuando por fin terminó la canción, tenía la cara llena de helado, nata, y el bol casi vacío. Movió el móvil para que vieran la televisión y luego otra vez a su cara, con un suspiro triste.

Romy: «Seguiré con el helado y la nata, ellos me quieren, porque se quedarán en mis caderas por siempre jamás.»

Lo tiró a un lado y volvió a servirse helado, sin mirar si recibía respuesta. Ya le daba igual, pensaba terminarse la película, los helados, la nata y, después, buscaría la segunda y tercera parte, a ver si estaban disponibles. Al menos, no estaba en un antro echando billetes a desconocidas y no tendría resaca al día siguiente.

—Joder —murmuró River, poniendo el móvil boca abajo encima de su bolso—. ¿Skylar? Tienes que ver esto.

Skylar permanecía de brazos cruzados ante la señora Meyer, igualito que un halcón que acechaba a su presa. La buena mujer le ponía empeño, pero desde luego no iba a ganar un premio por ser la mejor y más eficaz secretaria del mundo, no.

Se giró hacia su amiga y decidió que podía dejar de ejercer presión en la mujer durante un par de minutos. El sheriff Astin había tenido el buen tino de quitarse de su vista, y Corey estaba fuera, fumando, aunque al menos seguía allí. Solo de pensar que decidiera marcharse… estarían bien jodidas si hacía eso. Por otro lado, no había despegado los labios en ningún momento para pedirle que las llevara otra vez; no hacía más que pensar cómo lograr que él se ofreciera sin que tuviera que salir de ella y no se le ocurría nada.

—¿Qué? —preguntó, sentándose junto a River.

—Caída en picado.

River puso el video que acababa de dejar Romy en el grupo. El segundo vistazo la dejó igual de impresionada que el primero, y Skylar abrió los ojos como platos.

—No, no, ¡deja ese helado! —murmuró—. Dios, la semana que viene tiene que recoger el vestido y ya no se lo pueden arreglar más, si no deja de comer a ver cómo lo arreglamos.

—Lo está pasando fatal, ¿sabes qué le pasa?

—Ya conoces a Romy, se está comiendo la cabeza con la boda y Randy. Y si volvemos y el vestido no le abrocha, será aún peor.

—¡Mierda! Me siento tan impotente. —River dio un golpe a la silla, haciendo que la señora Meyer alzara la vista—. Perdón.

—Tranquila, querida, ha sido una tarde muy larga. Señorita Reed, ¿puede decirme cómo se deletrea la marca del bolso que le han robado?

Skylar abandonó el sitio junto a River y regresó hacia el mostrador, con un suspiro tan sonoro que podía haber derribado el edificio.

Corey regresó un par de minutos después y ocupó el sitio junto a River, señalando a la secretaria con la cabeza.

—¿Aún sigue con el inventario? Por Dios, diez monos lo harían más deprisa.

—Es que con ese trasto…

Los tres se habían quedado estupefactos cuando la señora Meyer comenzó a escribir el informe y el inventario. Al principio, ninguno reconoció el molesto sonido de las teclas golpeando hasta que se dieron cuenta de que era una máquina de escribir de las antiguas.

Pues sí que tenían poco presupuesto en Winchester…

—¿De qué máquina del tiempo la habrán sacado? —preguntó Corey en voz baja.

River volvió a las risitas, aunque ya no sabía si eran fruto de la desesperación. Skylar estaba haciendo un gran ejercicio de contención con aquella mujer, pero percibía que faltaba poco para que explotara. Algo que no convenía a ninguno.

Media hora después, cuando solo quedaban cinco minutos para las ocho, la señora Meyer terminó de teclear y todos alzaron la cabeza, aliviados por el silencio.

—Listo —anunció ella, orgullosa.

—¿De verdad? —Skylar la miró, desconfiada.

—Revísalo por si acaso.

Le tendió la hoja y Skylar la cogió. Casi le daba igual lo que hubiera escrito ahí, no pensaba volver al día siguiente. Ni nunca en su vida, lo tenía claro. Winchester era un punto negro en el mapa a partir de ese día.

—Gracias.

—Te dejo una tarjeta por si necesitas…

—No hace falta.

—Está el número de la oficina, del sheriff Astin y aquí, en esta esquina…

Skylar se alejó del mostrador, por si acaso la entrega de la tarjeta desencadenaba cualquier otra tragedia que los obligara a permanecer allí más tiempo. Además, Corey y River ya estaban en la puerta, despidiendo a la señora Meyer de forma apresurada.

Una vez en la calle, se sorprendió al ver que había anochecido. En realidad, era lógico, llevaban allí toda la maldita tarde, y para nada. Un día perdido, ¡otro más! Si hacía memoria, le resultaba increíble que llevaran sesenta horas dando vueltas por los mismos estados.

—Mi padre me va a matar —suspiró.

—¿Por el coche? —preguntó River—. No ha sido culpa tuya, te lo han robado. Y destrozado.

—Ya, pero me lo regaló él y le prometí que lo cuidaría.

—Seguro que te regala otro —comentó Corey, como si nada—. Para eso eres su única hija.

El tono tenía un pequeño matiz irónico que Skylar captó al momento. Lo dejó pasar, Corey no hacía migas con su padre. Lo cierto era que, aunque él no lo sabía, a su padre no le gustaba ninguno de los chicos que le presentaba. No era nada personal. Como bien acababa de comentar, era su única hija y la niña de sus ojos, así que ningún novio le parecía suficiente para ella. Por eso no le presentaba ni a una cuarta parte de los tíos con los que salía, ¿para qué disgustarlo?

Salía con muchos, al menos en el pasado, y bien que se divertía. No como en la actualidad, que no hacía otra cosa que complicarse la cabeza con uno.

—Tequila —dijo.

—¿Qué? —preguntó River.

—Hay dos opciones: o me pongo a gritar en este momento de pura frustración, o vamos a tomarnos un tequila.

—Hay un sitio justo ahí —se apresuró a decir Corey, que sin duda no tenía ganas de escuchar más gritos.

—¿Seguro? —insistió River.

—Además, tenemos que hablar de qué vamos a hacer. Porque lo veo complicado.

Corey fue tras ellas, disimulando una sonrisa en la cara. Esa expresión, entre preocupada y apenada, la conocía bien… Skylar utilizaba perfectamente sus armas. Normal que engañara a los tíos a su antojo, era una experta.

El local era del mismo estilo que la comisaría, seguro que había conocido tiempos mejores. La música era ruidosa y estaba bastante lleno, aun así, consiguieron una mesa. Nada más sentarse, Corey notó que su móvil vibraba: sus amigos le estaban haciendo una video llamada, así que descolgó mientras ellas se marchaban al baño.

Una camarera de unos cuarenta años se aproximó y él le señaló la botella de tequila con la cabeza, así que la mujer le dedicó un guiño sugerente antes de marcharse.

—¿Se puede saber dónde te metes?

Corey tenía demasiados amigos como para que todos pudieran entrar en la cámara, aunque vio de sobra que se encontraban en el *pub* donde solían reunirse.

—En Winchester —contestó, recostándose en la silla.

—¿Desde el jueves por la noche? ¿Qué haces por ahí?

—Pasear a su pijinovia —se burló uno de ellos—. Y a la amiga rarita. ¿Aún no habéis llegado a Niágara o qué? ¿Estáis haciendo turismo por el camino?

—Nos hemos pasado en la tarde en una comisaría de los años sesenta. Mirad qué sitio. —Corey paseó el móvil por el local para que pudieran echarle un vistazo—. Su coche ha aparecido sin piezas.

Todos soltaron un gemido, notando el dolor en sus propios cuerpos. Skylar quizá no les convencía, pero que hubieran hecho algo así a su cochazo les generaba empatía instantánea.

—Vaya putada. ¿Y qué van a hacer? ¿Las vas a llevar?

—Qué remedio, no puedo dejarlas tiradas en este sitio. Aparte, si le meto caña al coche llegaremos al mediodía… porque hoy ya no, estoy muerto.

—Normal, llevas tres días dando vueltas. Esa tía no se lo merece —comentó otro, metiéndose en el encuadre—. Deberías pasar de ella, hay muchos peces en el mar.

—Vale, Sioux, gracias por preocuparte por mi vida sentimental.

—No le hagas caso. —La cámara pasó a otro de sus amigos—. Mi hermano no sabe nada de chicas, por eso dice chorradas. Skylar está buena, y todas las que están buenas dan guerra. Es lo que hay.

—¿Que yo no sé nada de chicas? ¿Y tú sí? ¡Si todas te dejan después de la primera cita, Seneca!

Corey los observó, sin dejar de sonreír, hasta que volvió a ver al primero de todos, que también era su mejor amigo, Kee. Era el hermano mayor de los otros dos, tres hermanos cuyos padres habían bautizado con nombres de tribus indias, algo a lo que costaba acostumbrarse.

—No les hagas caso —dijo—. Tú haz lo que tengas que hacer. Son las mejores amigas de tu hermana, tienes que encontrar la forma de que todo sea amistoso.

—Vaya, qué de consejos, gracias. Soy un tío con suerte —se burló Corey.

—A ver, es verdad que Skylar no es la novia que querríamos para ti, lo sabes. Es demasiado altiva, y tiene genio, y…

Corey apartó la mirada de la cámara al darse cuenta de que River y Skylar habían regresado. Se despistó momentáneamente al ver a la rubia, que había hecho de su excursión al baño una visita productiva: se había desecho de su sudadera y llevaba una camiseta de tirantes, el pelo suelto, mejor color de piel y un brillo de labios que focalizaba toda la atención en su boca.

¡Qué rastrera, el truco del brillo de labios!

—Hola, Kee —dijo ella, sentándose al lado de Corey—. Mi genio y yo te mandamos un saludo.

—Anda… —carraspeó el chico—. Si estabas ahí… Siento mucho de lo de tu coche y eso. Mañana hablamos, Corey.

Este se despidió sin dejar de sonreír y dejó el teléfono encima de la mesa. La camarera regresó con una botella de tequila y unos vasos, que dejó junto a la sal y un plato con rodajas de limón.

—Gracias —dijo River.

—De nada.

La mujer le dedicó una sonrisa brillante a Corey hasta que escuchó a Skylar:

—Aquí no hay nada para ti. —Le dio unos billetes—. Sigue trabajando.

River se frotó la frente, ¡qué bestia era a veces! Pero Corey parecía divertido, así que no sería ella quien defendiera a una desconocida. La camarera cogió los billetes con una mueca y desapareció tal y como había llegado.

—Nada de emborracharnos —avisó River—. Tenemos que pensar qué vamos a hacer.

—Tienes razón —asintió Skylar y miró a Corey—. ¿Se te ocurre algo?

Nada más decirlo, empezó a acariciarse el cuello de manera despistada. Su dedo índice bajaba hasta el principio del escote, y de ahí volvía a subir, de una forma sutil pero efectiva.

Pero, ¿cómo era tan…? Como si él fuera un gilipollas de esos que se dejaban seducir con unos morritos y una caricia sutil.

Claro que, en el fondo, un poco gilipollas sí era, porque no podía apartar la mirada de aquel movimiento casi hipnótico. A ella le gustaba que la mordiera ahí, y ganas no le faltaban, la verdad.

—¿Nada? —insistió la rubia en tono inocente.

No era la primera vez que jugaban a aquello, así que el chico alzó la mirada y se encogió de hombros.

—¿Un taxi? —sugirió.

—No fastidies —suspiró River, que estaba sirviendo el tequila sin percatarse de nada—. ¿Sabes lo que nos costaría un taxi hasta allí?

Corey se frotó la cara. Claro que lo sabía, ¿por qué había sugerido semejante tontería? Aquel tonteo de Skylar lo estaba despistando.

—A lo mejor sale algún vuelo desde Lexington —comentó Skylar, jugueteando con un mechón de pelo—. ¿Puedes mirar en tu móvil? El mío está sin batería.

River dejó la botella sobre la mesa, alzando una ceja ante su tono amable.

—Por el peor viaje del mundo —dijo, alzando el vaso—. ¡Salud!

Los tres se bebieron el vasito de tequila, y Corey agarró su teléfono para buscar. Podría cortarla en seco, sabía de sobra lo que pretendía… o quizá no, porque River no parecía sospechar nada. A ver si era tan sutil que solo estaba en su imaginación.

—¿Hay algo? —Skylar se le arrimó para mirar la pantalla, tanto que notó cómo su pelo le hacía cosquillas.

No se lo estaba imaginando, ¡qué va!

—No, nada —murmuró, tratando de no mirar en su dirección—. Ninguna conexión directa.

—Qué pena.

—Y fijo que autobús y tren lo mismo. —River estaba despatarrada en la silla y los miró—. ¿Otro tequila? Solo uno, que deberíamos comer algo también.

—Hecho.

Skylar rellenó los vasitos en esa ocasión, y después vertió un poco de sal en el dorso de su muñeca antes de pasársela a los otros dos.

—Supongo que podemos ir en taxi —afirmó, mirando a River.

—No puedo permitírmelo, y no quiero que lo pagues tú.

—Pues eso o volvernos a casa. —Levantó el vaso—. ¿Preparados?

River asintió con cara de funeral, chupó la sal y se tragó el tequila como si fuera un vaso de agua tras recorrer un desierto. Skylar la imitó, y después se giró hacia Corey.

—¿Me queda algo de sal en la boca?

Sal la que le iba a dar él, a ese paso…

—Os llevo yo —soltó, decidido a cortar aquello antes de que se descontrolara.

—¿En serio? —preguntó la rubia, con tono de sorpresa—. Oh, no, no podemos pedirte esto. Llevas tres días al volante, estarás cansado.

Él se bebió el tequila de un trago y depositó el vaso sobre la mesa.

—Dormimos unas horas y ya.

—Joder, Corey, te debemos una. —River le dio unas palmaditas—. ¡Eres el mejor!

—Por cierto, ¿no hace frío aquí?

Skylar se frotó los brazos y volvió a ponerse la sudadera con una sonrisa. Seguramente él pensaba llevarlas de todas formas, aunque solo fuera por su hermana, pero no pasaba nada por divertirse un poco a su costa, ¿no? Que desde que habían visto el coche destrozado Corey sabía que el poder estaba en sus manos y el muy capullo no soltaba prenda…

Tras pasarse todo el día dando vueltas por Grand Rapids, Danni y Jamie regresaron al polígono donde él debía descargar la mercancía. Ella había esperado algún tipo de pista o acercamiento… sin embargo, Jamie seguía siendo un misterio. A pesar de las risas y la complicidad, no veía en el chico ninguna señal que la invitara a dar un paso más, y no era tan lanzada como Kat, por ejemplo.

Jamás hubiera preguntado al consejo si se metía con él en la ducha, vamos, ni loca. Sus primeros pasos debían ser más tranquilos.

¡Quizá ese era el problema! Era una chica que imaginaba que podía surgir algo entre ellos como si fuera a interactuar más veces con él tras el viaje, cuando era obvio que no. Jamie se despediría de ella al día siguiente y no volvería a verlo. O no sería nada sencillo que ocurriera, vamos. Kat solo aprovechaba el tiempo que tenía y ella era una mema, punto.

Lo peor era que, aunque pretendiera tener una aventura de una sola noche, tampoco sabría bien cómo planteárselo. De seductora tenía poco, siempre había sido tímida.

Abrió el móvil para hacer tiempo hasta que Jamie regresara y se metió en el chat, donde la foto más reciente era una botella de tequila.

Danni: «¡No os paséis bebiendo! Mañana, cuando lleguemos, tendremos que darlo todo.»

Romy: «Jajajaja, ¿mañana cuando qué?»

River: «Tranquilas, solo nos hemos tomado dos y ya nos vamos, a ver si encontramos un motel donde dormir.»

Danni: «¿Qué ha pasado con el coche al final?»

Skylar: «Pues que solo han dejado los asientos y poco más. No hay coche, no existe.»

La pelirroja releyó la respuesta, atónita. Ufff, con lo mucho que le gustaba a Skylar su coche, aquello no debería haberle sentado nada bien.

Danni: «¿Cómo venís, entonces?»

River: «Nos lleva Corey. Pronto, nos levantaremos a las seis o así para estar al mediodía. Te lo prometo, Romy.»

Romy: «Espero que no os pase nada más a ninguna. En serio, pienso seguir comiendo helado hasta que estéis aquí.»

Danni: «Yo necesito apelar al consejo de sabias.»

Skylar: «¿Para qué, para hacer lo contrario, como Kat?»

Danni: «No, no, os prometo que seguiré religiosamente lo que me digáis. Siempre que tenga sentido, claro.»

Romy: «Vete contando qué necesitas.»

Danni le dio un par de vueltas en su cabeza antes de ponerlo por escrito. Siempre apelaban al consejo de sabias cuando se encontraban en una situación «intensa» con algún tío, generalmente las demás veían las trabas que una misma no podía. Algunas como Kat no cumplían la votación, otras como Danni sí, siempre. Cuando una tenía la cabeza nublada no pensaba con claridad, las amigas lo hacían porque no estaban borrachas, o cachondas. Veían la situación con perspectiva y opinaban con la cabeza, así que lo justo era seguir los consejos, sobre todo, si los pedías por voluntad propia.

Danni: «Vale, creo que me gusta Jamie, y no sé cómo hacérselo notar.»

Romy: «Quédate en sujetador delante suyo y listo. ¿Algo más?»

Danni: «Gracias, Romy, pensaba en algo más sutil.»

Sun Hee: «¿Y si le preguntas directamente si quiere acostarse contigo?»

Danni miró al techo del camión, suspirando. ¿Por qué habían desaparecido las que más o menos sabían comportarse con chicos mientras que solo quedaban las que estaban aún más perdidas que ella? Sun Hee no tenía pareja, ni recordaba que hubiera tenido ninguna reseñable, y Romy... en fin, Romy se casaba con su novio de siempre, tampoco era que tuviera montones de experiencias que compartir. Hasta donde todas sabían, Romy no había salido con ningún otro chico.

¿Y se suponía que ellas la iban a aconsejar?

Danni: «A ver, Sun, no puedo hacer eso.»

Sun Hee: «Lo sé, lo sé, perdona. Es que tengo un poco de fiebre del sábado noche, ya sabes que es cuando me dedico a mí misma.»

La chica meneó la cabeza. Si bien era cierto que todas hablaban de sus relaciones con naturalidad, Sun Hee soltaba todo lo que le pasaba por la mente sin aplicar el menor filtro. A esas alturas, todas conocían al dedillo sus fantasías sexuales, con quién eran y qué día de la semana resultaba elegido para llevarlas a la práctica, tanto con vibrador como sin él.

Que estaban en confianza, cierto, pero en ese momento a Danni no le hacía falta saber lo que pensaba hacer Sun Hee durante la siguiente media hora.

Romy: «Eres la puta jefa. ¿Cuántos años llevas pensando en tu guitarrista a la hora de...?»

Danni: «Chicas.»

Sun Hee: «Muchos años, no sé. Aunque de vez en cuando cambio, pero Dennis es un clásico, siempre vuelvo a él. Si estuviera aquí lo dejaba seco.»

La puerta al abrirse hizo que Danni pegara un salto en el asiento. Era Jamie, y no pudo evitar ruborizarse, ¡si supiera de lo que estaban hablando! Seguro que quería saberlo, que se había enganchado a las cosas de sus amigas con una naturalidad alucinante. Ya casi hablaba de ellas como si las conociera, algo que le hacía mucha gracia.

—¿Todo bien? —preguntó él, al ver su expresión—. Te noto alterada.

—¿Qué? —murmuró la joven, alejando el móvil, que no cesaba de pitar—. No, nada, mis amigas, que están hablando de temas picantes. Ya sabes, sábado.

—¿Sábado? —Jamie puso cara de póquer.

—Bueno, es una broma entre nosotras, sí. Fiebre del sábado noche, por la película. Lo llamamos así cuando alguna va a enrollarse con alguien o tiene un momento... caliente, ejem.

Jamie se quedó mirándola sin saber qué decir. Obviamente no esperaba semejante comentario y, además, veía con claridad que ella se había puesto nerviosa.

—Ah… ya, vale —carraspeó.

—Perdona, no quería incomodarte, es que…

—No, no, tranquila.

—Mis amigas son un poco brutas, lo siento. Puedo decir sin miedo que soy la más comedida.

—Ahí discrepo, Romy tiene pinta de ser tímida.

Jamie arrancó el camión mientras la pelirroja se ponía el cinturón.

—Es más fruto de su inseguridad que de carácter, en realidad —corrigió Danni.

—Venga, cuéntame de qué hablan —sonrió Jamie, empezando a animarse—. Hace tanto tiempo que no tengo acción de ese tipo que esto será lo más parecido.

Danni alzó la ceja. Dios, hasta ella se daba cuenta de que aquello no era una buena señal. Si charlaba de sexo con esa naturalidad, incluso admitiendo que no lo practicaba hacía mucho… le hablaba como a una amiga.

Desbloqueó la pantalla y escribió:

Danni: «Me acaban de mandar a la *FRIENDZONE*. Estoy en la *FRIENDZONE*, chicas.»

River: «Hemos pedido la cena, pero te leemos a ver cuál es el problema.»

Sun Hee: «¿Por qué dices lo de la *friendzone*?»

Danni: «Bueno, está charlando de su vida sexual con toda naturalidad. Es más, me acaba de decir que lleva tiempo sin acostarse con nadie, ¿quién le suelta eso a una tía que le gusta?»

Skylar: «Haz que no te vea como una colega y listo.»

Danni: «¡No es tan fácil! Hemos pasado un día genial, y ahora me doy cuenta de que ha sido demasiado amistoso, sin tensión sexual.»

Skylar: «Pues créala tú.»

Romy: «La tensión sexual no se crea ni se destruye, solo se transforma.»

Puso un montón de caritas riendo a mandíbula batiente y Danni tuvo ganas de arrojarle el móvil a la cabeza, de tenerla delante no se cortaría.

Danni: «¿Algo que decir, Sun?»

River: «Déjala, ya sabes lo que está haciendo, es sábado. Danni, si estuviera en tu lugar iría con cautela, intentando sonsacarle algo.»

Skylar: «Ni caso, River empieza así porque liga con cincuentones y estos huyen como de la peste de los compromisos. No te sirve, y menos con Ted Bundy»

Danni: «¿Y qué hago para dejarle claro que me gusta?»

Skylar: «Coquetea un poco. Ya sabes, actúa como cuando sales y te has tomado cinco copas, que te vuelves la ostia de sociable y le das tu teléfono a todo tío que te cruzas.»

Danni: «¡Ahora estoy sobria, no me sale!»

Skylar: «Haz lo del brillo de labios. A mí me funciona.»

Danni miró el móvil con el ceño fruncido. Cierto, había visto a su amiga usar ese truco varias veces, que consistía en aplicar *gloss* de forma sexy ante un espectador interesado y de ese modo ayudar a que se decidiera, pero es que ella no tenía ni sus labios ni su aplomo. Su mayor orgullo era su cabellera pelirroja, eso y sus pechos, y claro, ¡no iba a ponérselos en la cara a Jamie!

Romy: «A ti te funciona todo, cabrona. Prueba a ser seductora con cien kilos, no te digo.»

Skylar: «Tú, deja el helado ya, lo digo en serio. Y Danni, si no quieres estar en la *friendzone*, es muy fácil: no te portes como una amiga.»

Danni suspiró y dejó el móvil sobre su regazo. Claro, para ella resultaba fácil, podría hasta dar un puto cursillo de técnicas de coqueteo, ¿y las que no tenían esa habilidad?

¡Pues menuda ayuda! Había noches que el consejo de sabias parecía no tener ni puñetera idea de que hacían.

—¿Nada interesante que contarme?

—Kat está con el conductor del autobús. Al fin se han liado —soltó, buscando un tema seguro.

—Viva la rapidez —sonrió Jamie, enfilando en la autopista dirección a Toronto—. ¿Amor a primera vista, o amor a quemarropa?

—Quién sabe. —Danni se encogió de hombros—. Quizá solo haya sido el momento.

—Sí, es lo más lógico. No creo que en tres días pueda surgir el amor —comentó Jamie.

—No, claro… a veces no surge ni en años, o sea que…

—Tampoco se han planteado dónde viven, si podrán llevar una relación a distancia. O si sus horarios son compatibles. —Jamie alzó la ceja—. Perdona, no quiero ser aguafiestas, es que como mis horarios y trabajo son tan complicados, es lo primero en lo que pienso.

Ella frunció los labios, ¿podría ir peor la conversación? Ahora resultaba que Jamie veía incompatible relacionarse con nadie debido al camión.

Ahora comprendía lo de que sus amigos lo llamaran aguafiestas…

Después del tercer tequila, River apartó la botella para que no terminaran agarrando la borrachera del siglo, que las peores siempre sucedían cuando nadie tenía intención.

—Habrá que buscar un motel, entonces —comentó Skylar, y miró a Corey—. ¿O prefieres conducir un rato y parar por el camino?

Él dejó el vaso de tequila sobre la mesa tras vaciarlo por tercera vez y negó con la cabeza.

—Mejor algo aquí y mañana salimos pronto. Con alcohol en el cuerpo, aunque no sea mucho, paso de conducir.

Hizo un gesto a la camarera, que se apresuró a acercarse con una sonrisa más moderada que al principio, y sin quitar ojo a Skylar. Le pidieron los menús para poder cenar algo antes y pronto tenían unas hamburguesas con patatas fritas junto a sus cervezas y tequila.

Skylar miró la suya y levantó el pan superior, frunciendo el ceño.

—Madre mía, esto tiene grasa acumulada del siglo pasado. Seguro que se podrían hacer prospecciones en la plancha.

Ella se hubiera pedido una ensalada, algo que debían ignorar que existiera en aquel lugar puesto que no aparecía en la carta. Empezó a desmontarlo para ver qué podía salvar mientras veía cómo Corey daba un buen mordisco a la suya. Ni siquiera en los gustos culinarios coincidían…

Al pagar, le preguntaron a la camarera por algún lugar donde alojarse y ella les dio las indicaciones para llegar a un motel cerca de la carretera que llevaba a la autopista, lo cual les convenía para salir pronto al día siguiente. No era el colmo de la elegancia, aunque pasó el escrutinio de Skylar cuando esta revisó la habitación.

River estaba en la cama, cambiando canales tranquilamente mientras esperaba a que su amiga terminara, como siempre. Tampoco era que tuvieran muchas opciones y, si no estaba contenta, tendría que conformarse, solo que el horno no estaba para bollos y no iba a comentarlo.

—El agua caliente es central, no va con depósito —comentó Skylar, al salir del baño.

—Vale.

Una vez ambas se hubieron duchado, Skylar se sentó en la cama de al lado y comenzó a balancear las piernas, a lo que River se giró para mirarla, dejando el mando de la televisión con el que hacía *zapping* de un canal a otro.

—¿Te pasa algo? Pareces intranquila... quiero decir, aparte del robo del coche, que esté en piezas y que Romy siga sola.

—Buen resumen, gracias. —Se levantó y cogió la sudadera de Corey—. Voy a devolverle esto.

River pensó que podía esperar al día siguiente, aunque no dijo nada y cogió el móvil. Apagó la televisión mientras Skylar salía y buscó música en su iPod para entretenerse mientras volvía. Además, así no los oiría si empezaban a discutir, cosa que tampoco le extrañaría con la tensión que la rubia llevaba acumulada. El chico no tenía ninguna culpa de lo sucedido con el coche, pero seguro que Skylar necesitaba desahogarse con alguien y él estaba más cerca... Esperaba equivocarse, solo faltaba que Corey se cabreara y las dejara allí tiradas.

Skylar salió al pasillo, que daba a la calle, y fue hasta la puerta contigua. Levantó la mano para llamar, la bajó y desanduvo el camino, para regresar al momento.

Iba a devolverle la sudadera, eso era todo, no tenía nada de complicado.

Llamó con los nudillos y Corey no tardó en abrir. Casi sintió decepción por no pillarlo saliendo de la ducha, como le había pasado a Kat.

Casi, porque tampoco era cuestión de hacer ninguna tontería.

—Te traigo tu sudadera —le dijo.

—Ah, gracias. No tenía prisa. —La cogió y se apoyó en el marco, al ver que ella no se movía—. ¿Algo más?

—Bueno, sí, ahora que lo dices... ¿Puedo pasar?

—Claro.

Se hizo a un lado y Skylar entró con cuidado de no rozarlo. No tenía muy claro qué iba a decir, a veces —muchas, más bien—, le ocurría eso con Corey: su mente iba por un lado y su cuerpo por el otro.

Y así les iba.

Corey tiró la sudadera sobre un sillón, cerró la puerta y se cruzó de brazos, mirándola.

—Tú dirás.

Claro, estaba esperando a ver qué quería. Carraspeó y se sacudió el pelo, un gesto que dejó al descubierto aquella parte del cuello que antes se tocara con el dedo y que inmediatamente atrajo la atención del chico.

—Ah, eso —empezó ella—. Nada, bueno, que… en fin, quería darte las gracias por llevarnos… creo que no te lo he dicho.

—No, pero no importa. Se sobreentiende.

Aparte de que la conocía, y sacarle esa palabra era casi misión imposible, con lo orgullosa que era. Lo cual le hacía preguntarse aún más qué hacía ahí.

—¿Has hablado con Romy? —preguntó, al ver que seguía callada.

—No, bueno, nos ha enviado un video que… en fin, está comiendo helado y viendo películas de Bridget Jones, así que mañana nos hará una fiesta cuando lleguemos. ¿Y tú?

—No, hoy no. ¿Has venido a hablar de Romy?

Skylar se encogió de hombros.

—No, solo a devolverte eso y darte las gracias, ya te lo he dicho.

Él entrecerró los ojos. Ya estaba bastante mosca con toda la escenita del *pub*, como para que encima se apareciera en su habitación a… lo que fuera.

—Será mejor que me vaya —dijo ella.

Avanzó hasta la puerta, pero él seguía en su camino y no se apartó.

—¿Me dejas pasar? —le preguntó.

—No sé, es que estoy pensando que, ya que estás aquí, quizá puedas explicarme lo de antes.

—¿Cuál? —Lo miró con sus ojos azules abiertos y cara de inocencia, que él no se creyó ni por un segundo—. No sé de qué me hablas. Si no te importa me iré a dormir, River estará esperándome y…

Dio un paso y Corey se mantuvo inmóvil. Señaló su pelo.

—Eso —le dijo, bajando el dedo a sus labios—. Esto. Te conozco, Skylar. No te pones en plan Mata Hari porque sí.

Porque sí no, por un motivo: lograr que se ofreciera a llevarlas y, de paso, provocarlo un poquito. Obvio que ninguna de esas razones iba a admitirlas delante suyo, claro, así que buscó una respuesta más funcional y absurda.

—A ver si ahora no puedo maquillarme sin que pienses que lo hago por ti.

Corey se acercó y le pasó un dedo por el tirante de la camiseta, subiendo por el hombro hasta el cuello, y reprimió una sonrisa al ver que se le erizaba la piel e inclinaba un poco la cabeza. Al darse cuenta de lo que estaba haciendo, Skylar frunció el ceño y le apartó la mano.

—Oye, no te pienses cosas raras.

—Yo no pienso nada, solo lo que veo.

—¿Y qué es?

—Que si te doy un beso ahí —le señaló el cuello—, te derretirás.

—No te lo crees ni tú.

—¿Probamos?

Skylar se apartó el pelo del todo. Desafíos a ella, ¡ja! Menuda cara se le iba a quedar cuando viera que era inmune a él. Solo tenía que imaginárselo en la boda con vaqueros, llevándole la contraria, y punto.

Claro que no contaba con que Corey no se limitara a un beso. No, primero le rozó la zona con los labios casi de forma imperceptible. Después, los posó traspasándole parte de su calor y, a continuación, la tocó con la punta de su lengua.

Ni siquiera su imagen mental ayudó en aquello, más bien al contrario, porque lo que se imaginó no fueron unos vaqueros, sino la ausencia de ellos. Pensó en apartarse, por supuesto, solo que sus manos ya estaban rodeándole el cuello.

Genial. Algún día debería ir al neurólogo, a ver qué problema tenía con las órdenes que emitía su cerebro y las que recibían sus extremidades.

Corey se apartó pensando en echarle en cara que había ganado y despedirse. Por supuesto, no hizo ninguna de las dos cosas. Al mirarla, su lengua rosada se estaba humedeciendo aquellos labios pintados para atraer su atención y el tener razón o no pasó a segundo plano. O tercero, porque lo que hizo fue besarla y a la porra el por qué había ido allí.

Las manos de Skylar ya estaban debajo de su camiseta y, por la forma en que le correspondía, dedujo que no quería tener más conversación; tampoco le pareció necesaria, no fuera a estropearse el momento. Así que dejó que le quitara la camiseta y enganchó los tirantes de la suya para bajárselos y pasar la lengua primero por un hombro y después por el otro, haciéndola retroceder por la habitación hasta que chocaron con la cama.

Se colocó sobre ella y le elevó los brazos por encima de la cabeza, besándola con intensidad. Bajó una mano por su cuello y pecho hasta llegar al estómago, donde levantó la tela para besarla en el ombligo y juguetear allí también con su lengua, otro de sus puntos débiles.

Skylar se retorció bajo él y enredó las manos en su pelo para instarle a subir y besarla de nuevo. Le desabrochó el pantalón y él la miró un segundo, aunque no llegó a decir nada y tiró de su camiseta para quitársela también. Entonces todo pareció convertirse en otra competición, a ver quién desnudaba antes a quién, sin que a ninguno le importara realmente el resultado, y pronto estaban ambos sin nada.

Corey la cogió por las caderas, colocándose entre ellas, y la penetró mientras Skylar le abrazaba con fuerza.

Si solo fueran tan compatibles fuera de la cama como dentro… sus cuerpos habían reaccionado el uno ante el otro desde el principio, las chispas saltaban entre ellos y el acostarse no había acabado con aquello, sino que lo había encendido aún más. Corey sabía cómo y dónde tocarla para hacerle perder la razón, y ella a él también, ni siquiera era algo que tenía que pensar.

Quizá fuera los días que llevaban separados, pero, aunque el sexo siempre era genial entre ellos, en aquel momento era incluso mejor.

Con la respiración aún agitada y sus dedos acariciando el pelo de Corey, Skylar pensó que lo de llevarle la sudadera no había sido buena idea. No por lo subir al cielo y bajar, que era como se sentía, sino porque lo que venía después era justo lo contrario.

Joder. Como empezaran a discutir otra vez… No le apetecía nada. Y él ya se estaba apartando, así que seguro que le daba la ropa y…

Se quedó sorprendida cuando, en lugar de meterse en el cuarto de baño para darle tiempo a irse o algo parecido, Corey se limitó a mover las mantas para cubrirlos con ellas y volver a besarla. Vaya, por lo visto no estaba preparado para mandarla a su habitación tan pronto… y ella tampoco para irse.

Después de su rito sexual del sábado, Sun Hee salió a cenar algo y se entretuvo después en un bar cercano al que había entrado al ver que estaban emitiendo un concierto de Strigoi. Era de un par de años atrás y ya lo había visto, pero como tampoco tenía mucho más que hacer, se quedó a verlo y cuando regresó al hotel ya era tarde.

Al pasar por la recepción y saludar, el chico la llamó.

—¡Perdona! ¿Eres Sun Hee Kim?

—Sí, ¿por qué?

—Han traído un paquete para ti.

—¿Es una broma? ¿A estas horas?

—El chico me ha dicho que lo ha encontrado en el fondo del camión al ir a limpiarlo, que no quería que le penalizasen por perderlo o algo así. Lo ha traído antes de irse a su casa.

La historia en sí a Sun Hee le importaba un pimiento: lo que le interesaba era el resultado final y se acercó con un par de saltitos al mostrador, impaciente.

—Genial, lo llevo esperando ni sé.

El empleado sacó un paquete de debajo del mostrador y un papel para que firmara y se lo entregó. Por si acaso, Sun Hee lo abrió. Vista la suerte que habían tenido, solo le faltaba que aquello fuera de otra persona o que su madre se hubiera equivocado al enviarlo. Ahogó un grito de emoción al ver que, efectivamente, contenía su pasaporte.

—¡Necesito un taxi! —exclamó.

—¿Un taxi?

—Sí, me voy a Niágara ahora mismo.

—¿Ahora?

—¿Hablo en chino? Sí, ahora. Recojo mis cosas y me marcho. Como no he dormido, esta noche no me la cobras, ¿no?

—Lo siento, eso no es posible. La noche ya está facturada y se te cobrará en la tarjeta.

—Joder.

—De todas formas… Mira, no sé si es lo más recomendable que vayas ahora a cruzar la frontera.

—¿Por qué?

—¿Qué les vas a decir a los de aduanas? Quiero decir, suena un poco sospechoso eso de cruzar a estas horas, de noche, y justo después de recibir un paquete.

—Un paquete con mi pasaporte. —Se lo enseñó—. No hay nada más.

—No, si a mí no me lo tienes que explicar, más bien a ellos.

Sun Hee frunció el ceño, mosqueada. Entre eso y que, si se iba, encima estaba tirando el dinero de la noche de hotel por la ventana… Se alejó del mostrador y sacó el móvil. Después del video, Romy no había enviado nada más. No tenía ninguna duda de lo que Kat estaba haciendo y dedujo que Romy seguiría con su maratón de películas o se habría quedado dormida. Después de la juerga de la noche anterior, seguro que estaba falta de sueño. Si salía hacia allí no tardaría más que media hora, eso si no tenía problemas en la frontera como el recepcionista había insinuado. Y si llegaba y Romy estaba durmiendo, habría perdido la noche de hotel para nada.

Decidió que lo mejor sería ir por la mañana, se levantaría temprano y cogería un taxi después de desayunar. Seguro que durante el día no habría ninguna sospecha extraña sobre su comportamiento.

Con el pasaporte bien sujeto para no perderlo por el camino, regresó a su habitación y envió un mensaje al grupo.

Sun Hee: «Mañana por la mañana estoy ahí pronto.»

River: «¿Ya tienes el pasaporte?»

Sun Hee: «Acaba de llegar, pero no me devuelven el dinero de la noche de hotel y, además, el recepcionista me ha dicho que puede ser sospechoso que pase ahora.»

River: «Raro sí sería.»
Sun Hee: «¿Vosotros venís mañana fijo?»
River: «Sí. Supongo. Skylar está hablando con Corey.»

Aquello era un eufemismo como una casa, puesto que se había quitado los cascos un momento para ir al baño y se los había tenido que poner rápidamente, que las paredes eran de papel y le había quedado claro que no estaban discutiendo. No pensaba decir nada al respecto, obviamente, ya lo contaría Skylar cuando estuvieran todas juntas.

CAPITULO 13

DOMINGO, MAÑANA

Eran casi las diez de la mañana cuando Sun Hee llegó en taxi a la frontera. Hubiera salido antes, si no fuera por su metabolismo marmota que le había hecho apagar de forma inconsciente la alarma del móvil, que se había puesto para madrugar. Y eso que el volumen estaba al máximo y se había dormido concienciada de despertarse. Tampoco era la primera vez que le pasaba, y había avisado también para que la llamaran desde recepción. Al despertarse por fin, encontró el teléfono descolgado, así que estaba segura de haberlo golpeado al sonar y después dejarlo así. Una vez le habían regalado un despertador que había que lanzar contra la pared y levantarse para apagarlo. El primer lanzamiento lo realizó a través de la ventana, por lo que no le sirvió de mucho.

En fin, lo importante era que ya estaba allí, entregándole el pasaporte al agente de aduanas con una enorme sonrisa.

—¿Qué asunto le trae a Canadá? —le preguntó.

—Una despedida de soltera.

El hombre miró el reloj y luego a ella.

—¿A las diez de la mañana?

—La despedida empezó el miércoles por la noche. Bueno, debería, porque solo llegó la novia al hotel… —Vio que empezaba a liarse y carraspeó—. No he podido llegar antes por temas… logísticos.

—¿Hasta cuándo se quedará?

—Hasta el lunes.

—¿Una semana?

—No, no, este lunes.

—Mañana.

—Eso es.

—Aquí pone que es de Atlanta. Pero este taxi no es de Georgia.

—No, a ver, es lo que le digo. Llegué, pero resulta que me había dejado el pasaporte y claro, tuve que esperar hasta que me lo trajeron ayer.

—¿Y por qué no cruzó ayer?

—Porque era de noche y tenía la habitación pagada.

Debía estar pensando que estaba chiflada o algo por la forma en que la miraba. Por fin, lo vio darse la vuelta, ponerle un sello y devolvérselo.

—Bienvenida a Canadá.

Menos mal, ya se veía en plan interrogatorio para cuadrar horas y fechas y ahí seguro que metía la pata, con todas las cosas que les habían pasado. Guardó el pasaporte y el taxista continuó su camino. Estaba que no se lo creía, por fin veía carteles que indicaban lo poco que quedaba. Ni siquiera llovía ni había atascos, nada que le impidiera llegar. Por si acaso, no había enviado ningún mensaje ni nada para no avisar a Murphy, que debía tener las conversaciones intervenidas para joderlo todo en cuanto alguien decía: «estoy en camino».

Quince minutos después, el taxi se detenía delante del hotel. Sun Hee le pagó y se bajó. Tras coger su maleta, se quedó mirando el edificio y el nombre del hotel con un suspiro de alivio.

¡Por fin!

Arrastrando la maleta, entró y fue hasta el mostrador de recepción.

—Hola —saludó—. Tengo una reserva.

—¿Nombre?

—Sun Hee Kim.

Le entregó su pasaporte. La chica tecleó y la miró.

—Lo siento, no hay nada a su nombre.

—Ah, no, claro, no la he hecho yo. Skylar Reed.

—Tampoco.

—¿Romy Ford? No, Romina.

—¿Es una broma?

—A ver, que no me estoy inventando nombres. Tenemos una *suite* reservada para una despedida. La chica de la despedida es Romy y Skylar hizo la reserva, no sé a qué nombre.

—Ah, un segundo, algo me suena… ¿Una *suite* para seis?

—Sí, eso es.

—¿Y que solo está una, de momento?

—Sí, exacto. Ahora conmigo dos, y el resto llegará hoy.

Cerró la boca al instante. Porras, ya lo había dicho. Joder, joder, y eso que no quería dar señales de esperanza para no fastidiarlo. Cruzó los dedos mentalmente mientras la chica tecleaba de nuevo y, poco después, le devolvió el pasaporte junto con una llave de plástico.

—Que disfrute su estancia. Coja el ascensor del fondo y suba a la última planta, no tiene pérdida.

—Gracias.

Se dirigió hacia allí reprimiendo las ganas de dar saltos de alegría y siguió las indicaciones para llegar a la *suite*. No llamó, así Romy se sorprendería aún más, y directamente deslizó la tarjeta por la ranura para abrir la puerta.

—¡Sorpresa! —exclamó.

Entró y la sonrisa se le congeló en el rostro al mirar a su alrededor. Botellas vacías, cojines desperdigados, bandejas con platos, boles vacíos y botes de nata… madre mía, menuda visión.

—¡Romy! —llamó.

Cerró la puerta y avanzó esquivando cosas por el enorme salón. Menuda *suite*, ya sabían que iba a ser grande, pero aquello era inmenso. ¡Menudo lujo!

—¡No estoy! —escuchó que contestaban—. ¡No quiero que me limpien la habitación ni he pedido nada!

—¡Soy yo!

—¡Y yo soy yo! ¿Y qué?

—¡Que soy yo, Sun Hee!

La chica había seguido el sonido de la voz hasta una puerta y se asomó. Encima de la cama, hecha un lío de sábanas y albornoz, con el pelo revuelto y cara de asombro, estaba Romy.

—¿Sun Hee?

Romy se frotó los ojos, por si el subidón de azúcar provocaba visiones.

—¿Eres tú de verdad?

—¡La misma!

Corrió por la habitación y se tiró de un salto a la cama, cayendo a su lado. Inmediatamente después, la estaba abrazando y Romy la rodeó con los brazos, casi ahogándola.

—Ay, Dios mío, que sí que eres tú. —La separó y la volvió a aplastar—. Ay, que no me lo creo. ¿Por qué no has enviado ningún mensaje para avisar?

—Por si acaso. Ahora le diré al resto que ya estoy aquí. Un poco más flojo, que no puedo respirar.

Romy la soltó un poco, aunque no demasiado y le dio un sonoro beso en la mejilla.

—Cuánto os he echado de menos…

—Nosotras a ti también. Jo, ya siento todo… lo de las demás ha sido accidentes, lo de mi pasaporte fue culpa mía totalmente.

—No pasa nada, ya estás aquí. Y las demás no tardarán, seguro.

—Podemos hacer lo que quieras hasta que vengan.

—Creo que deberíamos esperarlas aquí. Es un lugar seguro y neutral, si salimos seguro que nos separamos o algo.

—Lo que tú digas, ¡es tu fin de semana! ¿Has desayunado?

—No mucho.

—Pues ahora mismo pedimos un *brunch* al servicio de habitaciones y, de paso, que suban a recoger un poco, que esto parece la guerra.

—Vale.

—Para que llame me tienes que soltar.

—De acuerdo, pero no te alejes.

Sun Hee le hizo caso y realizó la llamada desde la habitación, indicando que lo sirvieran en la terraza, para poder estar tranquilas y disfrutar del *brunch* mientras limpiaban.

—Venga, dúchate y vístete que voy a dejar la maleta.

—¡No salgas de la habitación!

—Que no, tranquila.

Esperó a que se metiera en el baño para ir a buscar la maleta. Mientras su amiga se preparaba, sacó el móvil.

Sun Hee: «¡He llegado y estoy con Romy!»

La pantalla se llenó de emoticonos de aplausos por parte de todas.

Kat: «¡Enseguida estoy ahí! ¿Hay globos?»

Sun Hee: «Ya buscaremos, tranquila, ahora vamos a desayunar. Romy no quiere que salgamos de la habitación por si pasa algo».

Danni: «Buena idea. Según lleguemos, todas quietas en el mismo sitio hasta que estemos juntas».

Kat: «Vale, tranquilas que yo me encargo. Acabamos de pasar la frontera, ¡enseguida nos vemos!»

Más aplausos y emoticonos de fiesta.

Kat sonrió y guardó el móvil. Era extraño ir en el autobús los dos solos. Casi echaba de menos el bullicio de sus ancianitos, prácticamente había eco.

—Sun Hee ya está en el hotel con Romy —anunció.

—Esa era…

—La que se había olvidado el pasaporte. —Le dio un manotazo cariñoso en el hombro—. De verdad, eh, ¿no me has hecho ni caso en todo este tiempo?

—Algo sí, ¿no?

Le sonrió y señaló su cuello, con una marca, a lo que ella sacudió la cabeza.

—No seas tonto, ya sabes a lo que me refiero.

—Es que sois muchas y con muchas problemáticas.

—Bueno… en eso tienes razón. No importa, luego las conocerás así que ya te harás con los nombres.

Lawson iba a replicar, pero justo entonces Kat le dio varios golpes en el brazo con entusiasmo.

—¡Para! ¡Aparca!

—¿Qué?

—¡Ahí, ahí!

—Kat, que llevo un autobús, no puedo aparcar en cualquier parte.

—Ay, pues espera en doble fila, pero ¡para ya!

Lawson comprobó que no había nadie cerca y detuvo el coche paralelo a una fila de coches aparcados.

—¿Qué pasa?

—Voy a comprar globos, enseguida vuelvo.

—¿Globos? Kat, que estoy en medio de…

Ella ya estaba saliendo del autobús como una exhalación. La vio correr por la acera hasta una tienda con colores llamativos en el exterior y puso los intermitentes de emergencia, esperando que no tardara mucho y que no apareciera ningún policía a ponerle una multa.

Kat atravesó los pasillos de la tienda de disfraces y cosas de fiesta a todo correr. Había visto el cartel y no podía venirle mejor, así podrían ir decorar la *suite*.

Localizó un cartel que indicaba la zona de bodas y despedidas de soltera y revisó las baldas hasta encontrar los globos. Rojos, verdes, azules, negros… con mensajes, sin mensajes, decorados… no podía perder mucho tiempo, así que cogió un paquete de globos negros con mensajes y otro de color rojo; el primero ponía «para una despedida fuera de lo normal, mensajes disuasorios», en el segundo solo veía palabras de ánimo y felicidad. Escuchó la bocina desde el exterior, y dejó el rojo. Al momento, lo cambió por el negro. Y otra vez lo mismo.

—Joder, rojo, negro, ¿cuál era el bueno? —Otro pitido—. ¡Mierda!

Salió corriendo con un paquete en las manos, pagó casi sin parar en la caja, los metió en la mochila y siguió a toda velocidad hacia el autobús. Lawson estaba hablando con un policía, normal que se hubiera puesto a pitar.

—¡Emergencia resuelta! —exclamó, acercándose al agente—. Todo en orden, ya nos vamos.

—En esta zona no se puede parar y…

—Sí, no estamos parados, el motor está en marcha, ¿ve? Y ahora mismo seguimos.

Subió rápidamente y Lawson se apresuró a continuar la marcha, antes de que el agente añadiera algo más.

—¿Los tienes? —preguntó.

—Sí, sí, tengo un paquete de doscientos.

—El hotel es ese de ahí.

Kat dio unas cuantas palmadas entusiasmada. Después de tanta expectación, estaba por pellizcarse a ver si era verdad.

Por suerte, el hotel tenía un aparcamiento especial para autobuses y Lawson pudo dejarlo ahí. Entró con Kat y la acompañó hasta la recepción.

—¡Hola! —saludó ella a la chica, todo sonrisas—. Tengo una *suite* reservada.

—¿Una *suite*?

—Bueno, yo no. Mi amiga Romy. O Skylar.

—Si es una broma…

—Deja, Felicia, que este tema me suena. —La chica que había atendido a Sun Hee se acercó—. ¿De la despedida de soltera?

—Exacto. —Sacó su pasaporte y se lo entregó—. Kat Rivera.

La chica tecleó y le entregó una llave. Entonces miró a Lawson y de nuevo a su ordenador.

—No tengo ningún nombre masculino en la lista —dijo, bajando la voz—. ¿Es una sorpresa para la novia?

—¿Qué? Ah, no, no. —Se rio y le cogió del brazo, apoyando la cabeza en su bíceps—. No, este es solo mío, me ha traído. No se alojará con nosotras.

—Ah, bien.

Aunque su cara más bien parecía decir «qué pena».

—¿Por dónde es?

—El ascensor del fondo, la última planta.

—Gracias.

Kat, sin soltar a Lawson del brazo, fue hasta los ascensores.

—Espérame aquí —le dijo—. Enseguida bajo y te presento a las chicas.

—No, te espero en la cafetería. Seguro que os liais a hablar y tardas dos horas, con lo que le das a la lengua.

Eso no podía discutirlo, así que le dio un beso bien largo y sonoro, por si la recepcionista se pensaba que lo dejaba tirado o algo, que le quedara claro con quién estaba. Lawson le dio un azote en el trasero como despedida antes de que subiera al ascensor y ella pulsó el botón de la última planta con una sonrisa. Vaya con el conductor serio… Menuda tarde y noche habían pasado, y aunque no habían hablado, no quería que la cosa se quedara ahí. Ambos vivían en Atlanta, ¿por qué no quedar cuando volviera? Suponía que él también querría o se habría ido directamente al dejarla, aunque no estaría de más decírselo. Tanto que hablaba, y ese tema o lo habían tocado.

El ascensor se detuvo y salió pensando que lo haría después, ahora debía encargarse de su pobre amiga. Entró sin llamar, utilizando su llave, y silbó al ver la habitación. Madre de Dios, aquello era mayor que su apartamento. Que varios apartamentos, ya puestos.

—¡Chicas! —Tiró la mochila en uno de los sofás—. ¡Chicas, he llegado!

Atravesó el salón, que olía a limpio, y escuchó voces que parecían provenir de la calle. Las siguió hasta encontrar una terraza y ahí, tiradas en un par de hamacas con unas bandejas de comida casi vacías al lado, estaban Sun Hee y Romy.

Al verla, ambas se levantaron de un salto y corrieron a abrazarla, haciendo una especie de sándwich entre las dos.

—¡Os he echado de menos! —lloró Romy.

—¡Y yo a vosotras!

—No tanto, que bien que has estado entretenida —dijo Sun Hee, señalando su cuello.

—Esto es circunstancial. —Se apartó un poco y le secó las lágrimas a la futura novia—. Ya estoy aquí y las demás enseguida, vamos a recuperar el fin de semana.

—Vale —hipó, mirando tras ellas—. ¿Y el buenorro?

—¿Se ha ido? —preguntó Sun Hee.

—No, está abajo, os lo quería presentar. —Miró a Romy y le cogió las manos—. Pero si no te apetece, le mando de vuelta a Atlanta. Tú eres más importante.

—Ay, no, pobre, ya que te ha traído no lo vas a echar así. Y qué quieres, tengo curiosidad.

—Cuando lleguen las demás bajamos y os lo presento, vais a flipar. Parece un serio, ya os lo dije, pero nada de eso.

—Nos tienes que contar todo el rollo ese con los ancianos.

—Hasta me ha dado pena despedirlos. —Se acercó a una de las bandejas y cogió un plato con huevos revueltos—. No sabéis qué vicio al bingo.

—Voy a pedir otro par de *brunches* —dijo Sun Hee—. Para ti y la que llegue después.

—Sí, genial, y os voy contando.

Mientras, terminó los huevos, ya que tenía el plato, y procedió a parlotear incesantemente para contar toda su peripecia.

—No me creo que estemos aquí —sonrió Danni, mirando por la ventana el hotel que se encontraba ante ellos.

Desde la altura del camión no parecía tan majestuoso, aunque sin duda lo era. Por lo que había leído de sus amigas, la *suite* era un sueño hecho realidad.

—No esperaba menos de Skylar —comentó Jamie, con una sonrisa.

Al verlo sonreír, Danni sintió ganas de darle un puñetazo. ¿Cómo se atrevía a hechizarla para después mandarla a pastar a la dichosa *friendzone*? ¡No era justo! Le costaba bastante interesarse por alguien, precisamente porque necesitaba conocer a la gente un mínimo antes y eso no era habitual al salir de fiesta. Y cuando al fin lo hacía… el tío le salía con una relación fraternal de mierda.

Claro, demasiado guapo para ella, ¿en qué momento se habían puesto tan altas sus expectativas?

—¿Quieres conocerla? —le preguntó.

A pesar de esas repentinas ganas de pegarle, no quería que se marchara, no todavía. Le apetecía presentárselo a sus amigas, en plan: «¿Lo veis? Es normal y mono.»

Además, después de molestarse en llevarla hasta allí, lo menos que le debía era eso. A lo mejor hasta podía quedarse a comer, total, eso ya estaba pagado.

—Por supuesto, es mi favorita de todas. Me la imagino como una especie de señorita Rottenmeier, pero con más estilo.

Danni arrugó los labios y después sonrió.

—Eres increíblemente específico, y sí, no andas desencaminado, aunque mejor no lo comentes en voz alta.

—Ella me puso el mote de Ted Bundy, ¿no puedo agradecérselo de la misma manera?

—Lo único que aún no ha llegado... bueno, entra conmigo, puedes conocer a las demás mientras esperamos. ¿Te parece bien?

—Claro, me vendrá bien estirarme.

Danni cogió su mochila, pensando que al fin podría llevar la ropa a la lavandería. Menos mal que había dado con el camionero correcto, que si no...

Jamie cerró las puertas y la siguió hasta el interior del hotel. Una vez dentro, tuvo que reconocer que tenía una pinta estupenda, y que él, con su aspecto, no pegaba absolutamente nada por allí.

—Voy a registrarme —comentó Danni—. Dejo la bolsa arriba y vuelvo con mis amigas, ¿por qué no te sientas por ahí?

Jamie miró a su alrededor hasta localizar una especie de zona que parecía diseñada para apalancar maridos o algo así. Asintió y ella sonrió antes de regresar su atención a la chica del mostrador, que ya tecleaba en su ordenador.

—Oh, la *suite* de seis —afirmó la recepcionista—. Parece que llegáis todas el último día, ¿eh?

Le dedicó una sonrisa brillante y Danni se preguntó qué tenía de divertido aquello, ¿a que todavía le daba un mamporro con el equipaje?

—Gracias —murmuró, mientras cogía la tarjeta con el ceño fruncido.

Le dedicó un gesto a Jamie, que ya estaba acomodado en uno de aquellos sillones tan aristocráticos, y este la despidió con la cabeza, sin dejar de mirar a todas partes.

Danni fue al ascensor, casi sin poder creer que de verdad estuviera allí. Menudo cansancio llevaba encima, nunca hubiera imaginado que manejar un camión resultara tan agotador, ¡y ella se quejaba de su cubículo grisáceo! Encima, el chico ni siquiera tenía tiempo de conocer las ciudades en las que paraba, todo el tiempo pendiente del tacógrafo. Esa maquinita que le decía cuándo debía dormir, comer, parar y de todo.

Bajó del ascensor y recorrió el pasillo hasta llegar a la puerta de la *suite*. Tenía que ser aquella, dentro se escuchaba música y un montón de voces hablando entre ellas, esas voces que tan bien conocía y que tanto había echado de menos esos días.

Pasó la tarjeta por la ranura y entró.

—¡Chicas! —exclamó, atravesando la enorme entrada—. ¿Dónde estáis? ¡Esto es muy grande, no os veo!

Oyó unos pasos a la carrera y, de repente, apareció Sun Hee.

—¡Danni! —exclamó, yendo a su encuentro —. ¡Chicas, ha llegado Danni!

La abrazó entre gritos de alegría y Danni respondió con el mismo entusiasmo. Por Dios, parecía que no se habían visto en meses.

Romy apareció de inmediato tras ella, con una sonrisa enorme en la cara. Al final tantas emociones seguidas le iban a pasar factura, ¡acabaría llorando varias veces ese día!

—¡Hola! ¡Kat, ha llegado otra sana y salva!

—¡Señorita Danielle! —Kat apareció en la estancia y corrió hacia ellas—. ¡Venga, un abrazo grupal de los nuestros!

Las cuatro se apelotonaron entre ellas, tratando de que ninguna quedara fuera, y permanecieron así unos segundos.

—Vaya odisea, chicas —suspiró Danni, y miró a Romy—. Cariño, me sabe fatal este lío, en serio. Es tu despedida, debía ser algo especial.

—Ahora estáis aquí —dijo esta—. Lo peor ha pasado. Nos queda el día de hoy, ¿no? Y al menos mañana volveremos todas juntas.

—Toma, come. —Kat le alargó un plato de comida a Danni—. Sun Hee se ha vuelto loca pidiendo *brunches*. Van a pensar las de recepción que somos cien, en lugar de seis.

Danni aceptó el plato y empezó a pinchar trocitos de tortilla.

—Chicas, escuchad, tengo a Jamie abajo…

—¿En serio? ¿Has traído a Ted Bundy? —se asombró Kat—. ¡Quiero conocerlo!

—Sí, sí, por eso. Le he preguntado si le apetecía conoceros y ha dicho que sí, había pensado que como ha sido tan majo podríamos invitarlo a comer. ¿Os importa?

Romy negó con la cabeza.

—Pues claro que no —comentó, y miró a Kat—. ¿Por qué no le dices también a tu conductor?

—¿Lawson está? —preguntó Danni, asombrada.

—Lo he dejado esperando —se echó a reír ella—. Parece que todas hemos tenido la misma idea.

—No se hable más —decidió Sun Hee—. Voy a llamar para reservar mesa y comemos juntos, como agradecimiento por traeros a todas. Incluyo a Corey, si el pobre no se ha pegado un tiro todavía.

Descolgó el teléfono para hablar con el restaurante del hotel. Mientras tanto, Kat cogió el móvil para enviar un aviso a Lawson y Danni llamó a recepción para que le avisaran a Jamie.

Al recibir el mensaje de la solícita recepcionista, Jamie dedujo que todavía tardarían un rato en bajar, seguro que al menos hasta que llegara el trío, así que decidió esperar tomando algo y se levantó para mirar a su alrededor. Enseguida localizó la zona de bar y cafetería y se dirigió hacia allí. Apenas había gente, y en la barra, sentado en un taburete alto, vio a un chico que, por la pinta y la cara de estar aburrido de esperar, no podía ser otro que el conductor de autobús.

Se acercó y le sonrió.

—Hola. ¿Eres Lawson, el buenorro?

Él lo miró de arriba abajo y afirmó.

—¿Nos conocemos? —preguntó, preguntándose quién era y por qué lo llamaba así.

—Casi. —Extendió la mano—. Soy Jamie.

—Jamie…

—¿Ted Bundy?

—Ah, perdona. —Le estrechó la mano—. No caía. Entre que no soy bueno con los nombres y que estos días he escuchado más que en toda mi vida…

—¿Me puedo sentar contigo a esperar?

—Claro.

Jamie cogió uno de los taburetes vacíos y se sentó a su lado.

—No creas —continuó Jamie—, que con tanto apodo casi ni me acordaba de cómo te llamabas.

—Ya, lo de buenorro ha tenido éxito, sí. Aunque lo prefiero al tuyo, sinceramente.

—Sí, con lo mío no voy a ir muy lejos.

La camarera se acercó y le sonrió, aunque Jamie apenas si le dirigió una mirada y se limitó a pedir una cerveza.

—En fin, pues ya solo falta el trío. Qué intriga.

—¿Por?

—¿En serio? ¿No tienes curiosidad por ver a la infeliz expareja y la pobre River, que ha estado de tercera rueda? Aunque esa analogía mejor no decirla delante de ellos, que con lo de las piezas del coche de Skylar no les hará gracia.

—Parece que te has puesto bien al día de todas. Yo pensaba que era Kat la que hablaba por los codos.

—Danni no mucho, pero lo justo y necesario para mantenerme intrigado. —La camarera le dejó un vaso y él lo cogió, de nuevo sin hacerle caso—. Al principio pensé que estaban todas un poco chaladas…

—¿Solo un poco? Te recuerdo que a mí me tocó la del pelo rosa.

—Bueno —le guiñó un ojo—, por lo que sé no te ha ido mal.

Lawson movió la cabeza, divertido. No le gustaba ir contando su vida por ahí ni solía dar conversación a desconocidos y, sin embargo, con Jamie estaba tan tranquilo. Era como si lo conociera, después de haber oído hablar tanto de él e incluso, haber visto una foto de su carné. Además, parecía que lo de compartir experiencias con ellas unía.

—No me quejo, no —contestó—. Pensaba que me volvería loco.

—Y lo ha hecho.

—Sí, pero de más formas de las que imaginaba. Al menos ahora tenemos un rato de descanso, porque cuando bajen todas auguro que va a ser una locura total.

—Estarán poniéndose al día, eso les llevará un rato. La pobre Romy no las querrá soltar en horas. —Lawson elevó una ceja—. Venga, hombre, ¡tienes que estar bromeando! Como me digas que no sabes quién es…

—Romy la tengo clara —rio—. Sí, era broma. Es la que se casa, ha estado sola y encima es bastante insegura, así que lo habrá pasado mal.

—Mal en plan dos botes de helado y un maratón de *Bridget Jones*. Eso es grave en el universo femenino.

—Algo me enseñó Kat, un video bastante lamentable. La verdad es que me ha contado tantas cosas que necesito unos días para que mi cerebro consiga asimilar la información.

—Mira, es sencillo. Sun Hee se dejó el pasaporte, adora a Strigoi y no sale con nadie aparte de con su vibrador.

—Bien, gracias, esa información la he oído y la había pasado a otra parte del subconsciente para no recordarla.

—A River, le gustan mayores y viaja con Skylar, la pija maja que salía con el hermano de Romy. ¿Te hago un croquis? —Cogió una servilleta y se palpó los bolsillos—. Creo que tengo algún bolígrafo.

—No, no, deja, con estos datos básicos me vale.

—Total, salían y ayer debió pasar algo, estamos seguros.

—¿«Estamos»?

—Danni y yo, sí.

—Kat me dijo que Danni andaba sin trabajo, ¿no?

—Un pequeño lío de persona, sí. Lo dejó porque no le gustaba, pero tampoco sabe qué hacer… —Se encogió de hombros—. Le han enviado una oferta durante el viaje, espero que de verdad vaya a la entrevista. Es buena chica.

Lawson alzó la ceja ante el tono utilizado, que parecía implicar mucho más, aunque no llegó a decir nada. De pronto, Jamie le dio un manotazo en el hombro que casi le hizo tirar la cerveza.

—¡Está aquí! —exclamó.

—¿Quién? —Miró a su alrededor—. ¿Danni?

—No, ¡Corey!

—¿Cómo lo sabes?

Jamie lo miró como si estuviera loco, y señaló al chico que se dirigía hacia allí: ligeramente despeinado, tatuajes, vaqueros... ¿Cuántas pistas más necesitaba? Estaba claro que no había prestado la misma atención que él.

Le hizo un gesto y el tatuador miró hacia atrás.

—¡Corey! —lo llamó y se señaló a sí mismo, además de a Lawson—. Jamie y Lawson.

Corey se acercó con las manos en los bolsillos y los miró alternativamente.

—Ted Bundy y el buenorro —aclaró Jamie, por si acaso.

—Ya, con los nombres me valía, solo estaba interiorizando las caras con ellos. —Les estrechó la mano con una sonrisa—. ¿También os han mandado a la zona de espera?

—Sí, ya llevamos un rato.

—No creo que bajen hasta la hora de comer. —Arrastró otro taburete y pidió una cerveza a la camarera, que no les quitaba ojo de encima—. Tienen para rato entre abrazos, charlar y volverse a abrazar. Lo hacen siempre.

—¿Tú no has subido a ver a tu hermana? —preguntó Lawson.

—No, ahora es momento de chicas, no me haría ni caso. Ya lo haré luego, cuando bajen.

—¿Qué tal Skylar? —preguntó Jamie. Lawson le empujó con el pie—. ¿Qué?

—Bien. Cabreada por lo del coche.

—Ajá.

Corey cogió la cerveza que le pasó la camarera, sin mirarla, y entrecerró los ojos. ¿Acaso aquello iba con segundas?

—Así que... habéis hablado mucho, ¿no? —comentó Jamie.

—¿Insinúas algo?

—No. Mira, te lo pregunto directamente, que me habéis tenido en vilo con vuestro culebrón. ¿Habéis vuelto?

Corey miró a Lawson, que negó con la cabeza.

—A mí no me mires, que yo soy un mero observador y me entero de la misa la mitad —dijo.

—No, no hemos vuelto. —Frunció el ceño—. No sé, tenemos que hablar. No tengo nada claro ahora mismo.

—Discutieron porque no quiere ir en vaqueros a la boda —aclaró Jamie a Lawson, por si acaso.

—Bueno, digamos que eso fue el detonante —corrigió Corey—. No veo nada malo en ir en vaqueros a una boda, añado.

—Ni yo.

—Yo tampoco —aportó Lawson—. Eso sí me lo contó Kat. No entiendo muy bien tanto problema si a tu hermana le da igual.

—¡Gracias, menos mal, gente razonable! —Chocaron sus botellines de cerveza—. Sentaos cerca en la comida, por favor, mejor apoyarnos que nos superan en número.

Los dos afirmaron y volvieron a chocar las botellas, para sellar el pacto.

En la última planta, River y Skylar entraron en la habitación a la carrera y prácticamente se lanzaron sobre las otras cuatro. Durante unos minutos hubo un lío de besos, abrazos, lloros y vuelta a empezar, además de un abrazo grupal de nivel extra de espachurramiento.

Tras la sesión de películas, Romy pensaba que había agotado la cuota de lágrimas, y sin embargo allí estaban todas, derramando tantas que parecían el Niágara que se veía por la ventana.

—Siento tanto lo de tu coche —sollozó Romy.

—No quiero ni pensar en ello. —Skylar se secó las mejillas con las manos—. Ese drama para la vuelta, ahora solo quiero disfrutar contigo.

—¿Corey se ha ido?

—No, lo hemos dejado abajo esperando —aclaró River—. Dijo que ya te vería en la comida.

—Menuda paliza se ha pegado el pobre —comentó Sun Hee, mirando a Skylar—. Para ser tu ex y eso, digo.

—Bueno, ahora no le pongáis en un altar, que lo ha hecho más por Romy, seguro —dijo ella, viendo por dónde iban los tiros—. Ese tema ya lo hablaremos con unas cuantas copas. —Miró a Kat y a Danni—. Y vosotras también tenéis mucho que contar.

—Yo poco, aparte de lo que os he dicho de la maldita *friendzone*.

—Todavía no se ha ido —aportó Kat.

—¿Y qué sugieres? ¿Que lo empotre contra la barra del bar?

—Mmmm….

—¡Kat!

—Ya, ya, no sé, pero algo le puedes decir antes de que se vaya.

—Ya veré.

Lo de la *friendzone* la tenía frita, a ver si durante la comida le decía algo o veía alguna otra señal y si no… pues ni idea de qué podía hacer, con tan poco tiempo por delante. Eso era secundario, por fin estaban con Romy y tenían que recuperar el tiempo perdido.

—Quedan pases para el *spa* —dijo Romy—. Y masajes, así que podemos hacer un combo mañana si queréis, como el autobús sale después de comer…

—Esta noche salimos donde quieras —dijo Sun Hee.

—Menos al sitio ese del *striptease* —se apresuró a aclarar Skylar—. Vamos a dejar el momento tanga también para cuando hablemos, que eso nos lo tienes que aclarar. Por cierto, ¿lo aguantaste toda la noche?

—Acabó en la lámpara. Creo que lo tiré a la basura, no quiero ni verlo. Quien lo inventó tenía una mente maquiavélica.

Llamaron a la puerta y Sun Hee fue a abrir. A pesar de que comerían en poco tiempo, en cuanto los camareros dejaron las bandejas con comida, todas se lanzaron al ataque, como si también tuvieran que recuperar las comidas que se habían perdido en el hotel.

Y todo ello, regado con un par de botellas de vino espumoso que había repuesto el servicio de habitaciones en el bar. Iban a bajar contentas a la comida, sí…

Skylar insistió en cambiarse de ropa, y al resto les pareció una idea genial, que la mayoría estaban hartas de ir en vaqueros y deportivas.

—¿Por qué tienes tanta ropa, bruja? —preguntó Danni.

—Porque al perder la maleta tuve que comprar, luego recuperé la maleta. Por cierto, es lo único que no me robaron. Eso y los globos.

—¿No los robaron? —se apresuró a preguntar Kat, aprovechando que Romy estaba en el baño.

—No, eso no. Se ve que no les interesaba.

—¿Qué dices? ¡Si compramos un montón y son de los buenos!

—Yo qué sé, los ladrones no apreciarían su valor, qué quieres que te diga.

—No hay quien entienda la mente criminal.

—Eso será.

—En fin, mejor para nosotras, entonces. ¿Los has traído?

—Creo que se han quedado en el coche.

—No pasa nada. De todas formas, he comprado un paquete de doscientos por si acaso. A ver si podemos decorar la *suite* antes de volver de la comida.

—Ya me ocupo —repuso River—. Podemos hacerlo Sun Hee y yo, vosotras tenéis hombres a los que prestar atención.

—Hombres que llevan mucho tiempo solos. Cuando bajemos estarán borrachos —comentó Danni, terminando de vestirse—. ¿Alguien me deja colonia de mujer? Con este desodorante que me prestó Jamie voy a mutar en tío.

Skylar le enchufó el suyo sin avisar, haciendo que la pelirroja retrocediera con una tos.

—Qué bonito, compartes aroma con Ted Bundy —se burló.

—He pedido perfume, no que me fumigues, joder.

—Venga, espabilad —Kat les metió prisa—. ¡Quiero presentaros a Lawson!

—Vale, pero chicas… ¡chicas! —gritó Danni, intentando hacerse oír—. No quiero bromitas sobre Jamie, ¿vale? Dejad que lo solucione a mi manera.

—¿Te refieres a esa manera que viene a ser no hacer nada? —preguntó River, divertida.

—La que sea, es cosa mía. No os pongáis cabronas que ya nos conocemos.

—Huy, cómo se pone de digna…

—Cuando te dan el coñazo en la disco bien que nos pides que nos metamos —se rio Sun Hee.

—Será que le interesa de verdad —comentó Skylar.

Terminó de abrocharse el vestido, dejando a Danni pensativa. Pues seguro que era eso, porque jamás le había importado que sus amigas vacilaran a ciertos ligues, lo cierto era que no los tomaba en serio. O le daba igual lo que pensaran de ella, no tenía intención de verlos más. Y si con Jamie le incomoda o avergonzaba, debía ser por algo.

—Sintoniza con el consejo para obtener la canción perfecta en cada ocasión —dijo Kat—. La de hoy, esa de Roxette tan moñas.

—Sí, sí, muy divertido —gruñó la pelirroja.

Quince minutos después, todas habían recuperado su esencia más o menos, excepto Sun Hee, que iba vestida como siempre. Claro, era la única en mantener su equipaje intacto junto a Romy.

Cuando aparecieron en el bar del hotel, hubo tanto revuelo que Kat pensó que volverían a llamarles la atención, igual que en el autobús, de forma que alzó la voz varias veces para dejar claro que estaban en una despedida de soltera. Porque, como todo el mundo sabía, el follón estaba permitido en esa situación.

El único que se libró de varias presentaciones largas como un viaje sin música fue Corey, que ya las conocía de sobra y se dedicó a abrazar a su hermana pequeña.

Kat exhibió a Lawson ante sus amigas con una sonrisa de orgullo, y según lo movía de una a otra, se giraba para ver los gestos que le dedicaban ellas. La mayoría vocalizaban un «*wow*», así que su sonrisa se hacía cada vez más amplia.

—Sí que está buenorro, sí —comentó Danni a Skylar, que lo observaba cruzada de brazos.

—Demasiado clásico para Kat.

—¿Tú crees?

—Desde luego, aunque puede que funcione. —Vio a Jamie aproximarse y le dio un pellizco a la pelirroja en el culo—. ¿Es Ted Bundy? Muy mono.

Jamie se acercó con una sonrisa en el rostro. Al principio, tanta chica desconocida abrazándolo como si fuera de la familia lo había desconcertado, pero al final decidió dejarse llevar por la corriente.

—Te había perdido de vista —comentó, mirando a Danni, y después reparó en Skylar—. Y tú eres la responsable de mi amistoso mote, supongo.

Ya comprendía por qué no pegaba con Corey, solo había que fijarse en su vestido elegante, el maquillaje y el pelo... era el tipo de pareja que rara vez se veía.

—La misma —respondió ella, con una sonrisa—. Y aprovecho para retirar el mote, aquí y ahora. Ted Bundy era guapo, pero no tanto como tú. Gracias por cuidar de mi amiga.

Le dio un abrazo y una palmadita, y Jamie, que tenía preparadas un par de frases irónicas, se quedó sin saber qué decir. Skylar los dejó solos, así que Danni soltó una risita.

—No puedes odiarla. —Se encogió de hombros.

—No, desde luego que no —asintió él—. Me supera en astucia.

Danni le dio otra palmadita amistosa y lo empujó hacia la mesa. Al momento, una camarera que no dejaba de pasear sus ojos de un chico a otro se acercó con una libreta en la mano. Con todo el ruido le llevó un rato anotar el pedido y, además, supo de inmediato que aquella sería una de esas comidas que terminaban tarde, muy tarde.

Parecía que aquel grupo tenía mucho que contarse, incluso ya empezaba a escuchar historias disparatadas que sonaban divertidas. Bueno, al menos eso la entretendría... eso y las vistas masculinas, claro.

CAPITULO 14

DOMINGO, TARDE

La comida se alargó, pero la sobremesa aún más. Una conversación se superponía a otra, las aventuras y desventuras se contaban una y otra vez, sobre todo porque había más de una versión de los hechos al estar los chicos presentes. Ellos, siguiendo su acuerdo en el bar, se habían sentado todos juntos para no dejar a Corey solo ante el peligro y el chico tenía a un lado a su hermana y al otro a Jamie. Después, Lawson y Kat, y al lado de esta, Danni, que había visto con impotencia como su Ted Bundy se sentaba a más distancia de la que le hubiera gustado. No quería pensar que era otra señal, igual que la forma en que el chico contaba el momento siesta o cuando había abierto las cajas para buscar ropa, como si no fuera nada del otro mundo. Entre una cosa y otra, el tema la tenía calentita, la verdad.

Cuando terminaron los postres, casi todos pidieron café y siguieron de cháchara en la mesa un buen rato más, hasta que la camarera se acercó para avisarles de que el comedor cerraba y debían salir de allí.

El grupo de dirigió a la entrada, Kat maquinando cómo adornar la *suite* sin que Romy se enterara.

—Estás muy seria de pronto —dijo Lawson—. ¿Qué estás maquinando?

—Nada, solo lo de los globos. Voy a ver si le digo a River.

Alzó la cabeza para ver qué hacía Romy. Iba hablando con Corey, por lo que aprovechó que estaba distraída para coger a River de un brazo y se la llevó un poco aparte. Para asegurarse, se ocultaron detrás de una columna.

—¿Qué pasa? ¿No vamos al bar a tomar algo?

—No, no, escucha. Aprovecha ahora mientras nos despedimos y sube con Sun Hee para adornar la *suite* —le dijo—. Mis globos están en mi mochila. Revisa también el bar y repón lo que haga falta, sobre todo champán.

—Sí, tranquila. Voy a decirle a Corey que me deje las llaves del coche y cojo los globos.

—Está Romy con él.

—Veré qué puedo hacer. Y vosotras, intentad no tardar mucho, que solo hay un cacharro para inflar y lo mismo nos encontráis ahogadas.

—Tranquila, lo importante es que tarde Romy.

—Pues voy a despedirme.

—Discretamente, no llames la atención.

Claro, el bullicio que había con todos hablando a la vez fuera del restaurante no debía ser distracción suficiente. Se despidió de forma rápida de Lawson y Jamie y se acercó a Corey, que tenía a Romy pegada a él como si no quisiera dejarle marchar. Así no iba a poder decirle nada... Intentó hacerle gestos con la cabeza y nada, seguro que con los pelos que tenía se pensaría que se estaba sacudiendo los rizos. Al final acabaría llamando demasiado la atención, así que lo dejó por imposible. Le enviaría un mensaje a Skylar para que se ocupara ella y de mientras irían inflando los de Kat y reponiendo el alcohol.

—Voy a... una cosa —dijo—. Así que, si no te veo al volver, pues quería darte las gracias de nuevo por todo.

—No hay de qué.

—¿Dónde vas? —Romy se puso alerta al momento—. ¡No te alejes!

—No voy a salir del hotel.

—Entonces, ¿dónde vas?

River suspiró y se tocó el estómago, haciendo un gesto de incomodidad.

—A un sitio con intimidad —replicó, con una mueca—. Ya sabes, la comida...

—Ah, vale, vale. Perdona.

River siguió cogiéndose la tripa hasta alejarse de ellos y enganchó a Sun Hee por el camino, que estaba hablando con Jamie sobre las bondades desconocidas de Strigoi.

—Vámonos —le dijo.

—¿A dónde?

—Arriba, a decorar antes de que suba Romy.

—Ah, vale, voy a despedirme de Lawson y Corey…

—No, no, de Corey no, que Romy puede sospechar. Vámonos antes de que se dé cuenta.

—Bueno, pues nada, Ted, o sea, Jamie, encantada de conocerte. Y escucha esa lista que te he dicho, ¡cambiará tu vida!

—Estoy seguro.

Le sonrió mientras ella le hacía un gesto a Lawson para despedirse y se alejaba.

—Pensaba que exagerabas un poco con su obsesión —comentó Jamie a Danni, que estaba también a su lado—. Pero no, más bien te has quedado corta.

—No escucha otra cosa.

—En fin, creo que debería irme ya, tengo un largo viaje y prefiero salir cuanto antes.

—Claro. —Carraspeó—. Te… te acompaño al camión.

Junto a ellos estaban Kat, Skylar y Lawson. Jamie se acercó para despedirse y Lawson miró el reloj.

—¿Sales ya? —le preguntó.

—Sí. Voy para Atlanta, ¿tú?

—También tengo que volver. Podemos coordinarnos y hacer las mismas paradas, así será menos monótono.

—Vale. Ya tienes mi teléfono, así que te mando mi localización por WhatsApp y tú a mí y nos vamos siguiendo.

—Perfecto. —Miró a Kat—. Me iré entonces ahora también.

—Ah, vale, pues… te acompaño al autobús.

Los dos chicos se despidieron de Skylar, que se encontró entonces con que solo quedaban Romy y Corey.

—¿Dónde están River y Sun Hee? —preguntó.

—Arriba —Kat habló en voz baja, de forma que solo ella la oyera—. Están decorando, ayuda a Corey a entretener a Romy.

—Puedo subir a ayudarlas.

—No, que Romy sospecharía si todas desaparecemos de pronto. Espera a que volvamos Danni y yo.

—También tendrás que despedirte de Corey, ¿no? —añadió Danni.

Skylar la fulminó con la mirada, aunque no sirvió de nada porque ella ya se había dado la vuelta y se dirigía hacia los hermanos con Jamie. Kat y Lawson les siguieron también.

—Se marchan ya —anunció Kat.

—Muchas gracias por traer a mis amigas —dijo Romy, abrazando a ambos como si les hubieran salvado la vida—. Gracias, gracias.

—No ha sido nada —contestó Jamie.

—Ha sido toda una experiencia —sonrió Lawson, mirando a Kat.

—Vamos a acompañarlos y volvemos enseguida —dijo esta.

—¿Es lejos?

—No, no, aquí mismo —la tranquilizó Danni.

—Vale, no quiero que alguna salga del hotel y desaparezca.

—Tranquila, verás que no pasa nada.

—Ya las cronometro yo —dijo Skylar, colocándose al lado de Romy.

—Yo también me iré enseguida —dijo Corey.

—Espera un poco a que vuelvan ellas —le dijo Skylar, señalando con la cabeza a Romy—. Así haces compañía a tu hermana.

—Ya estás tú.

—Si no subimos a la *suite* —propuso Romy.

—No, vamos a esperar aquí mejor. Y Corey también. Además, estarán limpiando la habitación. —Miró al chico intencionadamente—. O algo.

Por fin, él pareció captar lo que le estaba diciendo y no protestó más. En cambio, señaló hacia el bar.

—Os esperamos ahí. Chicos, si no tardo en salir os contacto. Como voy en coche iré más rápido, seguro que os alcanzo y podemos coincidir en la misma área.

—Perfecto, nosotros nos vamos a enviar las localizaciones para poder seguirnos —explicó Lawson—, así que hacemos lo mismo contigo y vamos hablando.

Jamie y él le estrecharon la mano, gesto que Corey devolvió con una sonrisa. Al final no había estado mal el viaje, había congeniado con aquellos dos al instante y estaba seguro de que volverían a verse. Cogió a su hermana por la cintura y la llevó al bar, con Skylar a cierta distancia.

Aunque Lawson había podido dejar el autobús en la zona de aparcamiento normal del hotel, Jamie había tenido que ir a otro lado destinado a mercancías, así que cuando salieron del edificio, los dos chicos se despidieron también, no sin antes comprobar que tenían sus ubicaciones sincronizadas.

Una vez solos, Lawson rodeó los hombros de Kat con un brazo sonriendo y comenzaron a caminar así.

—Vais a correr un riesgo si salís —comentó.

—El aparcamiento es, técnicamente, parte del hotel, así que no corremos peligro. ¿Qué te han parecido?

—¿Tus amigas? Más o menos como me las imaginaba.

—Que no sería mucho, seguro que tenías lío de quién era quién, que me has preguntado treinta veces quién era la del pelo rojo y quién la pija.

—Un poco, sí —admitió, riendo.

Ella movió la cabeza, aunque claramente no estaba mosqueada por eso. Ya las conocería mejor… esperaba.

Llegaron hasta el autobús y él la miró, tocando su pelo.

—Creo que voy a echar de menos esto —comentó.

—¿Solo eso?

—Y las chuches infinitas, el parloteo incesante, los audios… —Kat le dio un empujón—. Vale, vale.

La cogió de los brazos para atraerla hacia sí y besarla. Kat le abrazó, alargando de esa forma la despedida. Quería disfrutar de lo que quedaba del fin de semana con sus amigas, por descontado, pero por otro lado se le había hecho corto el tiempo que había pasado con él.

—Parece que has hecho migas con Jamie y con Corey —le dijo, cuando se separaron.

—Sí, eso parece. Intentaremos quedar algún día en Atlanta a tomar algo.

—Qué bien. ¿Y conmigo?

Lawson parpadeó. ¿Con ella? ¿No lo tenía claro? Y él que pensaba que quizá fuera ella la que considerara aquello algo fugaz.

—¿Es una propuesta? —bromeó.

—No te vayas por las ramas ahora, Lawson. Yo no te voy a mentir ni dar rodeos, ya sabes que soy muy directa.

—Sí, me quedó claro en el apartamento.

Ella volvió a darle un empujón, aunque sonreía contenta.

—Es tan fácil como decir si quieres que nos veamos o no —replicó—. Si luego queda todo en nada porque ha sido… yo qué sé, química de fin de semana, pues vale, pero lo que no quiero es quedarme con la duda. Si lo que quieres es despedirte aquí y ya, entonces…

—¿Te parece bien cenar el viernes que viene?

Kat abrió y cerró la boca, parpadeando. Había esperado una conversación más larga, claro que se dio cuenta de que, como siempre, la que más había hablado era ella. Para no querer andarse con rodeos, bien que se liaba ella sola.

—Vale —contestó—. ¿Dónde?

—Buscaré un sitio con globos.

Ella rio y le besó.

—Eres tonto.

—A veces. —La abrazó, le dio otro beso en los labios y la soltó para abrir el autobús—. Ve con tus amigas antes de que Romy piense que os han secuestrado o algo, ya te mando algún mensaje cuando pare.

—Vale.

Kat no pudo resistirse y le dio otro beso antes de que subiera al autobús. Era tan mono… buenorro, más bien. Lawson se acomodó en su asiento, comprobó que todo estaba correcto y la miró a través de la puerta abierta.

—¡Pásalo bien! —le dijo.

—¡Eso seguro!

Él sonrió y cerró la puerta con un guiño. Kat retrocedió y se subió a la acera para no interponerse en su camino, haciendo un gesto con la mano para despedirse. Se quedó allí de pie hasta que el autobús salió del aparcamiento, sin quitarle el ojo de encima, aunque ya no podía ver a Lawson. Cuando el vehículo desapareció calle abajo, regresó al hotel con una sonrisa de oreja a oreja, pensando en que lo que quedaba de fin de semana iba a ser genial y la vuelta le daría menos pena sabiendo que tenía una cita próxima. Si alguien le hubiera dicho que todo acabaría así después de confundirse de autobús, le hubiera contestado que estaba loco. Sobre todo, teniendo en cuenta cómo había sido el primer conductor, el tal… Frunció el ceño. ¿Cómo se llamaba el borde del principio? Se encogió de hombros. Ni se acordaba del nombre ni le importaba ya, total, había mejorado con el cambio.

Por su parte, Danni no hacía más que rumiar qué decirle a Jamie para despedirse mientras se dirigían al camión. Después de cómo había transcurrido la comida, solo faltaba que se hiciera amigo de Lawson y Corey y volviera a verlos y ella no. Obvio, no quería ser como ellos tampoco, porque en aquel momento consideraba que estaba en la misma zona que los dos chicos y eso no podía ser.

—Estás muy seria —observó Jamie, cuando llegaron al lado del camión.

Vaya, ¡qué observador!

—Ya.

—¿Algún nuevo problema del que no me he enterado?

—Sí y no.

Le miró, cruzándose de brazos, y él se quedó confuso. Pensaba que todo había ido genial, al menos la comida había estado llena de risas, ¿qué le pasaba? Suponía que estaba contenta por haberse reencontrado con sus amigas y, ahora que la miraba, tenía su bonito rostro con una mueca de fastidio en la cara.

—¿A qué te refieres? —le preguntó.

¿Se habría perdido algo? A ver si entre una historia y otra, había sucedido algún otro imprevisto y no se había enterado.

—A que sí hay algo que puede considerarse como «problema» y que no te has enterado —replicó ella.

No andaba tan descaminado entonces, pensó él.

—Pensaba que me tenías al día de todo.

—Pues algunas cosas no las pillas, por lo que parece.

—Danni, como no seas un poco más clara…

Ella resopló.

—¡Pues que no quiero estar en tu *friendzone*! —le soltó.

No se reconocía a sí misma, aquel tono de voz exasperado se salía de toda normalidad y más el ataque de sinceridad, pero ya le daba igual. Total, ¿qué podía pasar? ¿No volver a verle? Con eso ya contaba, así que…

—¿Necesitas un plano? Para otras cosas bien que te enteras de todo.

—Pero…

Y dale con la cara de confusión. Danni se pasó arriba y abajo sacudiendo la cabeza y acabó deteniéndose de nuevo frente a él. Colocó los brazos en jarras y levantó la vista, mirándole directamente a los ojos.

—Jamie, me gustas. Me parece estupendo que te guste cotillear y que podamos hablar de todo, pero hasta un límite.

—¿Perdona?

—Hablar de sexo contigo ya me dejó claro que no me veías más que como una amiga, y que sepas que no es lo mismo para mí.

¿Qué le pasaba? ¡Era como si el espíritu de Kat la hubiera invadido! Ella no era tan directa, nunca, seguro que tanto viaje le había afectado el cerebro.

Y él seguía allí, con aquella expresión de estar perdido y no enterarse de nada. Pues nada, tendría que ser más clara, visto lo visto. No iba a empotrarle contra nada, eso no, pero si necesitaba algo que se lo dejara más claro…

Con un paso decidido, se acercó hasta que casi se tocaron. Se puso de puntillas, le cogió la cara y le plantó un beso que le dejó, literalmente, pasmado. Y a ella, pensando en lo suaves, calientes y perfectos labios que tenía. Sin decir nada más, porque ya pensaba que lo había dejado bien claro y se había expuesto quizá demasiado, Danni se dio la vuelta y se alejó de allí sin mirar atrás. Por lo menos no se había quedado con las ganas, aunque, según se alejaba, se preguntaba cada vez más si había sido una buena idea aquello: el beso de marras la había dejado con ganas de más, mucho más.

Porras. Despedida con beso frustrado, ¡qué éxito!

Para entretener a Romy mientras regresaban las demás, Skylar le contó con pelos y señales todo lo acaecido con el coche, desde el momento del robo hasta la máquina de escribir del siglo pasado con el que le habían tomado declaración en Winchester. Aunque ya lo había contado en la comida, seguro que su amiga no había oído todos los detalles, con tanta gente hablando a la vez. Y si no, pues de recordatorio.

Romy no parecía aburrida, aunque también podía ser porque tenía una copa en la mano y varias unidades de alcohol ya en el cuerpo.

—Pensaba que esas cosas ya no existían —comentó, dando un sorbito al margarita que se había pedido.

—Y nosotros, nos costó identificar el sonido, no creas.

—Menos mal que no te marchaste, Corey. —Miró a su hermano y le dio el millonésimo abrazo del día—. Eres un sol.

—Sí, bueno, para eso hay opiniones.

—Por lo menos no habéis discutido… al menos después del rollo ese del tatuaje que paraste a hacer —siguió ella, dándole un empujoncito—. Ya te vale, por cierto.

—No pensaba que fuera un problema.

—Ya, ya. Bueno, este viaje ha hecho que os llevéis mejor, ¿no? Porque no quiero que estéis en mi boda de morros, ¿vale?

Ellos se miraron y Corey se aclaró la garganta.

—Algo así —contestó—. Tú por eso no te preocupes, tu boda es lo más importante y nada te lo estropeará.

«Excepto un tanga, quizá», pensó ella.

Se bajó del taburete y Skylar la sujetó del brazo, alarmada.

—¿Dónde vas?

—Al baño, ¿qué pasa?

—No, nada, nada, te esperamos aquí.

—Sí, no tardaré.

Terminó la copa de un trago, se sujetó un segundo a la barra para comprobar su equilibrio y, cuando estuvo segura, continuó.

Entonces, Skylar y Corey volvieron a mirarse y se dieron cuenta de que estaban completamente solos.

—¿No vas a decir nada? —preguntó Corey.

—¿Yo? ¿De qué?

—Anoche no me enteré cuando te fuiste.

—Ya, bueno, te quedaste dormido y tampoco quería despertarte. Además, teníamos que madrugar, así que…

—Así que… ¿qué?

Ella frunció el ceño y se cruzó de brazos.

—¿Qué estás intentando que te diga? —le preguntó.

—¿No crees que deberíamos hablar? ¿Sobre lo que pasó anoche?

—No sé, Corey. ¿Para qué? Tú sigues en tus trece.

—Como vuelvas a sacar los vaqueros a colación, Skylar…

—No, aunque ya sabes que eso tiene mucho que ver.

—Y dale.

—No quieres entenderlo, es el concepto.

—¿El concepto?

—Sí. Los vaqueros son un símbolo.

—Mira, si me pongo un traje, querrás que me peine como paso siguiente, y en eso no voy a ceder.

—¡Encima te lo tomas a broma!

—Joder, eres tú la que le da vueltas a la misma tontería.

Ella sacudió la cabeza y sacó el móvil, ya que le había vibrado. Menos mal, salvada por la campana. Le enseñó la pantalla con el mensaje de River para que no pensara que estaba inventándose una excusa para escapar de allí.

—Tengo que ir a tu coche y subir los globos a la *suite*.

—Si te acompaño, Romy pensará que hemos desaparecido.

—No, voy sola. Dame las llaves y entretenla hasta que lleguen Kat y Danni. Luego te las dejo en la recepción.

—Y así no tienes que volver a verme ni tener esta conversación, ¿verdad?

—Ahora no es el momento, Corey.

—Muy bien, ¿cuándo?

Ella le miró, dispuesta a soltarle un «nunca» bien claro que le dejara en su sitio, solo que en aquel momento las hormonas tomaron el control.

—¿Hablamos cuando vuelva a Atlanta? El martes, mañana llegaremos muy tarde.

Él parpadeó, sorprendido, puesto que había esperado que le mandara a la porra o directamente le quitara las llaves y se marchara sin decirle nada más. Confuso, las sacó del bolsillo y se las entregó.

—De acuerdo.

Skylar vio que Romy salía del baño, así que se apresuró a salir del bar sin que la viera y correr al aparcamiento para recuperar la caja de globos.

Cuando subió a la habitación, tras pasarlas canutas para que no la viera Romy, River y Sun Hee ya tenían unos cuantos globos inflados y ambas estaban roja de tanto soplar. Estaba mirando cómo quedaban cuando escuchó a River.

—Venga, trae —le decía ella, apartando su atención de los globos ya listos—. Saca el inflador que estamos sin pulmones.

—Hemos pedido que suban bebidas —añadió Sun Hee, cogiendo aire—, estarán al llegar y no creo que Romy tarde mucho.

—Vale, vale.

Se acercó con las cajas y sacó los paquetes y el inflador. Se fueron turnando para no acabar todas ahogadas y fueron dispersando los globos por la *suite*, amontonando la mayoría justo en el centro para que los viera Romy en cuanto entrara.

Bajó a dejar las llaves en la recepción, ocultándose de columna en columna para que no la viera Romy. Cuando llegó al mostrador, la chica que estaba allí la miraba con una mano oculta, y ella supuso que la tendría en algún botón de alarma o algo, tras su numerito de espía. Seguro que también la había visto ir al coche y volver de la misma forma. Un comportamiento nada sospechoso, visto desde fuera.

—Vengo a dejar estas llaves —le dijo, dejándolas sobre el mostrador—, las recogerá luego el dueño.

—¿Habitación?

—No, no tiene. Se llama Corey Ford.

—Si no es cliente, no sé si puedo…

—A ver, su hermana es Romina Ford y yo Skylar Reed. Tenemos una *suite* que ha costado un pastón, así que vas a coger las llaves y se las das a Corey, ¿de acuerdo?

—Ah, sois las de la despedida rara.

Skylar decidió que no iba a discutir ese punto. Cada segundo allí se arriesgaba a que Romy la viera y sospechara, y, además, sí que era una despedida rara. Sobre todo, teniendo en cuenta que no habían estado todas las integrantes allí hasta casi el último día.

Deslizó las llaves por el mostrador.

—Corey Ford —repitió.

La chica apuntó el nombre en un papel y lo pegó con un cacho de celo a las llaves, sin decir nada más.

Satisfecha, Skylar repitió el proceso de ocultación tras las columnas, y por fin consiguió regresar a la habitación.

Poco después de que entrara, mientras recolocaba unos cojines, llamaron a la puerta y fue a abrir. Dos camareros llevaban un par de cajas llenas de botellas, que dejaron cerca de los sofás. La chica les dio una propina y, cuando salieron, fue a comprobar las bebidas. Bien, tenían de sobra para la noche, si no querían no haría falta ni salir de allí. Metió unas cuantas en la nevera y preparó vasos para todas. Sacó también algunos aperitivos del minibar, colocándolos en boles disponibles a tal efecto, y miró el móvil, a ver si había algún mensaje.

Kat: «Lawson ya se ha ido, voy al bar.»

Romy: «Estoy aquí sola con Corey, no sé dónde están las demás.»

Danni: «Yo voy para allá también, ya me he despedido de Jamie.»

Kat: «¿Qué tal ha ido?

Danni: «Mal. Luego os cuento.»

Kat se guardó el móvil y fue al bar, donde, efectivamente, solo estaban Romy y Corey.

—River debe estar enferma —dijo ella—. No sé a qué baño habrá ido, porque acabo de ir yo a ese y no estaba, está tardando mucho.

—La comida, ya sabes. Se estará desintoxicando. —Al ver su cara de susto, se apresuró a añadir—: Tranquila, seguro que es algo pasajero.

—Como alguna se ponga enferma, me da un algo.

—Que no, que no, ya verás que no es nada.

—Y tampoco sé dónde está Sun Hee.

—Tranquila, aparecerán todas.

—Corey dice que Skylar ha ido a buscar su maleta al coche. Pensaba que había subido todo.

—Ya sabes toda la ropa que tiene, seguro que algo le quedaba. —Miró el móvil de nuevo, nerviosa, porque veía que Romy comenzaba a inquietarse y no era eso lo que quería. Vio que River le había enviado un pulgar hacia arriba solo a ella y suspiró aliviada—. Mira, si quieres, cuando Danni llegue subimos a la *suite*.

—Será lo mejor —dijo Corey—. Y yo me voy a marchar ya, que me queda mucho camino por delante.

—Ay, hermanito, cuánto te quiero.

Romy le abrazó y él le dio unas palmaditas en la espalda. Ya iba contenta con el vino de la comida y el margarita del bar, la noche iba a ser movida, seguro. Al menos tenía a todas sus amigas allí, así que no tenía nada por lo que preocuparse.

—Yo también. —Le devolvió el abrazo y le dio un beso en la mejilla—. Venga, pásatelo bien y nos vemos a la vuelta, ¿vale?

—Manda mensajes cuando pares, para que sepa que estás bien.

—Tranquila, no daré la vuelta al mundo. Eso ya lo he hecho en la ida.

Le haría caso y le mandaría, claro, aunque estaba seguro de que no los leería, al menos esa noche, iba estar más que ocupada. Le guiñó un ojo y ella sonrió, al menos aquello era agua pasada y el grupo ya estaba junto. Solo tenía que subir y pasarlo bien, ¿qué podía pasar?

Vieron que Danni se acercaba, así que Corey se levantó y le dio un abrazo a Kat y otro a Romy, de nuevo.

—Pasadlo bien, ya me contarás.

—Tú conduce con cuidado.

—Tranquila, además estaré en contacto con Lawson y Jamie, así que será casi como no viajar solo.

—Eso, tú mantente en contacto con Jamie —refunfuñó Danni.

Corey se despidió también de ella, sin entender muy bien a qué venía su tono de mosqueo, y se fue a la recepción a recoger las llaves.

—Vaya cara —le dijo Kat a Danni.

—Vamos arriba, necesito beber algo.

—Muy buena idea —dijo Kat.

Estaba muerta de curiosidad por saber qué le habría ocurrido a su amiga, pero no preguntó porque suponía que acabaría contándolo a lo largo de la noche, que prometía ser larga.

Las tres se dirigieron al ascensor y subieron hasta la planta de la *suite*. Cuando se acercaron a la puerta, Kat se puso detrás de Romy y le tapó los ojos.

—¿Qué haces? —preguntó ella, sobresaltada.

—Tranquila, es una sorpresa.

—Yo te cojo la mano —le dijo Danni, para que anduviera sin miedo.

Con la que tenía libre, sacó su llave y la deslizó por la ranura para que se abriera la puerta. Se asomó por si acaso y comprobó que estaba todo listo. Hizo un gesto a las otras tres que estaban dentro para que estuvieran preparadas y empujó la puerta del todo. Tiró de Romy y ella avanzó despacio, sin soltar su mano y con Kat detrás.

En cuanto atravesó el umbral, Kat quitó las manos de sus ojos.

—¡Sorpresa! —gritaron todas a la vez.

Romy parpadeó, sorprendida, y sintió que sus ojos se humedecían de la emoción. Ya había supuesto que las chicas habrían planeado algo así, conocía a Kat de sobra, solo que ya era otra de las cosas que había dado por perdida después de todo lo que había pasado.

—Ay, chicas, muchas gracias —hipó—. No pensaba… no pensaba que iba a tener globos ni nada, creía que…

—Por favor, cariño, ¿por quién nos tomas? —dijo Kat, con tono ofendido—. Te mereces esto y más.

—Son tan bonitos…

Había de multitud de colores, incluso negros, lo cual era extraño en cierto modo pero, a la vez, tampoco le parecía muy raro. Viniendo de Kat, todo era posible y seguro que había cogido de todos los colores.

Se frotó los ojos para secarse las lágrimas de alegría y, en ese momento, se dio cuenta de que no eran globos normales, sino que tenían mensajes.

Y entonces, tuvo que repetir el gesto, porque lo que leía no podía ser real.

«¡Huye mientras puedas!»

«La vida de soltera, la vida mejor.»

«Las despedidas de soltera son una mierda.»

«Ni te cases ni te embarques, ya sea en martes… o cualquier día.»

«Seguro que te es infiel.»

—¿Qué es eso? —preguntó.

—¿Cuánto has bebido? —replicó River—. Son globos.

—No, ¡eso!

Se abrió paso entre un montón de globos rosas y verdes hasta coger uno negro, de nuevo con los ojos llenos de lágrimas, solo que entonces, ya no eran de alegría. Como hubiera alguno que mencionara algún tanga, se pegaba un tiro.

—«Las noches de blanco satén son un mito» —leyó.

Kat corrió a quitárselo de las manos y abrió los ojos de par en par, sin pestañear. Ay, Dios, ay, Dios, ¡que había cogido los que no eran! Cogió un cuchillo de la mesa, lo primero afilado que pilló, y lo explotó. Al darse la vuelta, Romy ya tenía otro en la mano… así que corrió como una loca por la habitación lanzando cuchilladas a los globos a diestro y siniestro.

—¡Romped los globos negros! —gritó—. ¡Rápido!

Tras un momento de lapsus, todas corrieron a imitarla, mientras Romy seguía leyendo frase tras frase y notaba cómo su moral se iba hundiendo cada vez más.

Tras varias explosiones, llamaron a la puerta, y Skylar fue a abrir preguntándose quién sería, ya que no habían pedido nada más. Lo que menos esperaba fue encontrar a un hombre vestido de personal de seguridad al otro lado.

—¿Todo bien, señorita?

—Sí, ¿ha ocurrido algo?

—Han reportado ruidos extraños provenientes de la habitación. Como disparos.

—¿Qué? ¡No, no! —Se apartó para que pudiera ver—. Son globos, alguno ha explotado.

El hombre elevó la ceja al ver a Kat, que rápidamente escondió el cuchillo en la espalda.

—No nos gustan los negros —dijo. Entonces fueron dos las cejas—. Los globos, por Dios, ¡los globos!

—Mantengan el orden, no quiero tener que volver a subir.

Con cara de pocos amigos, el hombre se dio media vuelta y Skylar cerró con un suspiro, enfrentándose después al desastre.

Globos por doquier, un montón de ellos explotados, y Romy con el ánimo por el suelo.

Empezaban bien la noche de juerga.

CAPITULO 15

DOMINGO, NOCHE

—¿Cómo dices que no nos gustan los negros? —comentó Sun Hee, girándose hacia Kat una vez la puerta se hubo cerrado—. ¡A mí me encantan!

Kat alzó la vista al techo, resoplando.

—Sí, claro, ¡por eso sales con tantos!

—No puedo porque en mi corazón solo hay sitio para uno, si no saldría con todos…

—¿Queréis dejaros de tonterías? —Skylar las apartó con un leve empujón—. ¿Se puede saber en qué estabas pensando al traer esos globos? ¡Son de muy mal gusto!

—¡Los compré por error! —protestó Kat—. Había rojos y negros, unos eran de ánimo y otros, los aguafiestas. Tuve ambos en las manos y, al final, cogí los que no eran.

—A ver si lo adivino —comentó Danni, imitando sus gestos—. Los rojos. No, los negros. No, los rojos.

—Qué graciosa. —Kat la fulminó con la mirada y fue hacia Romy a toda prisa—. Cielo, de verdad, ha sido un error tonto.

—Sí, sí, tranquila. —La joven le quitó importancia con un gesto—. Es que me ha sorprendido verlos, nada más. Me lo tomaré con sentido del humor, en realidad tienen su gracia.

Hubo un silencio eterno mientras todas valoraban qué decir. No había manera de arreglar lo sucedido, y el ambiente en la *suite* se había vuelto denso, así que River dio un par de palmadas para atraer la atención general.

—¿Salimos a bailar? —preguntó—. Seguro que hay alguna discoteca chula cerca, y ahí siempre tienen chupitos.

—¡Sí! —exclamó Kat, abanicándose—. Bailar, ¡qué buena idea!

Todas se apresuraron a asentir, incluida Romy. En realidad, salir a bailar era una excusa para terminar sentadas, bebiendo chupitos y contándose sus cosas.

Skylar salió disparada hacia el lavabo antes de que ninguna pudiera reaccionar, una lección que tenía más que aprendida. River y Sun Hee ni se molestaron en mirar sus maletas para ver si se cambiaban, a ninguna le importaba lo más mínimo salir con deportivas y vaqueros.

Danni decidió que se pondría el dichoso vestido rojo. No le había servido para seducir a Jamie, aunque lo mismo le daba suerte y caía otro, cualquier cosa que le hiciera olvidar la ausencia de respuesta del chico a su beso sorpresa. Porque tampoco había hecho amago de ir tras ella ni nada por el estilo… pues nada, a otra cosa mariposa, y qué mejor momento que esa noche. Un clavo sacaba a otro clavo, ¿no?

Fue tras Skylar para robarle la mitad del espejo, y Kat vació su bolsa sobre la cama para ver qué podía utilizar. Imaginaba que su equipaje original volvería a sus manos en algún momento, mientras tendría que apañarse con las compras de Scranton. Revolvió sus tres camisetas de algodón una y otra vez, como si así pudiera hacer aparecer un top de lentejuelas o algo similar, y al final las arrojó sobre la colcha, frustrada. Entonces se dio cuenta de que estaba mirando en el lugar incorrecto, así que fue hacia la ropa de Skylar con una sonrisa y le robó una blusa con pinta de cara sin el menor remordimiento. Su amiga era más alta, pero no era la primera vez que le mangaba la ropa, a veces incluso no se la devolvía.

Entró al baño con una sonrisa para echarse un vistazo en el espejo.

—¡Aquí ya somos muchas! —protestó Skylar, lanzándole una mirada.

—Vale, solo quería ver qué tal me quedaba esto.

—¿Ya me estás robando?

—Si es que no tengo nada, ¡te recuerdo que mi maleta se fue en otra dirección! —Kat puso cara de pena.

—Que sí, pesada, póntela.

Las dos chicas se repasaron el maquillaje a toda prisa, y después dejaron libre el espejo para que las demás pudieran echarse un vistazo. Romy estaba despeinada, pero las copas que llevaba encima hacían que no se viera tan mal, de forma que River le pasó un peine por la melena oscura y se dio por satisfecha.

Cuando Danni salió con el vestido puesto, todas silbaron de admiración.

—Ted Bundy es idiota —comentó Sun Hee—. Si no se tiró encima de ti al verte con eso puesto, entonces seguro que es gay.

Danni sopesó la idea, desechándola casi al instante. No creía que fuera gay para nada, hasta le parecía recordar oírlo hablar sobre alguna exnovia… tampoco podía consolarse con eso, no.

—¿Vas a contarnos de qué habéis hablado? —quiso saber Kat.

—Claro. Después de unos chupitos —asintió la pelirroja.

—Pues cuanto antes nos vayamos, antes nos enteraremos. —River volvió a dar varias palmadas con fuerza—. ¡Skylar, esto va por ti!

Fue a meterle prisa, todavía sin comprender cómo su amiga podía salir de fiesta con aquellos tacones. Ella directamente se mataría sin tomar ni media copa, ¡con lo bien que iba en deportivas! En fin, a esas alturas no iba a cambiarla, solo podía presionar para que dejara de maquillarse, peinarse y mirarse en el espejo, que lo iba a desgastar.

Sun Hee llamó para pedir un taxi; después de todas las desgracias sufridas gracias al transporte público, no estaba dispuesta a arriesgarse a que esa noche terminaran desperdigadas otra vez.

De ese modo, aún con el alcohol ingerido en la comida más las copas de champán ingeridas tras el momento de los globos, se montaron en dos taxis de lo más contentas con la indicación de que las llevaran a cualquier discoteca de moda.

La discoteca les pareció maravillosa, aunque tenía dos plantas y, al momento, Romy prohibió a todas cambiar de una a otra. No quería que nadie se separara, de modo que se quedaron en la primera, donde sonaba música pop a todo trapo.

Tenían mesas redondas en las zonas donde no había pista, así que fueron a sentarse a una libre, ya que al ser domingo no estaba tan lleno como si fuera viernes o sábado. Minutos después, tenían un par de rondas de chupitos preparadas, y aquello empezaba a parecer una auténtica despedida de soltera.

—¡Por Romy! —exclamó Kat, y todas gritaron a la vez: «¡Por Romy!».

Los dos primeros chupitos desaparecieron demasiado rápido, de modo que Sun Hee regresó a la barra a reponer bebidas. Después de cuatro tragos, Kat dio unas palmadas para atraer la atención general.

—¡Venga, que empiece la ruleta de las movidas! Danni, te toca la primera.

Esta hizo una mueca y posó el vaso sobre la mesa con demasiada fuerza.

—¡En la puta *friendzone*! —exclamó—. ¡Pues no pienso colarme por ese tío! Voy a ligar con otro hoy mismo, prometido.

River la miró, con la ceja arqueada.

—¡Qué sí! —insistió la pelirroja, con firmeza—. Solo tengo que beber un poco más y saldré a bailar. Aún mejor: pondré en práctica lo del brillo de labios.

Skylar soltó una risita, aunque la convirtió en un carraspeo al ver cómo la miraba River.

—Perdón —susurró, aunque en cuanto su amiga dejó de fruncirle el ceño le hizo un gesto de ánimo a Danni.

—Vale, *femme fatale*, antes de que vayas a liarte con Dios sabe quién, ¿por qué no nos cuentas qué ha pasado exactamente en la despedida? Porque has vuelto peor —preguntó Kat.

—Le he besado —admitió Danni, jugueteando con el vaso entre las manos.

—¿Tú? —preguntó Romy, sorprendida—. ¿Y eso? ¿Acaso el espíritu de Kat te ha poseído?

—¡Oye, ni que yo fuera por ahí besando a todo el mundo! —protestó ella, dándole en el brazo.

—No sé qué me ha pasado —siguió la pelirroja—. Ha sido todo muy raro, quería besarle y a la vez darle una bofetada.

—Eso no es nada raro —resopló Skylar—. A mí me pasa a todas horas con Corey.

Fue el turno de reír de River, que también se detuvo en seco al ver la cara de su amiga.

—A ver, que no me entero. —Sun Hee puso orden con un golpecito en la mesa—. Vale, le has besado, a saber por qué. ¿Qué ha dicho?

—¡Nada! Me he marchado a toda prisa.

—¿Le has besado para dejarle claro que te gusta y después te has largado sin ver su reacción?

Todas la observaban con aspecto de no comprender su actuación. Y claro, si lo analizaba con calma, se daba cuenta de que había sido una estupidez… no el hecho de besarlo en sí mismo, sino el no quedarse para saber qué opinaba Jamie. Podía haberle gustado y ella con la duda.

—Dios mío —murmuró, dándose un golpecito con el vaso en la frente—. Tengo tara emocional, ¿veis las cosas que hago? ¡No tienen sentido!

—Seguro que fue por los nervios. —Kat le dio una palmadita en el brazo.

—Por los nervios y por la tara emocional, no sé ligar y nunca voy a saber.

—Oye, lo mismo le ha gustado y te llama —sugirió River, tratando de animarla—. Le darías tu teléfono, ¿verdad?

Danni frunció los labios, mirándolas en silencio. No, ¡qué va! No le había apuntado su número en ninguna parte, ni siquiera en un trozo de papel deslizado de manera disimulada en el bolsillo de su cazadora.

—Da igual, no me va a llamar —replicó—. Si tuviera algún interés me habría dado cuenta, creo yo, y me ha tratado como a una colega todo el trayecto.

—Podrías…

—Que no, paso. Os aseguro que no voy a complicarme la vida por un tío al que conozco desde hace cuatro días.

—Como si conocerlo de más tiempo te evitara complicaciones… —comentó Skylar.

Kat rellenó los vasos de chupito de uno en uno y sonrió.

—¡Vale, segundo turno en la ruleta de las movidas! ¡Chupito!

Todas se lo tomaron de un trago y, al acabar, Kat señaló a Skylar.

—Dale, que estás muy gruñona —pidió, ya con las mejillas ruborizadas por el alcohol.

—Si no hay nada que contar —dijo esta—. Hemos roto y ya.

—Y ya no, que anoche no os dedicasteis a jugar al parchís precisamente —apuntó River, y Skylar le lanzó una mirada fulminante—. ¿Qué? ¿Es que no nos lo ibas a contar de todos modos?

—Sí, pero a mi manera —protestó la chica.

—¿Qué es eso de acostarse con el ex? —preguntó Sun Hee indignada—. ¡Eso no se hace!

—River dice que solo hace siete días que hemos roto y que todavía computa como novio, que es la misma excusa con la que me convenció para llamarlo —se defendió Skylar.

—¿Y no vas a volver con él? —preguntó Kat—. ¿Es que eres gilipollas?

Skylar miró a Romy, que escuchaba la conversación sin intervenir. Era otra de sus normas: al ser su hermano prefería no meterse, pasara lo que pasara, incluso aunque creyera que uno de los dos llevaba la razón. Era territorio neutral, y la única manera de no enfadarse con ninguno.

—Cuenta, cuéntales tu idea, anda —repuso River, poniendo los ojos en blanco.

—¿Qué idea? —preguntó Danni.

—Quiere desenamorarse de él y que le guste el chico de la laca.

—¡Gracias! —Skylar le pegó un manotazo.

Todas se miraron entre ellas, sin comprender en absoluto a Skylar. Comparar al chico de la laca con Corey era como poner un plato de acelgas junto a un banquete de comida japonesa: una pérdida de tiempo, nadie escogería las acelgas jamás.

—¡Si no te gusta nada! —exclamó Romy, sin poder contenerse.

—Bueno, ya veremos —dijo Skylar—. Primero tengo que hablar con Corey, a ver si llegamos a alguna parte.

Oír eso era casi tan raro como que a Skylar pudiera llegar a gustarle el chico de la laca: ninguna la imaginaba recapitulando ante Corey, mucho menos cediendo en el tema del traje, o en cualquiera de las múltiples cosas que molestaban a la joven de su novio, exnovio o lo que fuera en ese momento.

—¿Y cuando vas a tener esa conversación? —quiso saber Kat.

—El martes, hemos quedado.

—Entonces esperaremos al martes para ver qué pasa —decidió Kat—. ¡Chupito y siguiente víctima!

La victima resultó ser Sun Hee, que se encogió de hombros.

—Yo no tengo mucho que contar, a excepción de que he ganado dos entradas para ver a Strigoi. —Una sonrisa iluminó su cara—. Concurso de radio.

—¡Qué suerte! ¿A quién vas a llevar?

—Pues a una de vosotras, ¡claro! La que mejor se porte de aquí al concierto, así que ya sabéis: me gusta el chicle de fresa, las zapatillas rosas y las gafas de sol. —Sun Hee les sacó la lengua.

—Oh, vaya…

—Ojalá me toque.

—Qué guay, ir a ver a Strigoi.

Sun Hee ignoró el tono con el que lo decían y se tomó el chupito por adelantado. ¡Qué sosas eran, por Dios, con lo divertido que era sacudir la cabeza en los conciertos!

—Venga, Romy —la animó Kat—. Es tu despedida, puedes contarnos todo lo que quieras. ¿Estás feliz, nerviosa?

Romy sonrió de forma amplia… para esconder todas sus preocupaciones. Por ejemplo, que Randy seguía sin responder a sus mensajes, y que tampoco le había devuelto las llamadas. No les había contado la llamada de su colega porque le daba una vergüenza terrible y, además, tenía miedo de que todas sus dudas salieran disparadas por la boca. No estaba preparada para verbalizarlas, ni siquiera para analizarlas… no quería recorrer el camino que podía llegar con esas dudas al respecto.

Además, una parte de ella quería seguir creyendo que todo eran tonterías, miedo escénico, nervios prenupciales… Randy la llamaría al volver de su despedida esa noche, seguro. Y la explicación la dejaría tranquila.

Solo que, hasta que llegara esa ansiada tranquilidad, estaba hecha un manojo de nervios, y los globos de marras en la *suite* no ayudaban a alejar el tema de su mente.

—Yo lo que quiero es emborracharme y bailar —soltó—. En cuanto tú nos cuentes lo de Lawson, claro. Venga, ¡chupito y siguiente en la rueda de las movidas!

Skylar alzó una ceja al escucharla. Tanto entusiasmo… le daba mala espina. Romy estaba exaltada, como si fuera a explotar de un momento a otro. Aunque quizá fuera la euforia de pensar que estaba a menos de una semana del día de su boda.

—Ay, chicas, es maravilloso —comentó Kat—. Puede parecer soso, y a ratos lo es, pero… también es divertido, majo…

—Buenorro… —terminó River por ella.

—Detallista, responsable…

—Y buenorro —asintió Sun Hee, y se encogió de hombros—. Quiero decir, para no ser Dennis no está mal.

—¿Vais a volver a quedar?

—El viernes. —Kat palmeó la mesa, emocionada—. ¿Os lo imagináis? ¡Yo, con novio normal! Mis padres no se lo van a creer.

—¿Ya tiene categoría de novio, entonces? —preguntó Danni, con una mezcla de sorpresa y confusión en la cara—. ¿Así habéis quedado?

Kat se dio cuenta de que acababa de hablar de presentarlo a sus padres como si estuvieran oficialmente juntos, o algo así. Vale, habían quedado en cenar, pero a lo mejor se estaba precipitando, ¿no? Lo mismo Lawson se asustaba. Lo había visto animado a quedar, pero de ahí a considerarlo novio…

—No exactamente —respondió, ya con la duda—. No sé, tampoco lo hemos definido con exactitud, solo… hay una cita en el aire.

—No te hagas muchas ilusiones —comentó Danni—. A veces los tíos te mienten para conseguir lo que quieren y después desaparecen.

—Eh, que a ti te haya salido mal no quiere decir que a Kat le tenga que pasar. —River le dio en la cabeza.

—Yo solo aviso. —Danni vio que su móvil vibraba, así que lo cogió y leyó el mensaje con una expresiva mueca de disgusto—. ¡Estupendo! Tengo una maldita entrevista de trabajo el martes. Vaya mierda, ¡todo por culpa de Jamie! No solo me deja plantada, encima me hace volver al mundo laboral.

Las chicas parecían extrañadas, aunque en el buen sentido. Todas estaban más que hartas de ver a Danni dar vueltas sin encaminarse hacia ninguna parte, así que una entrevista de trabajo era una noticia excelente.

—Él me convenció —explicó, al verlas—. Me dijo que me dejara de tonterías, que casi nadie tenía el trabajo de sus sueños y que debía ponerme las pilas.

—Qué *crack* —se echó a reír River—. ¡Me cae tan bien!

—River, ¿tú no tienes nada que contar?

—Poca cosa, excepto que he visto cómo se hacía un tatuaje y he oído varias discusiones absurdas, además de un polvo de los buenos.

Esquivó un hielo directo a su cabeza de parte de Skylar y se encogió de hombros, divertida.

—Ya, me refería más bien a ti, ¿vamos mejorando con el tema del Gran Doctor? —preguntó Kat.

—Sí, creo que sí. La verdad es que estos días no he pensado mucho en él, eso de que el tiempo todo lo cura es cierto.

Kat la rodeó con el brazo y frotó la cabeza contra la suya, haciendo un ruidito de foca. River lo había pasado mal, y cuando una de ellas lo pasaba mal, todas lo hacían.

—Si hay que volver a pincharle las ruedas del coche avisa —dijo Danni, con una sonrisa.

—Eso, o destrozarle el buzón. —Skylar fingió golpear con un bate imaginario—. ¡Fue tan divertido!

—Sois unas salvajes —dijo River, sin dejar de reír.

—Bueno, eres una de las nuestras —asintió Kat—. Lo que afecta a una, afecta a todas.

Tras eso, llegaron dos rondas más de chupitos, y en ese punto comenzaron a perder la cuenta de las unidades de alcohol ingeridas.

—Venga, vamos a bailar para espabilar un poco —dijo Skylar, levantándose.

No había mucha gente en la pista, lo cual no era un impedimento para la rubia. De hecho, gracias a su trabajo era una experta en romper el hielo, así que una pista medio vacía no le preocupaba lo más mínimo. Es más, sus amigas siempre la dejaban ir primero porque era la única que bailaba de forma decente: Sun Hee solo sabía sacudir la cabeza cual *heavy* desbocado, River no tenía el menor sentido del ritmo, Kat tendía a dar saltos en lugar de a bailar y Romy no poseía suficiente confianza como para desinhibirse en una pista por miedo a que la miraran demasiado, así que preferían dejar que su amiga calentara el ambiente antes de unirse a ella.

Además, una vez iniciaban esa fase en la noche de fiesta, tendían a ir por libre. Muchos chicos les daban conversación, trataban de ligar directamente, de invitarlas a copas… pero esa noche ninguna quería eso: era la despedida de Romy y querían dedicarse a ella.

Danni miró hacia la pista, donde Skylar movía su rubia cabellera al mismo ritmo que el cuerpo sin el menor rubor, natural y sexy al mismo tiempo.

Danni la observó con un resoplido de frustración.

—Si yo supiera hacer eso, seguro que Jamie no me habría mandado a la *friendzone* —dijo, y dio un golpe en la mesa—. ¡Decidido! Voy a hablar con algún tío. —Se giró hacia Romy—. Tranquila, serán cinco minutos, no tengo intención de enrollarme con nadie. Es solo para levantar un poco mi ego.

—Tranquila —asintió Romy—. ¡Arriba ese ego!

—Yo voy a ver si el DJ tiene alguna música de mi estilo. —Sun Hee buscaba la cabina del susodicho con la mirada—. ¡Ah, ahí está!

Aquel era otro gran clásico: Sun Hee entraba en locales de moda e iba directa a dar la paliza al DJ de turno para que pusiera música que no pegaba ni de broma en el ambiente. Sin embargo, ella no dejaba de intentarlo, y si alguna vez colaba, se volvía la chica más feliz del mundo.

—Pequeños placeres de la vida de Sun —bromeó Kat—. ¿Bailamos, futura señora Moore?

Romy tragó saliva al oír aquello.

—Ve tú, voy a por otro chupito.

—Vale, te espero con Skylar y los moscones de alrededor. —Kat le guiñó un ojo.

Se reunió con Skylar en la pista mientras Romy corría hacia la barra a pedir cualquier bebida fuerte. Intentaba divertirse, claro, pero el martilleo de su cerebro no cesaba. Llevaba un rato lanzando miradas furtivas al móvil para ver si Randy le escribía o cualquier cosa, ¡y nada!

¿Estaría en la última fase de la juerga con las bailarinas de *striptease*? Claro, eso era, ¡demasiado ocupado para acordarse de mandar un triste mensaje a su futura prometida!

Sintió que se le revolvía el estómago, no solo por lo deprimente de sus pensamientos, sino por el alcohol ingerido desde la comida, y abandonó la barra para ir a toda prisa al servicio.

En la pista, Kat y Skylar detuvieron su baile durante un momento al ver a Danni en «supuesta» acción. Las dos apretaron los labios para no soltar una carcajada; aunque la pelirroja estaba espectacular con aquel vestido, su actitud no iba a juego: hablaba con un chico, pese a que su expresión corporal parecía querer salir huyendo.

—Creo que Ted Bundy le ha dejado huella —comentó Skylar.

—Bueno, tampoco es que se le dé especialmente bien ligar —asintió Kat—. Fíjate en sus brazos, casi parece que vaya a tirarle la copa en la cabeza.

—Y Sun sigue junto a la cabina del DJ como un halcón que se niega a abandonar a su presa… espero que no nos echen del local como nos pasó en Sanders.

Kat meneó su melena rosa, sin lograr dejar de sonreír.

—Te veo muy feliz —comentó Skylar.

—Sí, es que… tengo el presentimiento de que va a salir bien. —Se giró para que la conversación se volviera más personal—. Es esa sensación cuando conoces a alguien y sientes que todo encaja, ¿sabes?

—Sí. Oh, espera… no, no sé de qué me hablas.

Kat movió la cabeza, porque sabía que su amiga bromeaba y, al mismo tiempo, no lo hacía. Le dio un toque cariñoso en el brazo.

—Skylar, la química no es algo que haya que desestimar a la ligera —comentó—. Quiero decir, no siempre se tiene esa suerte, ¿no? Mira a Danni, por ejemplo. La falta de respuesta por parte de Jamie la ha llevado a entablar conversación con un tipo al que en circunstancias normales no hubiera mirado dos veces.

Skylar buscó con la mirada al tipo y asintió.

—Desde luego no es Ted Bundy, no.

—Me refiero a que, en fin, si hay química el resto se puede trabajar, ¿no?

La chica permaneció pensativa un instante, y después se encogió de hombros.

—No sé cómo encajar a Corey en mi vida —contestó, y era sincera.

—El período de ajuste de toda relación.

Kat trataba de permanecer seria porque era consciente de que Skylar no estaba en su mejor momento, pero le resultaba difícil no sonreír. No lo podía evitar, se daba cuenta de que quizá era pronto para estar ilusionada al cien por cien y, sin embargo, su cuerpo no paraba de producir endorfinas.

—Vaya. —Skylar entrecerró los ojos—. Gracias por la terapia exprés, doctora Rivera. Con tu permiso, voy al lavado a retocarme el maquillaje.

—No te hace falta. —Kat le dio una palmada en el culo.

—Lo sé. —Skylar le guiñó un ojo—. Será mejor que rescates a Danni de la trampa que ella misma se ha puesto.

La rubia dejó a Kat decidiendo cómo ejecutar la maniobra de rescate y fue a buscar el lavabo. Pasó junto a River, que trataba de llevarse a Sun Hee a unos metros del DJ antes de que este avisara a seguridad, y la saludó. Su amiga le devolvió un gesto exasperado y después señaló la barra con la cabeza. Skylar afirmó tras indicarle con un gesto que iba al lavabo y siguió buscando hasta que los encontró al final de la pista.

Una vez allí, se plantó ante el espejo y se hizo un repaso rápido para ver en qué estado se encontraba: tenía el pelo bien, así que solo necesitaba un poco de lápiz de ojos y brillo de labios. Cogió el perfilador, comenzó a marcar la raya para dejarla perfecta y, justo en ese momento, la puerta de uno de los baños se abrió de golpe.

Antes de que Skylar pudiera reaccionar, Romy la agarró del brazo y la hizo darse la vuelta, con tanto ímpetu que la raya del ojo se prolongó hasta el nacimiento del pelo.

—Skylar, ¿tienes una bolsa de papel? —Romy se fijó en el desastre con el maquillaje—. Huy, perdón.

Romy pensó que mientras no se mirara al espejo estaría a salvo, así que no soltó su brazo.

—No suelo llevar bolsas de papel encima, ¿por qué?

—Creo que estoy hiperventilando. —Romy se tocó el pecho—. ¡Apenas puedo respirar!

—¿Voy a la barra a ver si tienen?

—No, espera. —Tiró de su muñeca para arrastrarla al interior del baño y dejar de estar a la vista de cualquiera que pudiera entrar—. Cinco minutos, no necesito más.

—¿Qué te pasa? ¿Son nervios por la boda?

—No, ¡es una crisis!

—¿Qué?

—Una crisis, Skylar, ¡una crisis!

—Vale, vale, no hace falta que grites. ¿Vas a contarme lo que ha pasado? Cuando hablamos por teléfono me dijiste que necesitabas hablar.

—Lo sé, pero llevamos todo el día rodeadas de gente y no podía sacar el tema así como así... además, estamos de celebración, no quería aguar la fiesta a todas.

—Tienes razón, que tengas una crisis en el baño de una discoteca es mucho mejor, sí. Podíamos habernos quedado en la *suite* y hablarlo.

—Skylar. —Romy la miró—. No sé si quiero casarme.

Skylar asimiló lo que acaba de oír, cogió aire y lo soltó.

—¿Qué?

—O sea, no es por mí, yo sí quiero. Es que... no estoy segura de Randy.

—¿Ya empezamos?

—No, no es un tema de complejos, te lo prometo —protestó Romy, sacudiéndola por los hombros con demasiada fuerza—. ¡Tengo pruebas!

—¿Pruebas de qué?

—¡De que es infiel! —insistió la joven, sin parar sus sacudidas.

—¿Quieres dejar de sacudirme? Vas a conseguir que se me revuelva el estómago. —Skylar se alejó un poco de ella—. Muy bien, ¿qué acabas de decir, que es infiel? ¿En qué te basas?

—Lleva cuatro días sin enviarme ni un solo mensaje, ¡cuatro días! ¿Es que no le interesa saber qué tal estoy? ¡Aparte, es de mala educación no devolver las llamadas!

Skylar movió la cabeza, en un gesto claro que pretendía quitar importancia al tema.

—Tenía su propia despedida —contestó, con voz serena—. Lo más probable es que sus amigos le hayan quitado el móvil. Que sí, coincido contigo en que son una panda de gilipollas, pero es más común de lo que piensas. Lo hacen para que no llamen a sus novias.

La chica negó con la cabeza, como si no lo creyera.

—No es lo único —dijo con firmeza—. Una de las veces que le telefoneé, me cogió uno de sus amigos. Resulta que han estado yendo a locales de *striptease* y cosas así.

—Bueno... eso también es habitual, por mucho que no nos guste.

—¿Y que se lleven a las bailarinas la habitación también es habitual?

Skylar cerró la boca y apretó los labios. Vaya, eso no sonaba nada bien, en efecto.

—¿Al hotel?

—Sí, eso me contó el tío que me cogió el teléfono. Que habían estado jugando a no sé qué y que estaban durmiendo allí, ¡Randy también!

Romy sintió que no podía contener las lágrimas y sacudió la cabeza, aún sin poder creerse que él hubiera hecho algo así. Jamás lo hubiera pensado de Randy, era un chico tan amable, educado y formal que...

—¿Estás segura de lo que dices? —preguntó Skylar—. Quiero decir, ¿podría ser que te estuvieran tomando el pelo?

—¿Lo dices en serio? ¿Por qué harían algo así?

—¿Porque los tíos son idiotas?

—Bromear con ese tema es de muy mal gusto y no tiene la menor gracia.

—Repito, hacen esas cosas. Los amigos de tu hermano son el mejor ejemplo de esto.

—Ay, Skylar, estoy hecha un lío...

—A ver, ven aquí. —Skylar la cogió de la muñeca para sacarla del maldito baño, que no era el mejor sitio del mundo para una charla de ese tipo—. Mira, admito que el tema de llevarse a las bailarinas a dormir al hotel no pinta bien, si es que es cierto. Solo que antes deberíamos averiguar si no era una broma pesada, porque ese comportamiento no es propio de Randy, ¡si es un caballero!

—¡Lo sé! —Romy lloró con más fuerza—. ¡No quiero oír sus virtudes, Skylar, todo lo contrario! Más bien necesito que le insultes, es lo que espero de ti.

—¿Y no puede ser que tu cabeza te esté jugando una mala pasada?

Romy conocía esa posibilidad, claro. De hecho, en la terapia le habían enseñado que era la primera de la lista, antes que cosas más fantásticas o improbables.

—Puede ser —admitió.

—Vale. Entonces, estamos de acuerdo en que antes de hacer cualquier locura, lo más sensato es que hables con Randy, ¿no crees?

—Sí, supongo que tienes razón.

—Mira, mañana volvemos a casa y llegaremos muy tarde —dijo Skylar—. Pero el martes podrás hablar con él. Tenemos la prueba de vestido por la mañana, podrías ir a verlo a la oficina en plan sorpresa, y así puedes preguntarle lo que quieras sin que tenga tiempo de pensar en excusas.

Skylar vio que Romy sopesaba la idea unos segundos hasta que asintió.

—Buena idea.

—Cuando hables con Randy, veremos si hay motivo de sospecha o lo que sea.

Romy cogió aire y volvió a asentir, notando cómo la serenidad regresaba a ella despacio.

—Vale, pero vendrás conmigo —advirtió.

—Sí, tranquila. Recuerda que cogí vacaciones para poder estar a tu lado si me necesitabas —la calmó Skylar, con un apretón en el hombro.

—Ya, lo que pasa es que luego siempre te salen mil cosas y…

—Que no. Te prometo que esta semana voy a estar pegada a ti como una siamesa, allá donde tú vayas iré contigo.

—¿Serás mi sombra?

—La sombra de tu sombra, sí —prometió la rubia.

—Vale —aceptó Romy, secándose las lágrimas.

—Mientras, no quiero que te preocupes por adelantado por cosas que no sabes si son ciertas, y menos en tu despedida. Deberías estar feliz, bailando y de celebración.

—Tienes razón.

Romy se miró en el espejo, agradeciendo que solo se le hubieran escapado unas lágrimas, no quería salir con los ojos hinchados de llorar y aguar la fiesta a las demás. Tenía claro que se volcarían con ella de inmediato, pero Skylar tenía razón: no tenía sentido llevarse el disgusto del siglo sin saber si había motivos reales o todo era fruto de su inestabilidad emocional.

—¿Intentarás no dar más vueltas a esto hasta el martes? —preguntó Skylar.

—Sí, tienes razón —contestó ella, un poco más animada—. Voy a intentar divertirme lo que queda de noche, y el *spa* de mañana me irá bien también.

—Me alegra oír eso. —La rubia le dio un empujón en dirección hacia la puerta—. Venga, vamos.

—Esto… —Romy carraspeó y le señaló la cara—. La raya, ejem.

Skylar se miró al espejo.

—¡Madre de Dios! —exclamó—. Bueno, vete saliendo, voy a ver cómo me quito esto.

—Perdona.

Romy desapareció antes de empezar a escuchar los juramentos de su amiga. Regresó a la barra, donde River y Kat trataban de conseguir una nueva ronda de chupitos, junto a una Sun Hee con cara de derrota.

—Qué mal gusto tiene este DJ —refunfuñaba la muchacha.

Como por arte de magia, aparecieron seis copas de champán en su lado de la barra, justo en el momento en que Skylar regresaba después de diez minutos frotando para quitarse el dichoso lápiz negro de su cara.

—Ah, justo a tiempo —dijo Kat—. Tenemos que brindar por la novia, ¿y Danni?

—Aquí estoy —dijo ella, apareciendo tras su espalda.

—¿Ha habido suerte con ese tipo de aspecto repelente? —preguntó River, y todas se echaron a reír.

—Me ha dado su teléfono. —Danni rompió el trozo de papel allí mismo—. Vaya mierda.

Todas se miraron, sin comprender en absoluto a la pelirroja, menos cuando su misión había funcionado. Aunque suponían que era debido a que ese teléfono no era el que le interesaba, y su pequeño experimento de ligar con un desconocido en realidad la había deprimido más.

—Da igual. —Danni cogió su copa de champán—. Esta es la noche de Romy, ¡a brindar por la novia!

Las chicas la imitaron, alzando las copas en el aire.

—La semana que viene será la mejor de tu vida —dijo Kat, con una sonrisa—. Verás, todas las novias dicen que es inolvidable.

—Vas a ser muy, muy feliz —siguió River—. Y lo mereces.

—Randy es un chico majo —añadió Sun Hee—. No es especialmente guapo, ni gracioso, pero al menos parece ordenado.

Skylar frunció los labios, Kat entrecerró los ojos y las demás la observaron, pensando en cómo permitían a Sun Hee interactuar con la gente en general.

—Gracias, supongo —carraspeó Romy.

—Me muero de ganas de verte vestida de novia —sonrió Danni, a ver si así se borraba el comentario de Sun Hee.

—Todo irá bien —terminó Skylar, lanzando una mirada intencionada a Romy.

—¡Por la novia! —gritó Kat.

Hubo un choque de copas de champán mientras todas gritaban: «¡por la novia!». Romy se bebió el líquido de un trago, mirándolas con cariño. Menos mal que las tenía a ellas, nunca había tenido tan claro lo mucho que las necesitaba hasta ese fin de semana que las había perdido de forma literal.

Sí, se alegraba mucho de pertenecer a ese grupo, de ser una de ellas. Como siempre decía Kat, «si eres una de las nuestras, lo que te pasa a ti me pasa a mí», y era cierto.

Solo esperaba que los próximos siete días hasta su boda fueran más tranquilos que ese viaje: una semana de relax, tratamientos de belleza, peluquería y estar relajada con sus amigas hasta que llegara el día más importante de su vida.

Sí, todo iba a salir bien. Aclararía los malentendidos con Randy, porque seguro que solo eran eso, malentendidos, y ella estaría descansada, feliz y radiante.

Segurísimo.

Continuará en el segundo libro de la trilogía Alocadas:
Una entre un millón.

¡No te lo pierdas!

DICCIONARIO DE LAS CHICAS

Aburribus: Un viaje en bus de lo más coñazo.

Tormenta: Apodo de Danni en su entorno laboral.

El Gran Doctor: Jefe de River que se acuesta con todas sus empleadas sin hacer distinciones.

La chica de las babas: Dícese de Libby, la ayudante de Corey que está deseando jugar a los médicos con él.

El chico de la laca: Compañero de trabajo de Skylar cuya mayor virtud reside en su pulcro pelo.

Strigoi: Grupo de música metal que obsesiona a Sun Hee.

Ted Bundy: Famoso asesino en serio que destacaba por su atractivo físico.

«El señor conductor no se ríe, no se ríe, no se ríe»: Canción popular típica de excursiones infantiles.

Dos minutos según Corey: Dos horas.

Parterre: Parte de un jardín con plantas o flores, que constituye una unidad separada del resto.

Divertibus: Lo contrario a aburribus.

Fiebre del sábado noche: Momentos de calentón.

Tanga: Enemigo mortal de Romy.

Consejo de Sabias: Votación grupal a cualquier duda cuya decisión final se debe acatar.

Lo del brillo de labios: Aplicación sutil de *gloss* en los labios con intenciones seductoras.

Kee, Seneca y Sioux: Amigos no indios de Corey.

All by myself: Canción deprimente para regodearse en la pena y la desgracia.

La ruleta de las movidas: chupito + confesión.

SOBRE LAS AUTORAS

Eva M. Soler, nacida en Cruces, Vizcaya, un 7 de junio de 1976, empezó a escribir desde muy pequeña, tras desarrollar un fuerte interés por la lectura alimentado por una extensa imaginación.

Idoia Amo, nacida en 1976 en Santurzi, durante toda su vida ha escrito relatos, pero siempre de forma personal y para su círculo más cercano.

Ambas autoras se conocieron a los catorce años, volviéndose amigas y lectoras de sus propios escritos, pero hace unos años decidieron que sus estilos podían complementarse bien, lo cual ha dado como resultado una veintena de libros publicados. Uno de ellos, "Maldita Sarah", consiguió el sello *Best Selling Books* de Amazon.

Han recibido el premio Hemendik que otorga el periódico Deia por su labor como difusión de la literatura romántica.

Para más información, www.idoiaevaautoras.com

Cosas que haces cuando tu novia te deja:

1) Odiar a su nuevo novio, como corresponde.
2) Evitar coincidir con ella.
3) Refugiarte en tu familia y tus amigos.
4) Pensar que de buena te has librado.
5) Plantearte si quieres seguir trabajando para su padre.
6) Tragar bilis cuando se dedica a restregarte a ese puñetero musculitos.
7) Buscar a una chica que te deba un favor y hacerla pasar por tu pareja, aunque tengas que refinarla antes.
8) Espera… borra eso…

En los planes de Liam no entra que su novia actual, Sarah, le abandone tras enamorarse de otro durante sus vacaciones en Australia. Tampoco que peligre su posible ascenso en el bufete donde trabaja, que su hermana se ponga a salir con un guaperas que a todas luces le partirá el corazón, y mucho menos que su atractiva, aunque plebeya vecina, Summer, le destroce el coche durante un accidente en el aparcamiento.

Harto de que Sarah se dedique a amargarle la vida paseando a su nuevo ligue ante sus ojos, este abogado estirado decide seguir un consejo poco sensato: convencer a Summer de que se haga pasar por su novia ante ciertos eventos del bufete. Para que todo salga bien solo necesita refinarla un poco, pero lo que en principio parecía algo sencillo acaba derivando en un giro inesperado…

En el departamento de bomberos de Pensacola (Florida) llevan dieciséis años sin que una sola mujer ingrese en el cuerpo. Un dato de lo más interesante para Abby, una periodista harta de malgastar su talento en una revista de cotilleos y que aspira a escribir artículos serios.

¿Por qué no presentarse a las pruebas y preparar un reportaje acerca de las trabas que encuentran las mujeres en ese campo? Como muestra, además de la propia experiencia, tendrá a sus dos únicas compañeras entre una treintena de aspirantes: Talisa, para quien ser bombero es un sueño desde niña y que está decidida a lograrlo a pesar de los obstáculos; y Camilla, una joven cansada de la monotonía que desea dar un punto de emoción a su vida. El día a día en la academia es duro e intenso, pero estos chicos son material inflamable y hasta encontrarán tiempo para el amor.

¿Cuántos conseguirán llegar hasta el final y quiénes se quedarán por el camino?

¡La segunda parte de la bilogía "Inflamable"!

¿Qué futuro aguarda a nuestros aspirantes una vez han abandonado la academia?

Abby pretende continuar con su artículo secreto y en la estación a la que ha sido destinada tiene un montón de material con el que hacerse famosa, empezando por el irascible capitán Pearson, ¿podrá seguir adelante hasta el final?

A Talisa tampoco se le presentan bien las cosas, pues en su nuevo destino encuentra una sorpresa que, lejos de facilitarle la existencia, le impide disfrutar del trabajo de sus sueños.

Y Camilla quizá esté a punto de descubrir que la amistad no siempre es lo que parece.

La vida real es muy complicada, más allá de aulas y simulacros, como todos ellos están a punto de comprobar…

«Esta es la lección más importante y que parece que tanto os cuesta entender: los bomberos son una unidad.»

En todo grupo de amigas existe esa que se alegra de que las cosas te salgan mal. Esa incapaz de disimular su sonrisa cuando apareces con unos kilos de más. Esa que se regocija cuando te despiden de tu último trabajo. Esa que sonríe cuando tu corte de pelo se descontrola y acabas pareciendo un crestado chino. Esa cuyos piropos son, en realidad, insultos. «Me encanta tu maquillaje, disimula tu enorme nariz».

Una invitación de boda pone patas arriba el mundo de Audrey y Briana, dos chicas adineradas acostumbradas a tenerlo todo. Audrey tiene una cuenta pendiente con el novio y no dudará en planear la manera de estropear la celebración con la ayuda de Briana, aunque arrastren al resto de sus amigas durante el proceso.

Érase una vez un plan maquiavélico y una venganza salpicada de romance. Una historia donde, ni los buenos son tan buenos, ni las villanas tan villanas…

Alexander Green es un joven cirujano plástico que vive en Los Ángeles, entre fiestas y surf, hasta que es testigo de un crimen que lo obliga a entrar en protección de testigos. Para su asombro, es enviado a Sutton, un pequeño pueblo de Alaska, todo lo contrario a lo que está acostumbrado. Un lugar tan lejano como el corazón de la jefa de policía local, Rylee Scott, una treintañera que ha renunciado al amor, y que pronto despertará el interés de Alex.

Romance, comedia y nieve, juntos en una sola historia...

Alexandra es la oveja negra de la familia. Profesora de instituto, divorciada y de aspecto común, nunca ha conseguido estar a la altura de lo que su madre esperaba de ella. Y tampoco va a lograrlo en esta ocasión... ¡todo lo contrario!

En la boda de su estúpida perfecta hermana menor con el guapísimo senador Ethan Lewis, a quien Alex ama en secreto, se monta tal follón que el enlace acaba por no celebrarse. Y Alex decide que es un buen momento para aprovechar ese viaje de novios a la Riviera Maya que tiene pinta de quedar relegado al cajón de «cosas para devolver».

Ni corta ni perezosa, se embarca en un vuelo con su mejor amiga Skye, dispuesta a desconectar y divertirse durante cuatro maravillosas semanas. Quieren playa, sol, excursiones y margaritas, pero cuando llegan allí les espera una gran sorpresa: el senador, su jefe de campaña y una sola *suite* que compartir...

¡La esperada continuación de "Luna sin miel"!

Skye no está en el mejor momento de su vida. Un año después de las vacaciones en México con Alex, su carrera como fotógrafa se ha estancado, tiene ciertos problemas económicos y su vida sentimental es un desierto desde que abandonó a Owen sin darle ninguna explicación.

Alex le pone en bandeja de plata la oportunidad de dar una vuelta de tuerca a eso con una oferta muy tentadora: el puesto de fotógrafa oficial en la gira de campaña a la presidencia de Ethan, su ahora prometido. para Skye significa recuperar el amor por su trabajo y olvidarse del dinero durante un tiempo, pero también está la parte difícil: lidiar con Owen y los sentimientos que aún tiene por él.

Owen es un adicto al trabajo, Skye es un espíritu libre.

Entre kilómetros y gasolina, ciudades de Estados Unidos y discursos de campaña, equipos revoltosos y tabletas de chocolate, ¿podrán dos personas tan diferentes reencontrarse en el punto donde lo dejaron un año atrás?

Bienvenidos a Kiltarlity. Un pequeño pueblo escocés donde no faltan los hombres rudos, los dialectos imposibles, la tradición de los clanes milenarios y, por supuesto, la persistente lluvia.

A sus treinta y dos años, Leslie Ferguson ha logrado alcanzar el éxito en el trabajo y posee un alto nivel económico, pese a que su carácter avinagrado no despierta demasiadas simpatías en sus relaciones sociales. Cuando es enviada a un pequeño pueblo de Escocia por motivos laborales, la estirada joven no tiene más remedio que viajar hasta allí acompañada por su ayudante personal, Shane. Pronto, Leslie descubrirá que su refinado estilo de vida no es compatible con este lugar: sus empleadas no la respetan, no tiene centros comerciales donde satisfacer su vena consumista, y el encargado de ayudarla en su proyecto es un atractivo *highlander* que no para de burlarse de ella.

Pero lo que parecía ser una pesadilla compuesta por niebla, humedad y gente tosca, no solo pondrá a prueba su paciencia durante un año, sino que cambiará su vida de forma radical…

Hay parejas que se casan porque la llama del amor es tan fuerte que solo quieren pasar el resto de su vida juntos. Otras, porque desean formar una familia llena de cariño y respeto.

Y luego están Callum y Alissa.

Callum y Alissa trabajan juntos, pero no se llevan bien.

Callum y Alissa no tienen nada en común, y nada es nada.

Callum pasa de Alissa porque es seria, controladora y mandona. Alissa desprecia a Callum porque es vago, mujeriego y cuentista.

Callum y Alissa cometen el error de beber más de la cuenta durante la fiesta de fin de año del trabajo. Lo que podía haber quedado como una terrorífica anécdota pronto se complica al darse cuenta de que durante la borrachera se han casado.

Sí, exacto, has leído bien: casado.

Por circunstancias que no vamos a revelar aquí, ambos van a tener que aprender a convivir el uno con el otro, una tarea ardua y difícil porque son polos opuestos. Y ya sabemos lo que sucede con los polos opuestos…

A veces, el destino se ríe de ti en tu propia cara.

Dominic, April y Wanda forman una familia casi perfecta: se conocen desde la universidad, llevan compartiendo piso ocho años y tienen una amistad a prueba de bombas.

Sin embargo, durante la fiesta de celebración de su treinta cumpleaños, Dominic sufre una especie de crisis y cree que su vida es un desastre: los ascensos son para otros más agraciados y las chicas no parecen percatarse de su existencia. Y aquí es cuando sus dos mejores amigas deciden tomar cartas en el asunto. ¿Qué tal un cambio de imagen radical y unas clasecitas sobre cómo ligar para no parecer tan aburrido?

Aunque no todo es tan sencillo como parece: Wanda no está en condiciones de ayudar mucho a nadie en temas amorosos porque su propio novio acaba de plantarla y no puede dejar de llorar, y April... April está a punto de descubrir que buscar novia a su mejor amigo quizá no le parezca tan divertido como ella esperaba.

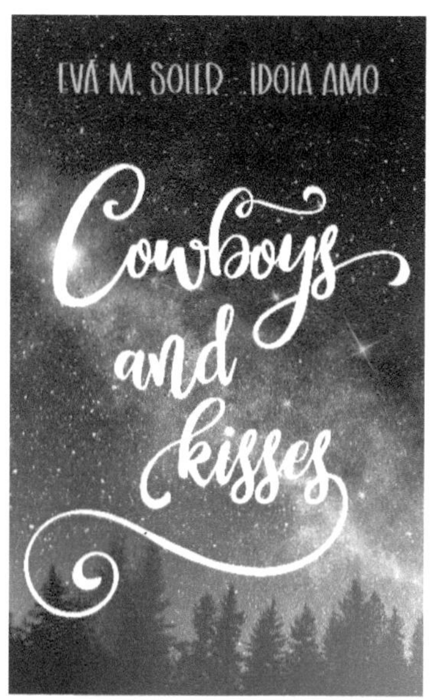

Kayla Green no ve demasiado a su madre, Francine, desde que esta volvió a casarse para formar otra familia. Aun así, está deseando emanciparse emocionalmente de ella y, de paso, del negocio familiar de compraventa y restauración en el que aún participa. Quiere empezar por su cuenta, darle otro toque y, por qué no, desligarse del todo de su madre y su hermana postiza Winter.

Antes de que pueda hacer realidad sus planes, su progenitora la mete en un buen lío. Con unas copas de más encima, participa en una subasta y adquiere un lugar: Santa Claus, un pueblo fantasma de Arizona.

Y aunque Francine le ve potencial, no está dispuesta a ocuparse del tema ella misma, por lo que decide tomarse unas vacaciones mientras cede a sus hijas la responsabilidad de ponerlo a punto. Cuando ambas llegan allí, sienten que todo se desmorona a su alrededor. Es un lugar deshabitado, el rancho está en muy mal estado, hay animales salvajes sueltos y no saben cómo conseguir ayuda, además de que la relación entre ellas es un desastre.

Al menos hasta que encuentran a Logan, un vaquero reciclado en mecánico que está deseando volver a trabajar en lo que más ama.

Un sitio abandonado, calor, polvo, motos, cowboys… y besos.

«Era un viaje de… no sé, no me gusta decir eso de descubrimiento, me suena a cliché, aunque es lo más parecido. Yo sabía que me encontraría muchas dificultades en el camino y así fue: tuve que trabajar, estuve muy enferma, me robaron varias veces, destrocé un montón de botas, en ocasiones dormí en casas ajenas sin saber casi quiénes eran, en ciertos momentos tuve miedo, en otros me sentía muy feliz… es complicado de expresar.»

¿Y si un día decides romper con todo y cambiar de vida? ¿Quién no ha soñado alguna vez con coger un avión y viajar sin billete de vuelta?

Bezan es un alma libre que nunca ha seguido las reglas ni cumplido lo que se esperaba de ella.

Cuando abandonó Nashville en busca de una felicidad que su vida actual no podía darle, no imaginaba lo que le depararía su viaje. Dejó atrás una complicada relación con su madre, una rutina que empezaba a desgastarla… y también al amor de su vida.

Regresar al hogar después de tres años no es sencillo, pero Bezan está a punto de descubrir que nunca es tarde para cambiar las cosas.

Aisha, psicóloga del departamento de policía en Las Vegas, se dedica día tras día a unir los pedazos rotos de sus compañeros de profesión, además de asesorar a víctimas de todo tipo de violencia. En este entorno, se presenta ante ella un nuevo y difícil reto: tratar a Jackson, un sargento que ha sido degradado y trasladado tras ciertos comportamientos agresivos en el trabajo.

Pese a su carácter hosco, la doctora no puede evitar sentir una fuerte atracción por este hombre tan complicado, lo que la lleva a investigar su pasado. Convencida de que tiene que haber una experiencia traumática que le haga comportarse así, no duda en localizar a una persona que arroje cierta luz sobre él, algo que complicará todavía más las cosas.

¡Sumérgete en esta saga de novelas New adult que exploran la vida de un grupo de universitarios en un exclusivo internado de Montreal!

En lo alto de una montaña de Montreal se encuentra el lujoso internado Sharidan. Un lugar selecto y elitista donde las familias adineradas envían a sus hijos para que cursen sus carreras universitarias. No es solo el dinero lo que le da su buena reputación, sino el alto rendimiento de la universidad y la vigilancia a la que someten a los polluelos de los millonarios.

En ese marco nevado tenemos a nuestros protagonistas: JD, un americano de clase media que ha conseguido una beca para estudiar audiovisuales y Syd, una británica cuya posición social es tan alta como fría es su relación con su progenitor. Ambos simpatizarán desde el primer momento, desarrollando una amistad que poco a poco se irá transformando en algo más, mientras son secundados por otros personajes. Como Dennis, líder del grupo musical Black Legend, o los mellizos Gauthier, los chicos más populares de la universidad. Sin olvidar al equipo de profesores, cuya tarea va más allá de la simple enseñanza.

Todos ellos se darán cita en un ambiente diferente lleno de líos amorosos, mucha música, hockey sobre hielo, clases, profesores, carreras y las siempre difíciles relaciones entre padres e hijos.

Little Falls es un pequeño y tranquilo pueblo de Minnesota donde nunca sucede nada.

Los habitantes de este idílico lugar desconocen los turbios asuntos que se gestan en Camp Ripley, la base militar afincada a unos kilómetros, donde se están llevando a cabo una serie de peligrosas pruebas virales.

La desaparición de una joven del lugar pone sobre aviso a la jefa de policía Emma Jefferson, quien no tarda en descubrir que se ha propagado un virus, resultado de un proyecto llamado Anxious: un virus que produce infectados rabiosos y que pronto se convertirá en pandemia con consecuencias catastróficas.

Drama, supervivencia, miedo… ¿estás preparado para que tu mundo cambie por completo?

Me dirijo a todos los supervivientes del desastre que está asolando nuestra querida nación para darles un mensaje de esperanza. Me he visto obligado a declarar el estado de excepción, pero el ejército está ahí para ayudarles. Si se encuentran con algún soldado, no huyan: identifíquense y serán evacuados a un lugar seguro.

No todo está perdido.

Nuestro país se encuentra inmerso en una lucha por la supervivencia y pasarán años antes de que sea habitable de nuevo. Nuestro ejército y científicos se están encargando de ello. Hasta entonces, estamos organizando varios lugares donde poder reinstaurar nuestra sociedad y modo de vida americano.

Aquellos que se encuentren en la costa Oeste, diríjanse a los puertos de Seattle, San Francisco y San Diego.

En la Costa Este, a los puertos de Jacksonville, Nueva York, Boston y Portland.

La frontera con México se encuentra cerrada y Canadá está en la misma situación que nosotros, por lo que las únicas salidas son por mar.

Unidos, lo lograremos.

Buena suerte.

Imagina un concurso televisivo dispuesto a todo con tal de subir la audiencia.

Imagina que alguien desaparece sin dejar rastro en un área de servicio.

Imagina que tu deseo más preciado se cumple, y debes pagar el precio.

Imagina que un reflejo hace aflorar tu lado más perverso.

Imagina que el mundo llegara a su fin, y solo tuvieras un último día.

Imagina un túnel de terror en vivo, cuyo macabro recorrido se convertirá en una experiencia aterradora.

Imagina…

Adolescentes sin escrúpulos, lugares de pesadilla, desapariciones misteriosas, padres perversos, demonios internos, rituales de iniciación, una pizca de amor, y sangre… mucha sangre.

«He trazado un círculo, hecho con sangre. Un círculo que delimita Salvación de principio a fin. Nadie puede salir de aquí, y el que lo intente, morirá. Vais a pagar... un sacrificio cada doce meses. Uno por año, como ofrenda por mi sufrimiento.»

9 788840 921893